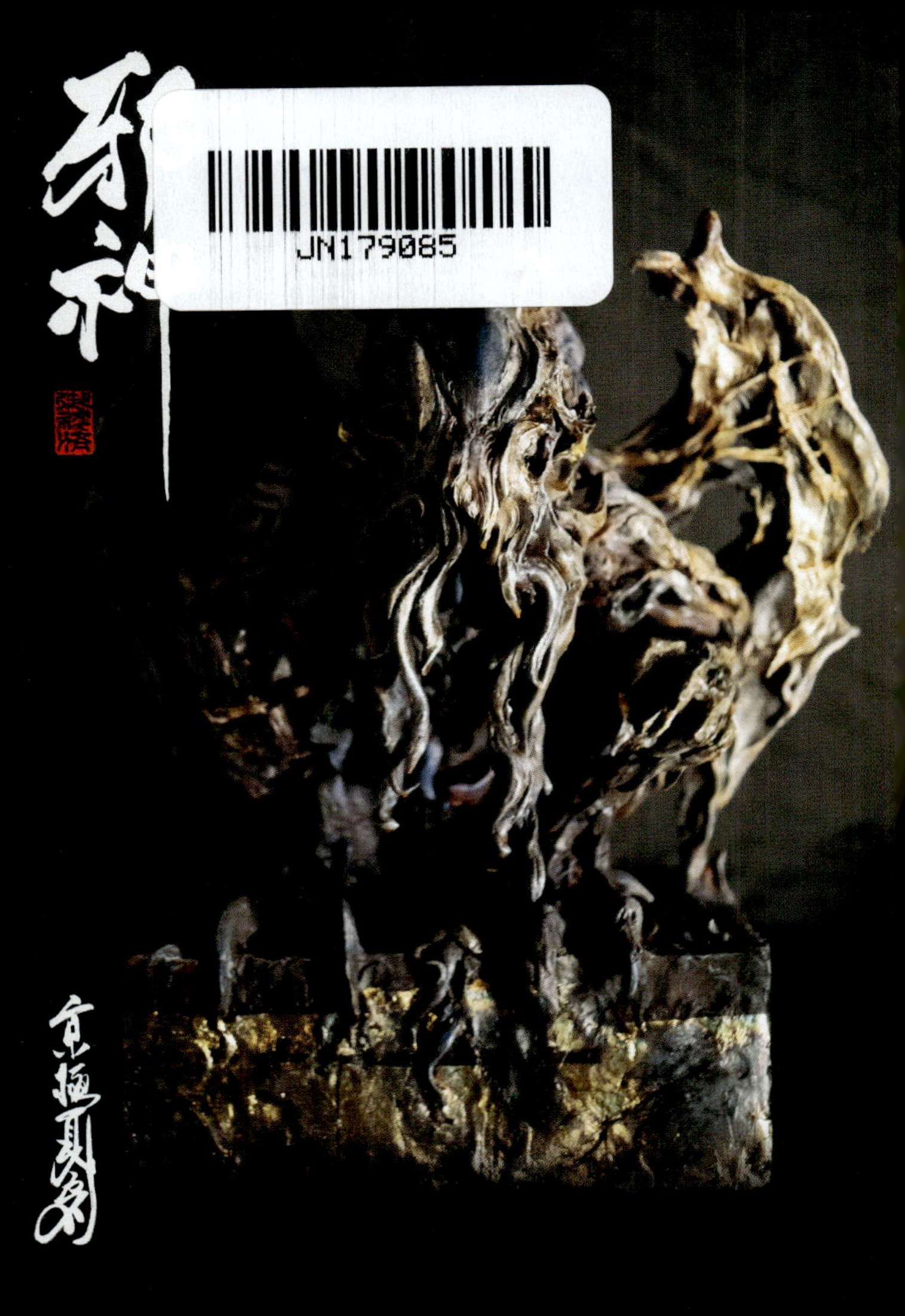
京極夏彦

虚実妖怪百物語　急

京極夏彦

角川文庫
21341

この物語はフィクションだと思います。

フィクションなので、登場する人物名・団体名などは実在のものとは関係ないものと思われるのですが、とてもよく似た実在の人物がいらっしゃるようですので、強く言われると自信がありません。でもきっと、フィクションなので関係ありません。

関係ないことにしておいてください。

虚実妖怪百物語　急

目次

急

急

巨《おお》きな石で作った祭壇のようなものの上に、男が二人仰向《あおむ》けに寝かされている。

樹海の、天に向けて開かれた孔《あな》の底である。

底は平らでかなり広い。そして暝《くら》い。ただ、比較する対象が何もないから広いということすら判らない。また広さを知る意味もない。

石の祭壇にはそれなりのスケール感がある。横たわっている人体が粗末な作りの人形のように見える程であるから、決して小さくはないのだろう。だが、それもまたこの孔の中に於《お》てはちっぽけなものにしか見えない。

孔の底は土でも岩でもない。永い刻《とき》をかけ、様々な動植物の骸《むくろ》が堆積《たいせき》してでき上がったものなのだろう。肉は腐り皮は破けても、この場所で骸は土に還《かえ》らない。骸のまま砕け乾き、ただ積もって行くのである。

平らな底は遥《はる》か遠くで徐々に隆起し、植物とも鉱物とも知れぬものが、ぞろぞろと悍《おぞ》ましく絡み合い混じり合って上方へと伸び、壁となって天に伸びている。

しかし、天空は見えない。

孔は地上に生える鬱蒼《うっそう》とした樹々に覆われている。

枝や葉や蔦《つた》の隙間から僅《わず》かに漏れる陽光も、底までは届かない。弱々しいその光は、巨大な空間の半ばまでも至らずに、雲散霧消してしまう。

ただ、日月《じつげつ》が真上に達した僅かな時間だけ——唯一中央付近にだけ、朦朧《ぼんやり》とした不定形のスポットライトのような明かりが届く。

そこに祭壇は設《しつら》えられている。

壇の上に寝かされている男は、共に若くない。

それどころか、一人は既に死んでいるようだった。

皮膚に弾力はなく、乾いて強張《こわば》った顔は青黒く変色している。口は半開きになっているようだが、呼吸をしている様子もない。衣服も汚れ、手足も折れ曲がっている。

だらしなく見開かれた右目は既に何も見ていない。

左目は潰《つぶ》れている。否、ただ黒い血に縁取られた穴が穿《うが》たれているだけである。

それは仙石原賢三郎《せんごくばらけんざぶろう》であった。

隣に横たわる男は、仙石原よりは年が若い。

こちらは両手を胸の上で組み合わせ、静かに眠っているように見えた。

音も、動きもない。

静止画のような情景である。

鳥の声も、風の音も、何もない。

そこに——。

突然、かさりという乾いた音が響き渡った。それは本来なら聞き逃してしまう程の小さな音だったのだが、無音の世界を一変させるには充分な質量を持っていた。

いつの間にか長身の男が祭壇の横に立っていた。

どこから現れたものか、男は無数の骸の層を踏みしめて、力強く立っていた。

軍帽にマント。軍刀に長靴《ちょうか》。

男は長躯《ちょうく》を揺らさずに一歩、祭壇に近付いた。

再びかさりと音がした。

「もう保《も》たぬな」

「保った方でございましょう」

答えたのは死体の方だった。

「心臓が動きを止めて四日、そろそろ腐臭も誤魔化《ごまか》しきれなくなっておりました故——」

死体は、顎《あご》だけを動かしてそう言った。

「ただ眼を貫かれたのはしくじりでありました。眼以外であれば、この骸が傷付くだけなのでございますが」

「眼だけは貴様の本体に繋《つな》がっておるからな」

「はい。剣を振るわぬ平静の世に慣れ、油断しておりました。不覚にございまする」

「傷はやがて癒《い》えよう」

男は更に祭壇に近付くと、見下すような視線を死骸《しがい》に送った。

「それにしても汚らしき姿よな」

「生き物は穢《きたな》いもの。中でも人は、特に穢《けが》れたもの。死して顕《あらわ》れるこの相こそが、本性にございましょう」

「その男は死なずとも本性が見えていた。貴様に相応《ふさわ》しい悪相だ」

死体は空気が抜けるような音を立てた。

笑ったのだ。

饐《す》えた死臭が壇上に広がる。

「ただひとつ残念なのは、あの霊石を砕くことができなかったことにございます。後もう一日あれば、あの忌々《いまいま》しきものどもの数をかなり減らすことができたでしょうに――」

「構わぬ」

長軀の男は吐き捨てるように言った。

「既にこの国の民の中に神はおらぬ。仏もおらぬ。霊も魂もない。ただ、弾《はじ》き出されたクズどもが涌《わ》き出《い》でて騒いでおるだけだ。あんなものどもが幾ら騒ごうとも、塵《ちり》一つ動かすことはできぬ」

「そうでございましょうな」

「貴様が全てを吸い尽くす日も近い。そうなれば」

「滅びましょうや」

「国も文化も何もかもが滅ぶ。そうすればあんなクズどもは残ることもない。跡形もなく根刮《ねこそ》ぎ消えて、覚えておる者もおるまい」

軍帽の下の眼が怪しく歪《ゆが》んだ。

「そうなりましょうか」

「あれは、祀《まつ》られることも崇《あが》められることもなく、畏《おそ》れられさえせずに、忌み嫌われ、嗤《わら》われるだけのクズどもだ。体系化も言語化もされず、ただ下卑《げび》た、野蛮な形のみを与えられ、良くても名付けられるだけの、おぞましき最底辺の概念どもよ。何匹涌いて出ようとも何の力もない。事実、人間どもまでが駆逐しようとしておるではないか」

愚かなりと言ってマントの男は口許《くちもと》を緩めた。

「自らの最後の余裕を自ら殲滅《せんめつ》しようとするなど、既に末期《まつご》の有り様に他ならぬ。愚民どもには何も見えておらぬのだ。自らが自らを滅ぼす。互いに憎み合い殺し合ってこの国は自滅するのだ。民草は死に絶え、文化は途絶え、ここは——ただの、人の住まぬ島となる」

男はマントを翻《ひるがえ》して右手を差し出すと、人差し指を立て手の甲を見せ、自《おの》が眼前に掲げた。

五芒星《ペンタグラム》が染め付けられた白い手袋を嵌《は》めている。

「大地を揺るがせ国土を叩《たた》き割っても、炎を降らせ街を焼き尽くしても、この国は滅びなかった。深く激しき怨恨《えんこん》に凝り固まった祟《たた》り神を駆り出してもなお、この国を滅ぼすことは敵《かな》わなかった。否、祟り神すらも、吾《われ》を敵と見做《みな》したのだ」

「マサカド公でございましたか」

「そう——この国では、崇めることと祟られることに差異はないのだ。祝いと呪いが等価なのだ。敬虔《けいけん》な祈りと卑俗な笑いが同等なのだ。どれだけ痛め付けようとも、どれだけ踏《ふ》み躙《にじ》ろうとも、どれだけ破壊しても必ず——立ち直る」

「笑い飛ばされるのですな」

「そうだ。だからこそ貴様の力が必要なのだ——」

、、、ダイモン、と男は言う。

「人間の心から、喜びを奪い、楽しみを奪い、余裕を奪い、笑いを奪い、剰《あまつさ》え哀しみや苦しみまでも吸い取ってしまう貴様こそが——この国を滅ぼし得るのだ」

「たっぷりと吸わせていただいております」

死体は少しだけ首を動かした。

「貴様も——かなり力を蓄えたようだな」

お蔭《かげ》様で——と死体は答える。

僅かに頰が攣《つ》る。笑いなのだろう。

「既に帝都は吾《わ》が手中に落ちたも同然。このままこの国全てを滅ぼすために、貴様の分霊をこの男に移す。この男は、この国の政《まつりごと》の中枢にいる男だ」

「この死体の記憶と照合しまするところ、与党の幹事長とお見受け致しまするが」

「大館伊《おおだてい》一郎《いちろう》という名だ。その死体と同じく、性根は汚れておるが、その体より肉体は健《すこ》やかだろう」

「有《あ》り難《がた》きことでございます」

　ぱくぱくと死体は顎を動かした。

「その男は仙石原よりずっと狡猾《こうかつ》だ。今の内閣総理大臣はその男の傀儡《かいらい》に過ぎぬし、各方面へのパイプも太く支持者の層も厚い。思考停止した国民どもは、面白いように言いなりとなるだろう」

「この男はどうなります」

「どうもならぬし、どうもせぬ。このまま朽ちて、この孔の底となるだけだ。孔が拒めば放り捨てるまでのこと」

「それで宜《よろ》しいのですか」

「そんな醜い男が姿を消したところで誰も何とも思うまい。既に、法も秩序もないに等しいのだ。今、この国は混乱を極めている。そんな男の生死を気にする者など、もう誰もおらぬ。さあ、ダイモンよ」

　思うままに振る舞うが良いと男は言い放った。

　畏《かしこ》まりましたと言った後、死体の口からはだらりと舌が垂れた。

　男は右手を高く挙げ、長軀を伸ばした。

「堕《お》ちた異国の邪霊よ――」

　男は異相の眼を見開く。

「吾が式となり吾が意を受け吾が志を遂げよ」

男は手を振り降ろした。

無風の孔の底に、刃物で切りつけたかのような鋭い風が巻き起こった。

壇上の死体は二度三度痙攣《けいれん》し、ただの肉塊となった。

そしてもう一人——大館幹事長がゆっくりと身を起こした。

「おお、まだ経絡《けいらく》も筋も繋がっておりまする。この方がずっと動き易うございまするぞ。人の、ふりもし易いというものでございます」

「まだ生きておるからな。その体で最後の仕上げをするのだ。吾が悲願が成就した暁には、貴様の欲にも手を貸してやろうぞ」

「有り難きお言葉にございます」

大館は壇から降り、男の足許に跪《ひざまず》いた。

男はそれを見下ろして、声高に言った。

「吾を崇めよ！」

「畏まりました、加藤保憲《かとうやすのり》様——」

大館は屍《かばね》の床の上でひれ伏した。

廿壱

妖怪探訪家、暗躍す

夜の街に人影はなかった。

車も走っていない。野良猫《のらねこ》一匹いない。

廃墟《はいきょ》ではない。ただ、生活の匂いは一切しない。街灯こそ点《とも》ってはいるが、店舗の看板などは悉く《ことごとく》消えている。塵芥《ごみ》もほとんど落ちていない。

ゴーストタウンというのはこういうものだろうか。

というか。

撮影が終了した後のセットのようだと、榎木津平太郎《えのきづへいたろう》は思った。まあ、見た目はちゃんとできているのだけれど、中味がない。建物の裏側はベニヤ板で、木材の支え棒《つっかぼう》なんかで補強されていて、金槌《なぐり》やら鋸《のこぎり》なんかが落ちているのだ。

そうでなければCGである。最近のCG映像は実写と区別がつかない。つかないけれど、それは実在しないものである。データで作られた建物に、裏側はない。

でも、この街はホンモノで、建物の中には部屋があって、人が住んでいるのだろう。

多分。

何ぼーっとしてんだよと村上健司《むらかみけんじ》が小声で平太郎を促した。

「巡回車が来るまで三分もないんだぞ」

「は、はい」

「ちゃんと見張ってろよ」

「ホ、ほんとにやるんですか?」

「仕方がないだろ。おいらだってやりたくないよ。何だよ、今更厭《いや》だとか言うのかよ?」

「いや——イヤというかですね」

度胸がない。ビビっている。ここまで来る途中も、心臓が高鳴って目の前がチラチラしていたのだ。

平太郎の頭の中は、失敗したらどうしよう、きっと失敗するだろう、失敗したら死ぬかもしれない、いやきっと死ぬだろう死ぬんだ死ぬよサヨウナラという、一人ネガティブキャンペーン絶賛開催中だったのである。

ただ、車を降りてからは妙に落ち着いてしまった。

単に現実逃避していただけな気もするが。

「あのですね」

「あのじゃねえよ。まあ成功率は高いとは言えないけども、おいらだって死ぬ気はないから」

「死にますよ——ねえ」

お前がしくじれば死ぬよと村上は言った。

「おいらがしくじっても死ぬけど」

「死にますか」

「何だよ死ぬ死ぬってよ。死にたいなら勝手に死ね」

死ね、と村上は連呼した。

村上は、他人《ひと》に死ねとか言うのは良くないことだから言わないようにしようと心に決めた途端に、十倍くらい言うようになったとか言っていた。

チキンだよチキン、と村上は続ける。

「そんなならレオの方連れて来るべきだったかなあ。少しはマシかと思ったんだけどなあ」

そして村上は厭そうな顔で平太郎を睨《ね》め付ける。

フリーライターのレオ☆若葉《わかば》は、まあ平太郎から見ても困った男ではある。

まあ、馬鹿だろう。平太郎も馬鹿の仲間だとは思うが、というか仲間内のほぼ全部が馬鹿だとも思うのだけれど、レオはその中でも飛び抜けて馬鹿だと思う。そのうえ腰抜けだ。臆病《おくびょう》という点に関しては平太郎も相当に自信があるが、レオを見る限りは平太郎の臆病なんかはアマチュアレベルである。レオ☆若葉という人は、臆病者のプロ、小心者世界タイトル永久保持者だろう。

年上だからあんまり悪くは言いたくないが。

真実だから仕方がないのだ。

しかし。

あの――。

決死のマンション脱出作戦の日。

レオも救出隊の一員として杉並《すぎなみ》にやって来た。

平太郎の見る限りほとんど役に立っていなかったのだが――いや、それでも一応、小さな箱を運んだり、落としたり、右往左往したり、怒られたり泣いたりしていたのだ。いや、それはつまりまるっきり役に立っていなかったということなのだが。

命からがら乗り込んだコンテナの中で、レオは平太郎に言い訳がましくこう告げたのだ。

――ボクは足手まといっぽいワケですが、それでいいのであります。

――何故ならば、ボクは、人間の盾《たて》として同行したのでありまして。

――足や手に纏《まと》って当然の、スネコスリ人間というワケであります。

まったく意味が解らなかったのだが、それはつまり、攻撃されたりした時に、積極的に犠牲となって時間を稼ぐ要員ということのようだった。

「あの――あの僕はやっぱりその人間の盾ですか」

そう尋《き》くと村上は一層怖い顔になった。

「どういう意味だよ」

「いや、その、まあレオさんを差し置いて抜擢《ばってき》されたということは――かなり要らない子だというか」

「それは何か？　おいらも使えない男という意味か？」

「どうしてそうなりますか。今、村上さんなくして我々は生きて行けないですよ。みんなの頼みの綱じゃないですか。ですから、僕はその、人間の盾ですよね」

「はあ？」

村上は濃い眉《まゆ》をヒン曲げて鼻の穴を膨らませた。

「あのな、人間の盾って、立て籠《こも》ってる奴とかが外からの攻撃を避けるために人質とかを前面に出すってことじゃなかったか？　意味違うくないか？」

「あれ」

まあレオの受け売りだし。

「ですから、村上さんに何かあった時にスケープゴートになるという」

馬鹿、死ね、とまた言われた。

「何だよそれ。お前、それっておいらがどんだけ人非人かって話じゃんよ。それに失敗前提で話してるじゃん」

「し、失敗しませんか？」

「必ず失敗するならそれこそレオ連れて来るから」

「ど、どうして」

死んでもいいから、と村上は言った。

「てか、その方がみんなのためだから」

「ぼ、僕は」

「だから、レオよりずっと使えると判断したんじゃねーかよ。お前は、おいらが捕まったり死んだりした時、代わりにミッション果たすための要員じゃないかよ」

「そ、そうなんすか」

「聞いてなかったのかよ」

ちゃんと段取り判ってるんだろうなあと村上は言う。

「一応」

「一応じゃねーし。お前な、助けてやったの誰だ？　誰のお蔭《かげ》で今呼吸できてると思ってる訳？　その恩忘れた訳じゃないだろうな。忘れたんだな。なら」

「し、死ねとか言わないでくださいよ。これ以上言われると、レオさんになっちゃったような気になりますから」

「それって、わざと自分は使えない男だアッピールかよ？」

「違います。解りましたから。失敗もしませんから、村上さんも死なないでください」

「おいらが死ななきゃお前することあんまりないけどな」

そこで村上はおいと短く言って身を伏せた。

振り向くと一ブロック先を見張っていた似田貝大介《にたがいだいすけ》が何かサインを出している。

似田貝は、似田貝にしては素早く身を翻《ひるがえ》し、すぐに視界から消えた。

「早く隠れろよ」

袖《そで》を引かれて、平太郎は慌てて屈《かが》み、そのまま小走りになって建物の隙間に潜り込んだ。

村上が早くしろとばかりに引き摺《ず》り込む。

暫《しばら》くするとモーター音というかエンジン音というか、何か能《よ》く判らない地響きのようなものが聞こえて来た。肚《はら》に響く。震動は徐々《じょじょ》に大きくなった。

「な、何でしょう」

「戦車だよ」

「へ？」

やがて、似田貝が立っていた交差点を曲がり、黒い鉄の塊《かたまり》がその威容を現した。

「すげえ。一〇式《ひとまるしき》だ。かっけー」

村上が呟《つぶや》く。もちろん小声である。隠れているのだから。

で、どこがどういう式なのか平太郎にはまるで理解できないのだけれど、まあ紛《まご》う方《かた》なき戦車であった。大砲もある。キャタピラーもある。

「所謂《いわゆる》、戦後第四世代主力国産戦車だよ。やっぱり少し小振りだなあ。でも機動力はありそうだな」

「詳しいですね」

「少しだけミリヲタ入ってるんだよ悪かったな。でも戦車自体は恰好良《かっこい》いけどさ、それがこんな公道走るようになったら世の中も終わりだよなあとか思いますよおじさんは」

「思いますか」

まあ、平太郎もそう思う。

型式は能く判らないけど、堂々と大砲くっつけたキャタピラーが甲州《こうしゅう》街道をパトロールして回るような時代がこの国に来ようとは——そして、それを自分の目で見ることになろうとは夢にも思ってもいなかったことである。こうして目の当たりにすると相当落ち込む。

「実際に見るとかなり小回りが利きそうだな。それに速いしなあ。あれで攻撃力も防御力も九〇式《きゅうまるしき》より高いんだから、ちょっと相手にはしたくないよな」

「ちょっとじゃないですよ。見つかったら木端微塵《こっぱみじん》ですよ。絶対に厭ですよ。こっちはノー武装じゃないですか。映画の方の『野性《やせい》の証明《しょうめい》』の高倉健《たかくらけん》だって、軍隊相手にすんのに多少の武器は持ってましたよ」

「薬師丸《やくしまる》ひろ子《こ》の死体も背負《しょ》ってなかったか？」

「まあ、映画が終わった後、健さん多分死んじゃいますけどね。武器持ってても」

普通大抵敵《かな》う訳がないだろうに。個人が。軍に。

ミリミリと音を立ててミリタリーなものは目の前を通り過ぎた。

「よし。次に来るまで三十分ある」

村上はそう言うとまた歩道に出た。

「大丈夫ですか？　引き返して来ませんか」

「ルートは把握してるから。予定だとあと五分で到着するはずだ。しっかし、本気で人いねえな。住んでるのかよ」

「みんな寝てるですかね」

「知らねえよ。こういう戒厳令っぽい状況だと、反抗勢力が地下に潜るとか、一般市民が抑圧されて我慢してるとか、そういう話になりがちだけどさ、今回は違うじゃんかよ。逆だろ？」

そうなのだ。

この危ない状況は、独裁政権の圧政が齎《もたら》したものでも軍部の暴走が齎したものでもない。宗教的闘争でもないし思想的偏向の結果でもない。

民意なのである。

都内の戦車による巡回警備も、市民からの要請でしていること――であるらしい。

「お互いに監視し合ってチクり捲《まく》るから、外に出ないんだろ？　指《さ》されたら警察が来て、場合に依《よ》っちゃその場で処刑もあるらしいぞ」

「この国の司法制度は崩壊しましたねえ」

「国が崩壊してんじゃん」

あれだけ世の中を騒がせていた妖怪どもも、あの杉並の狂乱以降は鳴りを潜めてしまった。

新宿《しんじゅく》・中野《なかの》・杉並三区の住民は強制退去を余儀なくされ――尤《もっと》も、強制というより自主的に避難した者が大半だったらしいのだが――当該地区はＹＡＴ《Yokai Attack Team》及び自衛隊を中心とした妖怪駆除チームに依り、一週間に亘《わた》っての徹底的な殺菌除染が行われた。

平太郎が立て籠っていたマンションは殺菌後速やかに取り壊されたそうである。ただ、ＮＡＳＡが開発したとかしなかったとかいう特殊合金で作られた防災壁は流石《さすが》に堅固で、完全防護服を着ての解体作業は困難を極めるものであると報道された。

完全防護服って。

何が伝染《うつ》るというのだろう。危ないとすれば消毒のために撒《ま》いた薬剤の方ではないのか。

きっとそうなのだろう。

虫一匹、草一本、黴菌《ばいきん》一匹——黴菌は何と勘定するのか平太郎は知らないのだけれど——とにかく生きとし生けるもの、何から何まで綺麗《きれい》に残さず死滅させる薬だそうであるから、まあ人体にも相当有害なのである。

自分で毒撒いて防護して難儀だって、何なのだろうとは激しく思う。

また、解体後の廃材も処理することができなかったらしい。何たってNASAである。丈夫なのだ。煮ても焼いてもどうにもなるまい。きっと大気圏も、成層圏だって通過できてしまうような壁なのだろう。

しかし区域外に持ち出すことには激しい抵抗があったようである。あれは、世間的には妖怪製造工場の残骸《ざんがい》なのだ。ばばっちい妖怪エキスが髄まで染み込んでいると思われているのだろう。というか、そんな特殊合金に髄とかあるのかとも思うが、まあそこはそれである。解体された瓦礫《がれき》はその場に堆《うずたか》く積まれたまま、現在は特殊な素材で作られた巨大な除菌シートが掛けられているそうである。

その所為《せい》もあり、三つの区はいまだに立ち入り禁止区域となっており、厳重な警備体制が布《し》かれているのであった。

隣接する区の住民も、かなり減っているそうである。

「首都が機能してませんしねえ」

都庁は立ち入り禁止区域内にある。移転したという話も聞かないし、いったいどうしているのか。永田町《ながたちょう》の何処《どこ》かが職務の一部を代行しているらしいが、誰が何をどうしているのか判らない。どう考えてもあちこちで弊害が出ているはずで、それは実のところかなり深刻な状況になっていると思うのだが、それに就いては誰も何も言わない。

もう隣人監視の方が忙しくって、政府だの行政だのに目が行かないのかもしれない。

一番困るのは生活者自身だろうと思うのだが。

例えば、夜の街は静かになった。飲食店も喫茶店も営業を停止し、映画館もゲームセンターも廃業、あらゆる娯楽関係の施設は閉鎖してしまった。風俗店など以《もっ》ての外《ほか》である。ネオンサインも赤提燈《あかちょうちん》も消えて久しく、ウザったい客引きも絶滅した。

酒飲んで騒ぐなど今や狂気の沙汰《さた》である。冗談じゃなく投獄されるか、人格矯正施設に収容されてしまう。未成年の夜遊びなど、もう絶対にあり得ないだろう。日暮れを過ぎると街に人影は絶える。用事があったって誰も外出なんかしないのだ。地域ぐるみで徹底したパトロールが行われ、もし引っ掛かったりしたらその場で拘束され、地域ごとに設けられた道徳倫理管理センターでの研修が待っている。

これが大変らしい。

年齢を問わず二十四時間監視下におかれ、朝から晩まで教育的指導がなされるのだそうである。社会復帰認定証というのを貰《もら》うまでは家にも帰れず、お天道様《てんとうさま》も拝めないと聞く。

漫画みたいな話じゃないか。しかも七〇年代か八〇年代くらいの。と――いうよりも、平太郎は『ねらわれた学園』の英光塾《えいこうじゅく》とか『スケバン刑事《デカ》』の青狼会《せいろうかい》とかそういうものしか思い浮かべることができないのだが。

その昔、スパルタ教育というのが流行したらしい。平太郎は全く知らないが、その後もヨットで人格矯正とか、何やらそういう厳しげなことをする人達がいて、その都度問題視もされていたようなのだが――。

みーんな忘れてしまったらしい。

反面――というか何というか、学校の方は火が消えたように静かなのだそうである。

授業中無駄口を叩《たた》く子供や余所見《よそみ》をする子供、早弁を使う男子学生もリップクリームを塗る女子学生も日本からは消えてしまった。スマホなんか弄《いじ》っていようものなら退学である。

これはもう、さぞや教師の皆さんも授業がし易かろう――と思いきや、まるで逆だということである。授業中のちょっとした失言や言い間違い程度でも厳罰に処されるため、緊張のあまり失神する先生も続出だそうである。

生徒は授業に集中しているのではないのだ。目を皿のようにし、耳を欹《そばだ》てて、懸命に教師達の粗探しをしているのだそうである。なんちゅう学校かそれは。

冗談を飛ばして頬を緩ませただけで不真面目だという苦情が殺到する。体罰だのモラハラだの、そんなレヴェルではない。いつの世にも問題行動を執る困った先生というのは少なからずいた訳だが、今や笑顔が問題行動になるのだ。駄洒落《だじゃれ》を言っただけで懲戒免職だそうである。

レオ☆若葉などは秒殺で死刑だ。

そんな訳で、あの街もこの街も、夕方を過ぎると人っ子一人いなくなるのである。

どこで誰が見ているか判らないからだ。

歩き方が変だから妖怪かもしれないとか、どうも顔が笑っているように見えるから妖怪かもしれないとか、その程度でも警察は来る。

因《ちな》みに、警官の数は往時の倍に増えているという。

社会正義に目覚めた者が大勢いたものか、社会が変わって職を失ったサービス業の人達なんかが大挙して転職したものか、取り締まられるくらいなら取り締まる側になろうということなのか、それは判らない。

で、まあこんなに道徳倫理正義清潔清廉潔白を重んじる社会であれば、さぞや住み易く暮らし易くあるだろうと思いきや、それも違うのだった。

揉《も》めごと争いごとの類《たぐ》いは急増。暴力沙汰《ざた》も倍増。

暴行事件殺人事件は日常茶飯事。民事訴訟の提訴件数も過去最高。まったく審理は追い付かず、その結果実力行使に出る者続出で、結局は暴力沙汰に発展する。裁判に負けても不服としか受け取らず、控訴するというならまだしも、不当判決と怒り狂って裁判官に暴行を働いたりするというのだから、もう何をか言わんやである。

全員、自分が善だと信じ込んでいるのである。

誰一人、人の話を聞こうとしない。

これは、多分妖怪が出なくなった所為《せい》ではないかと平太郎は予測している。

国民共通の敵・悪の権化たる妖怪を失ってしまったために、怒りや不満の捌《は》け口《ぐち》がなくなってしまい、仕方なく大衆はその矛先を隣人へと向け始めたのだろう。溜《た》まりに溜まったフラストレーションを互いにぶつけ合っているだけなのだ。

なんちゅう乾いた人間関係だろうか。

政府はまた、そうした風潮に拍車をかけるようなことばかりするのであった。

何といっても、早々と妖怪問題の終結宣言をしてしまったのだから、始末に悪い。

終結を宣言したとはいうものの、結局のところあれが何だったのかという説明は一切なかった訳で、ただ製造工場壊滅、妖怪は殲滅《せんめつ》と宣《のたま》っただけである。

まあ出なくなったのだが。

それでもこりゃいかんでしょう。

それに加えて。

芦屋道三《あしやみちぞう》内閣総理大臣は何を考えたものか、経済の復興よりモラルの復興、正しい日本を取り戻せ、とぶち上げた。武士は喰《く》わねど高楊枝《たかようじ》、清く正しく美しいなら貧困格差も何のそのという、もう政策でも何でもない、訳の解らない狂人の戯言《たわごと》である。で――。

普通は何言うてまんねんということになるのだろうが、異を唱える者は誰もいなかったのである。隣の親父には不審を抱いているくせに、どういう訳か国策政治方針には一切不審を抱かない。何だか知らないけれど頭から信用し、内閣支持率はほぼ百パーセントであるらしい。

もう、狂気の沙汰だと思う。

どんなもんでも正しい側面と正しくない側面を持っている。誰が何と言おうとガチガチに正しいことなんかないのである。概《おおむ》ね右向いたり左向いたり下向いたりしているのが普通なのであって、時に上向いたり後向いてたりもするもんであり、だから大抵全員一致なんてことはなくて、何割かは妥協したり諦《あきら》めたりもする奴がいる訳だから、どんなに素晴しい行いをしたって不平不満というのは出るもんだと思う。

それが健全なのじゃないか。

それを嫌って、まあ何やかやと煽動《せんどう》したり洗脳したりしてみんなが同じ方に向いちゃったりしてしまうと、所謂《いわゆる》ファッショみたいなもんにもなるのだろうが、どうも今の状況はそれとも違うのである。

おかしいのだ。

何かプロパガンダが提示されている訳でもない。

娯楽番組がなくなってしまったので、その分首相がテレビで演説するような機会は増えているのだが――。

大したことは言わない。

愛と正義で国を建て直しましょうみたいなことを言うだけである。建て直すって、いつの間に倒れてたんだと思う。寧《むし》ろみんなで倒しにかかっているようにしか思えない。

外交は――ない。

何か、もう、全世界から見捨てられている感じである。

妖怪騒ぎで国内外を問わず観光客はほぼゼロになったし、輸出入にも相当影響が出ているはずであり、正直経済的な打撃は戦後で一番大きいのじゃないかと、素人目にもそう思えるのだが、そこは触れない。

一部の国で根強くあった反日の火も消えた。要するにアンチである必要を感じなくなったのだと思う。脅威でもないし仮想敵でもない。嫌うまでもない。ただの貧乏でアホな隣人にしか見えなくなっているのだろう。当然パートナーとしては失格である。かといって援助する気にもならない。守るにも価しない。攻める意味もない。

棄民《きみん》という言葉があったが、今やこの国は棄国なのである。

そのうち、憐日《れんにち》とか憫日《びんにち》とか言い出すだろう。というか、無視かもしれない。

そんな国で、いったいどうやって生きているのか、みんな。

然《しか》るに。

平太郎は、意外と国家なんぞというものは要らんものなのかもしらんと思ってしまうのだ。なきゃないで人が死に絶えるもんでもないのかもしれない。便所のない生活は考えられないと普段は思っているけれど、それは当たり前に便所があるからなのであって、便所がなくても糞《くそ》はできるし、野糞したら死んじゃうとかいうこともなく、大昔の人はみんな野糞だったと思えば、まあ何とかなるものなのだ。

それと同じなのかもしれない。

この国はもう国というシステムが崩壊してしまっている。

福祉も保障も教育もあったもんじゃない。でも、まあ喰うものがあれば死にはしない。明るい未来はないけれど、取《と》り敢《あ》えず今は大丈夫だということか。

問題なのは寧《むし》ろ、このささくれ立った国民感情の方だと思う。寄ると触ると喧嘩《けんか》して殺し合う。みんな口々に愛と正義を叫んでいるが、決して同調はしない。それぞれが猜疑心《さいぎしん》と攻撃性に包まれた、独り善《よ》がりな正義でしかない。だからまず、暴動は起きない。起きてもすぐに鎮圧されるだろう。周囲に。そして警察に。それから戦車に。

ドカンで終わりだ。

破裂だ。

それを糾弾する者はいないのだ。

この間、何故だかデビュー当時のタモリか『ひょっこりひょうたん島』のトラヒゲか『ゴジラ』の平田昭彦《ひらたあきひこ》か柳生十兵衛《やぎゆうじゆうべえ》みたいなアイパッチをつけた何とかいう幹事長が、正当な理由さえあれば私的制裁を許容するという法律を国会で審議するようなことを言っていた。

問題なのは殺してしまった場合の判断が難しいところであり、そこが争点になるでしょうねなんて寝言をほざいていた。

どこの世界にそんな法律を通す国家があるのか。古代とかならあったのか。そのうえ、国内での食料の自給自足に目処《めど》が立ちつつあるため、鎖国《さこく》を検討しているとか言っていた。

鎖国って。

というか、エネルギー問題とかはどうなったんだ。あり得ないだろうそれは。流石にそこのところは質問されていたようだが、使わなきゃいいみたいなことを言っていた。

納得するなよ記者。

これでは小学生に政治を任せているようなものである。

なのにどうして支持率が百パーセント近いんだ。

妖怪を殲滅した科学力と技術力があれば日本は孤立してもやって行けるんですなんぞと、そりゃ譫言《うわごと》だ。寝言だ。

それに。

平太郎は知っている。妖怪が出なくなったのはあのマンションを壊したからでもないし、滅菌殺人ガスを散布したからでもないのだ。あそこが妖怪製造工場なんかではないことは住んでいた平太郎が誰よりも能《よ》く知っているし、どんなガスも妖怪には効かないということも研究の手伝いをしていた平太郎は知っている。毒ガスなんかが役に立つ訳がないのだ。

殺人ガスは文字通り人を殺すガスなのであって、妖怪には効果ナシである。ゼロである。皆無である。妖怪は物理的には存在しない。そんなもんで消える訳がないのだし、まず以《もっ》て生き物ではないから死なない。お化けは死なないのだ。病気も仕事も試験も何にもないのだ。

だから。

まだいる。

妖怪は、滅んではいない。

妖怪は、一箇所に集まっただけなのである。

政府の発表は嘘である。嘘というより見当違いのものである。

妖怪は、まだうようよいる。日本中、北から南から集まったのだ。

富士《ふじ》の裾野《すその》、水木《みずき》しげる大《おお》先生の御座《おわ》す土地に——。

救出された平太郎と香川《かがわ》、湯本《ゆもと》、そして山田《やまだ》老人はそのまま富士山麓《さんろく》に移送された。幸いにも妖怪遺産の八割は運び出すことが叶《かな》った。

目録と照合こそしなかったので確実とはいえないのだが、湯本妖怪コレクションと香川の博物館収蔵品はほぼ全て、山田老人所有の妖怪関係文書、絵巻なども九割方は積んだ。

問題は荒俣《あらまた》のコレクションであった。雑誌、絵画などの紙類は問題なかったが、自動人形《オートマタ》やら福助《ふくすけ》コレクションやらといった美術工芸品関係、更には各国各地の好事家から預かっているという奇妙奇天烈で超貴重——かもしれない——お宝は、形も大きさも様々で異常に場所を取る。そのうえ扱いを慎重にしなくてはならないものばかりだった。何たって失われた聖櫃《アーク》もあれば本物かもしれない仏舎利《ぶっしゃり》もあり、マジに作り物とは思えないエジプト王族のミイラだの日中戦争時代に紛失したはずの北京《ペキン》原人の化石まであったのだ。

本物なのかどうかは知らないが。

それらの一部はタイムアウトになってしまい、残して来ざるを得なかった。

残念である。

中でも取り分け残念だったのが、學天則《がくてんそく》——の本体を置き去りにしてしまったことだ。

重過ぎて動かせなかったことに加え、もし運べたとしても物理的に積むスペースがなかったのである。半端に大きいのである。學天則は。

　これは平太郎的にはかなりの痛恨であった。

　あれはレプリカではないのだ。本物である。

　多分、歴史的価値も骨董《こっとう》的価値も美術品的価値もあるのだろう。

　そういう鹿爪《しかつめ》らしい価値に関しては、まああるのだろうくらいしか判らないのだけれど、平太郎としては今はなき円谷《つぶらや》プロの怪獣倉庫が目の前にあって、それがもう火事でぼうぼうに燃えていて、あんな怪獣もこんな怪獣も焦げていてもう助けられないよう燃えてるのが見えてるのにい――といった感じの、極めてオタク的な情動に依るところの葛藤《かっとう》のようなものがあったのだった。

　でも命には代えられなかった。下手をすると他の妖怪遺産も全て失うことになってしまう。

　まさに後ろ髪を引かれる想いで、平太郎は杉並を後にしたのだった。あの學天則は。

　――どうなったのだろう。

　避難先である富士山麓の別荘地には、水木大翁を始めとする旧『怪《かい》』関係者達がいた。

　學天則の付喪神《つくもがみ》である學天則ジャイアントの姿を借り世を攪乱《かくらん》した荒俣宏《ひろし》もまた、先に到着していた。荒俣は平太郎達四人の無事な姿を目にすると大いに喜んだ。そしてコンテナから運び出される品々を見てもっと喜んだ。いや、もっとずっと大変に喜んだ。

　喜んだのだが――。

やはり、學天則がないことに関してはショックを受けていたようである。

何といっても今回荒俣が助かったのは、半分は學天則のお蔭なのである。

そして――。

「あの、村上さん」

「何。ちょっと遅いな。大丈夫かな」

「いや、ですからその、荒俣先生のことなんですが」

「いいよそれは。黙ってろよ」

荒俣は仕方がないと言ってはいたが、どうしても諦め切れなかったのだろう。まあ、ガスを撒こうが火を付けようが、NASAの内壁に守られたあのマンションの中にある分には無事のはずである。學天則は生き物ではないからそれこそ死にはしない。

しかし。

マンションを解体する旨の報道がされた途端、荒俣は大いに動揺した。

そして學天則を救出に行くと言い出したのであった。

もちろん全員が止めた。

だが荒俣の決意は固かったようだ。

空になったコンテナトラックで現場に乗り込むと言い出したのだ。

日頃沈着冷静な碩学《せきがく》の徒・荒俣宏とは思えない、激しい決意であった。

ただ、荒俣は運転ができない。

そこで白羽の矢が立ったのは、こともあろうに、たぶんレオ☆若葉に次ぐチキン野郎として歴史に名を残すだろう及川史朗《おいかわしろう》なのであった。

平太郎は現場にいなかったのだが、及川はそれは激しく抵抗したらしい。絶対に無理だ、命がなくなると中止を進言し、腰が痛いの腹を毀《こわ》したのと、それはもう見苦しく言い訳した。その言い訳の仕方が良くなかったものと思われる。及川はどうも、見た目がやさぐれて見えるのである。多分悪気は一切ないのに。妙に反抗的な態度に見えてしまうのだ。

荒俣はその態度に気分を害し、より意固地になってしまったのではないかと平太郎は想像する。平太郎はあのマンションで暫《しばら》く荒俣と過ごしたが、かの博物学者はそれは温厚であり、危機に際しても臆することなく、声を荒らげることもほとんどなかった。

その荒俣が、怒ったという。

平太郎は想像することができない。何があったのかは判らないが、及川は叱咤《しった》恫喝《どうかつ》され、何か粘《ねば》る汗のようなものをダラダラ垂らして従ったのだという。まあ、及川の命と學天則を天秤《てんびん》にかけるなら、平太郎でも學天則を取る——ような気もする。

そして荒俣は、及川と、担当であった岡田《おかだ》を伴い、朝霧の中書き置き一枚を残してこっそりと出発したのだった。岡田も断れなかったようである。

書き置きには、

——天の則に学ぶ。妖怪御一統の健闘を祈る。

と書かれていた。

トラックと三人の姿が消えていることに気付いた郡司《ぐんじ》や京極《きょうごく》は大いに狼狽《ろうばい》した。

幾度も岡田や及川に電話やメールをしたようだが、電源は切られていたようだ。

それっきり。

三人は戻らない。

既に一箇月が経過している。

「でも、無事なんですかねえ」

「死んでないよ。京極さんも言ってただろ。もし荒俣宏なんて大物が網に掛かったら、間違いなく大々的に報道されるよ。場合に依っちゃ公開処刑とかやり兼ねないって。世間じゃあそこで妖怪作ってたのは荒俣さんだってことになってんだから」

まあ、そうなのだ。

荒俣はこんなことになるまであのマンションに普通に出入りしていたのだから。近隣の者ならみんな、あそこに荒俣が住んでいたことを知っていたはずだ。荒俣宏は有名人なのだし。

「今や妖怪関係者唯一のお尋ね者だぜ。香川さんと湯本さんはあの殺菌除染作戦で死んだと思われてるようだけど、荒俣さんだけは指名手配なんだぞ」

學天則ジャイアントが荒俣宏だと見抜いた者もいたようである。

テレビ画面には巨大ロボットとして映し出されていたけれど、実際は荒俣が歩いていただけなのだから、見抜く者もいようというものである。因みに、山田老人と平太郎はノーマークである。一般人なのだ。小物なのだ。

「何だか知らないけどな、敵さんは企《たくら》んでんだよ。おいらも京極さんも多田《ただ》ちゃんも、まあ手配されても仕方がないのに、今のところはされてないだろ。『怪』の残党はみんな死刑でもいいくらいの勢いなのにさ」

「じゃあ荒俣さんは」

「それでなくても目立つのに、あんなでっかい車で移動してさ、どっかに潜んでるとは思えないよ。現場に突っ込んだなら、それだけで報道されるだろ。それもないしさ。なら阻止されたんだろ。で、いくら岡田選手がついてるといっても、戦力にはならないだろうし、及川選手なんかは死んでるかもしれないけど、荒俣さんは捕まったんだよ」

「ホントに捕まってるんでしょうか」

「そうだろ。でも伏せられてんだって。きっと、俺達の本拠地の場所を問い詰められてるとかそんなだよ。知らんけど」

「ご、拷問！」

仲間の居場所を吐けッ――と、まあ平太郎の想像力ではどうしても時代劇になってしまうのだ。ささくれた竹でバンバン叩かれ、水を掛けられ、石を抱かされたり鉄の首輪嵌《は》められたり爪の間を針で――。

何考えてんだお前という村上の声がくだらない思考を止めた。

「もっと別なこと訊《き》かれてるのかもしれないしな」

「別なこと――ですか」

いずれにしても、平太郎達の隠れ棲《す》む場所が特定されてしまうのはマズいだろう。

そこは既に、この国のすべての民から敵視され蔑視《べっし》され忌避《きひ》されたありとあらゆる妖怪関係者の集団疎開場となっているのである。

妖怪漫画家、妖怪画家、妖怪イラストレーター、妖怪造形家、妖怪シナリオライター、妖怪俳優、妖怪声優、妖怪映画監督、妖怪アニメーター、妖怪パフォーマー、妖怪編集者、妖怪評論家、妖怪小説家、妖怪ライター、妖怪学者、妖怪研究家、妖怪好事家やその辺の妖怪馬鹿に至るまで、そこは行き場をなくしたお化けの友が群を成して隠れ棲む、お化けの隠れ里になっているのであった。

というか、何でもかんでも妖怪を付ければいいというものではないと思うのだが、どうなのか。ただ妖怪関係者といってもそこはまあ色々なのである。

多田や京極のような、どこを取ろうが裏返そうが引っ繰り返そうが茹《ゆ》でようが揚げようが妖怪の人、というのはもう、最初から言い訳が利かない訳なのだが、例えば過去、妖怪が関係する仕事に関わっていて、妖怪というよりその仕事に愛着を持っていたりする人、その仕事が代表作になっていたりする人なんかも、それだけで世間からはその手の人間として十把一絡《じっぱひとから》げで白眼視されてしまうというのは些《いささ》か不憫《ふびん》だと思う。

仮令《たとえ》そうした世間の評価がその本人にとって不本意であったのだとしても、それ以外にも立派な功績業績が沢山ある人だったのだとしても、まあ妖怪関係者認定されてしまった段階で普通には暮らせない世の中であることは間違いない。

実際、単に仕事として作画を引き受けただけなのに妖怪アニメーターとか呼ばれちゃうのはどうかとも思うが、幸いにもというか不幸にもというか、妖怪を仕事にした人の大半はホントに妖怪好きになっていたりするので、まあ仕方がないか——という感じなようである。

平太郎が到着した段階で、二百人以上はいたようだった。

その後も、一人二人と増え、現在は三百を超そうという人数になっている。

実にそれだけの人数が生活しているというにも拘《かかわ》らず、今のところバレてはいない。

市街部からは離れた山中であること、かなり早い時期に良くない噂が立ち、ゴーストタウン化していたことなどが幸いしているのだろう。妖怪殲滅宣言が出された後も、一般市民で近寄る者は誰一人いないのだ。

一帯は元々別荘地であり、山の中に建物が点在している。そのほとんどに妖怪関係者が棲み着いている。水木大先生だけは元々そこに別荘を持っていた訳だが、後は建物を不法に占拠しているということになる。事前に持ち主から買い取った、或《ある》いは賃貸契約を結んだという人もいるようだが、きちんと手続きを踏んで住んでいる人は一割に満たないと思われる。

九割方が勝手に暮らしているとなると、その場合電気ガス水道なんかはどうなるんだという当然の疑問も涌《わ》く訳だが、それは普通に使っているらしい。使えば金はかかる。料金は本来の持ち主が払っているということになるのだろう。無人のはずの別荘の電気料金の請求書が届いたり、水道料金が引き落とされたりしたらおかしいと思うのが普通なのだろうが、本来の持ち主は妖怪の仕業とでも考えたようで、今のところトラブルはないらしい。

都合の良い話である。

人数こそ多いが、まるで映画『うる星《せい》やつら2 ビューティフル・ドリーマー』みたいな設定じゃないかと平太郎は思ったものである。電気ガス水道付きのサバイバルなのだ。

と、いう訳で、ライフラインだけは何とか確保されているのであるが、それでも足りないものはある。

まず食料である。

喰えばなくなるし、山中にはない。

それから、トイレットペーパーやティッシュペーパーなどの消耗品は使えばなくなる。医療品だって必要になる。

要るものは要るのだ。

それぞれがこっそり山を降り、麓《ふもと》の量販店で買ったりしていたようだが、先だってそのスーパーだかディスカウントストアだかが店を閉めてしまったのである。元来、別荘に来る者と観光客を当て込んだ商売だったのだろうから、これは閉店してしまっても仕方がない。

観光という言葉は現在では死語である。

物見遊山に出掛けるなど言語道断の行ないなのだ。

こうなると厳しい。

ぞろぞろと山を降り、街まで買い物に出掛けるというのは危険である。有名人著名人も多いから、顔バレもするし、山に出入りしているところを見られると確実に怪しまれる。

御用聞きのように必要なものを聞き集めて、少人数で纏《まと》めて買いに行くということもしたようだが、如何《いかん》せん一人二人が買うにしては量が多くなる。怪しまれる。そもそも買う金もそんなにないのだ。

みんな働いていない。というより働けないのだ。

と——いう訳で。

「今日はお米ですか」

「米と、薬関係だな」

「ありがたい話ですね」

「ホントだよ。まあ、こうなると生きてるだけでマシって気になるけどな」

平太郎は闇物資調達の手伝いに来ているのだ。

似田貝が姿を現し、両手で丸を作った。

脚までガニマタにすることはない。

「来たぞ」

黒いバンと乗用車が一台、ゆっくりと似田貝のいる交差点を曲がる。

似田貝は車を追いかけるようにしてこちらに走ってきた。走り方が変だ。往年の萩本欽一《はぎもときんいち》を思わせる、妙な動きである。

二台の車は村上の前で停まった。

バンの扉が開き、坊主頭の男が車から降りた。

「ども」

それは元TOKYO FMの小西《こにし》であった。平山夢明《ひらやまゆめあき》のラジオ番組を担当していた人物である。京極もレギュラーのゲストとして参加していた番組だ。

「大丈夫っすか」

「巡回には引っ掛かってません。宮部《みやべ》さんのご好意でお米を――これ何キロあるのかなあ。積めるだけ積んできましたから。それと、伯雲軒《はくうんけん》のブドーパン。あと薬やなんかは講談社《こうだんしゃ》とか角《かど》川《かわ》の人が用意してくれました。もう社名変わっちゃったのかな」

講談社は旧社名である大日本雄辯會講談社《だいにっぽんゆうべんかいこうだんしゃ》に、角川グループホールディングスは解体し、KADOKAWA優良書籍出版社《ゆうりようしよせきしゆっぱんしゃ》とカドカワ正直情報配信社《しようじきじようほうはいしんしゃ》になったような話を聞いた。講談社はともかく角川の方はどうなんだその社名。

京極さんお元気ですかと小西は言った。

相変わらず元気はないですと村上は答えた。

「これは車のキーです。じゃあ、僕は宏島《ひろしま》の車で帰りますから――」

後の乗用車から、やはり同じラジオを担当していた宏島が顔を覗《のぞ》かせた。妙に強張《こわば》った顔をしている。元より小さい眼が更に縮こまっている。尿意を堪《こら》えているような顔である。

「どうしたの宏島さん。まだ大丈夫だよ。戦車来るまで十五分くらいあるから。一旦《いったん》降りたって充分間に合うから」

「こ。ここにし。は、はやく乗って」

「何よ？」

小西が怪訝《けげん》な表情になる。

「いいから早くこっちに来いよ」

宏島が怒鳴った。

「何大声出してんの。大声の方がヤバくないすか」

似田貝が宏島の車の横に立ち、どうしたんすかと尋《き》いている。宏島は、運転席からその間延びした丸い顔を見上げて、いいからあっち行ってくださいよと言った。お尋ね者に援助しているのだから、まあ背徳《うしろめた》くもあるのだろう。見付かったら同罪になるのだろうし。かなり腰が引けているように思えた。怯《おび》えているのだ。

小西は首を傾げ、じゃあまた来月、と言って宏島の車に向かった。

「みなさんに宜《よろ》しく」

いいから早くしろってば小西と宏島が言う。

そこで。村上はバンの鍵《かぎ》を似田貝に放った。

「おい、乗れ」

「うはあ」

似田貝はキーを屁《へ》っぴり腰で受け取ると、やっぱり欽ちゃんのような走り方でバンに乗り込んだ。それと同時に宏島が車を急発進させた。

「ごめん」

宏島は——そう言ったようだった。

ごめんって何よ。

「よし。行け、大介ッ」

村上が怒鳴る。

「え？」

乗ってないですけど。なのに似田貝は車を出した。

そういう段取りでしたっけ？　って僕らはどうなるのでございましょう。

似田貝の乗ったバンが走り出すのと同時に、宏島の車と擦れ違うようにして、装甲車のようなゴツい車が角を曲がって突っ込んできた。交差点の死角になっているところで様子を窺《うかが》っていたのだろう。宏島が急発進したのとほぼ同時に、同じく急発進したのに違いない。

装甲車は大きく回り、ブレーキの音を響かせて急停止した。

「ひゃあ」

「ひゃあじゃねえよ平太郎。これからが本番じゃないかよ。ションベンちびるなよ汚いから」

装甲車から数名の武装した男達が降り、走り去るバンに向けて数発発砲した。

その後、銃口はこちらに向けられた。

「追いますか」

「いや、非常線を張ればいい。おいこら。YATだ。妖怪推進派の残党だな。おとなしく投降すればここでは殺さない」

「ここでは？」

「そう。ここでは、だ。しかし勘が良かったな。慎重に近寄ったつもりだったが」

耳がいいんだよと村上は言った。

「車を先に発進させたのは賢明だったかもな。一網打尽にして補給物資を断つつもりだったんだが——まあ、車も捕まえるけどな」

「そっちこそ勘がいいじゃんか。巡回にも引っ掛かってないし、場所だって毎回変えてるんだけどなあ」

「通報があったんだよ」

「へ？じゃあ」

「宏島さんが裏切ったんだな。まあいいさ」

「良くないですよッ」

「ここでは殺さないって言ってるしな」

「ここじゃないとこで殺すって意味じゃないですかッ」

「夜間外出罪だよ。今はそういう罪があるんだ。逮捕させて貰うぞ」

「うっせえよ」

村上はそう言うとYATのリーダーっぽい男に組み付いて揉《も》み合い、挙《あ》げ句《く》にそいつを一度殴った。何てえことをするんだいこの兄貴は。平太郎は怖《お》じ気《け》づいて全く動けない。そんなことしちゃあ撃たれちまうじゃあないか兄貴。

「簡単には捕まらねーよ」

「莫迦《ばか》かお前は」

全員の銃口が村上に向けられた。

「今だ逃げろへいたろう」

「は？」

護《まも》ってくれたってことですか兄貴。

でも平太郎はもう腰が抜けていて歩くこともままなりません。

というか、マジ失禁しそうです。いや、やや漏《も》れたかもです。

こんな危機一髪、映画だってそんなにないんじゃないですか。

「って逃げねえのかよ仕方がねえなあ」

村上はそう言ったが、多分これは芝居なのである。

そういう段取りではなかった――はずだ。緊張の余りほぼ忘れてしまったのだが、というか協力者が裏切るという筋書きは聞いてなかった気もするのだが。

村上はそこで両手を上げた。

「観念したか。お前は――」

「おいらは、さたなき五郎《ごろう》という下っ端だ」

「は？」

嘘だなと隊長らしき男が言った。

「見覚えがある。照合しろ」

YATの一人がスマホのようなものを村上に向ける。

こっち向けと言う。

村上は眉をヒン曲げ口も歪《ゆが》めてスマホを覗き込んだ。

「こうか？」

「不逞不逞《ふてぶて》しい野郎だな。うーん、あ、間違いないですね。最重要注意妖怪関係者、ランクAダッシュの村上健司です」

あ——。

あれは海外ドラマなんかで最近見かける顔認識ソフトか何かでありましょうか。

「村上か」

「村上ならどうだよ。ばーか。違うよ別人だよ」

って挑発してどうするんすか兄貴。

「別人だぁ？　そっちは」

「そっちは榎木津平太郎というもっと下っ端だよ」

「ホントですかね」

スマホを向ける。

いや、本気で下っ端ですから。

「こっちはリストにないようですね」

リストにないなら見逃して欲しい――と、平太郎は一瞬思ったのだが、それではきっとミッションが完遂できないのである。

うーん、手順を少し思い出してきた。

裏切りは置いておくとして、捕まった場合の手順は聞いていた気がする。どうだっけ。捕まりたくないという想いが先立っていたので捕まった時のマニュアルはほぼ右から左だった。

「連行しろ」

二人が平太郎の両脇に付き、腕を捩《ね》じ上げて手錠を掛けた。平太郎、人生初手錠である。

ドラマみたいにカチャッとか掛けないいんだなと、そんなことを思う。どっちかというとギュウというか、ギリギリというか、そんな感触だ。

そのまま背中を押されたのだが、腰が抜けたというか膝《ひざ》が笑っているというか、いずれそういう状態だったので前のめりに転んだ。後ろ手に手錠を掛けられているので防御も何もできずに、強《した》かに顔を打って、多分鼻血まで出た。全く暴力行為を働かず、受けてもいないのに、平太郎は何故だか満身創痍《まんしんそうい》である。

一方の村上は何ともない。

装甲車に乗せられた。

「本部に戻りますか」

「いや――おい、逃走した車両の方は」

「はい。それが――おかしいんですよ」

「おかしいって何だよ」

「車は三ブロック先で確保したという連絡が入ったんですが、誰も乗ってないんですよ。荷物もない」

「そんな莫迦な話はない。別の車両じゃないのか」

「同じ車種、同じ色なんですが。先程はナンバーまで確認できなかったもので」

「じゃあ別の車両なんだろう。何をぐずぐずしてるんだよ。逃がしたら懲罰ものだぞ。というか、ここから、そこだぞ。そんなもん普通逃がさないだろうよ」

「はあ。ただ、陸自による三十分置きの巡回で発見された路上駐車車両は、即座に管轄の警察に通報されることになってますし、通報を受けた所轄は十五分以内にレッカー移動するというのが決まりですから、少なくともそんな車はなかったんですよ、さっきまで」

「言い訳にならないだろう」

「同じ車種の無人車が突如現れたことになりますが?」

「協力者が――いるのか」

隊長っぽい男が村上に尋いた。

「近くに同じ車用意しておいて、タイミングを合わせてそれらしい場所に停めて乗り換えたんじゃないのか」

知らねーと村上は答えた。

「嵌めたな、村上」

「だから知らねーよ。おいらはさたなき五郎という下っ端なので、上のすることは知らないから。おいらは主《おも》に替え歌なんかを作って上の人を笑わせたり慰めたりすることが役目だし。謂《い》わば、喜びおやじ組だよ。どんな曲でもアカペラで、しかも前奏間奏付きで歌えるからな。歌おうか？」

「歌うな。殺すぞ」

「なら歌わねえよ」

「おい。お前は慥《たし》か、全日本妖怪推進委員会《ぜんにほんようかいすいしんいいんかい》の世話役だよな。世話役といえば役付きじゃないのか」

「そんなもん知らないって。顔が似てるんだよ村上さんに。大体、おいらはあんなに鼻毛出てないから」

いや、ちょっと出ていると平太郎は思ったがもちろん黙っていた。

「さっきの車に乗っていたのは誰だ？」

「それが村上じゃないか」

隊長は銃口を村上に向けた。

「いい加減にしろよ。お前が本当に下っ端ならここで射殺しても俺は咎《とが》められないんだぞ」

そう——なんですか？

下っ端は逃がす的な、そういう情状酌量的な判断はない訳ですか？　下に行けば行く程、責任やら何やらは軽くなるもんじゃないのでしょうか。

下っ端じゃなきゃどうなんだよと村上は問う。

「もちろん、殺さない。尋きたいことがあるからな」

「なら殺せば。おいら何にも知らねーし」

お願い殺してええと村上は巫山戯《ふざけ》た。

「マジ殺すぞてめえ」

チーフ待ってくださいと一人が止めた。

顔認識ソフトを持っていた男だ。

「こいつ、村上ですから。間違いないですって。出鱈目《でたらめ》じゃないですか言ってること。最新技術信用してくださいって。早まったりしたらそれこそ懲罰ですから」

「そうだけどな」

「じゃあ、こいつら一旦霞《かすみ》が関《せき》の本部に連れ帰って尋問しますか。ランク確定できないと処置に困りますよ。ランクC以下は国立人格矯正センター送り、B以上は、特務機関の収容所ですよね」

「ならその矯正センターじゃん。俺ら下っ端は。なあ平太郎」

お願い矯正してええと村上は巫山戯た。

「こいつ、絶対村上ですって。どんなに顔曲げたってソフトは誤魔化《ごまか》せないすよ」

「違《ちげ》ーよ。そのソフトがバグってんだよ。だってこいつなんか、ホントは元『怪』編集顧問の郡司さんだよ？」

それはないでしょうに。

それはない、と隊長は間髪を容《い》れずに言った。

「年齢が違い過ぎる。郡司がこんなに若い訳がない。それに元編集顧問は六角精児《ろっかくせいじ》に似ているという情報もある。全然似ていないじゃないか」

そんな細かい一口メモを何故知っているYAT。

「とにかく、おいらは下っ端だから」

「収容所に向かえ」

隊長はそう言った。

村上はちぇーと言った。

かなりワザとらしい。

「護送は俺と、後三人でいい。残りは逃走車の追跡確保に協力しろ」

隊長は人員を割り振り、数名が装甲車を降りた。そして車は走り出した。

「その、何だ、収容所ってのは遠いワケ？　おいらわりーと小便《しょんべん》近いんですけど」

「静岡《しずおか》だ」

遠いじゃんと言って、村上はぶるぶると顔を振った。

「漏らしますよ。おいらは」

「知るか。今思う存分漏らしておけ。収容所の中がどうなっているのか、それは俺達も知らない。あそこは内閣官房の特務機関管轄だ。一度入ったら、まあ出ては来られないだろうな」

「オソロシイ訳な」

「恐ろしいだろうよ。そっちの下っ端は可哀想だな。お前一人なら人格矯正センターで済んだのになあ」

「そ、そっちは恐ろしくない？」

「恐ろしくないさ。訓練を受ければ、もう、恐ろしいとか厭だとか、そういう気持ちにならなくなる。矯正されるからな、人格が」

「それは――」

人格矯正じゃないと思うが。

電気掛けられたりするらしいがなと隊長は言った。

「まあちょっとビリビリするだけだ。矯正された後は平和な人生だ。毎日単純な作業して、飯が喰える。社会にとって無害と判断されれば、社会復帰も夢じゃない。収容所よりずっといいと思うがな」

地域ごとに設置されている道徳倫理管理センターは各自治体が運営しており、カリキュラムにもムラがあるらしい。こちらは『20世紀少年《にじゅっせいきしょうねん》』に出て来るともだちランド的なものらしいのだが、国立人格矯正センターの方はもっとヤバい感じのようである。いったいいつの間にそんなものを作ったんだ政府。

で。

それより凄《すご》いという収容所って、いったい。

大丈夫なのか自分。

平太郎は村上の様子を窺った。

残念だったなと隊長は言った。

「そこさ、入ったら出て来られないのか？」

「そんなに入る奴はいないからな。まあそうだよ。命があったって、二度と娑婆《しゃば》の空気は吸えない」

こんな娑婆なら吸いたくねーよ空気と村上は言った。

「で？　誰か入ってるのか」

「まあな。一箇月くらい前に三人」

「そうかい」

村上はそこで、不敵に笑った。

廿弐

妖怪馬鹿、珍しく深謀《しんぼう》を巡らす

及川史朗は放心していた。

考えように依《よ》ってはこれが何よりの拷問である。

何もすることがない。話す相手もいない。そもそも何もない。窓もない。机もない。椅子もない。ベッドもない。本気で何もない。白い部屋の中には、壁と床と天井しかない。

窓のない扉と、ボタンがひとつあるだけである。

朝か昼か夜か判らない。

食事は定期的に差し入れられる。多分、朝と夜に。メニューは全く同じであるから、朝飯なのか晩飯なのか判らなくなる。一回ズレてしまえばもう判らなくなってしまう。晩飯から朝飯までの時間の方が少し長いので、あれれと思うくらいである。

朝飯というよりブランチなのだ。

午前十一時前くらいに一回。午後八時過ぎくらいに一回。そんな感じだと思う。パンと具なしスープ。終わり。箸《はし》もナイフもフォークもない。

量も少ない。

こいつはダイエットになるぞと思ったのだが、何故か腹が引っ込む様子もない。意外に栄養だけはあるのかもしれない。

喰《く》う間、看守はただ見ている。マウンテンゴリラ似の中年差し掛かりがパンを喰ってるところを見続けるのは見る方にしても拷問じゃないかと思うが、厭《いや》がる様子もない。

看守は一言も口を利かない。

便所に行きたくなったら壁のボタンを押す。すると看守がやってきて、便所に連れて行かれる。大だろうが小だろうが横で見ている。

臭《くさ》いと思う。

その上落ち着かない。恥ずかしい気持ちは消えた。というか、これこそ見ている方が拷問なんじゃないのかと思うが、それでも看守は厭がる様子もない。

でもって、口は利かない。話し掛けると殴られる。声を出しても殴られる。部屋で独り言をぼそぼそぶつぶつ呟《つぶや》いたりしても、看守が入ってきて殴る。ずっと聞いているのかよと思う。

聞いているんだろう。

すげえな看守、とは思う。

喋《しゃべ》らなければいいのかと思い、無言で激しいダンスをしてみたのだが、矢張り看守が速攻で入ってきて、いつもより少し多めに殴った。見てるのかよ。見たのかダンス。

見ているんだろう。

本気すげえな看守、と思う。

及川には絶対にこの仕事は務まらないだろう。そう思って確認してみたら、天井の四隅にカメラらしきものがあった。モニタリングされているのだ。

実験なのか。何かの。

風呂《ふろ》はない。三日に一度くらい連れ出され、全裸にされてホースでお湯をかけられる。馬か牛か。いいだけじゃあじゃあ掛けられて、一方的に終わる。拭《ふ》くことも許されない。自然乾燥である。乾くと、白い貫頭衣のようなものを着せられる。

つまり、ノーパンである。

やや清々《すがすが》しい。ちょっと心細い。

蒲団《ふとん》もない。毛布もない。床にごろ寝だ。温度も一定だから寒くはないが、枕くらいは欲しい。それに関してはあんまりだと思う。

これ、もう人権とかないと思う。

刑務所はもっとずっと快適なはずだ。

独房にだって慥《たし》か、テレビもあれば便所もあり、蒲団かベッドがあって、マンガくらいは読めるはずだ。窓も在るだろう。鉄格子は嵌《は》まっているだろうが。風呂も入れるし、天突き体操なんかもするようだ。まあ、その辺は花輪《はなわ》和一《かずいち》さんの漫画で読んだのだけれども。

踊りも踊っていいだろう。

慰問で落語家さんなんかが来たりもするのだ。罪を犯しても、ちゃんと受刑さえしていれば笑わせてくれるのだ。親切じゃないか刑務所。映画なんかも見せてくれるはずだ。

今の及川の境遇に比するに、刑務所は天国だ。もの凄《すご》い娯楽施設のように思える。

それより何より、会話がある。雑居房なんかは合宿所のようなものなのだろう。でもって仕事がある。刑務所内のルールもある。つまり、生活がある。

模範囚は褒められて、早く出所できる。

ところが、ここときたら何もない。まあルールはあるのだけれど、要は口を利かず何もしないというだけのルールなのであって、破れば殴られ、守っても褒められることはない。

地獄である。

以前、世の中がおかしくなり始めた頃、『怪』が廃刊扱いになって閑職に追いやられた及川は、やっぱり同じように幻滅した。

やりたい仕事ができない。

やりたくない仕事をするのは、まあ仕事なのだから仕方がないと思う。だから、多少厭でもちゃんとやる。でもやりたい仕事が全くできないというのは、こいつは地獄だと思った。何度も辞めようと思ったものだ。甘かったな自分、と思う。

まあ辛《つら》くはあったのだが、でも、この収容所に比べたら、あの頃はもう、天国である。極楽である。ハライソである。シャングリラである。虹《にじ》の国アガルタである。

もう、地上はパラダイスだ。

ボボンボン。

これは判る人にしか判らない。

で、もうかなり長く及川はここにいる。十年くらいいるような気持ちではあるのだが、きっと一箇月くらいなのだろう。能《よ》く正気でいられるものだと、自分で自分を褒めたくなる。

及川の正気を支えているのが、岡田の存在である。

岡田も一緒に捕まっている。捕まって以来一度も会っていないが、多分、岡田も及川と同じ扱いを受けているはずだ。そうに違いない。

そう思うと、多少気が楽になるのだ。

及川は色黒だ。岡田は色白だ。

及川はずんぐりむっくりで岡田はスリムである。

及川の毛は伸ばすと仏像の螺髪《らほつ》のようになる。だから伸ばせば伸ばす程膨《ふく》らむ。岡田は天使の輪が出るサラサラヘアだ。及川に生えるのは毛で岡田に生えるのはヘアなのだ。

もう、種類が違う。というか、属が違うと言われる。

属って、ヒト属ということだろう。なら及川はホモ・サピエンスではないのか。四万年も五万年も遡《さかのぼ》らなければ岡田と合流できないのか。もっとだっけか。いや、属だからまずホモが頭に付かないのだ。ならホモ・フローレシエンシスとかホモ・ネアンデルターレンシスでさえないということになる。なら五十万年とかだっけ。いつ分岐したんだ。

まあそれくらい違うのだ。

しかし。この人権を無視した過酷な状況下にあっては、まあ誰が何と言おうと及川の方が向いている。こういう人道的にあるまじき扱いを受けるなら、まあ及川の方が似合うだろう。

嬉《うれ》しくないが。

岡田がお湯掛けられたりしているのは、それだけで可哀想だし、そんな辱めを受けているところを想像すると心が痛む。まだ俺の方がマシじゃないかと思うのだ。

向いているから。

侮蔑《ぶべつ》や嘲笑《ちようしよう》や卑下《ひげ》に慣れているから。

——くっそう。

何なんだとも思うのだけれど。まあ、岡田はあれで意外に芯《しん》が強いから、死んだり発狂したりはしていないだろう。けれども、まあ見た目は及川の方がマッチしているのだ。床で寝る岡田は哀れだが、床で寝る及川はそれなりに普通に見えるだろう。排便を見られたって及川は平気だ。ヒト属じゃないし。強い子だから。

と。

そこまで考えて、突然萎《な》えた。こんな虚《むな》しい自己啓発があるだろうか。

壁を見る。

白い。

床を見る。

白い。

天井を見る。

白いじゃないかよ馬鹿野郎。

むきいと声を上げたくなって止《や》めた。

でかい屁《へ》でもしたらやっぱり看守は来るだろうか。殴るか屁でも。

でも、このまま何もしないでいるくらいなら、殴られた方がまだ楽しいかもしれない。痛いけど。痛くともそれはコミュニケーションではあるのだし。触れ合いもある。痛いけど。

それよりも——。

及川が一番気に懸けているのは、荒俣のことである。

荒俣宏は大物だ。及川などとは比べ物にならない。及川は小物というより微物だし。

及川がゴミムシなら荒俣はシロナガス鯨《くじら》だ。及川が塵《ちり》なら荒俣は太陽である。質量で言ったら、何億兆倍か大きいのだ。それこそいい加減な数字だけれど。

つまり。

拷問もそのくらい差がついているのではないか。

いやあこの地獄の数億兆倍ヒドい地獄って、それはもうモノホンの、『往生要集《おうじょうようしゅう》』なんかに載っているような、そういう奴なんじゃないのだろうか。

それは問題だ。

どんな酷《むご》い目に遭っているものか——もう想像できない。想像したくない。想像したらバチが当たる。

もしかしたら。

命がなくなってやしないか。

「う」

声を出そうとしたその刹那《せつな》。

ドアが開いた。及川はひゃお、と言ってしまった。

言ってから殴られると思って首を竦《すく》めたが、何故か殴られなかった。もうすっかり見慣れた看守は、無表情のまま突っ立っている。

「飯？」

の訳はない。お湯掛けるのか？

「出ろ」

「はあ？」

ほとんど初めて声を聞いた気がする。声を出すなとか便所の時はボタンを押せとか、そういう説明は別の男がしたのである。

声が出るんだななどと思ってぼーっとしていた。

いや、出ろとか言ってるんだよな。

「え？」

流石《さすが》に殴られるかともう一度首を竦めたが——殴られなかった。

「早く出ろ」

「ああ」

まあ出ろと言うなら出ますよと、及川は部屋を出た。

この、昔のギリシャ人というか縄文《じょうもん》時代の人というか手術着というか、何ともシンプルな服は、部屋の中にいる分にはいいのだが——いや、慣れただけなんだろうけれども——廊下に出ると途端に侘《わ》びしい気持ちになる。そりゃ何たってパンツレスだからだろう。

ちょっと解放感があり過ぎる。それに、こんな場所で解放したって意味がない。それ以前にどれだけ解放したって萎縮《いしゅく》しているんだから余計意味がない。

廊下は、リノリウムのような床で、まるで病院の廊下のようだ。裸足《はだし》なのでぺったぺった間抜けな足音がする。おまけに足の裏が冷たい。

お湯を掛けられる洗い場を通り越す。

どういうことだろう。

見たことのない部屋の前で看守は止まり、一度及川の頭の先から足の先までを軽蔑するように見回して、入れと言った。

部屋の真ん中にテーブルがあり、そこに畳んだ衣服が置いてある。見覚えがある。間違いなく、収監された時に及川が着ていた服である。

おまけに新しいパンツもあった。安物のブリーフだったが、まあパンツはパンツだ。

「着ろ」

看守はそう言った。

もう三言も喋っている。

これは画期的なことである。

一月《ひとつき》ぶりにパンツを穿《は》いた。何だか収まるところに収まったという感じで実に心地好い。衣服は、畳んではあるが、クリーニングをしてくれた訳ではないようだった。まあパンツが新しいからいいだろう。

パンツって大事なものなんだなあと及川は思った。

及川が服を着ている間、看守はいつも通り無言で突っ立っていた。

この視線にはもう完全に慣れた。ないと淋《さみ》しいくらいだ。

「着たよ」

まあ、ずっと見ているのだから判ることだろうが。

「来い」

何故か靴下はなかったので、矢張りぺったぺった音がする。間抜けだ。服を着ている分、一層に間抜け感は高い。

次に連れて行かれたのは洗面所だった。

スリッパを履く。ああ、スリッパって素敵だ。いいやズボンもシャツも素敵だ。服を着るって素晴しい。身に着けるってホモ・サピエンス的だ。

そんなことを考えつつ鏡を見て、及川は愕然《がくぜん》とした。

四万五千年前にヒト属になれなかったものが、そこにいた。年代は適当に決めた。

霊長目ヒト科ではあるけれど、ヒト属には入れなかった及川——って『妖怪人間《ようかいにんげん》ベム』みたいだ。

先《ま》ず、頭が螺髪だ。ブッダの仲間だ。

でもって髭《ひげ》が汚い。髭が生えてるというより何か汚いものが疎《まば》らにへばり付いていて、それがワカメみたいによれよれと垂れ下がっている。一本一本は太く立派なのだが間が開いているので濃いという訳でもない。

もう君の段ボールハウスは何処《どこ》と尋《き》かれても仕方がない感じである。こんな小汚い男をあの看守は毎日毎日見続けていたのか。

——偉いかも。

そう思った。取《と》り敢《あ》えず歯ブラシがあったので、歯を磨いて、口を漱《ゆす》いだ。一箇月ぶりの歯磨きは、もう高原に咲くエーデルワイスのように涼《すず》やかで気持ちが良かった。で、問題はこの髭である。

刃物の類《たぐ》いはないだろう。まあ、当たり前だろう。

髭剃《ひげそ》りくれないかなあという視線を看守に送った。

無視された。

「あの」

その時点で及川は、何故服を着せられたのかということに就いて全く考えが及んでいない。

余りにも小汚いので見るに見兼ねたのかしらん程度に思っている。

しかしそれならパンツなど支給しないだろうに。

看守は無言で洗面所のカランの横を示した。

何じゃろうと思って見れば、安ホテルの常備アメニティみたいな袋がある。手に取ると、超廉《やす》っぽいT字の髭剃りだった。

あったのか。

袋を破いて安全カバーを外し、顎《あご》に当てる。ぞりぞりと物凄い音がするが、ちっとも剃れない。いや、洗面所に小汚い毛束がぱらぱら落ちるから剃れてはいるのだろうが、ごわごわした髭は廉い剃刀《かみそり》なんかの手に負えるものではないのだった。減ってはいるが剃れてない。

まあ、多少はマシになった程度で止《や》めた。これはあんまり達成感がなかった。

小汚い、が薄汚れた、になった程度である。

それはどっちが綺麗《きれい》なのか、及川にも判らない。

まあ、幾ら綺麗に剃ったって、顔が変わる訳じゃなしブッダみたいな頭もどうしようもないのだし、精々こんなもんかなあなどと思って鏡を見ていたら、済んだのかと尋かれた。

「ア？」

「それで済んだのか」

「済んだというか――」

また、来いと言われて、及川は三度《みたび》ぺったぺったぺった間抜けな音を発して廊下を歩いた。

履いてくりゃ良かった便所スリッパ。いやこの床だとスリッパの方がペッタ音は大きいか。

更に見たことのない処に連れて行かれて、入れと言われた。ドアを開けると、そこに岡田がいた。

「あ」

「及川さん。無事ですか」

「まあ。岡田君も生きてた」

あれれれれ？

及川の胸中に、クエスチョンマークが乱舞した。

岡田は、結構綺麗だ。

看守はここで待てと言った。言われたのでドアの前に突っ立っていたら、座ったらどうですと言われた。椅子があるのだ。

――椅子だよ椅子。

一箇月間、便座以外に腰掛けていない。

ああ、ホモ・サピエーンス。

座った。

「何です？」

「いやあ。いいねえ、椅子」

「どういうことです？」

岡田は不審そうな顔をする。

「あ、大丈夫。別に発狂はしてないと思うから。それより岡田君こそ大丈夫だった？　酷《ひど》かったでしょう」

酷《ひど》いですねえと岡田は答える。

「無実ですからね」

「いや、そういう問題じゃなくて。これ、人権問題じゃない？　普通毛布くらいないか？」

「なかったんですか？」

「ないでしょ」

「ありましたよ」

「あーん？」

「寝台車みたいな硬いベッドに毛布一枚」

「ちょ」

ちょっと待ってえと言って、及川は椅子からずり落ち岡田の前にしゃがんだ。

「何それ」

「ですから」

「窓は」

「鉄格子嵌まってました。留置場とか、刑務所かな。あんなですかね」

「はあ？」

どういうことなんだ。

「お、お便所は？」

「トイレが部屋の中に剝《む》き出しであるってのは抵抗ありますよね。食事もそこでするんだし」

「待って待ってえ。何、トイレ付き？　テレビは？」

「テレビはないですね。洗面所とトイレ、それに小机とベッドです。違うんですか？」

「お湯掛けられた？」

「何ですって？」

「だから、ホースでじゃばじゃばって、ほら、あの、『猿《さる》の惑星《わくせい》』の人みたいにだよ。最近のリメイク版だと猿みたいにだよ。新車買ったばっかりの日曜日のお父さんみたいにさあ、こうホースでぴゅうって。ぴゅう」

大丈夫ですか及川さん、と岡田は心配そうに言った。

「お風呂は三日に一回でした」

「ふ、フロだってえ」

「まさか、お風呂入れて貰《もら》ってないんですか？」

汚いですねえと岡田は厭そうに身を離す。

「き、汚くないよ。お湯掛けられてるから。牛とか馬みたいに。ぴゅう、じゃばじゃばだからね。温水ジェット洗浄的なね。もう洗剤要らずだよ。マッサージ機能もあるしね」

何。この視線。

そもそも自慢することか。排泄物みたいじゃないか自分が。いや、肛門か。

「せ、洗剤は？」

「洗剤？　普通にシャンプーもリンスもボディソープもありましたよ」

「と、いうことは浴槽も？　シャワーも？」

岡田は無言でにっこりした。

「えー。それどういうこと？　まるで待遇違うんですけど。それって」

及川が及川だからなのか。格差社会がこんなところにも？　実力の有無ということ？　人種じゃなくて属まで違えば差別ありなのか？　そんなことないだろう動物なら愛護してくれ。

ああ、そうかと岡田は膝《ひざ》を打った。

「なにさ。何がそうさ」

「ランクですランク」

「人としての？」

人じゃないのかな。

ヒト属外れると、どの辺なんだ。アウストラロとか？　まさかチンパン？

チンパンジーはイヤだなあ。野蛮だし。

岡田は違いますよと言った。しかしそれはチンパンジーじゃないという意味ではなく、人としてのランクじゃないという意味だろう。一応、人扱いしてくれているんだ岡田。

「ありがとう。ランク低くてもニンゲンだよね。下層だけどね」

「そうじゃないですよ。そういうランクじゃなくて。ほら、僕は一応『怪』最後の編集長ですけど、それは吉良《きら》さんが死んじゃったからなのであって、ほぼ戦後の敗戦処理担当みたいなものじゃないですか。一方及川さんは」

「ワタシはヒラですよ。生まれてこの方、長が付いたことなんかないですよ。長ナシのヒラヒラですよ」

「いやいや、及川さんは『怪』だけじゃなく『コミック怪』もやってたでしょう。初期は一人だったから編集長のようなものですよ。おまけに、『怪ラヂヲ』なんかにも出てたじゃないですか。名古屋《なごや》の妖怪イベント仕込んだり、一時期大活躍でしたよね？」

「凋落《ちょうらく》したけどね」

「ですから、妖怪のランクが僕より高いんですよ。多分ランクCです。僕はランクDです」

「何でランク高い方が待遇悪いのよ」

「それは要注意人物ランクですから。下に行く程社会に与える害が少ないんです。なので」

「いやー」

じゃあ。

それはどうなのかなあ。

及川が床に転がっていた時、岡田はベッドで毛布を掛けて寝ていて、及川がお湯を掛けられていた時、岡田はお風呂に入っていて、及川が白い壁を見て身悶《みもだ》えていた時、岡田は窓の外の移り行く景色を眺めていたのか。

お便所監視もないのか。

「め、飯は？」

「美味《おい》しくなかったです」

「いや、何が美味しくなかった？」

「味噌汁《みそしる》ですね。具がほとんどないでしょう」

「具があって味噌があって汁になってるだけいいじゃん。というかさあ、味噌汁と、何？」

「ご——飯」

及川は言葉を失った。

「大丈夫ですか？」

「こんな、こんな、これっくらいのパン。でもって出し汁みたいなスープ。これっくらいのパン。でもって出し汁みたいなスープ。これっくらい」

「大丈夫ですか及川さん」

「おかずはないんだろうな、おい」

「おかずはローテーションですよ。水曜日は粉っぽいカレーです」

「か」

カレーってどんな味だっけ。

「最後に一つだけ聞かせて」

「最後ってどういう意味ですか」

「何回殴られた？」

「殴られてません」

「こ。この」

小さい殺意の芽生えである。

それは芽生えてすぐに枯れた。

「にんげんっていいな」

「本当に大丈夫ですか及川さん。そんなに酷《ひど》い目に遭ったんですか？」

「いい。もう」

及川は立ち上がり、もう一度椅子に座った。

ああ、椅子は良い。

「でもさ、岡田君。ランクが上の方が扱い悪いなら、荒俣さんはどうなるの？」

「荒俣先生はランクAの特上ですね」

「特上！　松でもなく梅でもなく？　Aの、上？」

「そうみたいですけど。看守から聞きました」

「か、会話有りかよ」

「あら、会話もナシですか？」

「ねーよンなもン。でも、じゃあ荒俣さん、それはもう人の理解を超えた、超絶スペシャル拷問とか受けてるんじゃないの？」

無事なんだろうか。命ないだろうそれ。

それはないですと岡田は言った。

「ないって？」

「荒俣さんは幽閉《ゆうへい》もされてないと思います。軟禁ですね。特上ですから」

「いや、特上だからこそ、なんじゃやなくて？」

「何か、それなりの部屋に通されて、それなりの扱いを受けてるみたいですよ。まあ一日中訊《じん》問《もん》されてはいるようですけど」

「訊問——だけ？」

「余程訊《き》き出したいことがあるんじゃないですか。多分あの石のことだと思いますけど」

「そうなのか」

つうことは。

及川がただ一人割を喰ってたというだけの話なのか。辛かったのは及川だけなのか。

それは。

「不公平だ。差別だ。問題だ」

そうですよねえと岡田は苦笑いをする。

「あ。笑った。笑うってどうやるのか教えてよ。俺もう一生笑えないからこのままじゃ」

岡田は半笑いのまま、多分平気ですよと言った。

同情して損した。返せ同情。戻せ同情。

いや——。

返さなくていい。

哀れみで返されちゃ、本当に行き場がないじゃないの。

立つ瀬がねえなあと及川は泣いた。

「遣《や》る瀬ない。切ない。情けない」

「唄《うた》のタイトルみたいですね」

余裕だ、その返し。

そこで、ドアがノックされた。

「ノックだよ岡田君。やっぱ人間と一緒だと人間扱いされるねえ」

「はい」

ドアが開き、出るように指示された。苦楽を共にしたいつもの看守はもういなかった。

これってちょっぴりストックホルム症候群かもしれないと及川は思い、すぐにその思いを打ち消した。

それじゃあドMの同性愛者ということになってしまう。

いや、マゾヒストも同性愛もいけないことはない。寧《むし》ろ全然OKだと思うのだけれども、ただ及川は違うのだ。痛いのは嫌いだし、どちらかといえば異性が大好きなのである。そこだけは曲げたくない。混浴露天風呂で二時間以上ワニをしていたこともあるくらいだ。ワニというのはお湯に身を潜めて獲物を待つという意味である。その時は、ふやけて湯中《ゆあ》たりして、おまけに肥えた老婆がやって来て、結局湯中たりで具合が悪くなったのであるが、それくらい及川は異性が好きなのだ。そうしてみると——Mまでは許容範囲なのか。

結構Mかもしれない。

二回ばかり大きめの扉を抜けると、何だか雰囲気が変わった。病院というよりホテルという感じである。

それでも及川は裸足なのだが。

ただ床がリノリウムではなく絨毯《じゅうたん》っぽいものに変わったので、ぺったぺったいう音はしなくなった。絨毯は足裏に優しいなあなんぞと思う。

何だか立派な扉があった。両開きだし、木でできている。どこかで見たような扉だ。ああそうだ、国会とか官邸とかその手のものだと思い出す。

「失礼します」

看守――じゃないのかもしれない男がノックの後そう言って扉を開けた。

「お連れしました」

促されて中に入ると、もうそこはセレブな、エグゼクティブな、そういう部屋だった。

国旗ともう一つ、何かの旗が部屋の隅に掲げられている。高級そうな色艶《いろつや》の棚に高級そうな色艶の置物なんかが置かれている。

大きな立派なデスクがあって大きな立派な革張りの椅子があって、そこに男が座っている。

その後には軍服のようなコスチュームに身を包んだ男達――ＹＡＴＳＳ――が、ずらりと並んでいる。及川達を捕まえた連中である。ＳＳというのは、シークレットセクションの略らしい。因《ちな》みに初期のＹＡＴは東京都が編制したローカル組織だったが、現在は国の機関になっているらしい。

そのまた後はほぼ全面が窓である。

ああ、窓があるって良い。何たって外の景色が見えるもの。

富士山が見えた。

まあ普通大抵、椅子に座っている男が偉いのだろう。見たような顔ではあった。逆光気味なので能《よ》く判らなかったが、どうもアイパッチをしているようだった。

「大館です」

男はそう言った。

ええと、そういう名前も聞いたことがあるぞと及川が足りない頭をフル回転させる前に。

「与党幹事長です」

「あ」

そうだ。偉い人だ。って何故。

及川さんと岡田さんね、と書類を見ながら大館が言った。

「あなた方お二人は、国立人格矯正センターの方に移っていただこうと思います」

「矯正？」

「ええ。この施設はあなた方向けではないものでね。国家に対する危険度の高い、要注意人物だけを収容する施設なんです。あなた方は違う。まあ便宜上ランク付けをしているんだが、ここはランクB以上を入れるところなのでね」

「そ、そこは」

窓はありますか的なことを尋《き》きそうになってしまったが口を突く前に我慢した。

「いや、荒俣先生のたっての希望でね」

「荒俣さんの？」

「そう。あの二人は自分が引き連れて来ただけだし、危険ランクも低いのだから、それ相応の処に移してくれと仰《おっしゃ》る。まあね、及川君——か。君はランクCがついているが、ここにはランクC向けの設備がないものだからねえ。ランクBで扱わせていただいた」

「は？」

上がってたのか。

「岡田君はランクDだが、これも全く対応できないのでねえ。ランク審議中の人物なんかを暫定的に収容する留置施設に入って貰っていた訳だな」

下がってたか。

悔しい。

「それは酷《ひど》いと、まあ荒俣先生は仰る。まあこれは尤《もっと》もなご意見ですよ。人格矯正センターの方は、心掛け次第では出所できるしね。ここは無理だから」

無理なんだ。

それにしても荒俣さん、実は物凄く優しい人なんじゃないか。

「その、荒俣さんは」

岡田が尋いた。

「いやあ君、荒俣先生はランクAプラスだから如何《いかん》ともしがたいですよ。ただね、まあ君達の処遇を考慮してくれれば、我々に協力すると、まあこう仰ってる訳です」

「協力——ですか？」

「私達が知りたいことを教えてくださるそうでね。まあ条件付きとはいえ、そうなると協力者ですからね、国益を損なう危険人物とはいえなくなるね。まあここから出す訳には行きませんが、待遇の方はそれなりにしますから。ご心配なく」

及川は岡田の方を見た。

何が知りたいのだろう。この、大館という男。

そして。自分達が足枷《あしかせ》になって荒俣に不本意な変節をさせてしまったのであれば、申し訳ない。責任を感じてしまう。

荒俣さんには会えませんかと岡田が言った。

「それは虫が良すぎやしないか岡田君。これはね、とても寛大な措置だ。世間にバレたら私なんかは失脚してしまうよ。何しろ君らは国家転覆を図った一味だからね」

「てんぷく？」

妖怪の一味だろと大館は言った。

「大罪人だ。ランク関係なく全員極刑というのが世論ですよ世論。本当なら、その場で射殺したっていいくらいだったんだよ。その方が国民は喜びますからねえ。そこを曲げて、生かしておいて、しかも恩赦まで与えようというのだよ。感謝して貰わなくちゃなあ」

「はあ。そこは感謝します。ただ、仰ることが本当なら更に感謝すべきは荒俣さんです。なので、荒俣さんにも一言感謝の気持ちをお伝えしたくてですね」

実際そつのない男だと思う。岡田。

及川はてんぷく、と一言発しただけだ。

てんぷくトリオか。今どれだけの人が知っているんだてんぷくトリオ。

「まあ——それはそうだな。荒俣先生にも本当に移送するんだというところを確認していただかなくてはならないしね。我々を中々信用してくださらないのだよ。こんなに誠実だというのにな」

大館は笑った。

「出発前においでいただくよ。その時に礼の一つも言いたまえ。ま、そういう訳だから。君達にはすぐにでも移動して貰いたいのだが——センターは栃木《とちぎ》県でね。ここからはかなり離れているものだから」

「ここは」

ここは何処なのか。

ここは静岡県だよと大館は言った。

「でね、移動の前にひとつ、君達にご協力を仰ぎたいことがあるんです。どうだろう、ちょっと確認しては貰えないかね」

「確認？」

「実は、昨日、都内で危険人物を二名確保した。現場ではランクAダッシュと判断してこちらに送って来たのだが、どうにも判定が曖昧《あいまい》でね。本人の申告通りならランク外ということになるんだが――」

誰だ。誰が捕まった。

「荒俣先生は、その二人もランク外なら一緒にセンターに移送してくれと仰る。小物を苛《いじ》めてもしようがないだろうと言うんだけれども、一応ねえ、ランクB以上なら移送はできないと申し上げたんだけれども」

「何故確定できないんです？」

「それが顔認識ソフトではランクAダッシュの人物と同定されたんだな。機械は嘘を吐《つ》かないからねえ。でも」

一体誰だ。

連れて来いと大館は言った。

「巫山戯《ふざけ》た男でねえ」

それなら似田貝だろうか。うかうか出歩いて捕まるようなアホはそれくらいしか思い付かない。あるいはレオだろうか。レオなら簡単に捕まるだろう。捕まる前に殺されるか、レオは。

暫《しばら》くすると両脇を抱えられ、頭に袋を被《かぶ》せられた男が二人、連れて来られた。

慥《たし》か及川もこの施設に向かう途中で袋を被せられたと思う。

一人の袋が外された。

「あ。平太郎」

榎木津平太郎であった。

「お、お、お」

岡田しゃん、と平太郎は言った。そっちかよ。名前呼んだのは及川なのに。

榎木津平太郎君ですと岡田が答えた。

「なる程、これは申告通りにランク外の榎木津平太郎のようだな。問題は」

及川は服装を確認する。これは――。

「こいつだ。こいつは誰だ」

袋が外された。

「おお――」

ええと、何だっけ。

岡田が横目で及川を見た。

いや、それはもう誰が見たって村上なのだが。

村上は鼻の下を伸ばして思いっきり変顔をしている。

これは何かの合図だろう。

慥か――。

「ご、ごろう」

さたなき五郎君ですと岡田が言った。

「五郎君？　この男は君達より格下か？」

妖怪関係者に格はない。水木大先生は別格として、後は横並びだ。みんな馬鹿だからだ。格を勝手に付けているのはこいつらである。が——。

「そうですよ。齢《とし》喰ってますけど、全然格下ですよ。新参者ですよ。位低いですよ。カスですよ。人類外ですよ」

及川はここぞとばかりに嘘を並べた。

ここで挽回《ばんかい》だ。岡田ばかりに浚《さら》われてなるものか。嘘は得意だ。嘘と間違いと思い込みででき ている と謂われた及川史朗の本領発揮だ。

「そんなアホ面《づら》が偉い訳ないすよ。こいつ、温泉の露天風呂で放尿した愚か者ですよ」

「してねー」

村上が睨《にら》んだ。

「まあ、役立たずなので、試用期間中みたいなね、正社員じゃない的な。補欠採用的な。元は納豆売りです」

どういう設定なんだよ。

嘘臭いなあと大館は言った。

「口裏合わせてないか？」

「本人もさたなきだと言ってましたがね——」

良かった。

妖怪関係者は馬鹿な上に適当で、まあオモシロイならそれでいいか的なところが多分にあるので、名前も適当なのである。村上にもいくつか名前がある。ハンドルネームなどという偉そうなものではなく、ニックネーム程親しげなものでもなく、綽名《あだな》とさえ呼べない、まさに識別できるかどうかスレスレというアホ名である。

さたなき五郎というのも、村上の古い呼び名の一つだ。そう名乗ったというのなら、及川や岡田の選択は正しかったということだろう。

「捕まったらそう言うように取り決めをしていたのではありませんか幹事長。こいつ、小物にしては態度でかいですよ」

村上は両眉《りょうまゆ》を吊り上げ、口を歪《ゆが》めて開き、顔面を痙攣《けいれん》させた。

ぷるぷるしている。何を考えているのだこの男。

少し似てますけど違いますと岡田が言う。

「そうっすよ。本物の村上さんなら大きなオナラ何発もしてますよ。五分に一回くらいするんですよ」

及川がそう言うと、してたけどなとYATが言った。

「あ」

及川の場合、何か言う度にマズい感じになる。

「失礼ですが幹事長。ここはやはりソフトの信頼性を重視していただきたい。疑う余地はないと思いますが」

「そうだなあ」

「いかがでしょうか。ランクAプラスに首実検をさせては。こんなカス連中ではなく。捕縛されたのが誰かは告げていませんし、咄嗟《とっさ》に嘘を吐《つ》くにしても反応は見られるかと――」

いやいや。

――それはまずいでしょう。

及川も岡田も、予《あらかじ》め話し合って口裏を合わせている訳ではないのだ。偶然である。

妖怪関係者はそんな用意周到なことはしない。できない。ほぼアドリブな人生である。

当然、荒俣はさたなき五郎などというアホな名前は知らないだろうし、村上を見れば村上だと言うに決まっている。

「うひゃー」

村上が声を上げた。

「マジすか。荒俣さんに会えるの！　おいらテレビでしか観たことないし。すっげー嬉しいかも。会いたいなったら会いたいな。ヒヨコのように嬉しいな」

アホだ。

意味も解らない。

どっから来るんだこの自信。

「しかしランクが低い逮捕者を移送しろと言い出したのはランクAプラス自身です。虚偽の申告をする可能性は高くないですか」

「それを条件に協力するというんだから。まあ確認して貰うのもいいだろう。あの先生も一筋縄では行かない御仁《や》だが、何か反応はするだろうしな。虚偽の証言をしたらこっちの三人はセンター移送を取り止め、即座に処刑する——とでも言えば、まあ本当のことを言うだろう。そうさせて貰おうか」

連れて来いと大館は言った。

「望み通り、挨拶《あいさつ》をさせてあげよう」

やったーやったーと村上が跳ねた。子供か。

平太郎がそれを呆《あき》れて見ている。まあ呆れて当然だ。

この状況はそれなりに緊迫したものであるはずなのだ。及川なんか緊張で新調したばかりのブリーフを汚してしまいそうである。尿洩《にょうも》れ寸前だ。

尾籠《びろう》だなあ妖怪関係者。

「その、平太郎とかいう男はランク外確定だ。荒俣先生が到着する前に手錠と腰縄を外しておきなさい。荒俣先生にまた臍《へそ》を曲げられちゃ面倒だからな」

「おいらは？　おいらは？」

「お前はダメだッ」

「えー」

まいっちんぐう、と言って村上はくねくねと身体を揺らした。

どこまで巫山戯るんだ村上健司。

及川は再び心細くなって、視線を窓の外に移した。

二階くらいの高さだろうか。袋を被せられていたから外観は見ていないし、館内の廊下はスロープがあったりするので、実際どのような構造になっているのかは判らないのだが、少なくとも高層建築ではないはずだ。

窓の外に建物は見えない。

森のようなものがずっと続いていて、そしてその先に富士山が雄大な姿を誇示している。快晴であるから、絵のように綺麗だ。

こういうもんは変わらない。

及川がどれだけ馬鹿でも、富士山は綺麗なままである。

十分くらい気拙《きまず》い沈黙が流れた。

やがて、あの立派な扉が開いて、数名に付き添われた荒俣宏がその姿を現した。

全く変わっていない。窶《やつ》れた感じもしないし、汚れてもいない。

大館が立ち上がった。

「荒俣先生。ご覧の通り、あなたと共に捕まったお二人と、昨日捕まったこの男は、人格矯正センターの方に移送させていただくことにしました」

「あ。そうですか」

そう言ってから荒俣は平太郎の方に顔を向け、

「あ、平太郎君。捕まったのは君でしたか。おやおや災難でしたネ」

と、のんびりした口調で言った。やっぱり。

緊張感がないのは一緒なんだ、妖怪関係者。

「それで、こちらの男なんですがね、先生」

「はあ」

荒俣は村上に向き直った。

「おや」

「こいつ、誰です？」

大館が机を回って前に出た。

「ランクB以上なら移送はできません。ここで——」

ああ拙《まず》いよ拙いよ。ヤバいよヤバいよ。

見ちゃいられないよ。村上さん終わったよ。ランクBでもあの白い部屋だよ。このくらいのパンに具のないスープだよ。お湯掛けられて便所監視だよ。

及川はまた窓の外に視線を飛ばした。

その時である。

下の方から何だかとんでもないものがせせり上がって来て窓を塞《ふさ》いだ。でかい窓全面に奇ッ怪なものが——。

「ああん？」

こちらを向いて立っていたYAT全員が振り向いた。

荒俣が大きな声を出した。

「おーッ! ク・リトル・リトル!」

何?

呪文《じゅもん》?

その途端にガラス窓が粉々に砕け散った。数名のYATが倒れ、大館も蹌踉《よろ》けた。

「な、な、なんだ」

「あれなんすか。か、怪獣?」

「あれ、あの鶴見《つるみ》に涌《わ》いた?」

ズン、と床に衝撃が響き渡った。

「邪神、降臨!」

荒俣は迎え入れるように両手を広げた。

もう一撃。

窓側の床が罅割《ひびわ》れ、立派な机も壊れた。日の丸の旗も倒れ、YATの数名が窓の外に落下した。バリバリと音を立てて床がこそげ取られる。

YATのほとんどは足場を失い、立っていることもままならず、乱れている。

そこで、平太郎が、自分の手錠を外したYATの一人に飛びかかり、ポケットから手錠の鍵《かぎ》を抜いた。そして村上に駆け寄り、手錠を外した。

「でででできました。やればできる子です」

「遅《おせ》ーよ馬鹿。ほら急げよ。荒俣さんを――」

ごりごりと音がする。

怪獣が――いや違う。

ガラスを破り、床を壊しているのは怪獣ではなく重機だ。パワーショベルか何かだ。怪獣はその後ろにいるだけである。

「松村《まつむら》さん！　ナイスタイミングすよ！」

村上が大声でそう言った。

松村？　松村進吉《しんきち》？

あの、重機の先に筆を付けて『鬱《うつ》』という字が書けると評判のユンボ使いの怪談作家の？

「き、貴様やっぱり」

斜めになった床の縁にへばりついたYATの一人が叫んだ。

「村上ッ！　村上だな」

「村上で悪いかバカ。ふん。どうしても荒俣さんが収監されている施設の場所が判らなかったんだよ。でも、あんたのお蔭《かげ》でこうして判ったけどな」

「な、何ッ」

「制服のケツのポケット見てみろよ」

「え？」

YATの一人は尻《しり》というか腰のポケットをまさぐった。スマホのようなものを摘《つま》み出す。

「い、いつの間に！」

「うっせー。どうせ没収されると思ったからお前に仕込んどいたんだよバカ」

アッと男は叫んだ。

「あ――あの時か。じゃあお前ら、最初ッから」

「当たり前だろバーカ。いくら頭悪いからって、お前らみたいな間抜けにそう簡単に捕まるかよ。通報も仕込みだよ。決まってるじゃないかよ。それからな、たかがスマホでもGPS機能は偉大だって判ったろ？　だから、お前ら、どーでもいいけどもっと」

最新の技術を信用しろよと村上は啖呵《たんか》を切るかのように言った。

まあ、変顔しただけで誤認識する顔認識ソフトはないだろう。

さあ及川早く来賜《たま》え――と、荒俣が呼んだ。

荒俣と岡田と平太郎はショベルの先に乗っている。

「あ、あの先っぽに乗るの？　マジ？」

「イヤなら死ね」

村上はそう言って駆けた。及川も続いた。

「大館さん、色々お世話になりました」

荒俣はそう言った。

及川が飛びつくなり、油圧ショベルだか何だか判らないでっかい粉砕用重機のアタッチメントは下降を始めた。

見た目力強いが、腕力もなく耐久力もなく腰も弱い及川が、このようなハリウッド映画的展開に対応できる訳もなく、大方の予想通り及川は手を滑らせて落ちた訳だが、その時アタッチメントは地上二メートルくらいに下がっていた訳であり、手を伸ばした及川の長さはまあそれくらいはあった訳で、落ちたといっても十何センチなのであった。

それでも及川は腰砕けになってすっ転んだ。

村上と岡田が荒俣に手を貸している。

及川は転げてそれを見ている。やはり、ホモ・サピエンスは違うなあなんぞと思う。自分は二足歩行の歴史が浅いからヒト属よりも足腰が弱いんだなあきっと。だって四万五千年違うんだもの。繰り返すがその年代は適当だ。

そんなことを思う及川であった。

「何してるんです。早く乗り換えてくださいよ」

声が聞こえる。見ればみんなは停めてあるバンに乗り込もうとしている。重機の操縦席から丸顔の浅黒い坊主頭が飛び降りた。

「俺、こう見えて臆病《おくびょう》なんですから。こんな、公共の施設ぶっ壊したりして、ビビりまくりですよ」

本ッ気、ホンキ勘弁して欲しいですわと泣き声で言いながら、その男——松村進吉は重機から逃げるように離れ、バンに向けて駆けた。

「これ、乗り捨て？」

「当たり前やないですか。そんなんで逃亡できませんて。重機ですよ。それより早く乗って下さいよ」

「ああ」

腰が。

「ナニ悠然としてはるんですか。どんだけ度胸あんですか。俺、もうちびりそうですわ」

「よし松村さん乗った。出していいよ」

村上の声だ。

「及川選手はここが気に入ってるんだよな。行こうぜ」

「へ?」

いや、そうでなくて。

これっくらいのパンにもお湯かけにもお便所監視にも何の未練もない訳で。看守にはさよならくらい言いたい気分だが。

「こ、腰が」

岡田がバンから降りて素早く駆け寄り、手を差し延べてくれた。

いや、色々あったが忘れよう。良い奴だ岡田。

「大丈夫ですか及川さん」

「腰がね、腰がさ」

「及川さん、ちょっと臭《にお》いますね」

だってお湯かけオンリーだものさ。ノンソープだものさ。皮脂も溜《た》まれば毛孔《けあな》も詰まるさ。というか、肩を貸してくれているのは有り難《がた》いけれど、臭《くさ》そうな顔はしているし、すべて水に流すのは少しだけ待とう。

　及川が乗り込むなり、バンは勢いよく走り出した。

　運転しているのは黒木《くろき》あるじのようだった。

「黒《くろ》さん、縮めてくださいよーッ」

　あるじが叫ぶ。でも。

「もう縮まってますよ」

　答えは地味だった。黒史郎《しろう》の声だった。

　黒は最後部に座っていて、その頭の上にはタコが乗っかっていた。ちょっと漫画みたいだ。

　黒の横に座っている村上がタコを突《つつ》いている。

「これがさっきの怪獣なのか？　伸縮自在なワケ？　って、どんだけ怒張すんだ？　デカくするときは気張んの？　育てよタコなのか？」

「気張りませんって。お腹緩いし」

　考えるだけですよねとあるじが言う。

「邪神使いだねえ」

　真ん中で泰然自若としている荒俣が言った。

「実に素晴しいよねえ」

荒俣は実に満足そうである。おまけに呪文まで唱えている。そして、それは矢張り召喚したりするの、などと尋いている。

「いえ、召喚しません」

「そうなの」

「ずっと——います」

黒は肩を窄《すぼ》め、幾分緊張気味に、

「ただ縮むだけです」

と答えた。意思の力で巨大化するのかと村上が言う。

「何か特訓した？　インドの山奥的な場所で」

「インド行かないでしょうに。修行も何も、逃げ回ってただけですよ僕は。ただでさえ目立つのに、物凄く人が集まって、しかも大移動してたんですから。平山さんとかが面白がるし、いくら何でも目立ち過ぎだし、巨大化し過ぎるとピンポイント攻撃されるかも、流石《さすが》にもうダメだ、下痢だ！　と思ったら、縮んだんですよ」

それまでも下痢してましたけどね、と黒は言った。

「下痢バブルですよ」

意味が解らない。

「それより、どうなってるんですか」

及川にはサッパリ解らないのだ。

「どうなってるって、このクトゥちゃんですか？」

「クトゥちゃん？」

「ラヴちゃんとも呼ばれてます」

「は？」

黒は頭の上のタコを指差した。

「クトゥルーのクトゥ、ラヴクラフトのラヴです」

「いや、そのことじゃなくて」

すべては計画の内なんだヨと荒俣が言った。

「は？」

「もしかして荒俣さんもワザと捕まったんですか？」

「もちろんわざとです」

「お――」

岡田は知っていたのかもしかして。及川が怨《うら》みと妬《ねた》みと嫉《そね》みの籠《こも》った視線を送ると、敏感に察した岡田は一度身震いしてから激しく首を振った。

「私も知りませんでした」

僕だって知りませんと平太郎が慌てて言う。

「だから及川さん、そんな宇宙猿人の手下みたいな眼で見ないで下さいよ。僕までちびりそうです」

宇宙猿人――。

って、ラーか。ゴリじゃなく。

頭悪くて力が強いのか。というかやっぱ猿人か。

村上が言う。

「荒俣さんの計画知ってたのは、おいらと、郡司さんと、後は京極さんだけだよ」

「は？　だって二人とも凄い狼狽《ろうばい》してましたよ？　荒俣さんの書き置き見て、心配して電話かけ捲《まく》ってたじゃないですか。僕は、京極さんが何としても荒俣さんだけは救わなきゃいけないと力説するからですね、僕ァ命を懸けて荒俣さんだけを」

だけ、なのか。

村上は不平を述べる平太郎を小馬鹿にしたように見下し、

「ありゃ演技だから」

と言った。

「演技！　いや、だって」

「電話もしてねえよ。捕まってる奴に電話なんかしたらこっちの居場所も特定されちまうじゃねえかよ。今は昔と違って逆探知とかしなくてもいいんだよ。郡司さんとか京極さんがそんな迂闊《うかつ》なことする訳ねーだろ。全部フリ。演技」

「嘘お」

平太郎は純真な僕は騙《だま》されましたと言って及川の方を見た。

騙されようが威《おど》されようがどうでもいいが、だけなのか。そこが気になる及川である。

「そもそも何処に内通者がいるのか知れたもんじゃないんだからさ。あの薩摩太郎《さつまたろう》の婆《ばあ》ちゃんでさえ寝返ったんだぞ。宏島さんだって、あれは本気で裏切ったんだよ。こっちが事前に裏切るの知ってただけだよ。内密に小西さんと通じてたの、俺達は」

まるで『24《トウエンティフオー》』みたいですなあと黒木が言った。

「ま、そういうことだから。岡田も及川も、ごくろうさんでした」

荒俣はにこやかにそう締《し》め括《くく》った。

そこで締め括らないで欲しい。まあ騙されたのは及川も一緒だ。

「それ、何でしたっけ。ケツを擦《す》り剝《む》かんと欲すればまずお尻からという」

「何ですかそれ。それに」

部位が一緒ですと岡田が顔を顰《しか》めた。

「それ、虎穴《こけつ》に入らずんば虎児《こじ》を得ずと敵を欺《あざむ》かんと欲すれば先《ま》ず味方からが交じったんと違いますか」

松村が的確な指摘をした。

まあその両方だねと荒俣は言った。

「このままでは膠着《こうちゃく》状態でしょう。持久戦になればこちらが不利なんだし、手を拱《こま》ねいていても埒《らち》が明かないからネ。何とかして敵の手の内を知りたかったんですヨ」

「でも、何故荒俣さん御自《おんみずか》ら」

下っ端だと殺されんだろと村上が言った。

「妖怪関係者はみんな横並びだけど、あいつらは何だって順列とかつけたがんだよ。肩書きに縋《すが》ってるようなアホばかりなんだからさ。そうするとさあ、敵さんから見りゃ、荒俣さんはナンバー・ツーだからさ。ならその場で殺すことはまずないよ。でも、例えば及川選手が潜入したとして、単独で捕まってたら、もう二度とお天道さまは拝めなかったろ？」

「あ――」

あそこに入りっぱ？

「それ以前だよ。見つかった段階で射殺とかだろ。充分あり得るだろうよ」

射殺――。

もちろん死ぬのは御免だけれども、あんな扱いを受けるよりはまだずっとカッコ良かったのじゃないかと思わないでもない及川だった。殉職したら二階級特進かもだし。

そうなれば人間になれたかな。二階級程度じゃ無理か。

「岡田選手も及川選手も、荒俣さんと一緒だったからこそ助かったんだって」

感謝してますと岡田が言った。

ソツがないよ岡田。でも同行メンバー選んだのも荒俣さんなんだけど。

「黙って連れて行ってしまったから、多少は悪いと思ったんだけどねえ。まあ、そんな酷《ひど》い扱いされた訳じゃなかったから、いいでしょ」

それはあなただけです荒俣先生と及川は言いかけたが、やめた。

まあ岡田程度の扱いだったなら許容範囲だろうさ。風呂も入れたんだろうし窓もあったし味噌汁にカレーだもの。

カレーってどんな味だっけ。

「それにネ、何があってもぴったり一箇月目で救出という段取りだったんだヨ。だから辛抱できたんだヨ」

「救出って、何か算段があったワケですか？」

どうも行き当たりばったりな感じがしないでもない。いいや、どう考えてもテキトーだ。妖怪関係者がそんなに用意周到であるはずがない。

馬鹿なのだし。

無計画な訳ないだろと村上が睨《にら》む。

「荒俣さんを救い出すのにノープランで臨むか？　こっちだって命懸かってるんだぞ。まあその時点で黒ちゃん達とコンタクト取れてたから、怪獣も出せるし、あのでかい重機も用意してだな、まあ色々考えたんだよ」

怪しい。色々というところが怪しい。

巨大怪獣で攪乱《かくらん》、重機で破壊、そこまではいい。

でも、それ以外はきっと場当たりだ。

「ば」

場当たりじゃねーと村上は及川の心を読んだように弁明した。

「ただ、及川選手も岡田選手も二人ともスマホ取られちまったんだろ？　何処にいるか判らなきゃ救出もできないし、だからおいらが身を挺《てい》して捕まったんじゃないかよ。もしかしたら死ぬかもしれないと思ったから念のために平太郎まで連れて来たんだよ。で、一番偉そうな奴に殴りかかってスマホ仕込んだりしたんじゃねーか。命懸けもいいとこだよ。ズボン穿《は》き替えられたらお終《しま》いだったから、ドキドキだったよ」

「いや、それだって」

「何だよ。YATの制服のデザインや機能まで調べたんだぞ。あいつら巡回はしないからガセの情報流したりして誘《おび》き出して観察してさあ。ケツってか腰のとこに何か入れるポッケがあったんだよ。丁度いい大きさの。練習もしたんだよ、仕込む」

「で？」

「で、って」

「いや、ワタシらが収容されてる施設が判明したとして、そこに村上さんが必ず連行されるとは限りませんよね？　連行されたとしたって荒俣さんとワタシらが同じとこにいるとも限りませんよね？」

いたじゃねーかよと村上は言った。

「まあいましたけど。確信はあったワケすか？」

「ない」

ないんだ。

「取り敢えずあのスマホが示す場所に突撃的な指示やったんですわ。アバウトですわ」

助手席の松村が言う。

「超ビビりましたけど。失神しかけましたから」

「思ってたよりずっと巧《うま》く行ったけどな。あんな襲い易い場所に全員揃うとは思ってなかったからな」

「思ってなかったんだ」

それは――偶々《たまたま》ですか。

「いいじゃないかよ全員助かったんだし」

「まあいいですよ。結局パンツと靴下失ったくらいですから。パンツに至っては新品貰った訳だし」

人としてのプライドは――まあ最初からない。

ヒト属じゃないし。

「それより追って来ませんね」

運転席のあるじが言った。

「このままアジト直行で良いですか？　クトゥルーキャラバンさんご一行も近くに来てると思いますけど」

一度この車を乗り捨てて、それぞれがバラバラに向かった方がいいんじゃないかと、荒俣が提案した。

「こっそり尾行されてるかもしれないヨ」

「そうですけど、大丈夫すか。俺らみたいなザコはともかく、離れたらピンポイントで荒俣さんを襲って来ませんか？」

「じゃあ荒俣さんと黒ちゃん一緒が良いですよ。いざとなったら邪神を」

何もできませんよ邪神、と黒が情けない顔で言った。

「巨大化はしますけど」

それでいいんですヨと荒俣は言う。

「怪獣じゃなくて太古の神なんだから、火を吐《は》いたり変な光線を出したり、そんなことはしないでいいんです。ま」

収穫は大きかったですヨと荒俣は結んだ。

廿参

陰《おん》陽師《みょうじ》作家、秘事を報《しら》せる

陰陽師《おんみようじ》の軍団って何ですかと郡司が声を上げた。

「それ、その昔、一時期テレビに出てたようなインチキ陰陽師じゃなくて?」

違いますねと答えたのは、僧侶《そうりよ》である。いや、僧侶だと聞くまではシェイブドヘッドのミュージシャンかなくらいにレオ☆若葉は思っていた。

ま、単に爆風《ばくふう》スランプのサンプラザ中野《なかの》くんを連想しただけなのだが。

剃髪《ていはつ》はしているが法衣《ほうえ》は着ておらず、ブランドものっぽいお洒落《しやれ》なスーツを着込み、小振りなサングラスまでかけている。

で、面長である。

そこは関係ないように思うが、レオにとっては意外と重要なのだ。毛のないお方の場合はカタマリとしての頭部の形状がとても重要になるとレオは思う訳である。

本気でどうでもいいことだが。

まあ蜜柑《みかん》か茄子《なす》か苺《いちご》か、そういう区分である。

このお坊さんは、冬瓜《とうがん》だ、どっちかというと。

またくだらないこと考えてるだろレオと、郡司が凄《すご》く低い声で言った。恐ろしいので顔は見ない。

このお坊さんは、実はとても偉いお坊さんなのだそうだ。郡司元『怪』編集顧問とは古い馴《な》染《じ》みで、しかも遊び友達らしいのだが、高野山《こうやさん》で得度《とくど》した後チベットかなんかでも修行した高僧だという話だ。話半分としても凄く偉い。四国《しこく》でもかなり有名な、夜叉院《やしゃいん》というお寺のご住職だそうである。早崎信海《はやさきしんかい》さんという。

「ちゃんとした陰陽師ですよ」

そう答えたのは、作家の夢枕《ゆめまくら》獏《ばく》さんだ。

「まあ、どこからちゃんとしてるかっていうのはネ、能《よ》く判らないんだけどもサ」

そんなのが軍団作る程いるんですかと郡司が尋《き》く。

「軍団っていうのはネェ。言い過ぎかな。あれ、何人くらいいるの？」

十五人ですよと信海が答える。

「そんなものだから。集団だな」

「そんないるんだ」

「まあ——流派というか、そういうのもあるんだけども、細々と生き残っていたんですネ。それを掻《か》き集めた感じですよ」

「で——その軍団がいったい何を？　マジカルに攻撃でも仕掛けて来ますか？　というか、妖怪騒ぎは終結宣言が出ているんですよね？」

表向きはね、と信海は答える。

「政府はそう思っていないと？」

そうじゃないのよと夢枕が言う。

「ほら、偶《たま》に出てくるでしょ抵抗勢力。テロ？　テロというより昔の学生運動というか、イヤイヤ、人数少ない百姓一揆《いっき》みたいな感じだったけど、この間も誰か官邸に突撃したよネ？」

「ああ」

突撃したのは——先日都知事の片目を貫いて射殺された木原浩勝《きはらひろかつ》の元相棒、『新耳袋《しんみみぶくろ》』の共著者である怪談蒐集家《しゅうしゅうか》・中山市朗《なかやまいちろう》と、彼を中心とした関西方面の旧怪談関係者である。レオは妖怪組で怪談方面の人のことは能《よ》く知らないのだけれど、怪談社《かいだんしゃ》の人達とか、『幽』の怪談実話コンテストの受賞者とか、そういう人達十数名だったそうである。

中山は、嘗《かつ》ての相棒木原の壮絶な最期をテレビで観て猛烈に感動し、かつ発奮したのであるという。

——色々あったが、お前の志はわしが継いだる！

そう叫び、一念発起したのだと聞く。

中山は木原周辺の人物——ほとんどが逮捕されるか処刑されるかしていたのだが——に接触し、木原が摑《つか》んでいた情報の一端を知るや、すぐさま行動に出た。

白装束に身を包んだ中山とその賛同者達は、徒党を組み筵《むしろ》旗《ばた》を立て、竹棹《たけざお》の先に『訴』と記した直訴状《じきそじょう》を挟み、首相官邸に赴いた。

夢枕の言うようにまことに古風な、というか時代錯誤な出《い》で立ちである。

テロではなく、陳情だったのだ。

ただ恰好《かっこう》が変だっただけである。

都知事こそ諸悪の根源と、首相に告げたかっただけのようである。

中山は——いや、その一行は、しかし首相に陳情などできはしなかった。そして彼らの行く手を阻止したのは、警察でも自衛隊でもＹＡＴでもなかった。

一般市民だったのである。

官邸に着く前に、自警団や血の気の多い一般人が次々と襲いかかり、大乱闘になってしまったのだ。こうなると陳情もクソもあったものではない。

中山はどうであれ初志を貫徹せんと、戦乱の渦を離れ、官邸の門に向けて走った。ひた走った。ジキソ、ジキソオ、と叫んだ。そして——。

射殺された。

竹棹が竹槍に見えたのだ。そうでなくても、髭面《ひげづら》長髪のごついオヤジが白装束で駆けて来たなら、まあ怖い。

さぞや無念であったろう。

後に残された一党は、挑みかかる群衆諸共、その場で処刑されたそうである。騒乱罪だという。ま、そういう罪は以前にもあったのだろうが、その場で殺してしまうというのはどうなのか。巻き添えの人もいるだろし。もう襲った方も襲われた方も一蓮托生《いちれんたくしょう》なのだ。今は。

「まあ、あれは政府にとって脅威たり得るものではなくてサ、寧《むし》ろ哀れな事件というか、悲劇と見るべきなんだろうけれども、ただ、いまだにそういう人達はいるんだということを知らしめた結果にはなったんだよネぇ」

夢枕獏という人は、きっと穏和な人なんだろうなとレオは思う。真面目に話しているのだがどこか柔らかい感じがする。レオの周りには巫山戯《ふざけ》ていてもトゲのある連中が多いので癒《いや》される気になる。

獏さんなら、きっとレオの冗談も優しく包み込んでくれることだろうさ。

と、思っていると。

「この人はばかなの？」

と、尋《き》かれた。郡司はすいません馬鹿ですと言った。

「いや、何も喋《しゃべ》らないんだけども、何となく進行を妨げてるような気がするんだよネ」

仰《おっしゃ》る通りと郡司は頭を下げた。

「無視して下さい」

「何で連れて来たの？」

「いや、この馬鹿はいざという時のスケープゴートですから」

「持衰《じさい》のようなもの？」

「いやいや。無事にコトが済んだって良い目には遭わせませんから違います。不測の事態が起きた場合、最初に犠牲になって貰《もら》うというだけです」

わっはっはと、作家と僧侶は笑った。

「そうなんだ。まあ、持衰は同行しなかったという説もあるしねえ」

「そうですね。ア、すいません。ホントに進行妨げてますね。レオ、お前さ、顔伏せてろよ」

「えー」

「それはそれで気が散るよネ」

貘さんは笑った。

いいや、レオが笑われただけだ。

「とにかくさ、そういう、反乱分子は表立ってはいないことになってるんだけれども、実際にはいるんだと、まあ体制側は再認識してしまったんだよネ」

「まあいますからね」

自分達がそうだし。

「いるね」

夢枕は郡司を指差した。

「水木さんは別格としても、あなた達妖怪関係者はかなりの人数がいて、誰も捕まってないし殺されてもいない訳だよネ。過激な行動に出るのは、あれは」

どちらかというと怪談方面ですねと郡司は答えた。

「その、怪談とホラーと妖怪と微妙に線引きが難しいんだけどサ。まあ、ぼくなんかが言うのも変かもしれないんだけどサ」

「馬鹿の度合い――だと思います」

「妖怪はばかなの？」

「はい。馬鹿度は高いでしょう」

「だって小松《こまつ》さんとかは妖怪で勲章貰ってなかった？　水木さんだって」

「小松さんは日本独自の妖怪〝文化〟を研究して高い評価を得たから叙勲したんですよ。水木さんは日本独自の妖怪〝文化〟を作り上げることに貢献したから顕彰されたんです。いいですか、妖怪の後に文化が付いてるんですよ文化が」

「ああ。能《よ》く解らないけど、そうなんだ」

「文化として見なければ、ただのザレごと、文化取ったらただの馬鹿です」

「怪談は？」

「怪談は――まあカッコつける分、馬鹿じゃないですね」

「カッコつける？」

「というか、ホントは馬鹿だということを隠し通すと怪談になって、曝《さら》け出すと妖怪になるというか」

「ははあ」

拙僧《ぼく》は妖怪の方かいと信海が尋く。

「早崎さんは妖怪の方でしょうよ。というか、二人とも体制側じゃないですか。でも、獏さんなんかバイオレンスでホラーで、どうしてそのポジションなんですか」

郡司がそう問うと、夢枕はにっこり笑った。

「ぼくはさあ、ほら、これとかこれとかこれの方があるし」

ジェスチャーである。

たぶん、山と釣りと格闘なのだろう。

「それから陰陽師は退治する方でしょ」

「ああ」

「そんなだから、まあ、道徳国家保全局不健全思想管理委員会の特別顧問かなんかに推薦されちゃってサ。何のことだか全く解らなかったんだけども、たぶんお化け退治の方法なんかを考える組織ってことですと言われて、うっかり引き受けちゃったんだよネ。その頃はサ、こんなになるとは思ってなかったからサ。いや、だってサぁ、京極さんだって、その、妖怪ナンちゃら――」

「全日本妖怪推進委員会」

「それ。それの秘密会合の手入れに遭うまでは、ぼくと同じような扱いだったじゃない？」

「あの人はねえ――」

まあ釣りや格闘技ではなく、ギャグとか時代劇とかだし。古典遊技とか特撮とかだし。でも格闘技が良くて時代劇がダメという理屈も判らないけれども。まあレオはほとんどのことが能く解らない訳だが、いずれ、京極があまりアクティブな人でないことだけは間違いない。

京極さんは馬鹿が好きなんですよと郡司は残念そうに言った。

「そこが致命的でしたね」

「荒俣さんも？」

「荒俣さんは、まあ世界妖怪協会のナンバー・ツーですからね、世間から見れば。それに、ほら、妖怪製造工場で妖怪作ってた首謀者だと思われてますし」

災難だねえと釣り好きの作家は他人ごとのように言った。

まあ他人ごとなのだろうが。

「でもって、まあその、陰陽師軍団にね、政府は白羽の矢を立てた訳だよね。と、いってもその人達は、元々は」

宮内庁《くないちょう》ですねと信海が言う。

「妖怪騒ぎが顕在化し始めた頃、国家鎮護のために宮内庁の肝煎《きもいり》で内々に集められた人達なんですよ。名称も何もないんだけど、現代版陰陽寮ですよ」

「なる程。それが——じゃあ我々を？」

「そうね」

それって。

「じゃじゃじゃあ、式神《しきがみ》がボクらを襲って来ますのですか？　護法童子《ごほうどうじ》が攻めて来ますのですか！　それじゃどんなに上手に隠れても汚いパンツが見えてるよってな具合にハケーンされてしまうのでしょうか！　それは困りますです。襲うのならせめて式神でなくちり紙にして欲しいであります」

「この人は——ばかなのね」

馬鹿ですすいませんと郡司は低頭した。

「こういうの多いんです妖怪系は」

「まあ迷惑だけど、そんなに害はないよネぇ」

作家と僧侶はまた軽やかに笑った。

「害がなくても、ばかだから殺せというのはなあ」

「まあ——こいつの場合は納得できる気もしますけどね。概《おおむ》ね無視していいですから。で、その陰陽師の集団がどうだというんです？」

「いや、警察の方はね、実は人数ばかり増えてはいるんだけど、機能は著しく低下してるんですよ、実際」

「そうなんですか？」

「これは内密な話なんだけども、てかサ、この会見自体が極秘なんだけどネ。あのさあ、現在組織として崩壊してるんですよ日本の警察は。上下関係も何もあったもんじゃないの。どこもかしこも。ほら、警察内部でも疑心暗鬼状態な訳サ」

「ああ」

信じ合うとか助け合うとか、そういう言葉は今では死語になってしまったのである。自分の身は自分で守る、他人を見たら泥棒と思え、渡る世間は鬼オンリー、敵の敵も敵、そういう世の中なのである。

「上司の命令をきかないんですネ。互いに憎み合ってるというかサぁ。全員が自分の判断で行動するような感じだから、まあ要するに、今や警察って合法的に捕まえたり殺したりできるゴロツキみたいなもんなんだよネ。拳銃《けんじゅう》持ってるしタチが悪いんだけども、まあ、捜索とか捜査とか、そういうのはできないですよ。まともには」

「はあ」

「だから人を捜すとか、そういうのは全然ダメだっていうんだよねえ。検挙とか摘発とかしないのよ。現場で解決──殺しちゃう。それで、自衛隊なんかはサ、そもそもそういうことする組織じゃないからネ。災害現場で行方不明者を捜索するようなのとは違うからサ。まあ、そっちの方も内情は警察と同じでサ。こっちも合法的に攻撃したりできるゴロツキになっちゃってる訳よ。戦車とかミサイル持ってるから、よりタチが悪いんだけども」

何もかも滅茶苦茶《めちゃくちゃ》だよねえと、夢枕獏は情けない表情で謡《うた》うように言った。

「でも、実際そういう疑心暗鬼の相互監視社会になってる訳でしょ、この国全体が。民間人から通報があるとか、そういうことはないんですかね？　まあ、ないからこそ、僕もこうして生きていられる訳ですが」

ないんですと信海が答えた。

「みんな、オレがオレがなんですよ。オレだけが正しいと思ってて、他人は信用しない。慈悲も慈愛もないんですよ、今の世の中。警察のことも信用してないんでしょうね。ま、下手すると通報者も粛清され兼ねないし」

「でも内閣の支持率は高い訳でしょう」

それが不思議なんですよと信海が言う。

あれは不思議だよねえと獏さんも言う。

レオはなんだか安心する。不思議なことなんかないと言う人が身近にいると、滅多なことは言えないからだ。すぐ叱られる。不思議って、もやっとしていてとってもイイです、レオ的には。概ねフシギで済ましてしまいたい。

でも、語っている信海の顔は深刻そうだった。

「でも、それね、考えようによっちゃ、今の政治がね、そういう、オレがオレだけがという在り方を認めてくれる政治――ってことなんでしょうね。宗教家の端くれとしては頭が痛い問題ですよ」

「頭痛いっていったって、早崎さんだって体制側の人じゃないですか」

「いや、そこは獏さんと同じですよ。今更どうにもできないというだけです。だって考えてみて頂戴《ちょうだい》よ郡司さん。拙僧《ぼく》はホントは反体制です――なんて、そんな今になってカミングアウトしたって、殺されるだけですから。不本意であっても、生き残る道を探す上でも、今はこっち側にいますよ」

早崎信海は両手を合わせた。

レオは心の中でナァムゥと呟《つぶや》いた。

実際に、その辺の線引きは微妙なのだ。

今となってはもう妖怪だの怪談だのというだけで射殺は当然――的な風潮なのだが、そうなる前に体制側に組み込まれてしまった人達は、みんな無事である。

アカデミズムの人達もその辺は色々だ。

例えば、旧東《ひがし》アジア佐異学会《かいいがっかい》の人達なんかは、早々にこの異常な社会状況に気付き、アジア佐異解放連盟と名を変えて蜂起《ほうき》した訳であるが――さっさと体制に反旗《ひるがえ》を翻しちゃったお蔭《かげ》で今や全員国賊になってしまっているのだった。大江《おおえ》篤《あつし》代表を筆頭に、榎村寛之《えむらひろゆき》、久禮《くれ》旦雄《あさお》あたりの中心人物はもうお尋ね者として手配書が廻《まわ》っているのだ。レオが思うに、辻々《つじつじ》やら橋の袂《たもと》の高札なんかには人相書きがべったり貼られていて、賞金稼ぎのならず者が集《つど》う酒場なんかにはWantedと書かれたポスターが貼られているのではなかろうか。

だからみんな、レオ達同様お化けの隠れ里に身を潜め、息を殺して生きている。メンバーの一人の木場《きば》貴俊《たかとし》なんかは、アニメ見たさに地下DVD販売店を求めて人里に下り、うっかり余計なことを口走ってしまったために取り繕《つくろ》えなくなり、しどろもどろになった挙げ句袋《ふくろだた》叩きにされて、命からがら逃げ出したはいいがアジトを知られては困るため戻るに戻れず、あちこちで野宿を重ねた末に一週間後に漸う《ようよ》帰還した――という為体《ていたらく》である。親近感が涌《わ》く。

ところが。

東アジア佐異学会の創始者である西山克《にしやままさる》教授なんかは、蜂起した段階で既に代表を辞していたということもあって、直接レジスタンス運動には参加していなかった訳だが、たったそれだけの理由でスルーされ、今や怪異のオーソリティ的に扱われている。

西山先生は現在、早崎らと同じような立場にいるのである。安寧《あんねい》なのだ。寝る時の枕も高いのだろう。あんまり高いと頸《くび》が痛くなるようにも思うけど。枕がないのも痛いワケで。

一方、小松和彦《かずひこ》所長を筆頭にした国際日本文化研究センターの皆さんなんかは、やっぱり無事なのだ。元々国の機関なんだし。そういうのは何だか知らんが気に入らないといって飛び出したのは、大塚英志《おおつかえいじ》ただ一人だったと聞く。大塚さんはでも、お化けの連中と合流することもなく、孤高に——たぶん——どっかで闘っているのだと思う。マイケル・フォスターやハイエク・マティアスなど海外の妖怪研究者は、身の危険を感じて母国に戻った。フォスターなんかはジャパンを滅ぼしたYOKAIの専門家としてアメリカのマスコミに引っ張りだこだそうである。これもまあ、安寧なのだ。枕は高い。若手でも、ケサラン・パサランなどの論考で知られる飯倉義之《いいくらよしゆき》を始めとする多くの研究者が体制側に吸収された。小松所長監修の共同出版物などに寄稿していたことが幸いしたようである。

可哀想なのは今井秀和《いまいひでかず》であった。今井は学生時代に『怪』が主催していた怪大賞に応募していたのである。そのうえ、その油すましの図像に関する論考は京極奨励賞という賞まで受賞してしまっていたのだった。そのブラックな歴史が問題視され、今井は激しく糾弾されることとなった。居た堪《たま》れなくなった今井は一人淋《さび》しく地下に潜《もぐ》ったのである。今も富士山麓《さんろく》でお腹《なか》を空かせているのだろうと思う。いや、『怪』に寄稿していたというなら小松所長なんかは連載まで持っていたくらいなのだが、今井の場合は研究者になる前、しかも自発的に投稿、というところがマズかったのだろう。選考委員だった京極をさぞや恨んだことだろう。

同じく割《く》を喰ったのが京都精華大学《きようとせいかだいがく》の堤邦彦《つつみくにひこ》教授であった。堤教授の研究テーマは江戸怪談である。妖怪ではなく幽霊なのだし、その上文学である。怪談実話の連中とは一線を画《かく》しているのだし、糾弾される謂《い》われは何処にもないだろう。しかし堤ゼミの学生達は定期的に怪談会を開いたりする程熱心でアクティブな強者《つわもの》どもなのだった。彼らは憤死した関西の怪談関係者の行動にいたく感化され、抗議行動を起こしたいと教授に相談を持ちかけたのだ。しかし東アジア怪異学会のように炎上前に蜂起したというならともかく、こんな状況下での抗議行動は自殺行為に等しいものである。地下に潜るどころか、手を上げただけで粛清されてしまうことは明白である。迷いなく、ハイ、バンだ。バンは鉄砲の音だ。

熟慮の末、堤教授は決断した。学生達の言い分は尤《もつと》もである、正義があるとするなら自分達の方にあるだろう、但《ただ》し、声を上げて立ち上ればいいというものでもない、目的達成のためには目立つ行いは避けるべきである、活動を続けるためには潜伏するよりない——と。

そして堤教授は、学生達の命を守るため、敢《あ》えてその首謀者となって地下に下ることを選択したのであった。富士に向かう際、学生達を先導して進むその姿は、恰《あたか》もショッカー怪人を従えた死神博士《しにがみはかせ》のようであったと伝えられている。

同じように怪異怪談研究会なる集まりを定期的に開いていた横浜国立大学の一柳廣孝《いちやなぎひろたか》教授などは、しかし正反対の決断をした。日本に於《お》ける心霊学・霊学の受容史を長年追い掛けてきた一柳は、この異常な社会状況を最後まで見届け、歴史として位置付けるために敢えて体制側に付くことを選んだのだった。なので、安寧だ。高枕だ。

でもって妖怪除《よ》けおまじないのスペシャリストとして注目された常光徹《つねみつとおる》や、世間的には妖怪バスターとして認識されている井上圓了《いのうええんりょう》の妖怪学を再興したと見做《みな》されている菊地章太《きくちのりたか》なんかは、みな取り返しのつかない状況になる前に、体制派に取り込まれている。それぞれ本意不本意は不明である。

と、いうよりも、信海の言う通り誰もが不本意ではあるのだろう。それにどうにもできないことなのだろうとも思う。思うけれども。やっぱり枕は高い方がちょっといいかなともレオは思うのであった。大体、その手の人達はみんな『怪』や『幽』の執筆者だった訳で、そこんとこを考慮するならちょっとズルくないですかーと、レオなんかは思わないでもない。

飯倉や常光なんかはその昔、いまや悪の権化である多田克己《かつみ》の妖怪講座の特別ゲストに呼ばれたりもしていたのだ。その多田の講座に上がった学者さんや学芸員さんの中で、現在手配中なのは京極を除けば湯本豪一《こういち》ただ一人である。大変に不幸なことであろう。

どっかに運命の分かれ道があったのだろう。

でも明暗を分けるポイントは、志《こころざし》やら思想信条なんかではなくて、人格とか立場とかでもなくて、きっと些細《ささい》なことなのだ。

小舟に乗る順番がひとつズレただけで、一方は後に漫画家として大成し、一方はワニに喰われてしまうのだ。パックリだ。まあ、その辺のことは水木大《おお》先生の漫画を読んで戴《いただ》ければ判る訳だが、レオ達は確実にワニの方なのである。特にレオは大概、ワニセレクトである。

ワニはまた、速いのだ。

馬鹿の権化にしてはかなりおフザケ感の少ない思考を重ねたものだから、レオはぐったりしてしまった。十秒置きに冗談を挟むのがレオの常態なのに、どうも調子が出ないのだった。

何か悪いねえと信海は言った。

「拙僧《ぼく》なんかはさあ、明らかに郡司さん側にいるべきなんだけどねえ。まあ檀家《だんか》さんなんかも多いから多少腰が引けた感じはあるんだけども。ハートは常に反体制ね」

郡司は笑ってるんだか怒ってるんだか判らないような顔をした。

「いや、そこら辺はまあ良いんですけどね。荒俣さんも京極さんも言ってますよ。妖怪は元々日陰者《ひかげもの》なんだから、この程度の扱いが正しいんだって。迫害されてナンボですよ、お化け好きは。オーバーグラウンドに出過ぎるのは実は問題なんだと弁《わきま》えるのが、良識ある妖怪者の取るべき道ですよ。まあ、捕まったり殺されたりする謂われはないですけどね」

捕まえますからねと信海が言った。

殺されるしネェと夢枕獏も言った。

「だから、見付かりたくはないんですけどね。だから、その警察の機能低下というのは寧《むし》ろありがたい話ですよ。しかし、だからといってそこで陰陽師というのが能《よ》く判らんですね。このご時世で占い信じますか？　この馬鹿レオが言うように式神でも飛ばすんですか？」

夢枕獏はにっこりと笑った。

「そういう漫画や小説のようなものは飛ばさないんだけどサ」

飛ばさんのでありますかとレオが尋くと、飛ばさんのでありますよと夢枕獏は答えた。

やっぱり善い人だ。

「映画のような展開はないよネぇ。というか無理でしょう。彼らはまあ、科学者であり技術者ですからね。マジカルなものではないの。というか、マジカルなものというのは、そもそもそういう超自然的なものではないのネ」

それは京極さんなんかが能く言ってますよと、郡司は言った。

「式は数式の式と同じで、要は物ごとの仕組みを知り、それを利用することで結果を左右させる技術――というかやりかたのことなんだとか」

「そうそう。その説明は言い得て妙だねえ。そうなのサ。別に神秘的なことはしないですよ彼らは。魔法使いでも妖術使いでもない。でも、じゃあ何にも役に立たないのかというとそれは違うんだよネ。実際、彼らは早い段階で、妖怪騒ぎの本質を見極めていたんだよネ」

「本質――って何ですか」

「妖怪が見えることと、この世の中が乱れていることに関していうならば、因果関係が逆だということだよネ」

つまり何でも妖怪の所為《せい》にするのは間違いだということですよと信海が補足した。

「そりゃ我々もそう考えてますが――」

それ、慥《たし》かＮＪＭ《日本の情操を護る会》の襲撃を受ける前にも話していた気がする。レオは忘れたが。

「そうなんだよネ。つまり妖怪退治は、できたところで何の意味もないことだと、まあ彼らは知っていたということですよ」

「いや、しかし」

「繰り返しますが、陰陽師達は政府に雇われた妖怪撲滅チームではなかったんだよネ。ぼくらなんかは、まあ最初から政府側の作ったチームの顧問として民間から起用された人間なんだけども、彼らは全然違うんです。政権とは関係ないのよ。だから、まあ少なくとも宮内庁関係の人は、そうした認識を持ってたんだよネ」

「でも、まあ」

「まあねえ。急な展開だったしなあ」

「それ以前に民意がネ」

その方が問題ですねと郡司は言った。

「で、まあ彼らは政府機関からは独立した集団だった訳だけれども、彼らの思惑《おもわく》とは無関係に世の中がこんな風になってしまったのネ。でもって今回、政府から直接協力要請が出されたという運びな訳よ。そこで、ぼくとか信海さんなんかが国側の担当として接触した訳サ。まあぼくはネ。その、書いてるから」

ズバリ『陰陽師』シリーズの作者である。

「あんなことがなきゃ、荒俣さんなんかの方が適任だったのかもしれないんだけどもネ。でもまあ、そういうことなんですけども――正直、現在民間顧問になってる識者のほぼ全員が、実は反政府なんですね」

やっぱそうなんだ。枕が高過ぎで、頸が痛いのだみんな。

捩《ねじ》れてる訳ですねと郡司が言う。

捻《ひね》くれ曲がってますなあと夢枕は愉快そうに笑った。

「トップの小松さんにしてもネぇ、相当に辛《つら》いというか、厭《いや》なんだと思いますよ、アレ。またねえ、幹事長というのがヤな男でサぁ。会うと、もう数日間気が鬱《うつ》になるのよ」

「大館ですか」

「そうそう。一見人当たり良さそうなんだけどネぇ、もう、苛々《いらいら》するってか」

気を吸われる感じですねと信海が言う。

「それはともかく、まあそれでですネ、彼ら、陰陽師の人達は、実に真っ当な方法で——怪しげな術じゃないという意味ですよ。どうやったのかは知りませんが、みなさんの居場所を突き止めちゃった訳ネ」

うーん、と郡司は唸《うな》った。

「そういうことですか。飯倉さんがやって来た時は、どういうことかサッパリ判りませんでしたが」

「ああ、飯倉さんね。だってあなた方、電話も通じないし、メールも駄目でしょう。当然なんだけども。逃亡者とコンタクト取るには誰かが直接出向くしかないでしょうに。ま、彼を選んだのは小松さんなんだけれどもネ。彼は若いし、兼々《かねがね》そっちへ亡命を希望してたから」

「ボーメイ！」

レオは何故か反応してしまった。

「お、おろしや国とかにですか！」

「あ？」

「ええと、えげれす、めりけん、おフランス、シェー」

偉い作家さんの前で何という阿呆《あほう》な反応か。レオは自分で自分が——逆に少し愛《いと》おしくなったものである。まあ真面目モードが長過ぎて辛抱堪《たま》らなくなっていたのだ。もちろん、シェーのところは動作付きである。

リアクションが——ない。

なのでポーズ解除ができない。

夢枕獏はたっぷり三十秒くらい半笑いの顔で固まっていたが、やがて郡司だけに視線を向けて、

「この人は——ばかなんだったよネ」

と尋いた。

何度目だろう。

「世界馬鹿遺産的なものです。遮断していいです」

「それなら保護しなくちゃだ。はっはっは」

「い、いつ登録が」

ユネスコユネスコとレオがシェーのポーズのまま戯《おど》けるといいから黙れと郡司が睨《にら》んだ。

「こんなのが多いんですけどね、その亡命先」

「いいんじゃないの、昨今見ないからこういうばかな人は。政府の関係者なんかちっとも笑わないよ。笑うと更迭《こうてつ》されたり、冗談言ったら解雇されたりする勢いですよ。それ以前に、面白くないんだよ連中。ゆとりがないっていうか余裕がないっていうかサ、ただ融通が利かないとか頭が固いとか、そういうのじゃないのよ。まあ何故か大館幹事長だけは笑うんだけども、それがまたネぇ」

「あれは悪鬼羅刹《らせつ》の笑みですね」

嫌味だしネぇ――という夢枕の言葉を受けて、レオはもう一度シェーをしかけたのだが、止《や》めた。

「どこがどうってことはないいんだけど、何か無性に頭に来るの。いるでしょ、そういう人ってサ。その手のヤな性格を、集大成したみたいな態度なんだよ大館って人は。慇懃無礼《いんぎんぶれい》というか何というか、いちいち神経に障《さわ》るのよ。大館以外はカリカリしてて、怒鳴る切れるばっかだしネぇ」

「官僚も議員も他人の話は一切聞かないし、反論すると怒りますからね。アドヴァイスも何もあったもんじゃないですよ。大館だけは一応愛想がいいんだけど」

「そこがまたネ」

「もう、無茶苦茶肚立《はら》ちますよ。拙僧《ぼく》はね、高僧ではないけれど、一応修行してます。怒りませんよ。でもあの男の前では百年の修行も一瞬で台無しになりますよ。腹ぺこのヤンキー並みになってしまいます。でも挑みかかる元気も吸われちゃう感じで、ただ萎《な》えますね」

信海は忍者みたいに印を結んだ。

精神統一をしているのだろうか。

「思い出したらムカムカして来ましたよ。本当に拙僧《ぼく》の修行を返してくれと言いたい。何なんでしょうね、あの人は。ほら水木先生の漫画になかったでしたか？　子供の頃アニメで見た覚えがあるんだけど、人の楽しみを吸い取っちゃう妖怪――」

「いやみ、ですね」

郡司が答えた。レオはもう我慢できない。

「シェー」

してしまった。

誰も、何も反応してくれなかった。

まあ、この場合、やっぱり滑稽《こっけい》なポーズの止《や》め時というのが難しい訳で。

とはいえ、無視されているのだが。

止《と》めておくれ誰か。

「飯倉さんも相当閉口していて、こんな奴らと一緒に働くくらいなら――地下に潜ってネ、逃げ回ってた方がずっといいやだとか、そんなことを言ってたのよ。まあ、この人――レオさん？　レオさん程ばかな人がいると彼は思ってなかったのかもしれないけども、これだけばかでも、こんなばかでもね、あの連中よりはずっとマシだからネ。いや、あくまで比較した場合だけども。それでまあ、小松さんは飯倉さんに密使の役を振った訳サ」

「でも飯倉さん、偶々《たまたま》買い出しのために山から下りた梅沢《うめざわ》さんに手紙渡して、すぐ帰っちゃったようですよ」

「そりゃ郡司さん、どこで誰が見てるか判んないんだしさあ、用心するに越したことはないでしょ。彼だって政府の諮問機関の人間なんだし、そのまんま地下組織のアジトに行っちゃったりしたらネぇ」

ドロップアウトするにも根回しや準備は必要ですよと夢枕は説得力のある口調で言った。

「まあ、入り口で出会えたそうだし、良かったよ。そうでなきゃその、森の奥の別荘地の方まで登って行かなきゃいけなかったんだろうから。もし尾行されたりでもしてたら一騒動でしょう。まあ偶然とはいえ、買い出しに出た人が飯倉さんの知り合いで良かったよネ」

「まあ、一般に顔バレはしてないのに、やけに目立つ人なんですよ。梅沢さんは」

大きいのだ。梅沢は。

買い出しというより買い喰いに出たのだろう。

梅沢の話によれば、飯倉はとてもおどおどとした感じだったそうで、挨拶《あいさつ》しようとしたら顔を背け、知らんぷりでもするように微妙に近づき、素早く手紙を渡すと一目散に走り去ったのだという。

梅沢曰《いわ》く、純情な中学生のラブレター渡しのようだった——のだそうだ。

飯倉の手紙には、全日本妖怪推進委員会残党と隠密裏にコンタクトを取りたい旨が書かれており、道徳倫理諮問委員会・非合理現象対策協議担当委員一同と記されていた。

普通なら罠《わな》と考える。

しかし、妖怪の連中はそう考えなかった。理由は幾つかある。

まず、世界妖怪協会御意見番にして妖怪推進委員会のブレイン、妖怪関係者最高の叡知《えいち》であるところの荒俣宏が不在であったことが挙げられるだろう。これは大きい。他の連中はあんまりものを考えないのだ。

次に、その非合理現象対策協議に民間から起用されているメンバーが、前述の通りほとんど知り合いだったという点が挙げられるだろう。何しろ議長が小松和彦なのである。

小松は、妖怪騒ぎが顕在化した折に妖怪撲滅委員会が設立された際には参加要請を執拗《しつよう》に固辞していたのだが、その後時勢が変わり、国際日本文化研究センターが国粋日本文化育成センターに名称変更された段階で言い知れぬ虚無感と抗《あらが》い難《がた》い諦観《ていかん》を抱き、議長就任を受諾したのだと聞いている。

その心中に幾許《いくばく》の想いがあったのかは知る由《よし》もない。

ただ小松の議長就任を受けて、それまで小松同様政府の意向に激しく抵抗を示していた識者の多くが転向したことは、まあ間違いない。しかし、先に示したように誰もが右へ倣えと従った訳ではなく、各人の判断は様々である。要するに小松所長が態度表明をした以上、自分達も身の振り方を決めにゃなるまい、西軍か東軍か、尊王か佐幕か、どっちか決めなくちゃとみんな思ったということだろう。まあ、関ヶ《せきが》原《はら》や幕末と違って、勝敗は最初から決まっている選択ではあったのだが。小松の動向は枕の高低を決める契機《きっかけ》とはなったのだ。

ただ——妖怪関係者連中にしてみれば、高枕方面のお歴々もみんな古くからの知り合いではあるのだ。お馴染みさんなのだ。難しいことは横にどけておいて、まあ昔の仲間だからイイかで。的なヌルい判断があったことは否めまい。

決定的だったのは、京極の意見であった。

我々もかなり馬鹿だが体制側だって負けないくらいに莫迦《ばか》だ——理論である。

それは理論なのか。

ま、現在体制に罠を仕掛けられる程の深謀遠慮はない、という意見である。

慥《たし》かに、今の内閣も行政も国民も、深謀遠慮どころか浅謀短慮そのものというよりない。みんな、殴られる前に殴れ嫌いならやっつけろという幼稚園児並みの行動原理で動いている。判り易いが頭悪い。話し合いも解り合いもない。許容範囲が針の先程に狭く、しかも各人バラバラで、主張と諍《いさか》いしかない。

罠を掛けるなどという面倒臭いことはしないだろう。

もしも、この富士山麓の妖怪ロッジの場所を察知したなら、もう脊髄《せきずい》反射で攻撃して来るに違いないと京極は言った。ミサイルを撃ち込むかガスを噴霧するか、いずれにしろ一瞬で決着をつけようとするだろうというのである。

その通りだろう。

もう妖怪関係者はキッチンのゴキブリ並みであり、発見即殺害が基本だ。

そして京極はこう続けた。

現在、体制側で唯一理性的なのは、非合理対策協の民間起用メンバーくらいだろう——と。

まあ、その推理は首肯《うなず》けるものがある。

いくら体制側にいるからといって、小松和彦や常光徹ともあろう人が体制側の幼稚な思想に気触《かぶ》れてしまうとは到底思えない。洗脳だのマインドコントロールだのという、そんなしち面倒臭いことが今の政府にできるとも思えないし、またする意味もない。

気に入らなければ殺してしまえばいいからである。

いや、たとえどれだけ彼らが政府に異を唱えようが抵抗しようが、今となっては殺す程の脅威たり得《う》る訳もないのだ。大衆の意志は、民意は政府の側にあるのだし。

ヤレヤレ、ではある。

一時期、人文系は白眼視されていた。

無駄だ使えない意味がない役に立たないと謂《い》われていた。

要らない子だとまで謂われたものである。

だが、こうなってみると微妙である。

慥《たし》かに理系は無駄がない。使える。意味がある。役に立つ。要る子である。

でも、突き詰めて考えるなら、いったい無駄をなくしてどうするのか、何に使うのか、どんな意味があるのか、何の役に立てるのか。それは——彼らにはあんまり関係ないことなのだろうとレオは思う。

使う側ではなく作る側だからだ。

そういうことは、無駄を出したり不便を感じたり意味が判らなくなったり役に立って欲しいと思っている方が考えることなのだ。

便利より不便の方が良いという判断は、まあ馬鹿にしかできないのかもしれないが、世の中無駄がなきゃいいという訳でもないのである。そうでなければ、頭頂部から爪先《つまさき》まで無駄でき上がっているレオのような人間はコンマ一秒で粛清されてしまうことだろう。もう、吸血鬼エリートみたいな感じの人がやって来て、ほっぺに注射されて全身溶かされてしまうことだろう。でも鬼太郎《きたろう》じゃないので二度と復活できないのである。

コロリポンですよ。

やだ。

人文系カムバックである。

でも、レオなんかがそんなことをほざくと、まるで人文系が馬鹿の巣窟《そうくつ》のように聞こえてしまうのできっと嫌がられるんだろうけれど。

とにかく、平たく言えばまあ相手も莫迦だし、呼んでいるのは知り合いで、しかも賢い知り合いだということで、深く考えない我ら妖怪推進委員会は、まあこうしてのこのこやって来た訳である。

しかし、荒俣は所在不明、村上も不在、多田は不向き、京極や梅沢は、どう考えても目立ち過ぎである。そこで郡司元『怪』編集顧問とレオという組み合わせになった訳である。

レオ的には甚《はなは》だ迷惑だったのだが、残念ながら仕方がなかった。使える男・岡田と使えない男・及川は二人とも荒俣と共に行方不明。レオが心密《ひそ》かに自分より位が低いと定めている平太郎は村上のお供で不在。レオが密かに自分の同類かなと思っている似田貝は物資調達から戻ったばかりという状況であり、それ以外のメンバーはどんな立場であれ、みんなレオよりツヨイのだった。

と——いう訳で久し振りのトウキョウなのだ。

ただ区内ではなく都下なのだが。

実はネ——と言って夢枕獏は前屈《まえかが》みになった。

「皆さんに手を貸して戴《いただ》きたい」

「は？」

「信用してよ郡司さん。皆さんの居場所は、まあ政府からの依頼で陰陽師軍団が陰陽の作法に依《よ》って突き止めた訳だけれどもサ」

「ホントに占いで突き止めた？」

だから魔法とかじゃないからと夢枕獏は苦笑いした。

「現にちゃんと連絡取れてるじゃないの。しかもよ、郡司さん。その情報をぼくらは警察や政府に渡してない訳ネ。一切漏《も》らしてないの。そこんとこから汲《く》んで貰いたいですよ」

「いや、獏さん達のことは最初から信用してますよ。信用してなきゃ、のこのこ出て来ないですから——」

「いや、罠と承知で来る的なこともあるでしょうに。ぼくなんか偶《たま》に書いたよ。わざと罠に掛かって敵の懐に飛び込み、壊滅させる話。その線で来てんじゃない？」

「罠なら絶対に来ません。というか罠なんですか？」

だから違うようと言って夢枕は泣き笑いのような顔になった。

「いやあ、言わば追う側と追われる側だから、解り合うのも接触するのも難しいかなと思ったんだよネぇ。ぼくらが居場所知ってるってのも、まずおかしいしサ」

「いや、諒解《りようかい》してますよ獏さん。そこは諒解してますけどね、それでも僕らにできることなんかなーんにもないですよ？　何かする前に捕まりますから。一般の人にも正体バレたら殴られますから。それとも、何ですか、体制側のいうこと聞いて協力したら、恩赦があったりするんですか？」

体制側じゃないんですよと信海が小声で言った。

「あ？」

郡司は顔をヒン曲げた。

「それはつまり、う、裏切り――」

シーッと信海は口の前に人差し指を立てる。

「いいですか、表立って政府と対立する姿勢を示してはいないものの、現状を憂えている人達というのは少なからず存在します。まず我々、坊主です」

「坊主？」

「我々仏教者は、妖怪騒ぎが世を席巻《せっけん》していた時分は妖怪退治に駆り出され、お祓《はら》いやらご祈《き》禱《とう》やらをあちこちでやらされてたんです。本来、仏家はそんなことをするために修行を積んでいる訳ではないですよ。しかし、まあその頃は、人心が乱れているのを鎮めるのもまた僧の役目のうちと考え、乞《こ》われるままに諾々《だくだく》と協力していた訳ですよ」

「まあ本来は幽霊でさえ認めませんからねえ。仏教」

「そういうものは心の迷いですな」

「まして妖怪ですからねえ」

「そんなもの退治すんのは裏高野の退魔師くらいでしょう。高野山に裏ないですけどね。高野山だけでなく、裏比叡《ひえい》もないですから。仏の道に裏道はないんですよ。現世に孔雀王《くじゃくおう》はいませんね。僧はゴーストバスターズでもゴーストハンターでもない。ま、それでもね、加持も祈禱もしましたよ。主に国家鎮護のお祈りでしたけどね。まともな坊さんは妖怪退治なんかしませんよ。まあ効かなかったですけどね、全然」

　効く訳ないよねえと夢枕は笑う。

「そのまんま現在に移行して、今じゃどこもまるで親方日の丸の坊主みたいになっちゃってる訳ですけども、もちろんどこのお山もどの派も、納得してる訳じゃないんです。いや、全く納得してませんよ。真言天台曹洞臨済《しんごんてんだいそうとうりんざい》、浄土《じょうど》日蓮《にちれん》浄土《じょうど》真宗《しんしゅう》、宗派を超えて良識ある日本の仏教者は皆、これでいいとは思っていません。政教分離というのは、こりゃ宗教者側から見たって大原則ですよ。国の言いなりなんてあり得ない。それは、仏家に限ったことではなくて——」

「神道もってこと？」

「いやいや、キリスト教も、イスラム教も。新興宗教系も全部ですよ。宗派を問わず、ちゃんとした信仰を持っている者はこんな世の中は認めませんから。先の大戦の時、この国の宗教者は真の意味での信仰心を堅持し得なかったでしょ。国家神道は元より、寺院も教会も反戦を掲げることができなかった訳です。いや、しなかった。凡《すべ》ては個人の見解という辺りに還元せざるを得なかった。これは信仰の敗北ですよ。そして現在、この国は下手《へた》をするとあの時代より始末が悪い状況ですよ」

外敵はいない。

戦争もしていない。

でも、まあこの国は滅びそうじゃん感満載である。

世界地図の日本の上には死亡フラグがもう立っている。

「阿呆《あほう》に国の舵取《かじと》りはさせられない。でも、今はもう船頭だけでなく乗客もまた阿呆になってますから。我々もそんなに賢くはないですけれども、少なくとも同じような阿呆になっちゃいかんでしょう。阿呆は泥舟に気付きやしないんですよ。溶けたって穴が開いたって漕ぎ続けるだけですよ。全員溺死《できし》」

一億総土左衛門《どざえもん》でありますか、ぼくドザえもんーとレオが言うと、その通りだよ馬鹿っぽいけどと信海は答えた。

信海まで。

ますか？」

「いいですか、国を護《まも》るために本当に必要なものは、軍事力でも経済力でもないですよ。違い

郡司はそうですねえと生返事をした。

「少なくともこの時代、武力は無力でしょうねえ」

「そうです。無力です。軍国と愛国は同義に見做されがちですけどね、良い国であれば、国民だってみんな国を好きになる訳で、好きなら大事にしようと思うでしょうよ普通。そしたら何かあった時に国民だって智慧《ちえ》を絞りますよ。政治家だけでなく、国民みんなが考えて行動すれば、どんな国難だって乗り越えられるというものでしょうに。必要なのは智慧と、智慧を出したくなるような生活や環境でしょ？」

「まあそうですが」

「今日日《きょうび》簡単に戦争なんか起きません。国益を考えたら戦争が損だということくらい猿でも判る訳で、縦《よし》んば起きたとしたら、それは為政者が救いようのない阿呆か、何か利権に結び付いた裏があるのか、そのどっちかでしょう。しかも、起きたところで只管《ひたすら》に悲惨で迷惑なだけなんですよ。その上、それで国が滅ぶ訳じゃないんです。国土が破壊されて国民が死ぬだけなんです。勝ったって負けたってそこは変わらんでしょうに」

その通りですと郡司は答える。

「ね？　軍備というのは、だから本来は超要らんものですよ。で、まあ今この国は兵器だの武器以外に予算を使っていない訳だけれども——問題はもっと深刻ですよ郡司さん」

「はあ」

「戦争は論外なんだけども、現代の戦争で国は滅びません。戦争は、国土を荒らし国民を殺すだけで、勝ち負けは一種のお約束で決まりますから。でもね、戦争なんかしないでも、今のまだとこの国は本気で滅びますよ。攻められなくたって亡《ほろ》ぶ。内部崩壊というのは外からは止められないんですよ郡司さん」

「いや、解ってます。理解してます。でも、僕に力説したって始まらんですよ早崎さん。というか、そんなに顔を寄せないで下さい」

失礼と言ってかなり迫《せ》り出していた信海は後ろに引いた。

「つい興奮しちゃった。と、いう訳で、隠密裏に各宗派教派のトップクラスが集まって、日本宗教連絡会というのを作ったんです」

「それは――まあ、良いことだと思いますが」

「それだけじゃないッ」

信海は机を叩いた。まだ興奮している。

「実は、学者文化人も黙ってはいなかった。いや、まあ黙ってはいるんですが、何もしてない訳じゃない」

「つったって、そんなもんはその、道徳倫理諮問委員会の委員になってる皆さんみたいな人達か、我々みたいに地下に潜ってる逃亡者か、どっちかじゃないですか？」

「それが違うのよ」

夢枕が継いだ。

「もっと偉い人ネ。うんと偉い人」

「は？」

「つまり、まあ国からの委員やら相談役の要請を断固として断り続けていてなお、あんまり責められないような人がいるのよ。その人達は、あなた達みたいにお尋ね者じゃないから、逃げ隠れはしてないのですよ。表に出ることはないんだけれど、まあ泰然として尚、世相を憂えていらっしゃるワケ」

「それ——誰です？」

「まあ『怪』関係だと、高田衛《たかだまもる》さんとかネ。それから梅原猛《うめはらたけし》さんとか。そのクラス」

おお、と郡司は声を上げた。

「実は彼らもまた、秘密裏に連絡を取り合っていて、しかも我々とも通じています。小松さんにしても、ある意味で皆さん師匠筋の方々ですからね。まるで陰《かげ》の枢密院《すうみついん》のようにね」

「何か——悪い感じに聞こえますね」

反体制を悪と言うなら悪ですと信海は言う。

「でも誠はこちらにありますよ」

「新撰組《しんせんぐみ》みたいなこと言いますねえ」

信海は冬瓜の顔を歪《ゆが》めた。

「郡司さん、やる気ないですか？」

「いやいや、まあ我々が戦闘向きでないことは間違いないですが、やる気がない訳じゃないですよ。ただ、いまだに話が見えて来ない訳ですよ。まあ、地方自治体との打ち合わせなんかだと、自分達の主張だけは激しくするんだけれども結局こっちに何をやらせたいのか能《よ》く解らんということも多く――そういう打ち合わせは過去にも多くあったんですけどね。だから慣れてはいるんですけど、その」

「そうね。解り難《にく》いですかネぇ」

「何から話せばいいでしょうね貘さん」

「ううん。そうネぇ。まあ、ここまでの話はいいですか郡司さん。それから、そっちの、ばかの人」

「ば」

ばかの人――ってダイレクトです。

しかも、どうやらずっと平仮名で呼んでるっぽいですよ貘さん。

「こういう事態って、実は過去にはほとんどなかった訳ですよ。だって、仏教、神道、キリスト教、イスラム教、それに人文系アカデミズムの重鎮がね、密《ひそ》かに意見交換をするなんてことはね、まあ考えられない。同じ仏教だって、宗派ごとに全然違ってる訳だからサぁ。これ、海外じゃもっと考えられませんよねえ」

「まあねえ。信仰の差で水と油みたいなことになりますからね。それは仕方がないですよ。そうでなきゃいかんでしょ」

「まあそれはそうなんだけど。信仰という面から考えればサ、決して相容《あいい》れないところがあるというのは当然なんだけれども、じゃあ協力関係が保《も》てないかといいますとネ、そうでもないのよ。で、実はだネぇ、ちょっと発見があったんですよ」

「はあ」

「郡司さん、『未來記《みらいき》』って知ってますか」

「聖徳太子《しょうとくたいし》が書いたと謂われる——予言の書のことですか？　まあ、オカルトな人達が能《よ》く扱ってましたけども——散逸してますよね？」

「まあ『太平記《たいへいき》』なんかに引用されてたりするから、鎌倉《かまくら》期には某《なにがし》か流通してたようなんだけども、まあ偽書でしょう。室町《むろまち》の頃にはニセモノとバレて騒動が起きたりしてるしネ。実際に廏戸皇子《うまやとのみこ》が何かを書いてたんだとしても、ないんでしょう。でもネ、郡司さん。未來記ってのはサ、聖徳太子が書いたと謂われてるもんだけではないのよ」

「うちの開祖も作者候補の一人です」

「開祖って、く、く」

空海《くうかい》ですよばかの人、と信海にまで言われた。

「空海って、こ、こ、こ」

弘法大師《こうぼうだいし》だよばかの人と夢枕獏も言った。

「黙っていろ馬鹿」

と、郡司が言った。

「もちろん、何一つ残ってませんね。断片すらない。ないんだからあったという証拠もないです。引用はあってもそのものはないし、作者だって、伝教《でんぎょう》大師も候補者ですし達磨《だるま》大師だってそうです」

「つまり、そんなものはないということでしょ」

そうじゃありません、と二人は声を揃えて言った。

「概《おおむ》ね、鎌倉時代あたりに流行した予言の書は『未來記』という名前なんですよ。沢山書かれているんですが、大抵は『未來記』なの」

「つまり偽書でしょ」

「作者が適当に選ばれてるというだけですよ。ハクを付けたかったんだろうね」

「だから偽書でしょうに」

「作者名や成立年代が嘘だというだけのことですよ」

「そういうのを偽書と言いますよね？」

「まあ、最澄《さいちょう》の記したとされる『末法燈明記《まっぽうとうみょうき》』という予言書なんかは鎌倉時代には本物と思われていたから、有名な坊さん達が軒並み引用したりもしてる訳だけれども、どうやら後世の作のようだし、そういう意味では偽書なんだけれども、じゃあ引用した法然《ほうねん》や親鸞《しんらん》の書いたものが無意味だということにはならんでしょう？」

「ならんですが——すいません。余計話が見えないです。もう無明の闇を覗《のぞ》いてるみたいな感じです」

「余計解り難《にく》くなってしまったかぁ。いや、偽書なら偽書でいいんだけども、その、偽書群がね、まあ何もかも嘘なのかという話でね」

「幾許かの真実を伝えているというんですか？　というか」

予言書ですよね、と郡司は眉《まゆ》を顰《ひそ》める。

「あの、それって予言ですよ？　予言」

まあ、京極が聞いたら鼻で嗤《わら》って臍《へそ》で温水プールを沸かすだろう。しかも沸騰させるに違いない。妖怪が目の前で安来節《やすぎぶし》を踊ろうがチークダンスを踊ろうが一切ブレることなく不思議なことはない、ないったらないと言い続ける男である。予知だ予言だは特にナシだと思う。

「予言でしょ？」

そうじゃないんですよ——と二人はまた声を揃えて言った。

「いいですか、ノストラダムスとかと混同していませんか郡司さん。というか、ノストラダムスも迷惑してると思うけどネ。『百 詩篇集《ひゃくしへんしゅう》』書き始めた時、ずーっと後世、しかも辺境の島国でもって、あんな風に曲解されるとは思ってなかったでしょうよ彼も。『諸世紀《しょせいき》』ってのもデタラメな感じだけど、『大予言《だいよげん》』だもんねえ、通り名は」

「だ、大予言ではないのですか！　ノストラは大予言でありますよ？　一九九九年七の月にアンゴルもわっとクッパ大王でわありませんか！」

これだからと夢枕は笑う。

「まあ、こちらは」

「ばかであります」

「いや、君だけじゃないから。みんな大予言だと思ってますよ。でもねえ」

「予言書じゃないんですか？　『未來記』は」

「予言書なんだけども、未来予知と言うかなあ、そういうんじゃなくて——ちょっと、信海さん」

「何年後に地震が来るとか戦争が起きるとかそういう類《たぐ》いのものじゃないの。今後、こうなるだろうという予測というか、こうなったらこうなるという」

説明し難《にく》いねえと言って二人は顔を見合わせた。

「まあ、鎌倉時代に流行した時はモロ今の予言と同じというか、そういうもんとして受け取られてたらしいんだけれども、それはだねえ、まあ、ミシェル・ド・ノートルダムの書いた四行詩の一部が『ノストラダムスの大予言』になっちゃったのと同じで、仕方がない気もするんだよネ。あれだって、要するに何書いてあるか解らないんだよ。だからどうとでも読める訳。その上、作者自身が占星術師でもあって、自らがボクの予言だよって言ってるからネぇ、ならまあ、未来予知的なものなんだろうと思うでしょう。人って、解り易いのが好きだというか、それでいて際物《きわもの》好みだからサぁ。でもなあ、どうなのかなあ」

ノストラダムスのことはどうでもいいですと郡司は言った。

「そんなに興味ないです」

「そうなの」

「割に余裕ないですね。逃亡者なんで」

そうか、そうだネと夢枕獏はにんまりした。

「そのサ、鎌倉時代に流行した様々な『未來記』が、昭和時代に流行した『ノストラダムスの大予言』的なものだと思ってよ。そうすると解り易い。昭和の『大予言』はみんな、元の詩が解り難《にく》いからできちゃった訳でしょ。そうするとですネ――」

「『未來記』にも元があると言うんですか？」

「あるの」

「何処に」

色んなとこネと『陰陽師』の作者は言う。

「は？」

「実は、複数の寺院にね、断片的に残ってるのよ、オリジナルらしきものが。そのオリジナルの一部を元にして、膨らませたり補完したりして書かれたものが、『未來記』を始めとした様々な予言書だと、まあそういうことが。今回判った訳で」

「はあ？」

郡司は口を開けた。

「今回判ったぁ？」

「そうなんだけど、呆《あき》れてる？」

「呆れてますが」

「はいはい。あのネ、あっちにちょい、こっちにちょいと残っていて、それらは今まで千何百年もの間、突き合わせされることなく伝えられていた訳です。それが今回、この二十一世紀になってだネ、初めて照合されたのよ。宗派の壁を超えた――何だっけ」

日本宗教連絡会と信海が言う。

「その会のお蔭で、ですよ。スゴイでしょう」

眼が笑っている。

「いや、凄いけど――そのですね」

「いやいや、聖徳太子が書いたなんて話じゃなくてねえ、オリジナルの作者は不明」

「じゃあ」

「でも成立年代はかなり古いのよ。寺伝やなんかはもちろんまちまちだし、写本で伝えられてる処なんかもあるから、確定は難しいんだけども、でも断片同士はある程度繋《つな》がっていた訳なのサ。で、そこにね、興味深いことが書かれていたんだネ」

「でもそれ、予言――まあ我々が謂う予言とは違うにしても、そういうものではあるんですよね？」

「予測というか――違うんだよなあ。こういう状況になったらこうなるゾという、まあ天気予報みたいなものネ。全体としては、仏法が滅びる様というか、こうなるとヤバいぞ的なことなの。末法に関する話。そういう観点から見れば、さっきの話に出て来た『末法燈明記』も同じようなものなんだけれども――これがサぁ、どうも仏教系だけではなかった訳ですよ」

「や、ちょっとまた意味が解らなくなって来たんですけども、末法というのは、釈迦《しゃか》の教えが無効になる時期ということでしょ？」

正法《しょうぼう》、像法《ぞうぼう》、末法の三つの期間を三時《さんじ》と謂いますねと信海が答える。

「おやつでありますか」

「お。正攻法で来ましたねばか君。来ると思うところに来るのも、まあばかの基本ですかね」

ばか君！

「諸説ありますが、主に正法千年、像法千年、末法一万年と謂われますね。さっきの『末法燈明記』に拠るならば永承《えいしょう》七年には末法に入ったとされます」

「え、えいしょー七年というのは、いつのことでありましょうか」

「一〇五二年ですな」

「って——」

レオは指を折る。到底足りるものではない。

「まあざっくり九百六十数年前ですね」

「そんな昔！　ほぼほぼ千年前！　鶴も寿命が尽きようという昔！　ずっと末法！」

「まあでも末法は一万年ですから」

「これからもずっと末法！　ずっとずっと末法！　マッポウ毛だらけネコ灰だらけ」

それ以上言うなと郡司が止めた。

本領が発揮できない。とはいえ、それから先はあんまり考えてなかったのだが。

「ででても、その本もニセモノだったのではあーりませんでしたっけか？　ニセモノなら書いてあることもウソモノでは」

ばかの人も、それなりに話に咬《か》めるよねえと感心された。

偶然ですと郡司が言う。信海が続ける。

「いや、こちらの言う通り、まあそれはそうなんだけど、時期や期間はともかく、末法思想というなら初期仏教の経典にも既に見られるものですからね」

「それにしたって末法思想ってのは、仏教だけでしょ」

「末法と言った場合はね」

「そうじゃない――と？」

「まあ世紀末的というか千年王国的というか、終末思想というのはどの宗教にもありますからね。キリスト教にだってあるでしょう。まあ字は違うけども、預言書の中には未来のことを記したように読めるものもある訳でしょうし。新約聖書の中で唯一預言書的な性格を持つ、かの有名な『ヨハネの黙示録《もくしろく》』も、まあ一種の終末預言書として捉《とら》える向きもあるでしょ」

「黙示録もねえ、色々と議論の対象になってる厄介ものでしょ」

「そのようですねえ。偽書と謂われるようなことはないんだろうけど、作者とされるヨハネ自体、まあ能《よ》く判らん人だったのじゃなかったですか？　聖書学者も、いにしえより延々頭痛めているみたいよネ」

悩ましき聖典のひとつですねと信海は言った。

「まあ聖書というのはキリスト教だけのものではないです。ユダヤ教でも聖典ですし、イスラム教でも経典ではある。でもって、そういうものを比較研究したりした人も多くいた訳ですけども、その、そういう研究は歴史文化思想といった側面からの研究なのであって、その、仏教寺院に伝わっていた古文献に繋げてみようなんてことはしてない訳ですよ。当たり前ですけどね。でもって」

「もう」

早く言って下さいよと郡司はちょっと切れ気味に言った。

「解った。解ったからキレないでよ。あなた目付きが怖いんだから」

それは大いに首肯《うなず》ける。

「あのですね、郡司さん。どうであれ今、この国がおかしいのは間違いない訳ですよ。でもって各宗派の終末に関する予言や預言――これはその、大予言的でない予言ネ。そうした様々な古文献、『未來記』の元になったような古いものを比較し、検討を加えた結果、ある共通するキーワードを発見してしまったという訳ですよ」

「キーワード？」

郡司は実に胡散臭《うさんくさ》そうな顔をして、一度レオの方を見た。いや、これに関しては関係ないですからいくらレオが胡散臭くても。

「古語だの漢語だのサンスクリットだのヘブライ語だのアラビア語にペルシア語と、まあそれぞれ判り難《にく》いので取り敢えず現代語風に言います」

信海はそう言った。

「過去が攻撃して来るならそれは最大の危機となる」

郡司は無言で再度レオを見た。

いやだから関係ないですから。あっしは別に胡散臭いこと問屋ではないでやんすから。かなり卸《おろ》してますけど。

「あのね、早崎さん。僕《ぼか》ァあなたとはそりゃあ長ーい付き合いですよ。友人として信頼もしてますよ。仏教者として尊敬もしてますし、学僧として評価もしてます。地元に大勢檀家さんを抱えている徳の高い僧侶だということも知ってます。知ってますがね、それは」

「それはと言われても、これは拙僧《ぼく》が出した結論じゃないですよ？　もっと偉い坊さんや神父さんや学者さんがですね」

「いやー。だってそれ何ですか。タイムスリップして来た昔の人が攻撃して来るですか？　誰です？　信長《のぶなが》ですかヒットラーですか？　チンギス・ハーンですか？」

そんなバカなと二人は声を揃えて言った。

「そっちの、ばかの人の意見ならともかく」

「えー」

「だってそれ、そういう意味にしか取れないじゃないですか。そう聞こえましたけど」

「うーん、そうじゃないんだよネぇ」

夢枕獏は珍しく悩ましげな顔をした。

「じゃあ何です？　哲学的に受け取れと？」

「哲学じゃないんだよね、郡司さん。そのさ、過去ってものは、もうないものな訳でしょ？」

「ないでしょうなあ。諸行《しょぎょう》無常《むじょう》でしょ。過ぎたもんはもうないです。無ですよ、無」

どっちが坊さんだか判らない。

ま——郡司は、業界一の食通としても知られていたが、インドが好きでカレーも好きなブッディストとしても知られている男である。インドで買った廉《やす》いシャツを着ていたために、印度《インド》三百円の男とも呼ばれていたのだ。呼んでいたのは京極だけだが。

いずれにしても郡司は、出家はしていないもののブッディストではあるのだ。

そう、過去はないよネと夢枕獏が念を押す。

「ないでしょ」

「ないですって」

「この中にしか」

伝奇作家は人差し指で顳顬《こめかみ》を示した。

「或《あ》るいは、こういう形でしか」

次に作家は卓上の書類を示した。何の書類なのかは判らない。

「それは——記憶と記録、ということですか？　過去は記憶と記録の中にしかない、と？　逆を言えばその中にはある、ということですか」

「その通り」

夢枕獏は破顔した。

「そう。そうなの。それ以外に、過去なんてものはないでしょ。まあ記憶というのは脳に蓄積された情報――というよりも、物体の時間的経過そのものと考えた方がいいのかもしれないですネ。で、情報化されてしまった場合は、もう記録としてしまった方が良いのかもしれないネ。脳内処理であっても」

「物理的な変化と、その情報化、ということでいいですか？」

「そうだネぇ。まあぼくらはあらゆるものごとを情報化して認識している訳だから、いずれ説明が難しいところはあるよネ。しかもぼくらは、時間というものを比喩《ひゆ》や見立てでしか理解することが不可能だから、時間的経過といったところで二次元に引き写してしか理解できないんだよなあ。だから、そう、寧《むし》ろこれは、アナログとデジタルということなのかもしれないネ」

「で、電子と紙的なおハナシ？」

「あらら、ばかの人は理解してくれてないみたいだなあ。それは違うから」

「ば、ばかの人ですが理解してませんです」

「書籍はモノだから、物体としてはアナログなんだけれども、そこに記されている情報は、概念としてはもうデジタルなんだよねー」

「パソで作ってるからでありますか？」

「違うよ馬鹿」

郡司がまた睨んだ。

「アナログというのは連続性があるということな。アナログ時計はハリがぐるぐる回るだけだろ。刻みはあるけどその間もべたっとある。で、デジタルというのは非連続ということな。別に電子化とか機械化とか関係ないから。デジタル時計ってのは数字と数字の間がないから非連続だろ。言語は記号化された段階でもう非連続だからデジタル。脳の記憶も信号化されているとするなら、デジタル」

そういう意味ですねと郡司が問うとそうそうと夢枕は首肯いた。

「ま、アナログの方は不可逆だネ。時間は遡《さかのぼ》れない。でもって、デジタルの方は可逆性があるのよ。書き換えができる訳です。でもさ、どっちにしたってないでしょ」

「ないです」

「過去はない。でもって、未来ってのは、これホントにない訳よ」

「ないですね」

「無なの。でも、過去の方は無ではない。あった、という記憶と記録が残っています。ぼくも郡司さんも昨日より老《ふ》けている訳で、その老けたという時間経過は如何《いかん》ともし難《がた》いし、記録上もね、まあそうなる訳でしょ。それが」

「いや」

郡司は手を翳《かざ》した。

「待って下さいよ。それが、い、い、攻めて来るんですか?」

「そうだネ」

意味が解らないですよねと郡司は首を傾げた。

「僕はこの馬鹿レオ程は馬鹿じゃないつもりだったですけどもね、ちょっと理解できないですよ。だって情報化された過去——記録と記憶が攻めて来るって、それどういうことです？　つうか攻めて来るって比喩ですか？　どういう意味なんです？　支離滅裂ですよ」

「そうかなぁ。ないけれどあるもの——って、あるでしょうに」

「ないけれどある？」

謎々か。

大喜利《おおぎり》的な話なのか。

笑点的な展開ならレオもついて行ける。

レオがウケ狙いな駄洒落《だじゃれ》なんかを空っぽの頭でぐるぐると捻くり回しているうちに、郡司がぼそり、と言った。

「鬼——ですか？」

そうだよねえと夢枕は嬉《うれ》しそうに言った。我が意を得たりという感じだった。

「そう思うよネ。だって本義の鬼って、ないものでしょ。死者はもうない。この世にいないんだもん。でも、ないのにある。あることにしないと認識できない。でも、ないのよ。百鬼夜行だって、妖怪の行進なんかじゃないよネ。本当は見えないの。安倍晴明《あべのせいめい》は見鬼《けんき》だった訳だけれども、それは見えないものを見る、ってことでしょう」

「そうですね」

「見えないって、ないからなのよ。あれば見えるんだから。ないのにある、それが鬼《き》——だよネぇ」

鬼《き》は、幽霊、というか先祖、というか、過去そのものでしょうと夢枕獏は言った。

「神でもあるし」

「そ、それ、水木大先生様も同じようなことを仰ってましたであります。目に見えないものはアルんです、でも見えないデスよ、それを見るためにはアンタ、バッカみたいに努力せにゃイカンのです、とかでありますよ」

どうしても物真似になるのだ。大先生の台詞《セリフ》は。

ばかみたいにねえと夢枕獏は言い、信海もレオを見た。

いや、その。

「それはまあ、そうなんだろうネぇ。仕組みは一緒だと思うんだけれども——そこんとこなのよ、尋きたいところはサ。水木さんの見るものってのは、鬼じゃないでしょ？」

「鬼は嫌いだそうです」

「嫌いなの？」

「妖怪会議で言ってましたよ。あれはつまらん、面白くないって。一般的に鬼は妖怪の仲間なんだろうけど、どうも区別してましたね、水木さんは。いや、妖怪としての鬼はアリなんだけど、そうでない場合はＮＧなのかな」

「本義的な鬼《き》は駄目ってことかな？」

「まあ幽霊もそんなに興味ないんですよ水木さん。あんなものは所詮《しょせん》元人間なんだから、面白くないんだと言ってたなあ」

「霊は駄目なの？」

「いや、駄目というか、水木さんのいう霊は、寧《むし》ろ神なんですよ」

「ははあ」

夢枕獏は考え込んでしまった。

同じく郡司も何か思いを巡らせ、やがて顔を上げた。

「そうだ」

「何？」

「鬼が妖怪をコロス――」

郡司は突然そう呟《つぶや》いた。

「何です？」

夢枕は怪訝《けげん》な顔をした。

「いや、思い出しました。随分前のことですが、水木大先生がですね、自らそうお書きになった紙を、壁に貼られてたんです」

「鬼が？　妖怪を殺す？」

「ええ」

郡司はやや陰鬱《いんうつ》に応《こた》えた。

「今思えば、水木さんのお言葉は、この国の悲惨な現状を正確に言い当てていたものかもしれないですね。まあ予知なんかあり得ないと言った舌の根が乾かないうちにこんなこと言うのは何なんですけどね」

それは予知じゃないですよと信海が言った。

「鯰《なまず》が地震を予知するとか謂うでしょう。でもあれだって正確には予知じゃないんだよ。鯰にとって、地震は騒いだ時もう起きてるんですよ。あれは、人が体感できないような震動だの何だのを感じてる訳でしょ。揺れる前に予《あらかじ》め知るんじゃなくて、鯰にとってはもう、揺れてる訳ですよ。だから水木先生もですね、何かを感じてそう判断された訳でしょう」

「まあ、そういう感度は極めて良いんだと言ってましたが。ただ、お化けがいなくなったとも言ってたんですよ、その時。でも実際には逆になったもんだから、あんまり気にしてなかったんですけど――」

「それは――」

夢枕は額に手を当てた。

「合っているじゃないですか。妖怪は慥《たし》かに目に見えるようになったんだけれどもネ、人の心の中――というか頭の中からは消えましたよ。実際に可視化したことで本来的な在り方ではなくなった訳でしょう」

「ああ」

郡司も額に手を当てた。

「そうだ。可視化した妖怪はデジタル信号を改竄《かいざん》する形で記録されているんですよ。デジタル化が半端な記録媒体にははっきり映らない。ビデオやフィルムには映り難《にく》い。人間の眼には見えていても、実際には存在しないんだから映る方が変なんですが。これ――何か関係ありますかね」

あるんじゃないのと二人は声を揃えて言った。

「妖怪なんてものは元々ないもんでしょう。鬼と違って、まるっとない。何にもない。最初から情報でしかない。ないんだから、時間的経過も何もない。そうしてみると妖怪って、無茶苦《むちゃく》茶《ちゃ》デジタルなものですよ。それが――実際に目に見えちゃうというのはこれもう、本質的に間違ってる訳だから」

「噂に聞くと、逆に心霊現象なんかはなくなったと聞いてますけど？　それはどうなの？」

信海が問うとそうらしいですねえと郡司は答えた。

「霊感アリ系の人は、水木さんの言うようにバッカみたいに努力しなくても――見えちゃう訳でしょ？　しかも面白くない元人間の幽霊なんかが。で、妖怪好きの連中は大体馬鹿なので見える系の人材は皆無に近いし、そもそも心霊系の人達とはかなり距離があるんですけどね」

「概ね一緒くたにされてたでしょ」

「されてましたね。でもそれも仕方がないところがあってですねえ、妖怪周りの人間は、結局オカルトが大好きなんですよ。ただ、それはネタとして好きなのね。大好物なんですよね。でも所詮はネタだから」

「距離がある、と」

「そう。離れてないとちゃんと見えないですからね。観察できなけりゃネタにできないでしょう。でも、まあ今我々が身を隠している隠れ里にはですね、心霊怪談系の人も多く身を寄せている。彼らの中には、オカルトに首まで浸《つ》かってるような人がいますよ。彼らはまあ、どっぷり浸かってる訳だから、自分の置かれている状況なんかは見えません。代わりに、まあ見える訳ですよ、霊が」

「霊がね」

信海と夢枕は苦笑いをした。

「霊が。で、そうですねえ、彼らの話だと、妖怪が可視化し始める少し前から、いなくなったんだ、と」

「霊が？」

「霊が。まあ、我々は、この世相が影響してそうした解釈が無効になった所為じゃないかと推測してたんですけどね」

それはある意味正しいですよと信海が言った。

「そういうものは押し並《な》べて解釈の問題ですからね。見えるものをどう解釈するかでしょ」

「そりゃそうなんだけど、その後すぐに妖怪が出没し始めたでしょ。だから、まあちょっと僕らも混乱していたんですけどね」

幽霊ってのは鬼《き》だよねえと夢枕獏が言った。

「その差がね、何かこう、鍵《かぎ》になるような気がしてるんだよね。どちらも同じくないものなんだけども、どうも違うんだよねえ。妖怪と幽霊。何が違うんだろネ」

「まあ、元は人間だとかそうでないとか、怨《うら》みがあるとかないとか、場所に出るとか人に憑《つ》くとか、そういう言い古された区分というのは、全く無効ですよね」

「無効だねえ」

ないんだからねえと三人は同時に言った。

レオは言わなかった。正直、そんなに理解していないのだった。

「限られた文化モードの文脈では有効なのかもしれないけどもネ。抜本的な差異ではないもんネ。で、まあ解釈次第なんだとしても、ですよ。それ以前に確実な違いがあるような――気がする訳だよ。まあ、今はその妖怪の方もナリを潜めてしまった訳だけれども」

「人間はお化けがいなくちゃ生きて行けない、このままじゃニッポンは駄目になると――これもその時の水木さんの言葉ですが」

それこそ正に予言じゃないですかと信海が感心した。

「やっぱり妖怪関係者と接触して正解でしたねえ獏さん。これ、間違いなくリンクしてますよ」

「そうだネぇ」

「いやいや。思わず呑《の》まれて納得しかけちゃいましたけども、納得できませんよ」

郡司は怖ぁい顔になる。

「獏さんも信海さんも、こんな与太話するために僕らと接触したんですか？　まあ事情は判りましたけど、それで手を貸すって、どうすればいいんです？　こういうそれっぽい話することが、手を貸すことになりますか？」

「郡司さん気が短くなったね」

信海が眼を細めて言った。

「加齢の所為？」

「そんなことないですよ。昔から短気ですよ」

「そう？　一時期穏和になったじゃない。やっぱり地下に潜って逃亡生活なんかしてるとそうなっちゃうのかな」

「ちょっとちょっと。人聞きの悪いこと言わないでよ信海さん。先の見えないもたついた状況も、理屈の通らない苛ついた状況も、長い出版社勤務ですっかり慣らされましたからね。若い頃の僕ならもう帰ってますよ」

解ったよ解ったよと夢枕獏は両手を広げて何かを収めるような仕草をした。

「ここで最初にまた戻って」

「最初って――」

陰陽師軍団のとこですよと夢枕は言った。

「あー」

レオは、完全に忘れていた。

そんな話を昔聞いたような覚えもあるなと感じている夢を見たくらいに遠い記憶だが、まあ聞いたのは精々四五十分前のことなのだ。

影の軍団、大門《だいもん》軍団、たけし軍団的な、と言うのは——。

やめた。

「軍団というのはちょっと口が滑った感じなんだけれどもね。別に軍じゃないし、そういうのに喩《たと》えるのは不適切だよネ。つい言っちゃうんだよネぇ。これはプロレスなんかの影響もあるのかなあ。そういえばプロレスは消えちゃったもんな。テレビの格闘技もサ、主に護身と攻撃のための実戦教室みたいなもんになっちゃったからネぇ、今は。いやいやいや、そんなことはどうでもいいんだけどサ。ええと、その現代版陰陽寮の人達ネ。これもまた、日本宗教連絡会同様、過去にはなかったものなんだよネ。土御門《つちみかど》は土御門で、賀茂《かも》は賀茂。まあ互いに干渉し合うとか意識し合うとかいう以前の問題ですよ。いること知らないんだから」

「というかそんなに沢山の諸流諸派がそれぞれ今まで生き残っていたというのが驚きですけどもね」

「ぼくも驚いたの」

レオのイメージでは、平安《へいあん》貴族みたいな衣装のイケメン達が和室に二列に並んで座っている訳で。しかも何かで編《あ》んだ円《まる》い座布団《ざぶとん》的なものに座ってる訳で。しかも御簾《みす》みたいなものが掛かっている訳で。それはきっと全然違うのだろうが。陰陽師軍団。

「まあ禁止されてからの歴史の方が長いからネェ。一部を除いて、弾圧されて差別されて、耐え忍んで来たんですよ。まあ天文や暦学なんかはサ、結構重用されていたんだけど。暦作りの方は太陽暦が採用されるまでは残ってた訳だしネ。まあ、そうやって散逸した知識や技術なんかが、アバウト千年ぶりくらいに集結した訳だよネ。で、まあ、こっちも色々と発見があってですネェ」

「発見ねえ――」

「まあそういう距離を置いた目をする。そりゃ、あるでしょうよ発見くらい。でね、まあこちらでも来るべき脅威に対する対処法は伝えられていたのよ」

「脅威――ねえ」

「現在この国は、恐ろしい程に反剋《はんこく》の状態にあるという訳ですよ、彼らは」

「ハンコックでありますか。それはええと、『神々《かみがみ》の指紋《しもん》』であります。エースコックはスーパーカップであります。ズゴックはジオン公国の水陸両用モビルスーツであります。ピーコックは孔雀《くじゃく》かスーパーで、バンコクはタイ王国の首都で、正式名称はクルンテーププラマハナコーンアーモンラッタナコーシン・マヒンタラアええとそれから」

もういいよと郡司が横目で睨んだ。

殴られるよりもキツい突っ込みだ。

「お前なんかが『神々の指紋』知ってたとこだけ評価するよ。バンコクの正式名称は暗記してる意味が解らないから。しかも不完全だし」

まあ、ウロ覚えなのだ。

は・ん・こ・くね、と夢枕は念を押した。

「陰陽五行説では、世界を木火土金水の五つに抽象化して説明するんだよネ。で、木は燃えるから、火を生み出すでしょ。火はモノを燃やして灰にする——つまり、土を生み出す。土は固まって金属を生む。金属は結露して表面に水を生み、水は木を生やす。これが相生《そうしょう》です。逆にネ、木は土から養分を吸い取るでしょう。でもって土は水を濁らせる。水は火を消し、火は金属を溶かす。金属の刃物は木を伐《き》り倒す。これは、相剋《そうこく》」

「それは、じゃじゃ、ジャンケン的な」

まあそうねと夢枕は苦笑する。

「この、相生相剋がまあ正常な形です。反剋ってのはその逆なんだよネ」

「チョキがグーに勝つ！」

「そういうことですよ。少し違うけど、まあそういうことです。石が流れて木の葉が沈むような世界になっていると、彼らはそう見立てた訳ね。まあ解らないでもないよネ」

印象としてはねと郡司は言った。

「物理法則が逆さになってる訳じゃないですけどね」

「そうでもないんじゃないの。その、デジタル情報が改竄されるって、考えようによっちゃ逆向きでしょ。脳内の信号が物理的な信号を書き換えるなんてことは、通常ならあり得ないことだし」

「そうですけども」

「このね、過去が攻めて来るというのが、そもそも反剋じゃないのかと」

「まあ、それはこじつけじゃないですか獏さん。牽強付会《けんきょうふかい》というか拡大解釈というか」

「うーん。そのね、ぼくはＳＦも書くけどサ、ＳＦの文脈で読み解かないでよ郡司さん。過ぎ去ったものはもう二度と戻って来ないのよ。それが戻って来るというのなら、それはもう反剋じゃないか？」

「文学的な話？」

「そうじゃないの。陰陽五行と同じですよ。もっと抽象化して聞いてよ郡司さん。まあぼく自身、能《よ》く解ってないんだけどもネ、だからこその相談であり、だからこそ手を貸して欲しいんですよ」

「何をどう貸せばいいんです？　問題は常にそこにあるんですよ。僕らとしても、このような潜伏生活がいつまでも続けられるとは思っていないし、事実上破綻《はたん》を来し始めてますよ。打開策を模索してますが全く先が見えません。だから何とかなるなら何でもしますけどね。今のお話からは、興味深いという以外の感想が持てないんですよ。だから手を貸せと言われたってですねえ、その――」

「石なんですよ」

夢枕獏は、唐突にそう言った。

「イシ？」

「そう、石。その名も反剋石《はんこくせき》というらしい。これは『先代舊事本紀《せんだいくじほんぎ》』にある、十種《とくさの》神宝《かんだから》のひとつ、死反玉《まかるかえしのたま》のことだとも謂われるんだけれどね。それは饒速日命《にぎはやひのみこと》が、天神御祖《あまつかみみおや》から授けられた宝物のひとつですけどネ」

「てか、『先代舊事本紀』も偽書でしょ」

「話の腰折るなあ郡司さん。偽書だとしたのは江戸《えど》時代の国学者でしょ。でも、物部氏《もののべ》にとっては立派な先祖の記録ですよ。成立年代は記紀なんかよりずっと下るけれども、伊勢外宮《いせげくう》神道でも吉田《よしだ》神道でも重視されて来た書物なんだし、成立の経緯が伝承と違うからといって、軽視しちゃいかんでしょうに」

「軽視してませんよ。でも、それは反魂香《はんごんこう》みたいに死人を呼び返す玉なんじゃなかったですか？」

「そうサ。なくなった、い、い、いものを呼び戻す玉なんだよ」

「ないもの――か」

「そうなんだよ郡司さん。彼ら陰陽寮の――面倒臭いから陰陽寮と呼ぶけども、そこの陰陽師達はネ、その反剋石は、信州《しんしゅう》の何処《いずこ》かに封印されてるというんだよネ。でも既に詳細は失われてるらしい。ただ」

「ただ？」

「封印は既に解かれているというんです」

「何故」

「そこの理屈はまだ能《よ》く判らないんだけどもネ、彼ら曰く、何でも『未來圖《みらいず》』が既に発動していると」

「は？『未來圖』って？」

「まあ、彼ら曰く、未来を記した巻物——らしいですよ。ただ、言語化はしてないというのよね。なら絵巻物なのかなあ。妖怪が涌《わ》いたのはその所為《せい》だって」

「あ？」

そ、ソレはアレでありますよとレオは叫んだ。

「アレって？」

ばかの人、発言しまーすとレオは一応断った。

「ほ、ほら、この間、妖怪製造工場マンションから生還した、山田のおじいちゃんが秘蔵していたとゆう、あの、旧式なお手紙的な、トイレットペーパー的な、巻いてあるアレ」

「あの、何も描いてないただの古い紙巻きか？」

「あれですよ。勘でありますが」

「まあ巻物だと言ってたけど何も描いてなかったからなあ。それに、あれ、『怪』とか書いてあったぞ箱に」

「それは山田のおじいちゃんのヒー祖父《じい》ちゃんとかが書いたんだって言ってましたですよ。このばかの人の記憶が正しければですが。それに、あれには元々、絵が描いてあったとゆう話でありますよ」

「そうか。そうだった。そういえば香川さんも平太郎もそんなこと言ってたな——元は現在伝わっている各種妖怪絵巻や百鬼夜行絵巻のオリジナルだった可能性があると——ちょ、ちょっと待ってよ。そうすると可視化した妖怪ってのは、あの巻物から」

抜け出したンとちゃいまっかーと、レオはわざとおちゃらけた。

「巻物、持ってるの！」

夢枕獏は穏和な眼を見開いた。

「それって、アナログ仕様の『未來記』だよ？」

「いやいやいや、ただの巻き紙ですよ。大体、そんな馬鹿なことがあるかよレオ」

「まあ馬鹿なことしか起きてない気がしますが。わたくしめもばかでありますし」

「待てよ。おい。いやあ——じゃあ何ですか獏さん、その、反剋石の封印が解けたことが、全ての原因だというんですか？」

「そうじゃないのよ」

「へ？」

違うんだ。

「そうじゃないんだよネ。彼らに依れば。この、天下麻の如くに乱れた状況を齎《もたら》しているのはね、何か別のものらしいんだネ。寧《むし》ろ、その何かの所為で、自然に封印が解けたのじゃないかというのよネ」

「何でです？」

「反剋の相に因《よ》って世が乱れた時、反剋石の封印は解けることになっているんだそうでネ。つまり反剋石というのは、反剋の相を引き起こす石ではなくて、反剋の相によって発動し、それを元に戻そうとする役割の石らしいのよ。こういう反剋の相を五行説では相侮《そうぶ》と呼ぶんだけれども、これが度を越すとだネ、崩壊すんだよ。この国。それでもって、それを食い止めるには反剋石を使うよりないというのよ。これは——一刻を争うんですよ」

「すると、あの妖怪どもは寧《むし》ろ、この歪んだ世相を補正するために涌いていたということになるんですか?」

「そうなのよ。そう考えると、政府が妖怪撲滅を国策とし、再優先的に遂行したというその背景も——透けて見えて来ませんか」

「政府が原因ってことですか?」

「いや、この国を滅ぼそうとする何かが政府を操っているのじゃないかと——それが我々、非合理現象対策協と日本宗教連絡会、そして陰の枢密院が出した結論なんですよ。つまり、この国を護るためには」

「いやいや。まさか政府を倒すとか言い出すんですか?」

霊的国防ですと信海は言った。

というか——。

「待って。待ってチョ」

レオは立ち上がった。そして、さっきより大きな声で叫んだ。

「そ、そのば、万国博」

「ア？」

「いやええと、ハンコック石。それは長野に隠されていたということで間違ってはおらないでせうか？」

間違ってないよと夢枕獏は言う。

「信州と長野じゃ、若干行政区分が違ってるかもしれないけども、まあ長野ですよ信州は」

「はい。はいッ」

手を挙げる。

「何だよ馬鹿。今大事なとこじゃないかよ」

「はいはい。郡司サマ、おまいさんは大事なことを忘れちゃアいませんかい。ちょいと」

「何だよ。首絞めるぞ」

「あのですね、ボク。ボクですよ。このボクが、村上大先輩とですね、取材に行って、それで持ち帰りましたねえ、その神秘不可思議なとあるビッグアイテムを」

「あ？　ああ。呼ぶ子だろ」

「ちっちっち」

レオは人差し指を振る。

「その呼び方は、自然発生的呼称と申しますか——まあ名付け親は荒俣先生様である訳で、そのまま便宜的に定着したものでございましてね、正式名称でないのでありましてね」

「何です？　呼ぶ子って、あのおらぶとおらび返すというあの？」

「谺《こだま》のこと？　やまびこ？」

ヤッホーヤッホーヨロレイヒーでありますと、レオは一応答える。それが礼儀だ。

「しかしそれは、あの涌いて出たコドモお化けの名称なんでありますよ？　だからこそ呼ぶ子の石と呼んだんですよ？　本体はあくまで石ですよ、石」

「石？」

「しっかり石です。しかも取材先、つまり見つけた場所は、長野県でありますです。慥《たし》かオームの石の後ろの祠《ほこら》です。祠の中の石ですよ石。しかもあの石は、死人だろうがお化けだろうが呼び返すことができちゃう、スーパーマジカルエキセントリックアイテムなんですよ？」

「ああそうかッ！」

郡司もまた腰を浮かせた。

「あれが、あの石がその石か！」

「石——って、あるの？　え？　まさか、反剋石まで持ってるとか言わないでしょうね？」

「言います」

そう郡司は断言した。

廿肆

異神の信徒、動揺す

生きて帰ったねえと平山夢明は笑った。

「オレさ、てっきりもう帰って来ねえと思ってたからさあ。陰膳《かげぜん》とかいうの？　あれ供えてたぞ。まあ喰《く》ったけどもね、米とか貴重だからさ。それより何、ボッ吉さ、お前すげえ犯罪かましたらしいじゃん。政府の施設ブッ壊したんだろ？　ユンボでよ。まあ、世が世なら建造物損壊とか、そういう罪になんだろ？　立派なテロリストだねえ。お前さ、テロ村ユン吉とかにしろよ名前」

もう、絶好調である。

まあ、ブレないという意味では京極と双璧《そうへき》をなす男だろうと、黒は思う。笑えるような状況ではない訳だけれども、まあ多少は安心する。

非日常的状況下に於《お》いて、日常感満載だ。

平山は松村をいいだけ嬲《なぶ》り倒した後で、黒の方を向いた。

「それでそのタコは喰えないの？」

「喰ってもイイですけど、喰った後どうなっても知りませんよ。それに味の保証もしませんし」

まったく巫山戯《ふざけ》たものだと思う。平山のことではない。まあ平山も巫山戯てはいるのだが、黒が巫山戯ていると思うのは頭の上のタコのことである。

カボ・マンダラットがしょうけらになり、クトゥルフを経由してアザトースになって、今はタコである。何の繋《つな》がりもない。ミクロネシアの象皮病の女神、しかも水木ヴァージョンと庚《こう》申《しん》信仰は何の関係もないし、鳥山石燕《とりやませきえん》はラヴクラフトの挿し絵なんか描いていないし、況《ま》してやフィクションの太古の神は軟体動物じゃあない。刺し身にも煮付けにもできない。

黒はけらけら笑う平山達を後にして、テントを出た。

クトゥルー信者の一団は、のろのろと移動しながらどうやら富士の裾野《すその》を目指しているらしい。何故富士を目指しているのかは知らない。しかし富士の裾野には全日本妖怪推進委員会の残党を始め、旧東アジア怪異《かいい》学会のメンバーや、その他、妖怪に関わったために世間から迫害されている多くの人々が隠れ住んでいるという。

合流するつもり——という訳ではないらしい。

何か理由があるのだろうか。黒は聞かされていない。

いったい何人いるのかは知らないが、大勢の人達がテントを張ったりなんかして野営している。このキャラバン生活も、もう結構な期間続いているのだ。

季節が夏で良かったと思う。

外に出ると、大きな木の横で福澤徹三《ふくざわてつぞう》が煙草をふかしていた。

「大変ですねえ」

福澤はそう言った。

「はあ」

「あれさ。平山さん。あれ、ああ見えてかなり心配してたんだよ。命懸けだもんなあ。全員無事に帰って来たからはしゃいでるだけでさ。だってさ、ＦＫＢ総出でミッションに参加した訳だから」

「はあ」

「黒さんもなあ、これからのこと考えると気が重いよなあ。そのタコ」

「はあ」

「今でも日に一度はデカくすんでしょ？」

「まあ遠くから見えない程度にですけど」

信者が拝むのだ。

伸縮自在になってくれたんでやや助かりましたよと黒は言った。

巨大化する一方だったら閉口していたことだろう。まあ、まったく重さがない訳ではないけれど、見た目と重さがまるで釣り合っていないから圧死するようなことはない。でもスケールがどうも。

人間の頭にゴジラが乗っていたらおかしいだろう。

実際、荒俣救出作戦の際はそういう感じにしたのだけれども。

どのくらいデカくなるのそれと福澤が尋《き》いた。

「さあ。この間はできるだけデカくなれと念じたンですけども、あれは百メートルくらいあったのと違いますかねえ」

「百メートル！　でかいねえ。念じるって、踏ん張るの？」

「踏ん張ったら脱糞《だつぷん》します。考えるだけです」

「動きは操れない訳？」

「動きすか？　どうかなあ。というか、どれだけ大きくなっても僕からは離れないンすよ。だから行け！　とか進め！　とか、そういうのは」

「自分で行くしかないんだ」

「僕の歩幅でしか移動はしませんね。触手なんかは勝手にうねうねしてるだけですよ」

そりゃ不便だなあと言って、福澤は煙を吐き出した。

「でもさ、大きくできるんだったらもっと小さくもできるんじゃないの？　縮めと思えば縮む訳でしょ？　というか消せないの？」

「これ以上は縮まないみたいです」

「タコ止まりなのか」

頭にタコを乗せた男の未来は、やっぱりやや見通しの悪いものであるだろう。福澤はもう一度、大変だなあと言った。

「まあでも、無事に戻って良かったですよ」

「僕はほぼ同行しただけですよ。建物破壊したのは松村さんだし、運転したのは黒木さんですからね。それより荒俣さんはどうしてますか？」

「さあ。昔馴染《なじ》みの作家さんとかと談笑してたけど。明日には妖怪村に戻るそうだよ」

「そうなんだ」

妖怪村──。

そう呼ばれているらしい。印象としてはとても良い。妖怪村。

黒の感性は一般のそれとは違うのだろうと思うけれども、黒が妖怪村と聞いて思い浮かべるのは、もう長閑《のどか》な、牧歌的な、『まんが日本昔ばなし』的な風景であり、小川では小豆洗《あずきあら》いが小豆を洗い、便所に入れば加牟波理入道《かんばりにゅうどう》が小鳥の声を囀《さえず》り、川では河童《かっぱ》や川猿《かわざる》が水泳をしていて山では子啼き爺《こなじじい》が泣いていて、座敷童《ざしきわらし》が子供とカゴメカゴメをしていたり、家で寝ていると狸がスットコトンのトンとなってない拍子でノックしたりするという、ワンダーランドなのである。

まあ、福澤のいう妖怪村がそんな処でないことだけは確実なのだが、それでも妖怪染《じ》みた馬鹿な友達が沢山いることは間違いない。連中はどんな切迫した状況下でもかなり馬鹿なのでかなり間抜けに暮らしているはずである。

黒もそっちに混ざりたい気がしないでもない。

ただ、このキャラバン隊は、どうであれ黒ありきの集団なのである。頭上のこのタコこそが求心力を持っているのだ。黒がいなくなってしまえばどうなることか。

そのまま森の方へ進む。

レジャーマットを敷《し》いたり、簡易テントを広げたりして、そこここに信者が屯《たむろ》している。

黒を見ると拝む人もいたりする。

もちろん拝みの対象は頭上のタコなのだが、何だか自分が生き神様になっちゃったような錯覚に陥《おちい》らないでもない。尻《しり》の辺りがこそばゆくなる。

いったいこの人達はどうやって生活しているのか。みんな金持ちなのか。喰うに困っている様子はない。行く先々で何かを調達して来ているのだろう。

樹海が近いのか、もう樹海なのか、黒は判らない。

ただ森は広くて深い。

テントが密集しているのを避けて進むと、広場のような叢《くさむら》に出た。

真ん中に倒木があって、そこに東《ひがし》雅夫《まさお》が腰掛けていた。

ぼんやりしている。往時の東は何処《どこ》に行くにもパソコンを持ち歩き、何処でも仕事をしていた。講義、講演、公開対談、司会、怪談会、朗読、果ては舞台で歌唱したり演技までするという、まさに八面六臂《はちめんろっぴ》の大活躍をしていた東は、一時期日本列島北から南まで、縦断して横断して目紛《めまぐる》しく移動していた訳だけれど、それでもちゃんと文芸評論家とアンソロジストとしての仕事は熟《こな》していたのである。見上げたものだ。列車の中で飛行機の中でホテルの部屋で東は原稿を書いたりしていたのである。

大したものである。

例えば、京極なんかも講演だの朗読だの妖怪イベントだの、お出掛け仕事は殊《こと》の外《ほか》多かったようだが、それでも歌ったり踊ったりはしない。東の場合はもう、歌って踊れる怪談エンターテイナーの域に達していたのだ。

それに京極の場合は、あのコクピットのような書斎から出ると、もう原稿を書くことは一切ないらしいのだ。裏を返せば、あそこに嵌《は》まっている間はべったりずーっといつまでも仕事をしているということなのだろうし、一説には寝ないだけでなく便所も行かないというのだからもう千日回峰行《せんにちかいほうぎょう》的というか強制収容所的というか佐渡《さど》金山的な毎日だったのだろう。だが一転、出先では書き物は一切しない。出先の京極は主に妖怪仲間と共に呆《ほう》けている。仲間の黒から見ても馬鹿にしか見えない。でも、東は仕事をしていた。

ぼけっとしている東雅夫など、少なくとも黒は見たことがなかった。

ああ黒さん、と東は言った。

「どうしました」

「いや、どうしましたというのは僕の台詞《せりふ》ですよ。どうしたんです?」

いやねえ、と力なく言って東は視線を上に向けた。

樹しかない。

力なくても東の声は艶《つや》があるのだなあと黒は思った。

「小生《わたし》もね、この業界は長いんですよ」

「いや、知ってますけど。業界って、幻想文学業界ですよね?」

「まあ幻想文学というか怪談というかですね。『幻想文学《げんそうぶんがく》』の前身は小生《わたし》が学生時代に編集した同人誌『金羊毛《きんようもう》』ですからね。その時分からその手の人達との交流はあって、その後に一家を成した人も多いですし、その手の方々とはまあ、お付き合いも多いし、また長いですよ」

そう。何といっても東は生きている澁澤龍彦《しぶさわたつひこ》やら中井英夫《なかいひでお》やら種村季弘《たねむらすえひろ》を知っている人物なのである。後続の軽輩にしてみれば、神様と友達だ――くらいの勢いである。

「この業界に関した話じゃないんだけどね」

東はそこで黒の頭上を見た。

「まあ、一家言持った人達が一定数以上集まると、色々ある訳ですよ」

「はあ。それは、派閥的な？」

「派閥じゃないですねえ。でも、まあ皆それぞれ見方も考え方も違うし、どうしても譲れないところというのはあるんですよ。だからまあ、いつまでも仲好《なかよ》し小好《こよ》しという訳にはいかないでしょう。というか、それが正常だと思うんだよね。内輪褒《ぼ》めやらお手盛りやら、そういう感じになるよりもずっと好《い》いんですけど――」

「まあ、解りますけどねえ」

素人《しろうと》は往々にして身内褒めに走りがちになる訳で、まあこれは気持ちは分かるが気持ち悪いことも多いのだ。それが正当な評価であっても、何だか信用できないような気になったりもするのだ。凄《すご》いね良かったね素晴しいよという賛辞《さんじ》が、凄いでしょ良かったでしょ素晴しいだろという自慢に聞こえて来る――というのもあるかもだ。

妖怪関係者は基本罵《のの》り合うのが常態なので、そっちが長い黒は特にそう感じてしまうのかもしれない。ただ、不思議なことに、出合い頭《がしら》に詰《なじ》り合い小馬鹿にし合う妖怪関係者は、あんまり喧嘩《けんか》しない。してもすぐ終わる。仲が良いというより罵倒《ばとう》され馴《な》れているのか、お互い様感が強いのか、やっぱり馬鹿なだけなのか、忘れっぽいのか、それは解らない。でも何年経ってもおんなじような関係で、おんなじように付き合っている。成長しないのか妖怪仲間。

一方、いつも褒め合っているような人達は、ふとした契機《きっかけ》で貶《けな》し合いになり、そうなるともう、決定的に破綻《はたん》してしまったりすることが多いような気もする。そういう壊れた関係はほぼ修復不可能である。絶交だ。断絶だ。決裂である。あんまり言いたくはないけれど、心霊系ではまま耳にする。まあ他の分野でもあることなのだろうけれど。

そうなんですよと東は言った。

「このキャラバンにもですねえ、小生《わたし》の旧知の人や仲間が沢山いる訳ですね。まあそういう意味では呉越同舟《ごえつどうしゅう》的な感じではあるんだけどねえ。そこは大人ですからね、平時なら然《そ》う然《そ》うややこしいことにはならないんだけど――」

なりましたかと尋くと、東は右を指差した。テントが密集している。

で、左を指差した。そちらにもある。

東は最後に、背後を示した。

「三竦《さんすく》み」

「あらら」

「ここ数日、非常に険悪なんですよ。小生《わたし》はいずれの人達とも付き合いがあるので、まあ中立というかね、仲裁《ちゆうさい》というか、そういう態度を取っていたらば、結局、いつの間にか孤立してしまったんですよ。ま、いいけどね」

東は虚《むな》しく笑った。

「妖怪の人達はいいよなあ」

「いや、そういうのが全然ない訳じゃないですが、あんまり聞きませんね。SFとか幻想文学とか、そっち方面の人は、頭が良いからそうなるんじゃないですか？　妖怪でもやたら賢ぶる人はそんな感じになりますよ」

言ってから気付いた。

やっぱり馬鹿が決め手なんだ。

東はまた上の方を眺《なが》めた。

「緑はいいよねえ」

「気弱にならんでください。僕まで滅入《めい》っちゃいますよ。というか。いい加減滅入り馴れしてしまいましたよ僕は」

頭上のタコが少し動いた。

「難儀ですよねえ。それ」

まあ、これのお蔭《かげ》で難儀になっているのは黒だけではないのだ。或《あ》る意味でこのキャラバン全体が難儀である。難儀大移動というか。

そう思うと気が重くなる。頭のタコは重くないけれど、気は重い。

元気出しましょうと黒らしくないことを言って、黒は更に森の奥に進んだ。

暫《しばら》く進むと、もじゃもじゃとした妙な藪《やぶ》の横にブルーシートが敷いてあり、そこに岡田と及川、そして村上がいた。

「ああ黒ちゃん。タコー」

なんちゅう挨拶《あいさつ》か。

これだから妖怪関係は――。

「大丈夫すか」

村上は決死の潜入工作を済ませたばかりである。

「おいらは大丈夫だよ。及川選手はもう駄目そうだけど。きっとそろそろ死ぬ」

及川は俯《うつぶ》せになっている。腰が駄目だと言っていた。もんまももまいめむ、と訳の解らないくぐもった声が聞こえる。顔を伏せたまま及川が発声したのだ。

「何言ってんだよ。臨終《りんじゅう》なのかよ」

村上が睨《にら》み付けると及川は顔を上げた。

「そんなことないですと言ったんです。ワタシは今、この大地の恵みを一身に感じているんでございます。この土や草の軟らかさも、ブルーシートのカサカサ感も、ついでにパンツにも感謝です。いいないいなにんげんっていいな」

何があったのだろう。

「あらゆるものに感謝したい。今の私」

何だか及川さん立派な人になったみたいですねえと岡田が言うと、及川は何故か眼を潤ませて、ねえ、ヒト、ヒトなの私もと言った。

本当に何があったんだろう。

「村上さん、これからどうするんです？」

黒は及川を無視して村上に尋いた。

「荒俣さんが摑《つか》んだ情報を持ち帰って検討し、まあすぐにでも敵さんと一戦交えることになるだろうね。ま、戦うと言っても暴力抜きだけども――武器ねえし」

村上はそう言った。

「戦う！」

黒は叫んだ。

「しかも丸腰すか？」

「何にもねーもんな」

金もない、食料もない、仕事も何にもない。

朝は寝床でグーグーグーだよと村上は言った。

「そんなに楽しくないけど」

「それ、何と戦うんですかね？」

「そう言や何なんだろうね」

何なのと村上は岡田に尋ねた。

「判りません」

「岡田選手は荒俣さんと一緒に敵地潜入して情報収集してたんじゃないの？　それでも判らないワケか？」

「私はまあ、留置場のような処に監禁されていただけですからね。ランク低いですから、ただの囚人です」

岡田君は位の高い囚人ですよと及川が言った。

「お風呂入れるなんてハイソですよ。毛布があるなんてセレブですよ。カレーが出るなんてエグゼクティブですよ。窓があるなんて――王侯貴族ですよ」

パンツがあるから人間なんだと、及川は何だか知らないけれど岡本太郎《おかもとたろう》と栗本慎一郎《くりもとしんいちろう》を足してトドで割ったようなことを口走った。

本当に何があったんだろう。

「パンツ、エクセレーント」

何言ってんだよと言って、村上が横たわった及川の腰を攻撃した。及川はあいたたたたたたと『北斗《ほくと》の拳《けん》』のケンシロウのような声を上げた。

「役に立たないなあ及川選手。こっちは命懸けで助けたのにさ。収穫なしかよ。助け甲斐《がい》がねえよ、あそこ戻れよ、もちろん一人で」

「えー」

「いやいや、ミッションということを知りませんでしたからね、我々は」

岡田が取り敢《と》《あ》えずフォローする。そつがない人だ。

「まあラスボスが誰であれ、だよ。当面敵になるのは自衛隊とか警察とかYATとか、そういうことなのかなあ」

「勝てませんね」

間髪を容《い》れずに黒は言う。

「まあ勝てねえかなあ」

「勝てないです」

言い切る前に断言する。

「僕ら弱いですよ。百人集まったって強い人は一人か二人くらいじゃないですか。しかも柔道とかですよ——」

妖怪友達の中にも肉体派や武闘派はいる。少ないがいる。相当強い。強いけれども、その強さは無駄である。試合以外は本気で闘わないからだ。それに、やっぱり丸腰なのだ。

「強いけど、相手は警棒くらい持ってますよ。しかも大勢ですよ。ならもうまるで敵《かな》わないですよきっと。みんな持ってますからね、何かを。いや、向こうは鉄砲とか大砲とかです。全員フル武装ですよ向こうは」

「まあなあ。あの戦車一台で負けるなああ」

「負けますって」

死ぬなあと村上は言った。

「でも黒ちゃんはいいじゃないか。このキャラバンの人達が護《まも》ってくれんじゃないの？　それこそ人間の盾《たて》じゃん」

そこが——困ったところなのである。

黒はだからこそ物凄く気が重いのだった。

村上の言う通り、この外国の人を含む大勢の一行は有事の時には我が身を盾にして黒を護るに違いない。平山夢明は護ってくれないかもしれないが、他の人達は必死で護るだろう。さっきの様子だと東雅夫も護ってはくれないかもしれないが、他の人達は全力で護るだろう。一見武闘派だけど実は穏健な福澤徹三もきっと護ってはくれないだろうけれど、他の人達は命を懸けて護るのだろう。何だかんだ言って松村進吉は隠れるような気がするし、いや、黒木あるじやなんかはとっとと逃げるのだろうけれども、他の、一般の、無辜《むこ》の民は身を挺《てい》して抵抗するに違いない。

黒が知ってる人だけ無事な気がする。

キャラバンの中の知人達は、まあ黒の身を案じてくれはするのだろうが、案ずるだけだきっと。行動に示すのは水沫流人《みなわりゅうと》くらいのものだと思う。その水沫は戦闘能力ゲージがゼロに等しい。もしかしたら黒が水沫を護る羽目になるかもしれない。

それでも、知らない人達は身命を抛《なげう》って護衛してくれるのだきっと。何が何でも。

護る。

黒をではない。黒の頭の上の、タコをである。

彼らの眼差しは熱い。既にファンとかマニアとかいう域を超えている。最早《もはや》、信仰に近いものになっているのではないか。

タコなんだが。

そもそも、クトゥルー神話というのは創作なのであって、つまり敢《あ》えてズバリと言ってしまうなら、嘘っこなのである。いや、そんなことを言ったら他の神話だってむにゃむにゃと、まあそんな風に考え始めればもう何もかも身も蓋《ふた》もなくなってしまうのだけれども、どっちにしたって邪神はそんなに有り難《あがた》くないのじゃないだろうか。それは黒だってゼウスだの天帝だの天照大神《あまてらすおおみかみ》だのが顕現されたりしたら畏《おそ》れ多くて拝んじゃうかもしれないが、そこはそれ。

タコだから。

というか。もしもクトゥルーの神々がホンマにいらっしゃるのだとしても、この頭上のタコは別物だ。何たって元妖怪なのだ。いやいや、何だか判らないものなのである。どれだけ形が近くとも、このタコは神ではなくてタコもどきなのである。

そのタコのために、この人達は蜂起《ほうき》するというのか。

鉄砲や大砲に立ち向かうのか、勇敢に。果敢に。凄惨《せいさん》に。悲惨に。

素手で。

その辺で拾った棒くらいは持つかもしれないけれど。

棒じゃあなあ。

外国映画なんかだとライフルとか手榴弾《しゅりゅうだん》とか持ってる人がいたり、重火器はなくともボーガンとかサバイバルナイフとか持ってる人がいたり、中にはニンジャみたいに日本刀の名手とか混じっていたりもするのだが、外国人が多いとはいえ、見たところみんな善良な人達のようなので、そんな物騒なものは所持していないと思う。

しかもほぼ文系だ。理系も混じってるかもしれないが、少なくとも体育会系はいない。和気靄々《あいあい》としていて上下関係も緩《ゆる》くて協調性はあるけど統率は取れず、互いにかなり異なった主義主張を持っているにも拘《かか》わらず、不毛な議論こそするけれど、多少険悪にはなるものの殴り合いなんかはしないなんてあたりは、もう文系だと思う。東の知人達もそうだったではないか。

そもそもこれだけ人が大勢いて、こんな過酷なキャラバン生活を続けているというのに暴力沙汰《ざた》は皆無なのである。それは要するに喧嘩しないという訳ではなく、単に腕力に自信がないからではないのだろうか。

弱いのだみんな。

でも、弱くたって彼らは戦うだろう。最早彼らは殉教者なのである。黒は何も教えていないのだが、まあ教えたのは創始者であるラヴクラフトを筆頭とする偉大な先達の方々なのだろうけれども、それでも彼らは黒に殉ずるのだ。

ああやってられない。

みんな目の色が変わっている。

表情も少しばかり違ってきている。

いつかファミレスで見た、もう名前もはっきり覚えていないような知人——そう、黒にタコが取り付く契機となった人物——鴨下《かもした》さんか。その鴨下さんのような顔付きになっているのである。あと一歩踏み込むと、その瞳《ひとみ》には狂気が宿る。

境界線の面構えだ。

それはもう、何処かイルカとかクジラとかを必死で護る人達——の中の、過激な人達——にも似ている気がしないでもない。まあ、色々な立場も様々な意見もあるだろうから、そうした活動に就いてはそれこそ多くの見解があるのだろうし、一概に良いとか悪いとかは言えないのだけれど、人はどんな主張を持っても信念を持ってもそれは構わないのだろうと黒は思う。

だから何を護ろうと欲してもいいし、そのために戦うこともあるのだろうとは思う。もちろん法律の範囲内でとか文化の違いは考慮しようよとかいう制約もあるだろうけれど、そういうことを遵守するなら、どんな主張も認めていいと思う。思うのだが、せめて、せめて、そういう力強い主義主張を持つのなら、特にバトルタイプの方々は、せめて、せめてこの世に実在するもんを護って欲しいと思うのだ。

例えば黒はゾンビが好きで、ゾンビを倒すゲームも好きで、まあ仮想空間では何万体とゾンビを亡き者にしている人でもあるのだ。

まあ亡き者になった後にゾンビ化するんじゃないかと仰《おつしや》る向きもあるだろうが、ならそもそも死んでるんだから殺すというのも変であり、仮令《たとえ》死んでいたとしてもゾンビはあるものではあるのだから、なきものにすると表現した方が筋が通るとも思う訳なのだ。

その場合、ゾンビだって元人間なのであり、尊厳だって多少はあるかもしらんし、別に好きでなった訳じゃなし、人を襲うのだってきっと本能か何かなんだろうから、それをまあ、アタマを鉄砲で撃ったりアタマを斬り落としたりアタマをもいだりアタマに何か刺したりアタマを何かで潰《つぶ》したりするのはどうなのよという話になるのかもしれないが——それは困るのだ。ザンコクじゃないのと言われればまあ極めてザンコクだし、グロいでしょうと言われればグロいことこの上ないのだが、ゾンビだって生きているのよと言われると、いやそれは違うからと言いたくもなる。死んでます。ゾンビ。

罪は精々死体損壊です。

しかもゲーム内犯罪です。

幸いにして、残酷描写を問題視する声は上がったものの、ゾンビを護れ的な運動は流石《さすが》に起こらなかったのだけれども、それと五十歩百歩じゃないですか。

邪神を護れ運動。

まあ、怪獣は希少動物だから保護すべきだ的な意見はそれなりにあって、何でもかんでも殺せばいいのかという倫理的批判もあり、それを反映した作劇なんかも試みられたりした過去はあったのだが。もちろん暴力反対という大義名分は立てるべきだし、そこは黒も大いに賛成なのだが、怪獣はまた少し違わないかと思わないでもない。

あれは退治されるために生み出されたもので、それがいつのまにか別もんに掏《す》り替わってしまったのではないのだろうか。

設定がリアルになって、特撮が上手になって、その所為《せい》でちょっともう現実感が出まくってしまって、結局そういう倫理に抵触しちゃったような気がしないでもないのだ。

で。

まあ、このタコは、絵でもない。マンガでもアニメでも特撮でもない。何だか判らないけどもいる。いる、いるというか、在る。見えるし、触《さわ》れるし。

そこが問題なのじゃないだろうか。

いやいや、存在しませんからね、邪神。

この森に集っている人達は、みんな、罪のない怪奇小説愛好家じゃあなかったのか。君達が奉じるべきはこんなタコじゃないだろう。小説だったりマンガだったり映画だったり、それは何処から入ってもいいのだけれど、そうした現実じゃあないものこそを奉じるべきじゃないのかい。君達が護るべきは、過去に紡がれたテキストや何かであり、そのテキストが生み出す豊《ほう》饒《じょう》な物語の方ではないのかい。そこから生み出される想像力とか、創造力とか、そういう現実じゃないものじゃあないのかい。君らが戦うべきはそうしたコンテンツを規制したり踏み躙《にじ》ったり燃したり埋めたりする行為そのものなのであって、それは武力や暴力とは無関係なものではないのかね。話し合おうよ文系ならば。

黒史郎は何度か力説した。

しかし、目の前に在るという現実の力は強い。

黒がいくら正論をかまそうと、能弁に語ろうと、身振り手振りを交えて熱くアジテートしようとも、一旦《いったん》タコが巨大化すればお終《しま》いである。みんなひれ伏す。キングコングが現れた時のスカルアイランドの島民みたいになってしまうのだ。

でもって、イアイアと祝詞《のりと》を唱え出す。

それは別にいいのだが、もし何かあった時この信者の人達は皆、思うに、多分、概《おおむ》ね、きっと、いや絶対に。

散華《さんげ》してしまうのだろう。

それを思うと、黒はもう気が重くなり、胃はキリキリと収縮し、腸はとめどない蠕動《ぜんどう》運動を始め、括約筋が緊張してきゅうきゅうと窄《すぼ》まるのであった。

イアイア聞く度に気鬱《きうつ》になる。

便所に行く回数が増える。

まあ、便所はないけれど。露天だ。

俗に謂うところの野グソなのだが。

浮かない顔だなあと村上が言う。

「浮けと言う方が無理だけどさ」

「沈みますよ」

「下痢バブル？」

「はあ」

その言葉、多分発案したのは黒本人なのだが、意味が解らないと思う。世界中で使うのは四五人である。因《ちな》みに黒は年に一度も使わない。意味が解らないからだ。

返す言葉を探していると、茂みの陰から地蔵菩薩《じぞうぼさつ》のようなものが二体顕《あらわ》れた。思わず拝もうとしたがそれはペア地蔵ではなく、作家の牧野修《まきのおさむ》と田中啓文《たなかひろふみ》だった。

「ここに御座《おわ》しましたか」

牧野はそう言って恭《うやうや》しく礼をした。

「ええと――」

「はあ。何やら面白そうかなーと思いまして、三日くらい前に混ざりました」

「ま、まざった！」

「混ざりましたー」

「そ、そうですか」

「我孫子武丸《あびこたけまる》さんにはアホか止《や》めとけと言われたんですけども、こんなご時世では好きな小説も書けませんしねえ。もう、仕事ありませんし」

ミステリ系ですら依頼はないという。ホラー系は全滅だ。

「朝から晩までぼーっとしてるのも何ですから、それならいっそ」

「いっそ？」

「ま、そんな面白くはなかったんですけど」

田中はそう言った。顔は、まあ笑顔である。

「それに折角来たゆうのにまだ観てませんから。クトゥルフさんをね」

黒はここ数日、荒俣救出作戦に参加していて留守だったのだ。

「で、まあ拝んでおこう思いまして」

二人とも、物腰は柔らかく人当たりも良い。話芸も達者である。黒はそれ程深い付き合いはないのだが、作品は読んでいる。

読んでいた——が正しいのか。

黒の著作も含め、その手の本はもう焚書《ふんしょ》なのだ。

「それで」

「それで？」

「ところが」

「ところが？」

「私ら、今、喧嘩してますねん」

「は？」

仲良く見える。笑顔だし。

「いがみ合ってるんですー」

「は？」

和《なご》やかだが。地蔵だし。

「ホントは仲良いんですけどね」

「いやいや、凄く仲良さそうですけど」

「ええ、いつもは仲良しなんですー」

「今はいつもやない、ちゅうことで。相当険悪ですわ」

「もう、殴ったろかいう感じで」

「いやいや、刺したろかゆうね」

「ま――」

漫才ですかと尋きかけてやめた。新型の二人落語とかだったら怒られそうだ。いや、まあ相手の心中を測り兼ねる時程、お腹がしくしくすることはない。

「このね、樹海ゆうんですか、此処《ここ》に入ってからどうもおかしいんですわ」

「おかしい――というと？」

頭ちゃいますよと田中が言った。まあ、頭も多少おかしいかもしれませんけどもーと牧野が言った。

「それは何か、君はボクの頭がオカシイ言うてる訳か」

「そこはまあ、あなたも、ワタシも、皆さんも、ということで」

「それはええけど、ボクも含まれてるちゅうことやね」

「そこはまあ、あなたも、ワタシも、皆々様方も、ということで」

新手だ。

新手の、話を先に進めない要員だと黒は思った。

「違《ちゃ》います」

田中が何かを否定した。

黒の心中を見透かした訳ではあるまい。

「これは常態ではないんです。見ての通りに、平素とは相当に異なる敵対モードなんですわ」

「平素を知りませんし、敵対してるようにも見えません」

これが平素と違ういがみ合いだというのなら、妖怪関係者なんかは平素から殺し合いをしているようなものである。手は出さないものの、陥《おとし》いれたり罵ったり嘲笑《あざわら》ったり、それはもう冷えた関係なのだ妖怪の連中。

そうですかーと二人は言った。

「まあ、僕らも大人ですしー」

「表面には出しませんわ。でも肚《はら》の中は」

煮《に》え滾《たぎ》っとりますなと田中は言った。

「ただ変なんですわ。何というか、この、余裕がなくなるちゅうかね。別に肚立てることもないような言葉がいちいち引っ掛かりますな」

「引っ掛かりますなあ」

「普段なら聞き流すような些細《ささい》なことも」

「聞き流せませんなあ」

肚立つんですわと二人は声を揃えてユニゾンした。

やっぱり仲が良いように見える。

「で、みんなそうなんですわ」

「みんな？」

「キャラバンの人達ですねえ」

「そ、そうですか？」

「はいー」

牧野が笑った。危機感はない。

「私らが混ざった時分は、どなたさんも仲良うしてはったんですけどねえ。細かいことで盛り上がるオタクサークル的なねえ」

「樹海に近付くにつれ、口論が増えてですな、何ちゅうかねえ、細かいことにケチ付け合う感じの、まあオタクサークル的な」

どっちやねん。

「今もねえ、二派に分かれてイアイア言ってますわ」

「い、イアイアを！」

二派って。

妖怪容認派と排除派ですねと田中が言う。

「容認と排除？」

はいーと牧野が手を合わせた。

「その、基本的にクトゥルフと妖怪は関係ないし系の方々はですねえ、政府の施設を襲って妖怪推進委員会を救出したことにかなり怒ってはります。しかもご本尊自らがご出動されましたから、余計に憤慨されてるいいますかねえ。しかも逃亡者が合流しはりましたから、これでもう目を付けられた、攻撃されたらどないしまひょと」

「一方で妖怪も護らなアカンという連中は、もう妖怪連合と合流して一斉蜂起して、打倒芦屋政権を唱えてますなあ。一揆《いっき》ですわ一揆」

「た」

戦う気なんだ。

しかもこっちから仕掛けるんだ。

捩《ねじ》れてはりますーと牧野は言う。

「何がですか。僕の腸がですか」

「黒さん、腸捻転《ねんてん》なんですか？」

「いや、捻転はしてないです。蠕動してるだけです」

かなり激しい運動になっている。

今後の括約筋の活躍を期待する。

「妖怪容認派は、ある意味で博愛主義者ですわ。妖怪にも人権をいうて、まあそれはアホなスローガンや思いますけども、根本的に差別は止《よ》そう凡《すべ》て赦《ゆる》そうという、そういう姿勢なんですわ。それが、寧《むし》ろ好戦的になっている、と」

「一方で排除派は、まあ原理主義者なんですわ。ファンダメンタリストゆうのは、時に過激になるもんや思いますけども、今回は穏健に、逃げに徹しようという話で」

逃げた方がいい。

でも、と牧野は続ける。

「どちらも一枚岩ではないんです」

「に、二枚？」

「さあ。岩とゆうのは一枚二枚と数えますか？」

「い、岩を数えた経験がありません」

「何枚岩か知りませんけども、まあその、クトゥルフ原理主義者の中にも、色んなお方がおられます。『ク・リトル・リトル神話大系』辺りから入られたお方は、荒俣先生を救出するのだけは当たり前だろうイアイアと」

「イアイアも！」

「はい」

「何故イアイアを！」

「さて。しかし、そういう人達の中にも荒俣大人《たいじん》だけは助けるべきだけれども、他の連中ゆうのは関係ないのと違いますかーと」

俺だ、と村上が言った。

「で、こいつらだ」

村上が及川の腰を叩《たた》く。

及川はひょうと声を上げた。

「そいつらの皆さんですねえ。で、まあ、この際クトゥルー様に関係ない奴らは縛ってほかすか、警察に引き渡した方がいいのと違いますかーなんて」

「じゃあこいつを」

村上が及川の腰を更に強く刺激した。

及川はびゃーみたいな声を上げて、ソレ平太郎の役目じゃないすかと泣き声で言った。

「そういう時のための捨て駒要員でしょうに、あれ」

「あれは元気だし。こういう時は動けない及川選手を捧《ささ》げるよ普通。ねえ岡田選手」

「そうですね。役には立ちませんね」

やっぱり冷えている、こいつらの関係は。

そちらさん仲違《なかたが》いされてはりますかと牧野が尋いた。

「いや、これで普通なんです」

「仲悪い？」

悪いですよと村上と及川がユニゾンした。

そうでもないですと岡田が言った。

「そうですかー。まあ、愛の形は色々ですから」

色々やねと田中も言う。

「いずれにしても脱獄犯を警察に渡せば印象良くなるのと違うか的な意見もあれば、そんな敵と通じるような真似ができるかい、ちゅう意見もあり、まあ荒俣さんも放逐すべきだとか、荒俣先生だけは護るべきだとか」

やっぱりだけかと及川が妙なところに反応した。

「だけ、なんだよなあ」

下唇を突き出して、だけ、だけと呟《つぶや》いている。

施設でロボトミー手術でもされたのか及川史朗。

「寧《むし》ろ妖怪の人達は全員殺してその辺に投げ捨て、さっさとこの地を去るべきや、とか」

「ここは約束の地やないですーとか」

何か宗派違うし。

「浄土は西やろとか」

それもどうか。

「イギリスに連れてけやーとか」

「離島で建国しようぜですとか」

「攻撃される前に自決じゃとか」

「死ぬなら政府と心中やろとか」

「とにかく何でももう厭《いや》やとか」

そんなことゆうてますねんと二人は言った。今度はちょっとズレていた。

「物騒ですなあ」

「よりギスギスした感じになりますわ」

「それで喧嘩してますー」

「してますわ。喧嘩」

「してますか」

「で、まあ報告がてらご本尊拝みに行ったろかゆう話になって、で一緒に来たんですわ」

「仲良くですね」

「仲悪くですわ」

田中は一歩前に出て屈《かが》み、黒の頭上のタコを突《つつ》いた。

「これ、タコと違うのですか」

「水棲《すいせい》とは思えませんし、餌も喰いませんからタコではないですよ。知りませんけど」

「大きくなる？」

「大きくなりますね」

「重くない？」

「鬱陶《うっとう》しいです」

「タコでんな」

「タコ――」

でおます、と言ってしまった。

「しかし、何で他の邪神は涌《わ》かんのですか」

「そんなこと僕は知りませんよ。そもそもこいつだって、元はカボ・マンダラットだったんですし」

「そんな邪神おったかなあ」

「知りまへんなあ」

「いや、ラヴクラフトじゃないですから。オセアニアの象皮病の神様ですから。で、ヤドカリですし」

「タコちゃいますね」

「ちゃいます。というか、しょうけらでもあったんですから」

「しょうけら？」

「妖怪です妖怪」

詳しくは知りませんけど知ってますと牧野が言った。

「変身したとゆうことですか」

「変身なんですかね」

まあそうなのだろうけど。

「形が変わった、ちゅうことですか」

「変わりましたねえ」

まあそういうことになるのだろう。

「その、カボちゃん？　コボちゃん？」

「植田《うえだ》まさし先生は関係ないです。カボです」

「そのカボと、しょうけらは、何か関係あるんですか」

ないでしょうと村上が言った。

「全然ないと思います」

「そちら、慥《たし》か京極さんのお友達の妖怪専門のお方ですよね？」

多田克己ですと村上は虚言を吐《は》いた。

「それは嘘やねえ。記憶と形が違いますわ。でも、そちらさんがそう言うなら、関係ないんでしょう。けど、何かその、共通項はないんですか？　互換性というか」

「多少、ほんの少し、ごく僅《わず》か、微量に似ています。但《ただ》し水木大《おお》先生の描いた絵でだけ」

「それ、どのくらい似てるんですか？」

「いやあ、若い頃のジョン万次郎《まんじろう》のイラストと槇原敬之《まきはらのりゆき》くらいの似っぷりですかね」

微妙やねえと田中が首を傾げた。

「そうなんですよねえ。しかも――」

黒は思い出す。

鴨下との会見を。もう遠い昔のことである。

鴨下は最初――。

い、い、い、
歩く百キロ爺。

そう言っていた。

このタコは最初、付いて来る怪だったはずだ。そして目撃したのは鴨下ではなく第三者だったはずだ。その段階では靄々《もやもや》したただの黒い影に過ぎなかったのだ。しかも歩くというのだから、要するにべとべとさんとかぴしゃがつくのようなものだったはずだ。

そうした怪異に姿形はない。

少なくとも水木大先生が絵にするまで、キャラクターにはなっていない。べとべとさんは有名な絵があるからフィギュアにもなっているが、ぴしゃがつくに至ってはいまだに明確なフォルムを得ていない。

音と気配だけ。

だから影。

それが。

高速道路を車で走行中にも尾行して来た——という話だったたか。

それで時速百キロ越えということになったはずだ。そんな怪異は、もう百キロババアしかないだろう。江戸時代や明治《めいじ》時代に人が百キロというスピードで移動できるような状況は存在しない。従って、そんなお化けはいない。それはもう現代の都市伝説キャラしか考えられない。

でも、なぜ婆《ばばあ》ではないのか。

それは、鴨下が女性だったからだ。

同時に、それは最初単なるストーカー疑惑だった——からなのではないか。

いや、同性愛者のストーカーもいるのかもしれないが、というか絶対いるのだと思うけれども、まあ鴨下のようなタイプはその辺の展開には思い至らないだろうし、婆さんのストーカーというのは逆にちょっと怖過ぎる。しかも百キロである。鴨下の、自分は女なんだからストーカーは男という思い込みが、婆を爺《じじい》に変えたのだろう。

で。

もうそんなのは人間じゃない。

なら婆でも爺でもいいようなものなのだが、その段階ではまだ微妙な線だったのだろう。とはいえ百キロを越えたら人じゃないだろうに。

でもって覗《のぞ》いているという話だったか。黒いものが。

しかし鴨下は、その段階で妖怪をあまり知らない。ミクロネシア専門の彼女は、絵が描いてある妖怪本は黒の奨《すす》めた水木大先生の『東西妖怪図絵《とうざいようかいずえ》』くらいしか持っていなかったものと思われる。

それでカボ・マンダラットなのか。

黒いから。

でも、黒はそれを——。

しょうけらだと断定した。

断定したのは自分だ。

それは覗いているという属性から導き出しただけの結論だ。

そして——目撃した。目撃して確信した。あれはしょうけらだった。

違うのか。

しょうけらだと断定したからそう見えたのか。カボっぽくて、しかも覗いているという属性から具体的にその姿を思い描き、それをしょうけらだと断定してしまった、その段階で——。

姿形を得たのか。あれは。

自分かい。

黒があれをしょうけらにしてしまった、の、か。

「あー」

大腸が痙攣《けいれん》する。

つまりこれは、このタコは、観ている者の思い込みに容姿を規定されるだけのものなのか。

平山やら福澤やら、あんまり妖怪に詳しくない連中が適当に観て、そしてその適当なイメージがクトゥルーに近くて、近かったから——。

また自分かい。

ラヴクラフト系の作品を書いているのは、平山でも福澤でもない。黒である。

だからこいつはクトゥルーになってしまった、の、か。

でもって、より容姿が明確になった時点で、また平山なんかが観たものだから、そうなると流石にこれは邪神だろうと判定してしまったのである。平山の邪悪さを反映し、より邪悪な姿形になったコイツの写真を、やはりラヴクラフト好きな松村やら黒木やらが観て——。

「こ、このタコは」

どうもそのようですなあと牧野が言った。

「観察している人の期待に応《こた》えるお化けなのと違いますかねえ」

そうっすよと村上が反応した。

「日本中に出没していた妖怪は、全部そうなんですよ。見た人が知ってる形で出る。見る人に依《よ》って形が違う」

「そうなんですか！　でも、映像があるでしょ」

「あれは、撮影者か、プロデューサーなどの撮影主体の脳内情報がデジタルデータを書き換えるんだそうです」

岡田が説明した。

「はあ。ＳＦみたいな話やね」

「そんな馬鹿らしいＳＦはないです。ＳＦ作家の人に袋叩きにされます。ＳＦファンにタコ殴りにされます」

「じゃあ、まあ色々に見えてる訳だ。映像に定着するまでは」

そのようですと岡田が答えた。

「でも、そんなバラバラやったら見えてるモンが何なのか決定できないのやないですか？」

属性が固定なんすよと村上が言った。

「属性？」

「まあ、でっかくなるとか舐《な》めるとか砂撒《ま》くとか、そういう属性があって、それを何と解釈するかはその人次第なんですが——」

「砂掛けるのはババやないですか」

「砂撒《すなま》き狸《だぬき》というのもいますからね。ま、名前も属性のうちなんですけどね。どうも、誰かが砂かけ婆だと言っちゃうと、他の人にもそう見えるっぽい」

「はあ。キャラが有名だからですか」

そうでしょうねえ、と村上が言う。

「すると——これは」

「ぼ」

ボクですと黒は言った。

「僕が決めました。色々」

「はあ。それやったら、他の妖怪も他の解釈をする人がいると変身しますか」

それはないなあと村上が答えた。

「属性が被《かぶ》ってる場合もあるけど、一回決まったら大体そのまんまですよ。デザインのヴァリエーションみたいなのはあるようですけどね。というか、そんなに長時間は出てないですからね。一旦消えて、また出た時に別の解釈されると、違っちゃうのかもしれないですけど」

「ずっといますコレ」

黒は頭上を指差す。

「ずっと出てるから変わるのかな。その理屈だと、出てる妖怪は全部同じ何かひとつのモノであって、見る者が勝手に形や名前を決めて——いや、それは違うなあ。百鬼夜行とか出てたしなあ。属性があって、それから」

「これ、化けてるのと違いますか」

田中がまたタコを突《つつ》いた。

「色んなもんに化ける属性のものやったら」

「あ」

「まあ、お化けというくらいだから化けるお化けは沢山いますが、川獺《かわうそ》やら鼬《いたち》やらが化けるのは主に人間だよなあ。色んなものに化ける属性のものは——狐や狸ですかねえ。いや、狐はそんなに色んなものには化けないかな。女が多いし。狸は無機物からお化けまで、化け捲《まく》り感が強いですが。大入道から一つ目小僧からろくろっ首まで、みんな狸ですよ。狐はそういう下品なものにはあんまり化けないですかね。退治されて石になっちゃったりはしますけども。狸は器物にも化けます」

「文福茶釜《ぶんぶくちゃがま》やね」

「汽車に化けたゆう話もありましたよね」

「ええ、明治時代には偽汽車というのがあって、狸が汽車に化けて本物と競うけど轢《ひ》かれちゃうみたいな話がありますね。まあ。あと、お月さまとか、仏様とかスケールのでかい化けっぷりですね、狸」

「邪神にも——化けられますなあ」

「あ」

黒はさっきから、あ、しか言っていない。

「後ろから付いて来たり、そういう悪戯《わるさ》もしますなあ」

「しますね」

「百キロババも昔だったら狸の仕業にされてませんか」

「されてたでしょう」

「で、人にも憑《つ》くのと違いますか」

「狸憑《たぬきつ》きというのは——ありますね」

それ狸なんと違いますかと田中啓文が言った途端。

「あ。見て見て」

及川が指差した。

黒の後頭部を。まあ、黒には見られない。

全員が黒の後ろ頭を覗き込んだ。

ちょっと落ち着かないぞ。

お、お腹痛いぞ。

べ、便所。

「それ、タコ足ですか？　触手っぽくないですけど」

「まあなあ。毛があるな」

「正確には軟体動物の蛸《たこ》じゃないんですから、毛もあるんじゃないですか」

「いいや。これ、シッポやないですか」

「そういえば——これは角《つの》？　それとも」

「耳だと思うよ」

「やっぱ狸！」

いやちょっと待ってよ。

タヌキ？　ポンポコポンのポン？

黒的には何だっていいんだけれども、このキャラバンの人達は——。

どうなるんだ。

廿伍

妖怪推進委員会、真相の一端を摑む

「で？　どうした黒ちゃんは」

京極が村上に尋《き》いた。

「まあねえ」

村上はそこで言葉を切り、立ち上ってわざわざソファに横たわっている及川の方に臀部《でんぶ》を向け、鼻先に一発ブッ放した。ヤメテくださいよ村上さんと及川が言うと、ダメだよ及川選手オナラなんかしちゃと無体なことを言われた。

「ワタシすか。した感覚ないですけど」

「腰から下の感覚ないんじゃねえの？」

「そうですか？　その割にニオイ近いですけど」

及川ガスは御免だと京極が言う。こういう局面ではこいつらは必ず連携する。

黒ちゃんは苦悶《くもん》してましたよと村上はさっさと放屁《ほうひ》問題を切り捨てる。

「今更みんなが崇《あが》めていたのは狸でしたとは言えないですからね。それに、狸も狸で、大勢を騙《だま》す方が好きっぽくて」

狸だもんなあと京極は感心する。

タヌキだったのだ。あの邪神は。及川が見た時はアザトースだったのに。でかかったですけどねえと及川が言うと、狸は天体にだって化けるからと京極は言った。

「中秋の名月に化けたり、茶室に化けたり、汽車に化けたり、狸は無茶《むちゃ》化けが好きなんだよなあ。正体がバレて殺された後も何日も正体を現さなかった狸もいるし、まあ黒ちゃんに取り憑《つ》いたのは相当に劫《こう》を経た古狸なんじゃないの」

ちょっといいですか、と真藤順丈《しんどうじゅんじょう》が手を挙げた。

荒俣をキャラバンから移動させる際、及川達と共に一部の作家は妖怪村に合流したのだ。

「あの、その話はまあそれでいいんですけど、化けること前提で、しかも事実っぽく話してますけど、京極さんそれでも不思議なことはないよと言うんですか?」

「ないよ」

「ないんだ」

「そういう文化や伝承があるというだけだよ」

「いや、これ現実じゃないですか。黒さんはすぐこの近所で、頭にタヌキだかタコだか乗せて困ってるんじゃないんですか」

「困っているだろうねえ。事情を知った顔見知りがみんなこっちに来ちゃったから。平山さんを始めとして、東さんまで、みーんな来ちゃったし。残ってるのは水沫さんだけだろう。今頃はもうお腹が」

下痢バブルですよと村上が言った。

「だからそれ意味が解らないですから」

そう言ったのは河上《かわかみ》元店長である。村上は、何だよ文句あるのかよと返した。ないですけどねと河上は泣き笑いの顔をした。そんな顔をしながらも河上はそれでも意味は解りませんけどねと言った。打たれ強くなったものである。

で。

及川はまだ腰が痛い。

樹海からこの別荘地まで来るのも大変だった。

まあみんな冷たい割には世話を焼いてくれたのだが、それはツンデレ的なものではなく、始終死んでくれとか置いていきたいとか突き落とすぞとか燃やすぞとか言われたものだ。

しかも——それは本気だ。途中で死なれたらそれはそれで面倒だから手を貸しているのだこの人達は。肩を貸したり負ぶったりする方が墓穴を掘るより少し楽だ。いや、放置なのかな死んだ場合は。

まあ生きていて、辿《たど》り着けたのだから文句はないが。

真藤はまだ解りませんと言った。

「いや、下痢バブルも解らないですが、狸が化ける話も解らないです」

「下痢バブルはともかく、狸が化けるのはさ、そういう文化的なお約束こそが存在を規定していて、それを解釈した者のイメージがそのまま形質を規定しているってことだろ」

そういう決まりごとなんだよと京極は言った。

「何故そうなるのかという理屈は解らないけども、現にそうしたことが起きているのだから別に不思議じゃあないだろ。理屈が解らないことなんか他に幾らでもあるぞ。それを全部不思議で片付けるのか？　そんなの原始人と変わりないじゃないか。必ず理屈はあると信じる気持ちが科学を生み、その結果文明が生まれたのじゃないか。君はその、壮大な人類の歩みを無に帰すようなことを言うのかね。そうなのか」

「ととと、とんでもない」

真藤は艶々《つやつや》のボウズヘッドを掻《か》いた。

及川は――原始人という言葉にやや反応してしまった自分を少し恥じた。今は、パンツを穿《は》いている。かなりサピエンスに近い。

「けっけっけ」

京極の笑い声である。

時にこのおやじは何か一線を越えてしまうのだ。

「何を考えている及川」

「何も考えてないです。ワタシ、人類になれなかった業界猿人ですので。早く人間になりたいです」

「無理だ。じゃあ黒史郎は、あの何百人ものキャラバンの頭目として、今も邪神使いを演じている訳かい？」

演じてますよと村上は言った。

「こっちに混じりたがってましたけどね。でもいつまでも続ける気はないようですよ。つうか無理でしょう。縦《よ》んば攻撃されたりしたら大勢が命を落とすことにもなり兼ねないし、そんなことになった時に自分達が命を懸けて護《まも》ったのが崇拝する邪神じゃなくてポンポコタヌキだと知ったら」

「まあ、苦労して辿り着いたイスカンダルに待っていたのが坂田《さかた》利夫《としお》だった——くらいの落差ですかね」

木場貴俊がそう言うと、もうちょっと上手《うま》い喩《たと》えはできんもんですかねえと久禮旦雄が突っ込んだ。

「気持ちは解りますけどね」

「気持ちが解ればいいんだよ。こういうのは」

「どういうのですか」

「話の腰折らんといてくださいよ」

松野《まつの》くらが制した。

「だから、まあ、その、機《おり》を見て、徐々に」

「いやいやソフトランディングは無理だろ。こいつタヌキだったぴょーんとか宣言した方が早いでしょうに」

そのぴょーんってのは何ですか京極さんと黒木が問うた。

「勢いだよ」

「勢いって。ぴょーんって」

文句でもあるのか黒木君と京極が睨《にら》む。いいえ文句はアリマセンですと黒木は酸っぱい顔をした。付き合いはほとんどないが、及川は黒木の扱いに親近感を覚える。

「でもやっぱ、言い難《にく》いですよ。何百人といる信者達の気持ちを考えますとねえ。みんな本気ですからね。信じ切ってましたよ」

だから君は駄目なんだ黒木と京極が言った。

黒木は下を向き、京極さんまでと、意味不明のことを呟《つぶや》いた。

「本気で信じてるなら尚更《なおさら》言うべきだろう、真実を」

「いや、でも――」

「あのな、そういうのは、長引かせれば長引かせる程に言いづらくなるんだから。バレる嘘ならさっさとバラすが賢明だよ」

黒木はそうですけどねえと口籠《くちご》る。及川は俄然《がぜん》応援したくなる。

「あれは――言えませんよねえ」

そうですよねと言った黒木に、だから君は駄目なんだと京極は再びダメ出しをした。

「及川なんかに同調するなんて――」

そこで止めるか？

するなんて、の後が知りたい及川である。するなんて、どうなんだ。

「でも騙してた訳じゃないでしょうよ黒さん。嘘吐《つ》いていたんじゃなく、黒さん本人も知らなかったんだし」

「知ってしまった以上、知った後は騙してることになるんだよ。告白を先延ばしにすればそれだけ長く騙すことになる。それは詐欺と変わらないだろう。だから早く言っちゃった方が傷が浅くて済むだろうに。そもそもあの集団だって、勝手に集まって勝手にやってるだけなんだからさ。黒ちゃんが頼んでやって貰《もら》ってる訳じゃないんだし」

「まあそうすね」

「大体そういうものなんだ。動物を保護しようとするのは大変に結構なことだが、保護された動物が感謝してるかどうかは判らないんだよ永遠に。動物が保護してチョと頼んだ訳でもないからなあ」

チョとは言いませんねと黒木は言う。

なる程、この黒木という男は半端な突っ込み体質なのだ。及川は納得する。人の振り見て我が振り直せである。及川もやりがちである。

そもそも動物は喋《しゃべ》らんでしょうにと村上が言った。まあ、そうか。

「でもその、まあ邪神の信者はともかく、動物の場合は人類の責任もありますからねえ」

「そうだけどさ。永い地球の歴史の中で滅んだ種というのは数限りなくある訳だし、人が滅ぼした人が原因だというけども、それは人を特別なものと規定してるからで、人も生態系の一部と見るならまた話は別だからさあ」

概《おお》ねなるようになるんだよ世の中つうものはと京極は爺臭《じじくさ》い声で言った。

「抗《あらが》っても逆らっても所詮《しょせん》は釈迦《しゃか》の掌《てのひら》の上なのだ」

「何か主旨が変わってませんか京極さん」

「変わっているね」

「何の話でしたっけ」

「いや、黒史郎の身の振り方問題ですよ」

絶対言えないですよと黒木は繰り返した。

「私が駄目なのは重々承知してますが、あれはその、ぴょーんとかチョとか言える雰囲気じゃないですよ。信者の方々の、その、あの眼がですね」

いっぱいあるのかいと京極は言った。

百《ひゃくめ》目すか目目連《もくもくれん》すかと村上が繫《つな》いだ。

自分じゃないですよと、河上が結んだ。

元店長はその昔、目目連と名乗っていたのだ。サイン本マニアである河上は、東京近郊で開かれるサイン会を渡り歩き、色んな偉い漫画家さんや凄《すご》い作家さん達に、『目目連さま』という宛書きをさせ捲《まく》ったと伝え聞く。妖怪好きならともかく普通はそんな変なモノは知らないので、とびきり妙な名前の男として一部では有名だったそうである。

「ですから話の腰折らんでください。それじゃ平山さんと変わらんですよ」

京極はムっとして心外だなあと言った。

まあ、こいつらみんな、話の腰を折るために会話しているようなところはある。及川はホントに腰が折れているのだが。

「村上さん見たでしょう。あの信者の目」

「まあ見たよ。狂信っていうのか」

そんなになってはるンですかと久禮が問う。

「いや、最初は違ったらしいよ。でも樹海に近付いてからこっち、様子が変なんだってよ」

「何かこう、集団心理のようなものですか」

木場君はいつもザックリした分析だなあと京極は呆《あき》れる。

「まあ、黒ちゃんはその辺誠実だからなあ。言葉を選んでるんだろうけど」

「それだったら黙って逃げて来りゃ良かったんじゃないすか」

及川はそう思う。短絡だ。

「そうすれば、まあ何日かは捜すでしょうが、見付からなきゃ自然解散ですよ。あの人達も」

「それは——どうかと思うけど、でも、それなりに名案なのかもしれないすね」

名案だと京極も言った。

「及川、今から向こうに戻ってそれを伝えたらどうだ」

「えー」

「もちろん一人で。徒歩で。急いで」

「あのですね」

「言い訳は聞かない」

そうだ聞かないとほぼ全員が言った。

やっぱり何かしらの格差を感じてしまうのは及川の僻《ひが》みなのか。

黒木さん一緒に行きませんかと言ってみたらイヤですと速攻で断られた。

底辺にも格差はあるのか。格差内格差なのか。

「で、荒俣さんは？」

京極が問うと、村上が窓の外を見てから答えた。

「今、郡司さんと一緒に大《おお》先生に報告してますよ。それが済んでから、みんなの前で何か発表するみたいすよ」

まあ。

荒俣さんだけは助けなければと謂《い》われていたくらいだから、何か摑《つか》んでいるのだろう。及川がお湯掛けられている間にも大浴場で諜報《ちようほう》活動をしていたに違いない。及川が具のない汁を飲んでいる間にもご馳走《ちそう》を食べながら探っていたに違いない。及川がお便所監視をされている間にも敵を監視していたに違いない。荒俣さんだけ戻ればまあことは足りたのだろうし。

やっぱり僻みがあるようだ。器が小さい。ケツの穴が小さい。心が狭い。度量が狭い。人間ができてない。

できてないさ。

人間以前だもの。

やがて、ぞろぞろと人が集まって来た。

この別荘地——内部では隠《かく》れ里《ざと》と呼ばれている——に非合法に巣喰《すく》う妖怪系避難民の代表さん達である。皆、有名人ばかりなので見覚えのある顔ばかりである。

俳優さんなんかもいる。

世界妖怪会議にも登壇したことのある佐野史郎《さのしろう》さんや、映画で加藤保憲役を演じた怪優・嶋《しま》田久作《だきゅうさく》さんなんかはやたらに目立つ。

いや、妖怪映画に出た人というなら、鬼太郎の映画で猫娘《ねこむすめ》をやったあの女優さんとか天狐《てんこ》役だったあの女優さんとか、妖怪人間ベラだったあの女優さんとかだっていていいように思うのだが、そういう人はいない。そもそも鬼太郎役のウエンツ瑛士《えいじ》さんもいない。ベムもベロもいないし、怪物《かいぶつ》くんの人もいない。事務所の力もあるのかしら芸能界の場合。

二代目加藤の豊川悦司《とよかわえつし》さんもいない。

砂《すな》かけ婆《ばばあ》の室井滋《むろいしげる》さんなんかはいるらしい。

事務所の問題よりも個人的な嗜好《しこう》の問題なのかしら。

間寛平《はざまかんぺい》さんは見掛けないけれど、初代子《こ》なき爺《じじい》の赤星昇一郎《あかぼししょういちろう》さんはよく見掛ける。

夢見るぞう、である。古いけど。

由利徹《ゆりとおる》さんとか奥村公延《おくむらこうえん》さんがご存命だったら、きっとここにいたに違いない。いや、考えてみれば緒形拳《おがたけん》さんもぬらりひょんだし、忌野清志郎《いまわのきよしろう》さんだってぬらりひょんだ。

会いたかったぞぬらりひょんな人達。黙禱《もくとう》。

漫画家だと、あの犬が夜叉《やしゃ》なやつらの大御所さんだとか、潮《うしお》やら虎やらのあのお方とか、地獄で先生がぬべっとしているお方とか、若手中堅大御所まで百花繚乱《ひゃっかりょうらん》、それはまあ豪華絢爛《ごうかけんらん》な顔ぶれである。及川は直接担当したことがないので、とても名前は口にできない。

怪物くんなあのお方やえん魔くんなあのお方やパタリロなあのお方も、そして友人帳なあの人や憂鬱《ゆううつ》なあの人や孫なあの人もいる。中でも目立つのが、赤いボーダーシャツに身を包んだあの、グワシな、お母さんが怖い的な、赤ん坊少女的なあの大御所さんである。

何着お持ちなのだろう、横縞《よこじま》。

もちろん、『怪』に執筆していた唐沢《からさわ》なをきさんや志水《しみず》アキさん、今井美保《いまいみほ》さんもいる。世が世なら失神者続出の連載ラインナップ——いいや、メンバーなのだった。

こと妖怪となると、小説家より漫画家の方が圧倒的に多いようである。京極が言っていたけれど、妖怪は小説向きじゃあないのである。ただどこからが妖怪漫画なのかという線引きはとても難しい。

日野日出志《ひのひでし》さんや古賀新一《こがしんいち》さんなんかは、オカルトやホラーに分類されるのかもしれないのだが、自主的にこちら側にいらっしゃったようである。伊藤潤二《いとうじゅんじ》さんなんかは奥さんの石黒《いしぐろ》亜矢子《あやこ》さんがズバリ妖怪画家なので一家揃って避難して来たようだけれども。

諸星大二郎《もろほしだいじろう》さんは事態が悪化する前にいち早く移り住んだらしいし、とり・みきさんやゆうきまさみさんなんかはノリで来てしまったような気もしないでもない。児嶋都《こじまみやこ》さんはここにいたっておかしくないのだが、アメリカに遁《に》げちゃったらしい。

というか——オカルトもホラーもミステリも怪談も白眼視されているという意味では一緒くたなのだが。ただ、怪談系や幻想系の皆さんだけは、漫画家も小説家も別の場所——北海道辺《ほっかいどう》りに疎開していると聞く。ラノベ系の人もそちらに大勢移り住んだらしい。

意図的に妖怪とは線引きしたかったのだろう。

その所為《せい》か、そちら系の作家さんはクトゥルーキャラバンに混じっていた人達しかいないようである。『怪』に連載していた小松《こまつ》エメルさんあたりは寧《むし》ろこちら側にいるべき人なのだとしても、家族のお蔭《かげ》で混じってしまった円城《えんじょう》塔《とう》さんなんかには同情を禁じ得ない。円城さんの伴侶《はんりょ》の田辺青蛙《たなべせいあ》さんは元々妖怪連中の仲間でもあり、しかも怪談にも手を染めた、妖怪怪談ミックス系という難儀な人なのだった。一方、恩田《おんだ》陸《りく》さんや畠中恵《はたけなかめぐみ》さんなんかは、『怪』連載作家であるにも拘《かかわ》らず、やっぱり北に遁げたそうである。

そして及川の目を釘付《くぎづ》けにするのは、声優の皆さんである。

一時期、日本の少年の声はすべてこの人だったのではないかという疑惑があるくらいの、野《の》沢雅子《ざわまさこ》さんの姿が確認できる。まあ初代鬼太郎もえん魔《ま》くんも、二代目の怪物《かいぶつ》くんもこの方なんだから仕方がないという気もする。まあひろしも鉄郎《てつろう》もガンバも大左ェ門《だいざえもん》も悟空《ごくう》もこの方なんだけれども。

その隣にいるボヤッキー似の人は、ボヤッキーその人、一反木綿《いったんもめん》役の八奈見《やなみ》乗児《じょうじ》さんである。モメンが代表作という訳でもないのだろうが、三期と五期と二度も演じている上にイメージソングまで二曲も出しているので已《や》むを得まい。

龍田直樹《たつたなおき》さんも二度のぬりかべ役と一度の一反木綿役が効いている。千葉繁《ちばしげる》さんは、及川的にはメガネだが、三代目ねずみ男のインパクトは強い訳で、その辺の方々は、まあこのコロニーにいても何の違和感もない――というか、まあ仕方がなかろう。

一方、三期四期の鬼太郎役――戸田恵子《とだけいこ》さんと松岡洋子《まつおかようこ》さんの姿は見当たらない。マチルダさんだからとかジェインウェイ艦長だからということではないだろう。お二方とも旧公共放送の朝ドラのナレーションをやったからじゃないかと疑いたくなるが、それもないだろう。

で、五期鬼太郎ご出演の皆さんは鬼太郎役の高山《たかやま》みなみさんを筆頭に、今野宏美《こんのひろみ》さんや山本《やまもと》圭子《けいこ》さん、高木渉《たかぎわたる》さんなど、ほぼ全員が揃っている。皆さん他に代表作をお持ちなのだろうけれども、多分、好きなのだ。

お化け。

他にも、もう口にしただけで卒倒しちゃうような人気声優の方々がぞろぞろいらっしゃるので、もう身悶《みもだ》えしそうである。

富山敬《とみやまけい》さんや田《た》の中勇《なかいさむ》さんや大塚周夫《おおつかちかお》さんや永井一郎《ながいいちろう》さんが生きていらっしゃったら、やっぱりここにいたのかもなと想像すると、残念でならない。

及川はずっと漫画編集者だったし、アニメ好きでもあるので、もう堪《たま》らない訳である。

往時の出版社のパーティだってここまでスペシャルじゃないだろう。腰弱の及川の視界に入るだけでこれだけ豪華なのだ。見えてないところにも、もっといるのだ凄い人。

で。

まあ、総勢百人くらいのその結構凄い人達が、旧別荘地管理事務所——山登りビジターセンターみたいな建物のホールに集結したのである。

そんなに広くはないが、吹き抜けなので息苦しくはない。

ただまあ、犇《ひし》めき合っている感じにはなっている。

みんな疲労しているし、不安でもあるのだろう。

隠れ潜んでもう一年。季節も一巡している。夏場は避暑地だが冬場はただの寒い山だ。仕事もなく喰い物もなく、いつ襲われるか判らない。これでは先行き不安にもなるだろう。

——まあ。

希望がなくとも人は死なないものなのだ。

全く活路がなくひとつも展望がなく毛程も愉《たの》しくなく何ひとつ自由のない暮らしでも、死にはしない。希望皆無の絶望満載な日々でも——。

死ななかったぞ及川史朗。

及川は、生きている。腰は痛いが。

進化はしてなくても進歩はしているのだ。

試練を乗り越えたのだ。助けて貰ったのだが。人頼みでも乗り越えはした。

俺も一皮剝《む》けたよな、強くなったぞ史朗、と及川は自分を褒めた。だからみんなも大丈夫だぞ、諦《あきら》めるんじゃないぞと心中でエールを送ったりもした。

諦めなければいつか道は拓《ひら》ける。何もできなくたって思いも寄らぬ援助の手が何処か知らない処から差し延べられるんだよ、良い子でいれば。

そんなポジティブな思考に酔う――猶予もなく、何だかみるみる及川は萎《な》えたのだった。道なんかないさできなければ死ぬさ差し延べる手なんかないさ。恐ろしくネガティブな気持ちになって、及川は結局下を向いたのだった。

今回は誰も助けちゃくれんだろう。

そういう雰囲気だ。

みんな神妙な顔をしている。

にこにこしているのは多田克己くらいである。多田は妖怪教室の元生徒数名を相手に談笑している。何を話しているのかは聞こえないが、キキキというオクターブの高い笑い声だけは聞こえる。神社ライターの宮家美樹《みやけみき》や妖怪スタンプが人気だった真柴順《ましばじゅん》も多田の隣で笑顔を浮かべている。アニメの話をしているのかもしれない。

そっちに混じりたい。

現実から目を背けて素敵なアニメ話に興じたい。

二次元バンザイと叫びたくなり、及川が息を吸ったその時。

緊張が伝わった。

郡司を伴った荒俣宏が入り口に姿を見せたのだ。水木大先生との会談が終わったのだろう。

二人は群衆の中を静々と進み、階段の踊り場に立った。

「みなさんお静かに」

いや静かだから元編集顧問。

「ええと、妖怪難民コミュのみなさん。これから世界妖怪協会御意見番・荒俣宏氏より、現状に対するご報告と今後のご提案があります。報告はともかく、ご提案の方は飽くまでご提案《てい》ですので、強制などは一切ございません。我々に拘束力はありません。便宜上、一応組織の体をなしていますが、我々世界妖怪協会は組織ではありません。全日本妖怪推進委員会も、東アジア佐異学会も同様で、いずれも既に解体しています。況《まし》てここに集っている皆さんは、妖怪に関わっただけ、好きなだけという方が大多数です。中には妖怪とそれ程深い関係を持たないという方もいらっしゃいます。呼称がないと不便なので、妖怪連合などと呼んでいますが、実体はまちまち、ただの馬鹿という人もいます。ですから胸を張って、我らは烏合《うごう》の衆であると宣言したい。自由と適当が妖怪の真髄ですから、好き勝手して戴《いただ》いて結構。逃げるも止《とど》まるも自由、裏切りも自由。恨みっこなし。ご賛同戴ける有志の方のみご参加戴きたい。以上」

何だかカッコいいぞ郡司元編集顧問。

慥《たし》かに、妖怪方面にはただの馬鹿、しかも一般人もかなり混じっていると思う。水木大先生を別格とするなら上下関係もないし、仲好《なかよ》し小好《こよ》しでもない。よく裏切る。何かのために死ぬとか、命を懸けて護るとか、自己犠牲サイコーとか、そういう奴は一人もいない。死ぬくらいなら捨てる。命が懸かるなら護らない。他人を犠牲にしても自分は犠牲にならない。死んだら可哀想だけど諦める。

そういえば京極がよく言っていた。

執念深く諦めも早い、それが生き延びるコツだと。

これ、矛盾しているようだが、憖かに何かに固執すると目が曇ることは間違いないし、そのうえ済んでしまったことはもうどうにもならない。覆水盆《ふくすい》に返らずである。ならさっさと別な道を目指した方がなんぼか賢い。何とかなる可能性があるならしつっこくしているべきだが見切ったらとっとと切り返せということだろう。

京極はまた、反省はするが後悔はしないことが決め手だとも言っていた。

それもまあ、そういうことなのだろう。反省は潔《いさぎよ》いが、後悔は見苦しい。

ただ、松岡修造《まつおかしゅうぞう》語録に同じ文言があったことを知った京極は、その後この、反省はするが後悔はしないというスローガンを一切口にしなくなっていたのだが。

ショックだったのか。

いずれにしても妖怪関係者は裏切るけど裏切られても根に持たない。去る者は追わず来る者は拒まず、寝返ったら即敵だが寝返り直したらすぐ味方、そんな印象はある。まあ互いに馬鹿だということを熟知しているので、あんまり信用し合っていないのか。仲は好いのだが。

まあ、水木漫画もいいだけドライなのだし、妖怪者は斯《かく》あるべしと思わないでもない。

そんなだから、まあこんなななのだが。

「ミナサン！」

郡司が下がり、荒俣が前に出た。

「改めまして――私はアラマタと申します。故あって一段高い処からお耳汚しをさせて戴きます。たった今、水木しげる大先生《おお》とも相談をして参りました。大先生のご意思、ご意向も確認させて戴いておりますことを、予《あらかじ》めご報告しておきます」

荒俣は深々と礼をした。

「さて。私、一箇月間囚《とら》われの身でありました。何処に収監されていたかと申しますと、内閣官房付き特務機関管轄の収容所であります」

おーという声が上がった。

「この国は現在、崩壊寸前です。私が言うまでもなく皆さんご存じかと思います。これは、建国以来――というか、何をして建国と見做《みな》すのか判りませんが、少なくともこの小さい島国に人が棲《す》み着いて以降、最大の危機だと言って差し支えないかと思います。過去にも、未曾有《みぞう》の天変地異、為政者の誤った判断による戦争などの人災と、この島国は国難と呼べるような災厄に幾度となく見舞われておりますが、いずれも乗り越え、復興を果たしております。それは何故でしょう」

馬鹿だからですと荒俣が声高に断言した。

そうなの――ですか？

「そう、馬鹿でなくては乗り切れなかった！　ただ深刻になるだけでは、あの忌まわしい戦争も、あの痛ましい災害も、乗り切ることはできなかったでしょう。いや、実は乗り切ってはいないのかもしれない。でも、馬鹿なので乗り切ったような気になれた。なれている」

違いますかと荒俣は煽動《せんどう》する。

「それでいいのです。完璧《かんぺき》な世界などない。人間は愚かで、間違うし失敗する。それを恐れていては何もできない。間違わずに失敗せずに物ごとが遂行できたとしたって、万民が納得するような在り方なんかは決して得られません。誰かが必ず不満を持つ。人は皆、ばらばらなんです。思想も宗教も、文化も性向も違うのです。そうした差異をなくすことはできないし、なくしてはいけないんです。また、同じような考えを持つ人だけが集まったって、諍《いさか》いは起きるんです。そうではありませんか」

そうだろう。

バンドは音楽性の違いで解散する。夫婦は性格の不一致で離婚する。原作者と作画者は権利という名の利権を巡って分裂し、オタクの仲間はキャラの関係性を巡って派閥を作り、旧家の一族は遺産相続を巡って血で血を洗う殺し合いをするのである。

皆、ちゃんとした繫がりも、変わらぬ絆《きずな》もあるのに。

思うに、変わらぬ絆というのは、ホントに変わらなかった時にのみそう呼ばれるものなのであって、途中で言っちゃってはいけないものなのだ。後付けの呼び方なのだ。そんなもんはつまらん理由でブッツブツ切れるもんなのである。

だから、何か似た者だから纏《まと》めておけ的なざっくりした分け方で円《まる》く収まるようなことはないのだ。諍いの種はどこにでもある。そして、それはすぐに芽を吹くものなのである。

あの牧野修と田中啓文でさえ、喧嘩《けんか》していたのだ。喧嘩には見えなかったが。

荒俣は続ける。

「悲劇は、どんな状況でも起きるし、どれだけ念入りに想定したとしても想定外のできごとは必ず起きるンです。それは、もうあることとして考えるよりないですヨ。なくすことは不可能だと思うよりないんです。では、どうするのか。悲しさや辛《つら》さは、中々忘れられない。というより忘れてはならないと、みんな言います。しかしそれでは健《すこ》やかに生きてはいけません。恨みや憎しみも、中々捨てることはできません。しかしそれでは争いごとが絶えない。でも、でもです」

馬鹿はうっかりしますと荒俣は言った。

「そうでしょう。うっかり忘れる。どんな深刻な状況であっても、うっかりしてしまうんです馬鹿は。そのうっかりが、重大な過失を招くこともあるでしょう。でも、そのうっかりが原動力になることもある！」

うっかり八兵衛《はちべえ》ですと荒俣は言う。

巫山戯《ふざけ》ているのかい、もしや。

「正直言って、八兵衛が茶店で団子を喰うシーンは事件に関係ないですヨ。しかも印籠《いんろう》を出す前の立ち回りには八兵衛は不参加です。八兵衛、ストーリー上では要りません。でも八兵衛がいない水戸黄門《みとこうもん》は、実にぎすぎすしてますヨ、実際。役立たずでドラマの進行に何の貢献もしない、色気だの喰い気だの眠気しかない駄目キャラこそが、この世界の潤滑油になっているんです！　いいですか、これをして、余裕というのです」

オオ、という響動《どよめ》き。

「筋書きを追うのに精一杯な下手糞《へたくそ》シナリオに八兵衛の出る幕はない！　ストーリーを説明するだけのヘボな脚本家に八兵衛は出せないのです。また、黄門のギャラで予算が尽きるなら高橋元太郎《はしげんたろう》は出せない。尺が足りずにカットされるような場合、切られるのは先《ま》ず茶店のシーンです。構造的にも、金銭的にも、時間的にも余裕があって、初めて八兵衛はうっかりできるんです。いいですか、物語を追っかけるだけで終わってしまうような、ダイジェスト版みたいなドラマが面白いでしょうか。そんなもの、どうやって演出すればいいんですか。予算がないからといって黄門と代官しか出て来ないようなドラマが成立するでしょうか。放映時間がないからといって道中シーンがまるでない水戸黄門を赦《ゆる》せますか。峠に茶屋があったら団子くらい喰う余裕がなくて、どうして娯楽が提供できるでしょう！」

荒俣は手摺《てす》りを叩《たた》いた。

「堅牢《けんろう》な構造物は丈夫です。しかし、だからといって地震などにも強いのかといえば話は別です。建造物自体に揺れを逃がす仕組みがあるものの方が、実は強い！　稼働するものには必ずあそびが必要になる。精密機械もあそび込みで作られています。余裕とは、遊びです」

遊びなき人生が楽しいですかと荒俣は力説した。

「遊びというのは、要するに無駄ですよ。スキーは滑落するだけでしょう。野球だってサッカーだって、何かの役に立つ訳でもない。絵画だって小説だって――」

無駄の塊ですよと言って、荒俣は今度は壁を叩いた。

「無駄無駄無駄、人生は無駄の積み重ねなんです。それでいいんです。効率良くしなければいけないのは、仕事だけです。仕事を効率良くこなして、余った時間で無駄を楽しむ、これが文化的人間の正しい姿じゃあないですか皆さん！」

荒俣は聴衆を指差す。

「我々に至っては、その仕事自体が無駄を作り出しているんですよ。どうですか。京極さんは小説書きでしょう」

通俗娯楽小説書きですと京極は答えた。

「小説なんて、無駄の権化ですヨ！　そんなもの、なくたって誰も困らないですからね。漫画だって映画だって同じですヨ。どうですか。あなたは漫画家。あなたはアニメ作家。あなたは俳優ですよ。みんな無駄です。芸術なんてものは、何もかも無駄なんです。娯楽だって無駄でしょう。無駄は、つまり」

馬鹿なんですと荒俣は言った。

「人は、幾らかは馬鹿でなくちゃならないんですよ。ああ、馬鹿というのは頭が悪いという意味では――いや頭も悪いかもしれないんだけれど、それだけの意味ではなくて、要するに事務処理能力が低いとか応用力がないとか記憶力が悪いとか、機転が利かないとか、そういう意味ではないんです。無駄とどう付き合っているかという問題なんです。そして無駄を具現化したものが」

妖怪なんですと荒俣宏は断言した。

「不思議なことなんか、ほっとけばいいんです。別に困りはしないですヨ。素人に判らないことなんか山のようにあるんだし、判らないのが厭《いや》だと言うんなら、専門家に尋くか、それでも駄目なら勉強して、真面目に研究すべきでしょう。それはしないで、でも理由を知りたがるんですヨ、凡人は。それで、適当に納得できるような絵空事をでっち上げる」

それが妖怪ですと荒俣は言った。

「それはもう無駄ですね。無駄なんです。事実ではないし、腹の足しにもならないンですからね。一方で、人は時に悲しい現実や理不尽な結末を突きつけられることがあります。死や、病や、天災や、そうした決して避けることもなくすこともできないものというのは、間違いなくあるんです。それは悲惨で、荘厳で、厳格なものかもしれません。でも、そうしたモノをですね、敢《あ》えて無駄の世界に送り込むんです。擬人化して、矮小化《わいしょうか》して、退治したり小馬鹿にしたりする。そして、飼い馴《な》らす！」

それも妖怪ですと荒俣は言った。

「これも大いなる無駄ですヨ。気休めですヨ。何かが変わる訳じゃないですから。そんなことしたって死ぬ時は死ぬ。でも、その無駄が人を活《い》かしてくれるんですヨ。別に社会に出なくても、ニートでも、喪男《もおとこ》でもいいんです。別に活躍なんかしてなくても、そういう無駄を飼い馴らせれば、人は活きられます。そういうもんなんです！」

それこそが妖怪なんです、と言って荒俣は言葉を切った。

聴衆はしんとしている。

「この国の人は、そうした概念操作が実に上手いんですヨ。もちろん、他の国にもそうしたモノはいます。創造力は無駄を生み出す。しかし、それを後生大事に温めて、時空を超えて再利用し、再生産してしまうような文化というのはあんまりない。言い伝えや迷信は退けられ、神話も伝説も整備された信仰に淘汰《とうた》されて、過去の遺物として博物館に収められているだけですヨ。しかし、この国では違います。無駄は、キャラとなりアニメや漫画や映画や小説の中で世代を嗣《つ》いで活きている。妖怪ですヨ妖怪！　妖怪こそが無駄の権化です！」

荒俣はそこで一度演説を止《や》めて、一同を見渡した。

いつになく凛々《りり》しい。

「さて」

エッホンと、偉い人がする咳払《せきばら》いをする。

「この国は——おかしくなっています。おかしいのは皆さんが誰よりもご存じのはずだ。だからこそこんな大勢が、こうやって隠遁《いんとん》生活を余儀なくされているのですから、おかしいということはご承知のはずですね。しかし、何がどうおかしいのか明確にお判りになっている方はいらっしゃらないかと思われます」

どうでしょう、と荒俣は再び見渡す。

まあ、その問いにはっきり答えられる人はいないだろう。変なのは間違いないのだが、変過ぎて、変だらけで、もう何が変なのか判らないのである。まあ妖怪問題その他諸々《もろもろ》を横にどけておいたとしても、ギスギスしていて暮らし難《にく》いことだけは確実である。

荒俣は正面を向いて大声で言った。

「結論を申します。無駄が——なくなったのです」

はあ？　というような声がそちこちから上がった。

いや、一般的には無駄がないのは好いことだったたりしますから。

「お静かに。時を同じくして起きた妖怪騒ぎと混同されがちですが、それは違う。根は同じなんですが、一旦《いったん》分けて考えてください。世間では混乱の原因を妖怪と定め、それ故に我々は迫害を受けてもいる訳ですが、妖怪は原因ではない。それは寧《むし》ろ結果なのであります」

それに就いては後程ご説明しますと荒俣は言った。

「言い方を換えましょう。この国の国民の中から余裕がなくなっているんです。人を許したり大目に見たり笑って誤魔化《ごまか》したりする、うっかりな部分が消えている。それは、ある意味で正しいのだけれど、圧倒的に馬鹿が足りない。その所為《せい》で幸福度がぐんぐん下がっている。幸福に感じられないので、理由を外に求める。自分以外はみんな間違っている、それを正せば幸せになると勘違いしている。その結果、より余裕がなくなる。その結果がこの疑心暗鬼と暴力に満ちた、愚かな社会を生んだのです！　いいですか皆さん、光を当てて、影ができるから物は見えるのです。光しかなければ物は何も見えない！　この世には、賢さと同量の馬鹿が必要なんです。馬鹿を減らせば、結果賢さも意味を失うのです。無駄がなければものごとも有益とならない。あそびがなければ、構造は維持されない。余裕は必要なんです。では、その余裕は何故なくなったのか——」

ここからが本題ですと言って、荒俣は凄んだ。

声を上げる者はいない。

水を打ったように静まっている。馬鹿が足りないとか言われて真顔で聞き入る聴衆もどうかとは思うが。

「余裕は、吸い取られている」

は？

あの。

途端に、どよどよと騒《ざわ》めきが巻き起こった。

冗談じゃありませんからねと、荒俣は声を荒《あら》らげた。

「吸われているんです！　国民は！　馬鹿を！」

「あの」

京極が手を挙げた。あちこちガタが来ているらしく腕が高く上がらないようだ。肉体年齢はこの中で最高齢だろう。

「それは——何かの比喩《ひゆ》ですか」

まあそう尋くだろうさと及川は思う。

「いや、違うんです。吸うんですちゅうちゅうと」

荒俣は口吻《こうふん》を突き出して吸う真似をした。

だから吸う——ってさ。

誰が。どうやって。アホか。

馬鹿が大事というのは能《よ》く解るし、馬鹿である及川は喜ぶべきだろうし、かつ嬉《うれ》しくもあるのだが、それとこれとは話が別である。

吸うって。誰が。どうやって。

妖怪が見える現実も与太っぽいけれど、京極の言うように何か理由があるのだろう。

実際、妖怪は見えるだけで実体はない。でも吸うというなら吸う実体があるということになる。可視化した妖怪とは別にそういう何かが存在するというの？

吸血鬼みたいに？　吸う？　いるか？

いないでしょうよ吸馬鹿鬼。どっから吸うんだよ。

そんなもんいるかいやと突っ込んでいいところだ。これが、荒俣ではなく及川あたりがほざいていたのなら一億総ツッコミでしょうに。

京極は困惑している。当然納得できないだろう。

「余裕が如何《いか》に大切かという点は理解します。しかしその、余裕という概念は精神的なり心理的なり、そうした生物学的な反応に限らず――説明し難《にく》いですが、様々な局面に於《お》て発生する概念なのであって、それを吸い取るとなるとですね――何と言いますか、その概念を物理的に切り離すことが可能ということになる訳で」

そっちかい。

誰が、が先じゃないか？

「いやあ、物理的云々《うんぬん》といわれると、そこは難しいところなんだけれど、実際にちゅうちゅう吸っているはずです」

荒俣はまた吸う真似をした。

京極は首を傾げて考えている。

「いや、ですから——何を吸うというのでしょうか。そこが判らないです。例えば、脳内で分泌《ぶんぴつ》される物質を吸っているとか、そういうことでしょうか。アドレナリンを吸うとか、或《あるい》いは、それを作るために必要な細胞や酵素なんかを吸うとか、特定のニューロンを吸い取ってシナプスを破壊するとか——いやいや、それっぽい想像は幾らでもできますが、正直そんな荒唐無稽《こうとうむけい》な想像は——」

そっちの方が荒唐無稽なのか？　吸馬鹿鬼という発想の方が荒唐無稽だと及川は思うのだがそれも僻みか？

「そうですね。そういうものは吸わないでしょうね。物質を吸うのじゃないんです」

荒俣はそう答えた。

なら——吸馬鹿鬼という訳でもないのか。慥《たし》かに、咬《か》んで吸って馬鹿が減るなら、及川なんぞは進んで吸って欲しいくらいだ。レオ☆若葉なんかは、吸われたら全部なくなってしまうかもだが。

物質でないものとは何ですかと京極は更に尋いた。

「そうネ。謂わば、そうなる機能を吸う、とするほうが正しいんだろうネ」

「機能を？」

「そう。喩《たと》えは悪いですが、放射能に喩えてみます。みんな勘違いしている節があるんだけども、放射性物質が放射線を出します。人体に害があるのはこの放射線なんですね。放射能というのは、放射性物質が放射線を放射する能力のことです。で、先《ま》ず何とかしなければいけないのは放射線でしょう。これを遮断できれば、まあ影響は出ない。だから防ぐ。でも、元になっている放射性物質がある限り、それはずっと出続ける訳で、これが除去できてしまえば安心です。でも——例えば放射性物質から放射能を取り去ってしまったらどうです？」

「そりゃもう放射性物質じゃないですよ荒俣さん」

「そうですね。ただの物質です。放射線も出ない。そういうことですよ」

「余裕を生み出す、或いは何かを余裕と感じる能力を吸い取るということですか？」

「仕組みは判らないんだけど、しかし、まあそういうことですね。能力がなくなれば、まあ結果として脳内物質のバランスも変わるんだろうし、シナプスも一部壊れるかもしれない。鬱《うつ》状態にもなるだろうし、情緒も失われるでしょうね。でも、それは結果なんだヨ」

「うーむ」

それは恐ろしいと京極は言った。

う、受け入れるんですか。

「諒解《りょうかい》しました」

するんかい。

「仕組みはともかく、そういうことが可能だとして、何者が吸い取っているんでしょうか」

「ダイモンですよ」

「は？」

「太古、幾つもの都を滅ぼし、賢者聖人の手で厳重に封じられ、バビロニアの地中深くに埋められた、最古にして唯一の魔物——ですヨ」

「それ、あれ？」

多田が声を上げた。

指示語だけじゃ解らねえよと村上が言った。

「そう？ あれでしょ。ねえ」

「言いたいことは判るけどさ」

「ならいいじゃない。通じてるじゃない」

「おいらにだけ通じたって意味ないじゃないかよ。あれだろ？ 旧大映《だいえい》の『妖怪大戦争』の敵妖怪だろ。バビロニアの吸血妖怪ダイモン」

「あれ、創作だよね？ あんなの伝承ないでしょ」

「どうだろ。何か参考にしたんじゃないの？ デザインはともかく」

いるんデスよと荒俣は言った。

「いるというのは、例えばそれに相当する伝承があるとか、そういう意味ですか？ 慥《たし》か、ダイモンというのはギリシア語で〝霊的な存在〟を指す言葉じゃなかったですか？」

京極が問うとそうだネと荒俣は応《こた》えた。

「霊と翻訳してしまうと、また妙な感じになるんだけども。人ではない超自然的な存在——非存在なのかもしれないから、存在というのも変だな。まあ、指導霊だとかそういうものではあるんだけど、そんな『うしろの百《ひゃく》太郎《たろう》』みたいなものじゃないんだヨ。善き方向に導く場合もあれば、悪しき方向に導く場合もある。要するに、善でも悪でもない、人を超えたモノですネ。ただ、キリスト教の擡頭《たいとう》で、善い方はみんな持ってかれちゃったんだヨ」

悪魔になった？　と多田克己が言った。尋いたのか。

「いや、まあ簡単に言えばそうなんだけれど、悪魔というのは神——一神教、特にキリスト教の神ありきの概念だからね。神の対立者として生み出されたのが悪魔だからネ」

「そうじゃないんですか？」

「そうじゃないんだヨ。ダイモンは寧《むし》ろ忘れられたモノなんだと思うなあ」

「忘れられた？」

「そう。ただ、良い側面はキリスト教の天使《てんし》に盗《と》られてしまったんだヨ。で、神の対立者としての悪魔も、この神の使いである天使の一部——堕天使《だてんし》に振られた訳だから、悪い方も盗られちゃったんです。ダイモンは用ナシ。ただのどっかのモノになっちゃったんです。でも後世になって、これを語源として発生した概念は大概邪悪なモノですよ。ダイモンを語源とする名称の代表格が、まあデーモンですからね」

「やっぱり悪魔！」

多田の眼が輝いた。

「悪魔でしょ!」

「いや、そうやって悪魔でひと括《くく》りにしちゃうから解らなくなるんだヨ、多田君も。悪鬼とか魔物とか、せめてちょっと変えた方が良いですヨ。そもそも、サタンを悪魔と訳すことも問題だ。悪という字の意味が違っちゃってる気がするしネ」

仏教では煩悩《ぼんのう》のことですからねと京極が言う。

「仏道を邪魔するモノが悪魔です」

「混ざってるでしょう。まあデーモンというのは、キリスト教以外の、異教の信仰対象全般を指すようなところがあるんですヨ。本来ならば、仏様だってデーモンだったかもしれないんだから」

「しかし、まあ今デーモンと言えば、所謂《いわゆる》キリスト教圏ではない文化圏の悪霊悪神魔人の総称ですよね?」

村上が問う。

「そうね。ダイモンは、その根源。オリジン」

「でも、頭の長い緑色の羽根のある錫杖《しゃくじょう》を持った吸血鬼——じゃないですよね」

そんなもんはいませんと荒俣は言った。

「いや、判らないけどネ。いないでしょう」

「じゃあ何がいるんです」

「ですから忘れられた、凡百《あらゆる》魔物の根源たる——根源とされてしまった概念ですよ。中東の砂漠の、滅びた都の遺跡の地下深くに埋められていたんです」

「埋められていたということは、真逆《まさか》、実体があると仰《おっしゃ》るんじゃないでしょうね」

京極が疑い始めている。

「ある——と、私は考えてるんです」

「では、そのダイモンが——人間から余裕を吸い取っているというんですか？　しかも、この日本で？」

「その通り」

荒俣宏は首肯《うなず》いた。

「まあ、到底信じられないでしょうが、それが真相なんですヨ」

「ちょっと待って下さい荒俣先生」

久禮が手を挙げた。

「信じる信じないはこの際置いておきますが、埋まってたんは、バビロニアいうてはりましたよね」

「シリアの砂漠です。数年前、一夜にしてメソポタミア文明の遺跡が現出したというニュースがあったのをご記憶の方はいらっしゃいませんか？」

「あッ」

郡司が声を上げた。

「そういえばいつか平太郎がそんなこと言ってたな。慥《たし》か何か、コスプレした日本人の姿がどうとか――あれはいつだったかな？」

「小さな報道だったけれど、そのニュースが流れて暫《しばら》くしてからですネ。この国がおかしくなり始めたのは」

そうだッとまた郡司が声を出す。

「あれは水木さんが予言した日だ！」

「予言？」

「鬼が妖怪を殺す――です」

「その日！」

久禮はあららと言って体を揺らした後、体勢を立て直した。

「まあ、その、シリアなんですね。ならシリアから、何で日本に来はったんですか、そのダイモンさんは」

「何者かが運んだと考えています」

「何者ですかそれは」

「掘り出した男――だろうね」

「そのコスプレ男ですか？　そんな、遺跡の発掘なんて何箇月も、何年も掛かるのと違いますか。しかも更にそこの地下なんですよね？　発掘組織でもありますか？」

「個人の仕業でしょう」

「は？　それこそ物理的にあり得へん話ですよ。できんでしょう。できたとして、何故日本に持ち込みます？」

「この国を滅ぼすためです」

「何故」

「それは知りませんよ。何か深い怨念でもあるんだろうな——としか言いようがないですね」

「それって、まるで」

加藤保憲じゃないですか——と言ったのは、化野燐《あだしのりん》だった。ほぼ全員が嶋田久作に顔を向けたことは言うまでもない。

「ぼ、僕は違いますよ」

「違わないよ。加藤じゃないか」

隣にいた佐野史郎が眼を細めて睨む。

「リアル加藤だよ。こんな顔の長い人は、今は亡き伊藤雄之助《いとうゆうのすけ》さんくらいしかいないよ」

「あれは役だよ。しかも、豊川さんに譲ったよ」

もちろん嶋田さんじゃないですよと荒俣は言った。

「いやいや待ってくださいよ荒俣さん。真逆《まさか》、『帝都物語《ていとものがたり》』は実話だとか言い出さないでしょうね。加藤保憲は実在するとか」

「あれはもちろん実話じゃないですヨ。私の創作です。書いた時点の事柄までしか反映していないし、作中の未来の話は全部創作。しかももう現実の方が追い越しちゃったから」

「いや、しかしだね、そういう、加藤保憲のような〝何か〟がいると考えないと、ちょっと辻《つじ》褄《つま》は合わないですねえ」

じゃあ合ってへんのと違いますかと久禮が言った。

「皆さんがそう思いたい気持ちは理解しますけどね。いや、これらの話はね、私の想像じゃなく、取材の結果ですからね。大館伊一郎与党幹事長から聞き集めた諸々の事柄こそを、今、私は話しているんですヨ」

「担《かつ》がれてないですか？」

村上が言う。

「そんな、敵のナンバー・ツーである荒俣さんに、そんな大事な秘事をぺろっと喋るもんですかね？」

「まあ、そこはね。訊《き》き出したんですヨ」

「嘘言いますよ？　政治家」

「大館さんはね、政治家じゃないですヨ。それ以前に、あれは人間じゃないな」

「は？」

「死んでいました。肉体的には」

「ゆ、幽霊族の血を輸血した！」

木場がそう言うと黙ってなさいよと久禮が制した。

「だったら、そんな」

「腕を摑んでも脈がなかったし、呼吸もしていませんでしたからね。生きていたら、息くらいします」

「ゾンビすか？」

「動く屍《しかばね》ではあるんだけれど、知性も感情もあるし人も喰わないですから、ゾンビじゃあないね。それに、彼に近付くと急激に消耗します。消耗して、苛々《いらいら》してくる。怒鳴りたくなる。暴力的な気持ちになるんです。刹那《せつな》的というか虚無的というか、抑えるのが大変でした」

「って、吸われてる？」

「余裕を——ですか？」

貘さんも同じこと言ってましたよと郡司が言った。

作家の夢枕貘のことだろう。

「じゃあ、その幹事長がダイモン？」

「それは違うような気がするね。死体を乗物として使っているんだとして、本体ではないようです。操っているだけだと思う。だから大館さんを倒しても、何もならないんだネ。これは想像だけど、大館さんの前は仙石原都知事を操っていたんじゃないかな」

「ああ」

目ん玉貫かれても死ななかった知事だ。

「そういえば最近全く見ませんね、あの爺《じい》さん」

もう腐敗して朽《く》ちちゃったんじゃないのと荒俣は無感動に言った。

「死体だったとしたら、だけど」

やっぱり死んでたのか——と村上が言った。

「そうだよなあ。刺さってたもんなあ。ザックリだ」

「いやいや皆さん、なし崩し的に信用してはりませんか？　荒俣先生の話。まだ何の証拠もないんですよ？」

久禮が言う。

まあその通りだ。

「いや、続きはまだあるんですヨ。私は捕まった際、最初に抜本的なことを尋ねたんです。何故、妖怪関係者を目の敵《かたき》にするのか、と。国費を使って、国家総動員で潰《つぶ》しに掛かる程のものじゃないでしょう我々は。馬鹿揃いなんだし。我々は国家の脅威たり得る存在なんかじゃあないでしょうに」

及川は見渡す。

慥《たし》かにかなり凄いメンツである。濃い。クリエイターとしては尊敬できる。

だが、弱いと思う。社会的影響力はあるのかもしれないが、それにしたって現在ここにいる人達をパージしているのは、国家権力ではなくて一般大衆なのだ。荒俣の言う通り、放っておいたっていいようなものである。この状態が続いたら、何もせずとも勝手に滅ぶ。

それに、隠れ里妖怪連合の中核を成している妖怪関係者は、弱い上に馬鹿だ。馬鹿の塊《かたまり》だ。濃縮馬鹿エキスだ。馬鹿の結晶《けつしょう》だ。

「ね？　そう思うでしょう普通。それなのに、この真剣さは何ですか！　やたら本気で殲滅《せんめつ》しにかかってるじゃないですカ！」

「いや、じゃあ何故なんですか？　表向きは、全国に涌《わ》いた妖怪を駆除するためということになってますよね。マスコミだって一般市民だって全く疑ってませんけど」

妖怪はもう出てませんヨと荒俣は言った。

慥かに、この隠れ里にしかいない感じだ。

「じゃあ──再び涌くのを防止するためですか？」

「それこそ名目上じゃないの？　まさか、本気で我々が妖怪を製造してると思ってる訳じゃないですよね？」

「政府は愚かですが、そこまで愚かではないな。というか、我々が妖怪の可視化と関係ないことを、連中は最初から知っていたはずですヨ」

えーと一部からブーイングのような声が上った。

「じゃあ何だってこんな弾圧されてんですか。民意ですか？　そうでも、俺達指名手配じゃないすか。というか行政も司法もみんな敵じゃないすか」

「村上さんの言う通り、今この国には行政も司法も──」

♫何にもないッ、ですよと木場が言った。何にもないのところは節がついている。

「そうだとしてもなあ。納得いかないなあ。どういうことすか荒俣さん。脅威でも何でもないおいら達罪のない馬鹿を、何故国家一丸となって攻めるんすか」

「脅威たり得るから――です」

荒俣はそう言った。

「は？」

「解らんですよ。おいら達は無力ですよ。武器はおならくらいですよ。しかもロクなもん喰ってないから、量は多いけどそんなに臭くないですよ？」

屁《へ》を武器にできるのはねずみ男と村上君くらいだよと多田が言った。

「武器ないよ。僕なんか。ねえ」

「ねえって言われてもなあ」

「だってさ」

こんなもんは脅威にならんですよと京極が言った。

「これですよ。で、これですよ？」

「ややや、能《よ》く考えてみてヨ。さっき説明したでしょうに。妖怪者は、馬鹿なんです」

「はあ」

「それは承知してますよ。自分のことですから。僕は馬鹿ですよ」

「おいらも馬鹿ですよ？」

口々に馬鹿宣言する人達。慥《たし》かに、馬鹿である。

荒俣は何故か満足そうに頷《うなず》いた。

「この辺はみんな馬鹿ですね。他の皆さんは如何《いかが》ですか？」

どういう訳だろう。俺は違うぞという人は――いなかった。

こんなに立派な人ばかりなのに。

立派だからか。

「つまり――我々は余裕そのものなんです。社会の無駄なんです。国家の無駄なんですヨ」

それはいいけど。

ちょっと待ってくださいと及川は手を挙げた。

「じゃあワタシらは全員、ダイモンの恰好《かっこう》の餌――ということじゃないですか？　ダイモンがいるとするなら、ですが」

「そうですよね。それは、いるんなら余裕とか馬鹿を吸うんですよね？」

吸います、と言って荒俣はまたちゅうちゅう吸う真似をした。

そのリアクションは要らないのでは。

「じゃあ、捕まえて餌にする――という訳でもないんですね？」

「ないですね」

「だったら我々は敵の栄養じゃないですか」

それが違うんですなあと荒俣は思わせ振りに言う。

「喩えるならダイモンは、料理から塩を抜いて味をなくすようなことをしている訳。味がなくなった料理は不味《まず》くなる。しかし、我々は塩の塊みたいなものなんです。抜いても抜いても」

「塩ばかり？」

「そうです。そもそも喰い物じゃないんだヨ、岩塩は」

まあ、まず喰わない。岩だし。

「いいですか。この世から塩をなくそうと思ったら、岩塩はまあ粉砕して分解して消してしまうしかないんだヨ。嘗《な》めて嘗め取って、消してしまえますか、岩塩を」

まあ、まず無理だ。岩だし。

「考えてもみなさい。世間の人達があんなにギスギスしているというのに、このコミュニティの人達はどうですか。様子が全然変わらないじゃないですか！」

ああ、と声を上げたのは様子見をするように沈黙していた東雅夫だった。

「そうですね。あの、クトゥルーキャラバンの方は、初めは和気《わき》靄々《あいあい》だったんですけど、どんどん険悪な空気になって——」

私らも喧嘩しましたわと牧野と田中が言った。

何度見たって仲好しにしか見えないが。

アチラは賢い方が多いのでしょうかと及川が問うと、寧《むし》ろ馬鹿成分が足りないんだよと荒俣は答えた。

「こちらにだって賢い人は沢山いますよ。ここにお集まりの皆さんはそういう意味では皆賢いでしょう。学士さんも多いし、クリエイターも多い。でも、扱っているものや嗜好しているものが妖怪ですからね。賢くたって馬鹿成分は豊富です」

有り余る馬鹿エキス、ということか。

「このコミュニティが平和なのは、それは馬鹿成分が多いからなんですヨ。私が無事に戻れたのだって同じ理由でしょう。吸っても吸っても余裕が減らない。だから、私は我慢ができたんです」

まあ、捕まっている間も荒俣だけは余裕綽々《しゃくしゃく》という感じだったと、及川も思う。

ご馳走食べていれば及川だってしゃくしゃくできたのだが。

計画の邪魔なんですよ我々はと荒俣は言った。

「まあ、吸っても吸っても減らないというのは、ダイモン的には美味《お》しい餌なのかもしれないけれども、切りがない訳でしょう。そうなると——」

「ダイモンの背後にいる誰かにとっては邪魔だと言うことですか？」

「そう」

荒俣は首肯《うなず》いた。

「もちろん、そうダイレクトには言いませんでしたが、大館さんの話し振りからはそう受け取れました。一箇月間差し向いで話し合いましたから、そこは間違いない。彼をこの国に送り込んだ者、彼の背後にいる何者かは、日本列島からゆとりや余裕を消し、内部からこの国を滅ぼそうとしているんです。その場合、我々は限りなく邪魔なんだヨ。更に、彼らにとって我々が脅威たり得る理由は、もう一つある」

荒俣は階下にアイコンタクトを送った。

それを受けて香川雅信《まさのぶ》と、山田老人が階段を上った。

「大館さんは一箇月の間、必死で私から情報を引き出そうと、あれやこれやと手を尽くしました。飴《あめ》と鞭《むち》です。威《おど》したり煽《おだ》てたり、それはもう何でもしました。されなかったのは拷問くらいですヨ。どうも彼——ダイモンは、肉体的に苦痛を与えるのは好きじゃないようです」

「えー」

及川は肉体的にもきつかった気がするが。

でも考えてみれば拷問はされていないのである。監視だの無視だの、要は精神的攻撃、苦痛プレイのようなものだったのだ。

「まあ、肉体を責めると、あっという間に余裕がなくなるので、吸いたくても吸えなくなるんじゃないでしょうか」

「あー」

そういうこと。

でもまあ、及川は何とか乗り切った。

乗り切ったのは馬鹿だったからなのか。有《あ》り難《がと》う、自分の中の馬鹿。

「で、彼が私から訊き出そうとしたのが、先《ま》ずはこのコミュニティの場所ですね。それはもちろん言いませんでした。私はあのマンションから逃れた後、香川君や湯本さんとも逸《はぐ》れ、都内に一人で潜伏していたことにしました。で、岡田と及川に何とか連絡を取って、マンションに残したものを奪還しようと企て、突っ込んで捕まった——そういう筋書きです。半分位は嘘なんだけど、まあ半分くらいは事実だから。だから手下の二人は何も知らないと言い張った」

手下。それは及川である。

下僕とか奴隷《どれい》よりずっといい。手下。

「手下連中もまた町中に潜伏していたからこそ連絡が取れたんだということにした。ホントっぽいだろ？　あいつらは何にも知らない下っ端だと主張すれば、そんなに責められることもないだろうと」

「ま、護ってくれたんですかワタシを」

及川がそう言うと、だって喋っちゃうだろう及川と返された。

「は？　ええと。どうでしょうかね」

「信用してなかっただけだヨ。そう言っておけば、もし口を割っても嘘だ、口から出任《でまか》せだと言えるだろうに」

「あー」

そういうこと。

「で、もう一つ。連中が畏《おそ》れているのは——我々が手に入れている、あるアイテムだということが判ったんです。それは」

荒俣が目配《めくば》せする。香川がポケットから石を出した。

村上が発見した呼ぶ子石である。香川はすっかり石の管理人のようになってしまっているのだ。まあ、レオに任せるよりは一万倍くらい安心である。

踊り場に呼ぶ子が顕《あらわ》れた。

わーという声が上がる。この珍現象を初めて見る人も多いのだろう。

「この石。そして」

山田老人が手にしていた木箱から巻物のようなものを出した。結びを解いて少し広げる。

「この絵巻物です」

何も描かれていない。

百鬼夜行が描かれていたはずの『怪』絵巻ですねと村上が言うと、まあそうですすと荒俣は応じた。

「これは、郡司君の報告に依《よ》ると、正しくは反剋石と未來圖という名前のようです」

「反剋石？」

「未來圖？」

「はい。郡司君は密《ひそ》かに政府の諮問機関と接触し情報交換をしていたのですネ」

「す、スパイ！」

及川が口に出した途端違うよ馬鹿と言われた。

いいんです。馬鹿だからこそ生きてるんです。

「体制側にも味方はいるの。裏切ってるのは向こうの方だよ。小松さんとか獏さんとか」

「その人達がデビルマン！」

「は？」

「裏切り者の名を受けて」

著者もこの場にいたことを忘れていた及川である。

「この石はね、実は世界のバランスを取るためにあるマジカルアイテムのようです。反剋というのは、そのまま、相剋《そうこく》の反対ですね。この石が発動すると、あるべきでないものが可視化され、取れるはずのないコミュニケーションが取れるようになる。死者は甦《よみがえ》り、この絵巻物に記されたアナログ情報が可視化する。そういう仕掛けです」

「はあ」

京極が珍しく驚いたような声を上げた。

「それも、理屈の方は解らない訳ですね？」

「いや。解らないこともないけれど、今のところ呪術《じゆじゆつ》的な解釈を排除した形では理解できないんだよね。まあ郡司君が聞いてきた獏さんの説明だと――過去が攻めて来るということらしいけど」

「解りませんね」

「そこは今一つ解らない。でもまあ、政府が、というかダイモンとその背後の誰かが、この石と巻物をかなり邪魔に思っていることだけは間違いない。こんなものがあることなんか全く教えてないのに尋いてくるんだから、予め知っていたんですよ。それが何よりの証拠です」

発表前でしたからねえと郡司が言った。

「それ、まあ考えるまでもなくこの妖怪騒ぎの元凶ということですよね？」

化野が尋いた。

「元凶？」

荒俣はちょっと悩ましげな顔になった。

「だってその石と巻物の所為ですよねえ、我々がこんな目に遭ってるのは。寧《むし》ろ、悪くはないですか？」

「いいや、そうじゃないんです。この巻物は、お化けをアナログ情報として記録したメディアです。つまり、無駄を、馬鹿をフリーズドライしたようなものですね。そして、この石はそれを再生するためのドライブ。世の中から余裕がなくなって来て、それが一定量を下回ると発動する仕組みです。足りない分を補塡《ほてん》する。通常は、この巻物の絵が可視化するようなレヴェルにまで下がらないんです、世間の余裕値は。人間は思っているより結構馬鹿で、どんな状況下に於ても結構余裕を持てるんだという証《あか》しです。大戦の時も、震災の時も、完全に笑顔が消えた訳ではないんですよ。一時的に絶望が訪れても、必ず癒してくれる何かが心中に涌いて出ていた。これは自然治癒力のようなものです。それでも足りない時は、この石が発動して僅《わず》かずつ補塡していたんだろうね。ところがこの度は、戦争も災害もないというのに、あっという間に余裕が消えてしまった」

「す――吸われた？」

「世の中から余裕がどんどん失われ、無駄が消え馬鹿が激減した。そこでこの石は、生き残りの馬鹿を呼び寄せ」

俺だ、と村上が言った。

「いや、レオかな」

どっちもだよと京極が言った。

「完全発動した。そして馬鹿を補塡するため――妖怪が涌いた」

「何故に幽霊は消えたんでしょう」

暫く黙っていた東雅夫が尋ねた。

「幽霊が消えたのじゃなくて、心霊的な解釈というか怪談的解釈が消えたというべきじゃないですかね」

応えたのは京極である。

「それは？」

「恐怖は別に霊を引き合いに出さなくたって感じられますよ。殺すぞと言われれば怖いでしょう。幽霊譚《たん》なんてものは、ある程度余裕がなくちゃ語れない。現実の恐怖に席巻《せっけん》されてしまえば、虚実皮膜《ひまく》の怪談なんかは必要なくなってしまいますからね」

「それなら、バランスを取るために幽霊も涌くんじゃない？」

涌くんですよと荒俣は言った。

「わ、涌くんですか？」

「怖くない幽霊なら呼び出せるんです。実際に私は西村《にしむら》真琴《まこと》先生の幽霊に会いました」

「が、學天則の作者の！」

東は艶《つや》のある良い声で驚いた。

「怖さは、京極さんの言う通り余裕のない現実に代替えされてしまった訳ですね。怖さを抜いた幽霊は、今の世の中あまり必要とされてないんですヨ」

幽霊は怖いもんといつの間にか決まってたしなあと化野が言う。

「そうだね。そうでない幽霊って、例えば思い遣《や》りとか想い出とか、懐かしさとか、そういう感じになってしまうんだよね。そういうものは既に人心から消えてる訳ですヨ。余裕がないですから。そんなだから、怖さだけを霊と結び付けてプレゼンする怪談のような在り方は失効してしまったんだろうネ」

「うーむ」

東は唸《うな》った。

「それに、幽霊というのは、現代では、もう個人というか故人の自我だから。それはこの巻物には記録されていない訳ですヨ。多分」

何も描かれていないのだから確かめようもない。

「幽霊キャラなら描いてあったんじゃないですか？」

京極が問うた。

「最大公約数的幽霊。あの、幽霊コードだけでできあがっている――」

経帷子《きょうかたびら》に額烏帽子《ひたいえぼし》、ざんばら髪に両手をだらり、というアレだろう。

その昔は、ドリフターズの『8時だョ！　全員集合』のコントで志村《しむら》けんの背後にそういう幽霊がいたものだから、俗に〝志村後ろ〟のアレ、で通じたものだ。

今は通じるのか志村後ろのギャグ。

というか、それはギャグじゃなく観客の声だろうに。

描いてあっても出ないんじゃないのと荒俣は言った。

「そうか。幽霊と聞いてもそんなものを想起しない——んですね。そもそも現代の幽霊は個人の霊で、しかもそんな恰好《かっこう》で亡くなる人はいないから、それはもう幽霊じゃないのか」

「それに、そんなものがもし出て来ても、幽霊だと思いますか、現代人」

貞子《さだこ》だと思いますよと木場が言った。

貞子なら毛倡妓《けじょうろう》やないですかと久禮が言った。

「まあそうでしょう。幽霊は近代に於て大きく変質していますヨ。それにね、この巻物が描かれた時代の霊魂観というのは、また違ったものだったはずだからね。柳田國男《やなぎたくにお》が祖霊という概念を提起する、芸能で亡魂が演じられる、これはその遥《はる》か以前のアイテムなんでしょう。ご先祖様助けてください——くらいの余裕があれば、まあ何かは出たんでしょうけど、今時、そんな風に考える人は少ないんですヨ」

「幽霊は大体祟《たた》りだしなあ」

「なる程。しかし荒俣さん。さっき、幽霊も出せると——仰いましたよね？」

東が問うた。

「それは、その気になれば、そのオールドタイプの幽霊キャラが出せるということですか？」

違いますよと荒俣は言う。

「慥《たし》かに『未來圖』には個人の霊なんか描かれてないはずなので、日本中に涌き出ることはないんですヨ。そんな、黙示録みたいなことはないんだな。でもだね、直接この石にインプットしてやれば、まあ出ますヨ、幽霊」

コミュニケーションツールでもある訳ですからねえと言って、荒俣は微笑《ほほえ》んだ。

「ど、どうやって——出すんですか」

東雅夫は多少緊張している。

まあ、ここにいるほぼ全員が、幽霊なんか見たことはない訳で、出せると言われれば緊張もしようというものである。

「簡単ですヨ。ただ、言っておきますが、これが怖くないんだヨ。全く」

「怖くない——んですか？」

及川が問うと、それは怖くないはずだよと京極が言った。

「今の幽霊は、まず怖さありきなんだよね。怖い怖いと思って何かを見る、それを後解釈で幽霊だと思い込む、それでまた怖いと思う——そういう理屈なんだろうから、まあ幽霊は怖いというのが当たり前の感覚なんだとは思うけれどもね、現代では。でも、解釈している段階では余裕がある訳ですよ、まだ。そうでなきゃ、幽霊なんてアホな解釈はしないでしょうに。だから基本、幽霊も馬鹿のうちなんですよ。でも、そこを馬鹿だと思わない、どうしても思いたくないという何らかの意志があるからこそ、心霊は特化されるし、怪談も生まれるんじゃないですか。違いますかね？」

「まあ、怪談というジャンルは、文芸であれ映像作品であれ演劇であれ、どれも素晴しいコンテンツだし、護るべき文化ですヨ。しかし現実に可視化される死者なんてものは、まあこんなものですヨ」

大柄な荒俣はうんと腰を屈《かが》め、香川が手にした石に向けて、

「柳田國男先生ッ」

と叫んだ。

「ヤナギタクニオセンセ」

呼ぶ子が反復する。

踊り場に、和服の老人が立っていた。

俳句の宗匠のような被《かぶ》り物をして、銀色の柄のステッキを持ち、丸い眼鏡を掛けている。髭《ひげ》もある。眉《まゆ》は少し濃い。

「何の用だね」

く。

國男だ。

柳田國男だあッ――と、及川は腰を抜かす程驚いたはずなのだが、あまりにも普通に現れたので別に何とも思わなかった。爺さんがいるだけである。

爺さんはきょろきょろと周囲を見渡した。

「狭いな。君はまた大きな男だな。君は小柄だ」

「はい。ここに集う者は全員先生の影響下にある輩《やから》ばかりです。一度ご尊顔を拝し奉りたいと存じまして」

「迷惑だな。これは民俗学の連中なのか」

香川が恐る恐る手を挙げて、私は民俗学者ですと言った。

「真逆《まさか》、まだ僕がやってたのと同じようなことしてるのじゃあないだろうね。昔を掘るばかりじゃあいかんのだよ。今に繋げなさいよ、今に。学問はそうでなくちゃいかんよ。そもそも僕は民俗学なんて名前は好かないよ。まだ郷土学の方が良かったのじゃないかと、僕は思うておるからね。で、どうなんだ。郷土は豊かになったのか。この国は今、どうなっている。人の暮らしは豊かになったのか」

「お恥ずかしい限りです」

「思った通りだなあ。今は何年だ」

東元『幽』編集長は眼を真ん丸にして立ち竦《すく》んでいる。東雅夫を知る人で、東雅夫のこんな姿を見たことがある人はいないだろう。

「せ、先生が『遠野物語《とおのものがたり》』を上梓《じょうし》されてから百年以上が経ちました」

東はそんなになってもまだ佳《よ》い声でそう答えた。

「百年？　そんなに経ってもまだアレは読まれておるのか」

「め、名著ですから」

ふん、と柳田國男は鼻を鳴らした。

「自費出版だぞ。しかも若書きのでき損ないだ。何度も書き直そうと思うたぞ。あんなものを百年間も読み継《つ》いでいるなど、怠慢だよ君。そんな古いものを有り難《がた》がるくらいなら、拙著を越えるものを書くべきだ。今の技術なら情報蒐集《しゅうしゅう》も情報整理も自在にできるだろうに。何故しないんだ。後続は育っておらんのか百年も経って」

書いた本人でなくては言えないことだ。

「で？　君も民俗学者かな？」

「小生は——文芸評論家です」

「文芸？」

「怪談方面を主に」

「怪談か！　まあ、僕もね、嫌いじゃないよ。一家言持っていますよ。でも僕の学問と怪談は別物だ。学問は科学だからね。文学であってはならんよ。というかな、並び立たないところはあるんだろうなあ。それより用がないなら帰るよ。それとも講演でもするか？　真逆、今日は木曜日じゃないだろうな？」

「違います。すいません」

荒俣が頭を下げた時、もう老人の姿はなかった。

最初から誰もいなかったかのように消えていた。

いや、多分、最初から誰もいなかったのだろう。

一瞬の静寂が訪れた。

「という具合ですよ東さん」

「は、はあ。ま、まあ、小生も唄《うた》に舞台に、色々とやって来ましたが、いや、今日が一番緊張しましたね」

東元『幽』編集長はそう言って額の汗を拭《ぬぐ》った。大量に汗をかいている。

ホントに緊張していたのだろう。往時は向かうところ敵なしといった感じだった東元編集長だが、流石《さすが》に柳田國男相手では消耗したことだろう。

「さて」

荒俣が仕切り直す。

「まあいまだ不明なことも多いんですが、大枠のところはお解り戴けたかと思います。この国の――というか、この国の文化の存亡は、どうやら我々の手に握られている」

「我々――って妖怪馬鹿の手にですか？」

多田が顰《しか》め面になる。村上が言う。

「あの、馬鹿ですよ？　おいら達は」

そうだねと荒俣は言う。既にして誰も否定などしない。既成事実として、みんな馬鹿ということになっている。まあ妖怪の人達はいいとして、それ以外の作家さんやら漫画家さんやら俳優さんやら声優さんやら画家さんやら学者さんやらは多少複雑な心境なのではなかろうか。

「現在、馬鹿の力を維持できているのはここにいる人達だけということですね？」

京極が言った。

馬鹿の力って。

フォースみたいなものなのか。

「だから僕らがやるしかないと？」

「どう考えてもそうでしょう。我々がこのまま手を拱《こまね》いていれば、遠からずこの日本という国は、文化ごと滅びます。戦争や災害のように即時命を取られることはないだろうけど、それ以外の凡《すべ》ては失われる。もしも他国に蹂躙《じゅうりん》されるようなことが起きても抵抗するような者はいないでしょうし、そんなことがなくたってもう国家として成立していないのですから、遠からず生活は破綻《はたん》しますよ」

それは、何となく解る。

疑心暗鬼の相互監視社会など、いつまでも保《も》つ訳がないのだ。

しかも暴力は容認されている。理屈も知性も通用しない。自滅一直線である。

「でも――だからって、どうするんです？　国を相手に一戦交えるんですか？　この丸腰の馬鹿が？」

「そんなことしたら相手の思う壺《つぼ》じゃあないか」

「思う壺だし、先《ま》ず我々に戦闘は似合わないでしょ。無理だし。妖怪は戦わないから。だからこその最後の砦《とりで》なんじゃないすか。大先生の教えにも背きますよ」

戦争は、エラいですよ――。

偉い、ではない。大変だという意味である。

「いや、戦います」

荒俣はそう言った。

「大先生に許可を戴きました。鬼退治です。ダイモンの本体を——叩きます」

「た、叩くって」

「操られているだけの幹事長を狙ったって無駄ですから。それに向こうは軍備を持ってますから、それこそ自殺行為です。それに、この状況下、短時間でダイモンの背後にいる者を探り出すのも無理でしょう。しかし、その手先であり武器でもあるダイモンを葬ることは不可能ではないかもしれない。そういう実感は持ってます」

「そうですか？　でも、そんなもの、何処に」

「奴の本体はこの国の中心——国の象徴たる富士の麓《ふもと》、樹海の何処かに、必ず隠れているはずです。そこから、地脈を通じて国民の余裕を吸い取っているんですヨ！」

「樹海って、ち、近いすね」

「はい。現在、斥候《せっこう》を放っています」

「斥候ですか？」

「はい。これからが、ご提案です」

荒俣宏はそう言った。

廿陸

決死隊、魔物の穴に潜る

「で、どうしてボクらなんでありますか」

レオ☆若葉はぼやく。

人選が微妙過ぎるだろう。

「まあ捨て駒ってことでしょうね」

答えたのは榎木津平太郎である。

「要《い》らない子セレクトっぽいですけど」

「え？　そんなことないんじゃないですか」

似田貝大介は、割に暢気《のんき》だ。

「いやあ。まあ、そうでなくても、このメンバーだと歯止めとかツッコミとかがいないですよね、だってレオさんは——」

そこで平太郎はレオをチラ見して、黙ってしまった。

「な、何でありますか。ヘータロウ君。君は若年《じやくねん》チャンピョンなので、来るのは当然じゃないのですか？」

「いや、そうですけど」

「だって、要らない子なら及川さんは外《はず》せないんじゃないですか？」

「及川さんは腰痛《いた》めてるから外されただけじゃないんですかね。で、似田貝さんか僕が、繰り上げ当選になったんだと思いますよ？」

うはあそうかあと、似田貝は眼を剝《む》いて口を開け、驚いてるんだか喜んでるんだか判らないリアクションを取った。まあ平太郎の言うことは尤《もっと》もなのだが、そうだとしてレオだけは最下位決定指定席ということなのか。そうなんですか。

「ボクは要らない子ですか。海参《いりこ》は海鼠《なまこ》の腸ですよ」

「いやいや。要らない子じゃないですってレオさん。何たってホラ、あちらにはあのお方とかがいるんですから」

似田貝は先を歩いている男を顎《あご》で示す。

「何だよ要らねえ子とかってよ」

平山夢明先生である。

作家さんだ。帽子を被《かぶ》っている。だから何だという話だが。

その後ろには、やはり作家で、妖怪推進委員会では古顔の東亮太《あずまりようた》が黙々と続いている。

「そもそもさ、俺が何でいる訳よ。俺さ、別に妖怪とか関係ないんだよな。妖怪なんてよ、そういうのは全部あれだろ、京ちゃんの分野だろ？」

京極さんは肉体労働はしませんと似田貝が言う。

「というか、体力ないですよ京極さん。ほぼ十歩くらい歩いただけで疲労骨折ですよ」

「それ百二歳とかじゃねえかよ」

「そんなもんですよ。あのですね、この中で樹海に詳しいの平山さんだけなんですよ。平山さん樹海、何度も来てるでしょ？　泊まったりしてませんか平山さん」

「泊まってるけどさあ、別に道は知らねえよ」

道ねえよと平山は言う。

「それから、東亮太さんは——僕らはこ、ち、ゃ、さんと呼びますけどね。その、アニマルパニック映画とかに造詣《ぞうけい》が深いんですよ」

「それ関係なくないですか」

東亮太は半笑いで言った。まあ関係ないとレオも思う。寧《むし》ろ、東亮太はこのチームの良心回路のような役割なのではないか。

平山はそれじゃあ殺人ブタとか観《み》てるんだこちゃちゃん、と言って笑った。『殺人豚《さつじんぶた》』はアニマルパニック映画ですかねえと東は答える。観ているということだろう。アレ酷《ひで》えよなあと平山は実に愉快そうに笑った。

「しかし、観てるねえ、こちゃちゃん」

「最近はそんなに——というか、あんなの観てちゃ駄目ですからね」

ひっひっひ、ダメだよなあこちゃちゃんと平山は笑う。

「呼び難《にく》いね、こちゃちゃん」

うーむ。要するに、この作家二人を護《まも》るために、捨て駒を三つつけた――ということなのではないのかとレオは勘繰《かんぐ》っている。きっとそうだ。そもそも、このメンツではレオの馬鹿さ加減がいまいち光らない。どこかしら平太郎や似田貝とキャラが被っているし、破壊力では平山に敵《かな》わないからだ。実力を発揮できない。と――思っていると。

あれじゃねえのと平山が指差した。

平山が指差したその先に目を遣《や》ると、雨の日の朝ラッシュの電車の中に落っことされて終電の終着駅で発見された齧《かじ》りかけのスルメのようなものが確認できた。雨水と泥でふやけきっているというのに、もう二三百人以上の、オヤジのドタ靴やパンプスやハイヒールやスニーカーに踏まれてプレスされてしまっているため、脱水もされていて、湿っているのだか乾いているのだか判らなくなった感じのソレである。

「あれって平山さん」

何捜してるのか知ってるんですかと似田貝が尋《き》いた。

平山は言うねえこいつと答えた。

「何か、アレだろ。立派な感じの、古いものでしょ。何だ、マサカリの睾丸《きんたま》みてえなさ」

それは何ですかと小声で言って、東亮太が苦笑する。

「八尺瓊勾玉《やさかにのまがたま》のことですかね」

「そうそうそういうやつ」

そうだとしても全然違うじゃないですかと似田貝が半笑いで言う。

「あれ、ゴミですよ。ボロですよ。腐った塩バナナみたいじゃないですか」

塩バナナって何だろう。そういうものがあるのかしらんとレオは激しく思ったのだが、誰もそこのところには触れなかった。

「あんなでけえ塩バナナはないだろ」

平山なんかはそのまま受け止めている。

大きいですねと東亮太が続ける。スルーなのか塩バナナ。

「獣の死骸《しがい》かなんかじゃないですか」

「ケダモノじゃないだろ。何か、布じゃないの？　アレは。布を纏《まと》っちゃいらっしゃいませんか？」

そう言った後、平山はレオと平太郎の方ににこやかな顔を向けた。

「確認ね」

「は？」

「確認。そのためにいるんじゃねえの？　何だっけ、そこの太郎」

「タロウでなくてレオであります」

いやいや僕のことでしょうと平太郎が言った。

平太郎は恨めしそうにレオを睨《ね》め付けると、

「行きます」

と低い声で言った。

「行くの！」

「一応、レオさんより齢下《としした》ですし」

「うー」

レオは初めて自分より位の低い人間を見た。

そして何故だかちょっと平太郎に嫉妬《しっと》した。

ここは、行った方がオイシイのではないか。

行って、とびきりの腰抜けっぷりを遺憾なく発揮した方がレオ☆若葉の本領発揮となるのではないか。転んだり腰を抜かしたりあのスルメに顔から突っ込んで汚れたり悲鳴を上げたりすべきじゃあないのか。

これだからキャラ被りは困る。創作ならキャラのシフトも組めるけれども、現実はそうも行かないから困ったものである。と、いうようなことを似田貝も感じていることだろうとか何とか考えてるうちに、平太郎はさくさくとスルメに近付いた。

普通じゃん。もっと怖じ気《おけ》づけよ。というか、平太郎は同じ小心者でも、ちょっぴりレオとは違うのだ。世間一般では同じカテゴリに分類されるのだろうけれど、人は皆、世界にひとつだけの花なのさ。子供向けの動物図鑑とかでは『クマのなかま』とかで一ページに纏められてしまうけど、マレー熊とナマケ熊じゃあ大分違うのだよわっはっは。

ここはやっぱりボクの出番だったかもと、レオが悦に入っていると、この世のものとは思えない程に裏返った究極に情けない悲鳴が樹海に響き渡った。

「おわひゃろうんがあああ」

酷《ひど》い悲鳴ですねえと東亮太が冷静に言った。

「悲鳴は、ホラー映画やパニック映画なんかだと怖さを表現する演出として重要なものですけど、実際は滑稽《こっけい》に聞こえてしまうこともあるんですね」

そんなもんだよこちゃちゃんと平山が言う。

「笑いなんてもんは痙攣《けいれん》的なもんだから。怖《こえ》えのと紙一重ですよ。で、何なんだい？　素敵なものがあったのかい？」

「こここここれ、これこれ、これは」

「何がどれだよ」

「こ、ここここ、し、し」

平太郎は腰を抜かした恰好《かっこう》のまま、後ろに突いた手をしゃかしゃかと動かし、凄《すご》い速さで後退した。ハリーハウゼンのストップモーションアニメみたいだ。小型レギオンとか3Ｄ貞子みたいでもある。

――くう、湊《さら》われた。

レオは悔しがる。そんな自分が、甚《はなは》だしく馬鹿だとも思う。

東がすたすたと進み、

「ああ。これは人間の死骸ですねえ」

と、抑揚なく言った。

「首吊《くびつ》りが落ちたのかい？」

平山が普通に尋く。

「いや、そうじゃないみたいですけど。ミイラ化しているんでしょうか」

東はしゃがんで、それを具《つぶさ》に観察している。

「した、したした、した、したい」

平太郎はまだアタフタしている。くそう、オイシいぜとレオは思う。

「したいー」

「何かしてえのかよ。解ったから。見ろよ、こちゃちゃちゃんは立派だよ。冷静じゃねえかよ」

「ああ」

東は立ち上がった。

「これ、仙石原都知事ですよ」

「それ、あのきーちゃんが刺した？」

平山が言うきーちゃんというのは、怪談蒐集《しゅうしゅう》家の木原浩勝のことである。

「ええ。眼窩《がんか》に傷というか孔《あな》もあるし、間違いないと思いますけどね。どうしてこんな処《ところ》で死んでるんですかね？　自殺したようにも見えないですし、自殺するような人じゃない気もしますし、自殺する理由も見当たりませんけど――自然死ですかね。いや、これは――」

東は上を見上げた。

「なんか、落ちて来たという感じですけどね」

「上からか？」

普通は上から落ちますよねと似田貝が平山に突っ込む。

「下から落ちるってあんまりないですよ平山さん」

「解ってますよ。馬鹿じゃねえんだからさ。あのさ、R《ロータ》はよ、最近偉そうじゃねえか？　人を小馬鹿にしてねえか？　そういう評判ですよあなた」

「小馬鹿にしてません」

「何だ、色んな人に酷《ひで》え渾名《あだな》付けてるとか、聞いたよ。小耳に挟《はさ》んだよ俺は。何だっけ」

止《や》めてくださいと似田貝は似田貝にしては珍しくきっぱりと言った。それから、

「ああ、上から落ちて来ましたねえこれは。落ちて来た。うん」

と、空々《そらぞら》しいことを言った。

「何だよその言い方はよ。小馬鹿にしてるじゃねえかよ。でもよ、落ちるったって上には何もねえじゃん。木の上に刺さってたのが落ちたのかい？」

「百舌《もず》の速贄《はやにえ》ですよそれじゃあ」

そんな感じの死骸ですけどねと東亮太は言った。

「下側が潰《つぶ》れて、破損してるんですよ。でもそれが死因とは思えないですねえ。これ、誰かがミイラ化した死骸をこう」

東は手振りを添える。

「ぼんと放り投げたというか」

死骸ミサイルじゃねえかよと平山が言う。

「当たったらイヤだよな。ミイラならいいけど、生腐《なまぐさ》りとかは敵いませんよ。でも、仙石原ってのはよ、敵の頭目みてえなのじゃなかったのか？　何か、京ちゃんとかそんなこと言ってなかったか？」

「荒俣さんの話だと、何モノかが肉体を乗っ取っていたとかいう話ですから、まあそれが抜けちゃったんじゃないですか？　使い物にならなくなったんでしょう」

「傷んじまったんだ」

平山はケッケッケと笑った。

「使い捨てなんだね」

使い捨てライター。それはレオだ。

「み、みなさん、どどうしてへへ平気なんですか」

平太郎が漸《ようや》く立ち上がった。

「ししし死体じゃないですか」

死体だからだよと平山は言う。

「死んでんだからさ。死体だからね。もう動かねえから。動いたらゾンビだからな、そしたら逃げるけどよ。まあ、何もしないだろうよ、死体は」

「で、でも、その」

「何だよ。怨《うら》みとか祟《たた》りとか、そういうのが怖いのかい？」

「そういう──訳でもないですけど」

「そういうの怖がってるんなら、もう手遅れじゃねえか？　手遅れですね。別に死体見つけなくたって祟られる奴は祟られるからねえ。別に発見しなくたってあるんだもんよ、死体は。それに、死体なくたって幽霊は出る。出るね？」

「そうですけど、僕は、触って」

「触ったっていいじゃねえかよ。生きてんのも死んでんのも変わらねえから。多少は腐ってるけどさ。ミイラは乾いてるだろ。乾いてただろ？」

平太郎は口を手で押さえそうになり、直前で止めた。

「いやー、でもですね」

「死骸に触ったくらいでどうにかなるなら医者も葬儀屋も生き残れませんから。まあ、夏場で腐っちゃってドロドロになってるとか、こう血がでろでろ出てて内臓がべろんとなってるとかよ、そういうのは汚いからねえ。触りたくはねえけど、触ったところで手を洗えばお終《しま》いって話じゃねえのかい？　違うかい」

「いや、その」

「乾いてんだからさ。ならいいよ。手も洗わないで」

「えー」

「そんな、死んでるからって厭《いや》がることないだろうよ。失礼じゃねえかよ。元は生きてたんだし。でも、もう生きてないからねえ。まあ、臭《くせ》えのは困るけども」

平太郎はどんよりした。

まあ平山の言う通りである。

レオも思う。何故、死体は怖いのだろう。

東亮太はまだ何かを見上げている。

空は少ない。昼なお暗いという程ではないけれど、上の方は樹の枝だの蔓《つる》だのがひっ絡まっていて、空はその隙間に覗《のぞ》くだけである。おどろおどろしいという程に怖げな雰囲気ではないが、当然清々《すがすが》しいこともない。

まるでグリム童話か何かの森の中という感じである。

赤い頭巾《ずきん》の女の子が狼に喰《く》われていたり、荊《いばら》の中のお城にお姫さまが寝こけていたりする感じだ。それがグリムなのかイソップなのか、正直レオには自信がないのであるが。

そうして見直すと、まあ死骸もそんなに怖くない。

でもまあ、気持ち悪いことに変わりはない。

「あっちですね」

東が突然そう言った。

「何が？」

「この死骸、あっちから飛んで来たんです」

「マジかよ」

平山も見上げる。

「あっちって、何で」

「この梢《こずえ》に、衣服の一部が残っています。打ち当たったんだと思います。で、この木のここに当たった訳ですから、こっち側——じゃないですよね。で、ほら、この方向を見ると、上の方の枝が折れて、穴が開いたみたいになってます」

「あー」

レオも見てみたが、まあそんなようなことがあったなら、こんな風になるかなあという感じだった。

「この仙石原の死体が乗り捨てられたスクラップだとすると、使えなくなったからポイ捨てしたということですね？ そうすると、乗り捨てた奴はそっちの方向にいた、ということになるのじゃないですかね」

「なるな」

まああれだ、と平山が言う。

「これはその、エイリアンでいうところの化石化した宇宙人ってことだな。つまりこの先にある訳だ。その」

宇宙船ですかぁと似田貝が尋く。

「そういうの捜してるんだろ？」

「そうですけど。いや、そうなのかなあ」

「じゃあここはゼータ第2星団のLV—426ですか」

平太郎が泣き顔で言った。

「それはナニですか？」

「エイリアンのエッグ・チェンバーが発見された惑星ですよ。知りませんかレオさん」

「知りませんねえ」

「エイリアンを？」

「エイリアンはまあ何度も観てるです。観てたところでそんなことは知りませんね。覚えられませんね。何故なら、ボクは」

馬鹿だからだろう死ね、的なツッコミを期待したのだが全くなかった。

こんな時、レオは村上健司が恋しくなるのだ。必ず罵倒《ばとう》してくれるからである。しかしボケばかりが集まると本気で面白くないものである。

平太郎はレオの方に顔を向けて——。

結局溜《た》め息《いき》を吐《つ》いただけだった。

むー。

まあ、こいつもレオと同じような心持ちではあるのだろう。

何だか知らないが細かいネタを拾えなかったのはレオの方も一緒なのである。

平太郎は下を向いて、樹海では貴方の悲鳴は誰にも聞こえない——と、意味深なことを言った。何かのオマージュかパロディなのだろうが、もちろんレオにはそれが何のオマージュかパロディか判らなかった。だから、調子を合わせてヘハァヨイヨイ、と、唄《うた》った。

もう、人生に絶望した人でもがっかりしちゃうくらい駄目な展開である。

「しかし、この先に何があるんでしょうね。マジでフェイス・ハガーとか出て来たら、僕なんか最初にやられちゃいますよ。顔面スッポーンで胸パッカーンですよ。そういうキャラですよ僕は。どうですかこの雰囲気。伝奇ＳＦとかの舞台そのままって感じじゃないですか。ありますよ遺跡。いますよ異星人」

やっぱりややキャラは違う。

レオは精々赤頭巾ちゃんだもの。

平太郎はまた下を向き、こんどは戦争だ――と呟《つぶや》いた。それはまあ、何となくレオも知っているフレーズである。

遣る気のない感じで馬鹿二人が肩を並べてとぼとぼ歩いて行くと、前方からオウとかいう声が聞こえた。

顔を上げると、地面だか絡まった木の根だか判らない感じのごちゃごちゃの処に突っ立っている平山他二名の背中が見えた。

「危ないですよ。落ちますよ」

「落ちねえよ。押せば落ちるけど。なあ、おい」

「やめて下さい。押さないで下さい。きゃー」

「何です？」

穴です穴と似田貝が答えた。

「お、落し穴？」

「違うでしょう。悪戯《いたずら》っ子もこんなには掘らないでしょうに。デカい穴です。これ、どのくらいありますか」

「東京ドームだよな、こういう場合の単位はよ。何個分とか言うんだろ？ドームって一個二個って数えるのかという問題は残りますね。でもあれだよ、昔だったらさ、何か煙草の箱とかじゃなかったか？　ハイライトとか横に置いて写真とか撮ってただろ？　撮ってたね」

で、この穴はハイライト何個分だいR君《ロータ》と、平山は似田貝に問うた。

平山は似田貝をそう呼ぶのだ。

ロータは元々、妖怪推進委員会の中での呼称だったようなのだが、今や似田貝のことをそう呼ぶ者はいない。委員会の中でも河上くらいのものである。河上という男はそれなりに偏屈らしく、最初に呼んだ呼び名でずっと呼び続ける性質があるらしい。

レオは新参なので能《よ》く知らずにいて、天野行雄《あまのゆきお》が似田貝のことをローちゃんと呼ぶのは何故なのかフシギに思っていたのだが、それはどうもその名残であったらしい。

似田貝は屁《へ》を我慢しているアグー豚のような顔で結構長く考えていたが、たっぷりと溜《た》めてから判りませんと言った。面白《おもしろ》アンサーを思い付かなかったのだろう。

「何だよ。判んねえなら溜めんなよ。転《こ》けたら落ちるでしょ？　落ちるところでしたよ」

「すいません。本気で考えました」

「本気なんだ。バカじゃねえの？」

平山夢明はどんな場所でもペースが変わらない。

平山のペースを乱すのは、北方謙三《きたかたけんぞう》と大沢在昌《おおさわありまさ》だけであると聞く。

以前、ラジオ番組のシークレットゲストに北方が呼ばれた際、一人だけ聞かされていなかった平山は、スタジオに現れた北方を目にした途端、三メートルくらいジャンプして逃げたという伝説が残っている。大沢と一緒の密室に十分以上いると血尿が出て、五キロ痩《や》せるという言い伝えもあるらしい。いずれも嘘臭い話だが、京極に尋いてみたところ全て真実だということである。

樹海にその二人はいないので、遣りたい放題なのである。

レオも恐々《こわごわ》前に出てみた。

「これ穴でありますか？」

「穴だろ。山じゃねえし」

「穴というか、陥没でありますよ」

「陥没してるから穴だろ」

「いやー」

でかい。周囲に比較するものが何もないのでどのくらいの大きさなのか測れないし、何かに喩《たと》えようもないのだが、でかい。中は暗い。

「これ、中国の天坑《てんこう》みたいなもんじゃないですかね」

東亮太がムツカシイことを言った。

「この辺、カルストか？　違うんじゃね」

レオは判らなかったが、平山には通じたらしい。

「さあねえ。知りません。僕ら頭悪いですからねえ」

似田貝は判らなかったんだきっと。

まあ穴であることだけは間違いない。ただ、断崖絶壁《だんがいぜっぺき》になっている訳ではなく、それなりに急ではあるが傾斜があるように思える。擂鉢状《すりばち》になっているのかもしれない。なら穴と呼ぶより窪《くぼ》みとするべきか。

とはいうものの、そもそも地べたが土だか石だか樹木の絡まったものだか判らないので、どんなことになっているのかは不明である。

「直径二百メートルくらいですかね」

東が言った。

「もっとあるかなあ」

「あのさ」

平山が顔をポパイのように歪《ゆが》ませた。

「ちょっとよ、何か気分悪くねえ？」

「え！　それって穴酔いですか？」

「何だよアナヨイって」

「船酔い的な」

違うよ落とすよと平山は似田貝を押した。

「ちょっと。押さないで下さいよ」

「何でアナに酔うんだよ。違うって。ムカツクというか、そういう感じだよ。マインドがバッドというかよ」

それは僕も感じますねえと東が言った。

「普段なら、似田さんのへらへらした態度もそんなに気になりませんが、今はその薄ら笑いが肚立《はらだ》たしく感じますからね」

うはあと似田貝が過剰に反応した。

口をへの字にしたまま半開きにしている。

「その顔ですよ。普段なら単なる変な顔だなと思うだけで、時には笑ってしまうこともありましたが、今は人を小馬鹿にした小憎《こにく》らしい顔にしか見えません」

「うはあ」

「ほらその反応。絶対に小馬鹿にしてるでしょう。似田さんはいつだってそうやって、心ない反応するんですよ。いつだったか、凄く悲しいことがあった人に事情を尋いて、それに対するリアクションがフウン、だったでしょ。フーンですよ。あの人、相当怒ってましたよ」

「いや、だって、それ以外に言いようないじゃないですかぁ。ねえ」

「ねえじゃねえだろ」

平山が似田貝を睨《にら》んだ。

「あのよ、それって俺のことも小馬鹿にしてるってことだよな？」

「そう——いう訳では」

「おいおい。そう言われて見てみればお前随分と人をナメたような顔してるよな。段々そう見えて来た。ちょっとよう、R《ロータ》さ、お前突き落としてもいいか？　死ぬ？　ここで死んでくれるか？　落とすよ。いいな」

「ひゃあやめてえ」

いや。これは。

レオは珍しく機敏に二人の間に割って入った。

「ちょっと待ったーと一昔前のねるとん的に割って入りますよこのレオ様は」

——そうか。

やっと、この人選の意図が解った。

でも、ねるとん紅鯨団《べにくじらだん》は流石《さすが》になかったかとも思ったが。

「ヒマラヤ先生、こちゃ先生、ボクわ気付いたのでありますよ。なので、ニタカイさんを処刑するのは少し待って下さいまし」

「待つって、延期？　中止でなくて延期？」

「まあそこは置いておいて。ほら、ここに送り込まれる前、ボクらに命令したアラマタ先生が言っていたではないですか。敵は、人からちゅうっと馬鹿を吸うって」

「馬鹿だったっけ？」

「大意であります。微細な部分では違う表現だったような気もしますが、まあ概《おおむ》ねそうなのです。そうでしょヘータロウ君」

「はあ」

「馬鹿が減るとムカついたり喧嘩《けんか》したりするのであります。相手をコモンぱっかる――」

何だよ肛門《こうもん》ぱっかりってと平山が笑った。

慮《おもんぱか》るじゃないですかと東も苦笑しつつ言った。

「そのぱっかりが、できなくなるのであります」

「で?」

「それは、実は人として危機的状況なのであります。トドの糞詰《ふんづ》まり、互いに憎み合ったり叩《たた》き合ったりつねり合ったり殺し合ったりするのであります。どんな時にも、馬鹿味《み》は大事なのであります。馬鹿が世界を救うのであるマスッ!」

いやそれは解ったからと平山が言う。

「それから俺はヒマラヤじゃねえから。そんなさ、獏さんの小説みたいな名前じゃねえんだからさ。でよ、それはそれとして、だからってそれと俺がこいつを気に入らないのと何か関係あるか?」

「ニタカイさんは、まあ、普段から人を小馬鹿にしたり心ない発言をしたり軽率だったり失礼だったりしますけれども、どんなに非礼な態度を取っても、それでも非難されたり敬遠されたり懲戒免職になったりしていないのであります。それはつまり、馬鹿だからであります」

「は？」

「馬鹿の力でスルーしているのです。こいつは馬鹿だから仕方がねえか的な諦観《ていかん》と軽い侮蔑《ぶべつ》がこの男を憎めない人に見せ掛けているのです。本人もそれを承知で、調子こいているのであります。人を小馬鹿にしても自分が大馬鹿だから許されるという特権階級です」

少し酷《ひど》い言い様ですねえと似田貝は不服そうにした。

知ったことではない。

「馬鹿は斯様《かよう》にコンビニローソンの乾燥剤となるのであります」

今のはワザとですねと東が指摘した。

「コミュニケーションの緩衝《かんしょうざい》材ですね」

「その材ですよ。いいですか、こちゃ先生もヒマラヤ先生も、作家の人でありますから幾分知性をお持ちですね？」

幾分なんですかと東が言い、だからヒマラヤじゃねえからと平山が言った。

「その、知性以外の余り成分が抜かれちゃったのではありませんですか。お二人とも馬鹿成分を抜かれたために不機嫌になっているのではありませんですか？」

「うーん」

平山は腕を組み、東は首を傾げて、ほぼ同時にそうかもしれないと言った。

「余裕がなあ」

「ないですね。似田さんを許すだけの」

ほれほれとレオは増長する。

「ですから、このボクや、このヘータロウ君や、ニタカイさんが選ばれたのではないのでせうか。抜いても抜いても馬鹿が有り余っている、馬鹿の塊《かたまり》が！」

塊——と平太郎が悩ましげな表情になった。

「救世主。ボクわ救世主」

レオは胸を張った。

「まあ慥《たし》かに荒俣さんはそんなこと言ってましたけどねえ。今まで何ともなかったですけど吸いが強いんじゃないですかと平太郎が言った。

「どういうことだよ」

「ほら、お風呂《ふろ》の栓を抜いた時、排水口のとこって凄く吸いますよね？」

吸うね、と平山は嬉《うれ》しそうに言った。

「あのさ、こう」

それ以上言わないで下さいと似田貝が止めた。

「言うことは大体判ってますから。どうせ下ネタですよね。間違いなく下半身パーツが吸い込まれる話じゃないんですか」

「そんな断定するなよ。じゃあ銭湯のよ、あの椅子の穴に」

その話もいいですすと似田貝は遮る。

「何度か聞いてますから。大分戻ってるじゃないですか馬鹿が」

「ボクのお蔭《かげ》でありますか」

「違うよ。というか馬鹿が戻るってどういうことだろうな。やっぱ落とそうかな」

やめてえと似田貝は避《よ》けた。

「しかし天下の平山夢明から馬鹿成分を吸い取ってしまうなんてことになれば、この穴こそが吸い取り口ということになりませんかね」

「なりますね。さっきの死骸も、多分この穴から排出されたのじゃないですか」

「排出ってよ。こちゃちゃんそれじゃここが肛門じゃねえか」

「そうですねえ――」

東亮太は穴を覗き込む。

「ああ、慥かに覗くと似田さんを殺したくなってきますねえ」

「止《や》めてください。覗かないでいいです」

「どうも――荒俣さんが言っていた敵の本体というのはこの穴の中にいると考えていいのじゃないでしょうか」

「いるね、いますね」

平山が機嫌良さそうに言った。

「で、じゃあハイ探索終了ってことにはならねえんだろ。何ごとも確認は必要ですよ。確認がね。で、俺と、こちゃちゃんはね、そんな訳で知性があるからよ、その知性が邪魔すんだ。そういう検査結果が出た訳だね。なら、まあ」

平山夢明は先ず似田貝を見て、それから平太郎を眺《ま》めて、最後にレオに視線を向けた。

「誰が一番馬鹿なの?」

レオは平山の言葉が終わる前に俊敏に平太郎を指差したのだが、その平太郎は既に似田貝を指差しており、似田貝はレオを指差していた。

「おう。気が揃ってるねえ。馬鹿諸君」

「へ、平太郎は若いであります。ピッチピチのヤングであります」

「いや、ここは大事なとこなんで、是非とも経験値の高い似田貝先輩に」

「レオさん、馬鹿ですよね?」

まあ、馬鹿なんだが。

さっき馬鹿であることを威張った手前、今更違うとも言えないし、言ったところで手遅れである。レオの人生は一途《いちず》に手遅れなのだ。

「じゃあよう」

平山は満面に笑みを浮かべた。

邪悪だ。

邪気がないところが却《かえ》って邪悪だ。

「ちょっと並んでみ。ほら」

笑みが凶暴さを秘めていたので、三人は整列した。横一列、レオは穴の縁側である。

不利だ。

平山は笑みをキープしたまま一番穴から遠い平太郎の横に移動した。

「若いんだねえ、タロウ君はさ」

「はあ」

平太郎が何か答える前に、平山は物凄い勢いで平太郎にタックルした。

平太郎はすっ跳《と》んでそのまま似田貝にぶつかり、玉突きのように似田貝はレオに打ち当たって、レオは——。

当たるものがない。

三人が穴の縁で縺《もつ》れ合った。

「じゃあね♡《ハート》」

平山はそう言うと、平太郎を蹴った。

いや。

平太郎というより縺れた馬鹿達を蹴った、のか。

いやいや。

要するに三人とも落とされたのだ。というか。レオを蹴ったのかもしれない。

その三人のうちの一人はレオな訳であり。何だか知らないが体が宙に浮いていた訳であり。浮いていたというか落下している訳で。落下というかころころと転げているのかしら。何が見えているのかレオ自身が能《よ》く判らないし。いやその、何もかも判らないのだけれど、わはははははという悪魔のような笑い声がどんどん遠ざかるのだけは確実なのであって。

「俺とこちゃちゃんは報告に帰るからよ。下に行って確認したら上がんなよな。生きてたらだけど。まあ気が向いたら誰か助けに来るんじゃねーか。知らねえけど」

そんな声が聞こえる。

大丈夫ですかねという東の声が連なったが、そりゃ運だよ運という愉快そうなフレーズが更にその語尾に被った。

おほほほほほほほ。

遠い笑い。

平山はおほほほほほほほほとだけ書いたメールを知人に送り付けることがあるという。

行って来ますです。

奈落《ならく》の底に。

廿漆

妖怪、大戦争めいたことをする

黒史郎は焦《あせ》っていた。

飛行機を見たからである。

黒はそんなにミリタリー好きではないので、それが何という機体なのか判りはしなかったのだけれど、少なくとも民間機ではなかった。テレビのニュースでやっていた航空ショーのようなもので見かけたものと能《よ》く似ていたので、まあ戦闘機の仲間である。

ただ通り過ぎただけではない。

しかも、一機や二機ではない。

ヘリコプターも飛んでいる。公道の方には装甲車や戦車も確認できる。これ――。

戦争じゃないですか。

もう、何よりも嫌いです戦争。

黒は、戦時中爆撃機の飛来音や機影に怯《おび》えた人達の気持ちがやっと解った気がした。敵《かな》わない。絶対に敵わない。何よりあれは、人を殺し町を壊すためだけにあるものである。それが飛んで来るのだ。

逃げるしかない。

止《や》めてくれとか助けてくれとか叫んだって怒鳴ったって届きやしない。もちろん、撃ち落とすことなんかできやしないし、撃ち落としたりしたら乗っている人が死んでしまう。乗っている人は、まあきっとそんなに悪い人ではないのだ。

したくてしている訳でもないだろうし。

いや、万が一、したくてしているのだとしても。

戦闘機なんてものがなければ、爆撃なんてできないだろう。操縦士が皆殺しにしてやるうとか全部ぶっ壊してやるうなんてことを考えていたとしたって、それは先《ま》ず以《もっ》て戦闘機ありきの話なのだ。

なきゃできないし、乗れないし、乗れなきゃそうも思わないだろう。

だから武器なんか造るのがイカンのだ。

攻めるために武器が要るというより、武器があるから攻めに行くのじゃないのかしらん。

人間は、大体に於《お》いてどっか異常である。

正常な人なんかいない。そして、どこかしら変態である。でもって多くの人は、コスくて狡《ずる》い。その上欲深い。だらしがなくて適当で、なのに自分を正当化ばかりする。そうでなくても頭が固い人や視野が狭い人やものごとが解らない人は一杯いるのである。揉《も》めない方がおかしいし、意見統一なんかできる訳がない。

それでも何とかなるはずだ。

ならなくたって、精々喧嘩《けんか》になるだけなのであって、これは殴ったり蹴《け》ったり齧《かじ》ったりというものである。それなら止《と》められる。まあマッチョな人相手だと生命の危険も生じるのだろうが、人なんだから言葉も通じるし、通じなくても逃れることは不可能な訳ではない。腕力がなくてもすばしこく足が速いということだってあるだろうし、よりマッチョな人が仲裁に入ってくれることだってあるだろう。

でも、刃物だの拳銃《けんじゅう》だの爆弾だの、そういうものがある場合はもう駄目だ。

いや、駄目だろう。

もう、最初から死亡フラグが立っちゃうのである。爆撃機なんかは速いのだろうし、速度は知らないけれどそれより速く走って逃げることなんかできないのである。

負け決定だ。

というか最初っから勝負する気なんかないんだから、この負けは押し付けである。これは負けの押し売りじゃないか。

武器は嫌いだ。

武器を向けていいのは、架空世界の怪獣かゾンビくらいのものだ。あれは、そのために創造されたものなんだから、まあ許す。

それ以外はどうなんだ。

ってな訳で、機影イコール負けなのだ。

黒はもうお手上げなのであった。

これで自分一人だったら、まあ活路もあるし諦《あきら》めもつく。

無駄に全力疾走してみようかなとか、無駄に力の籠《こも》った土下座をしてみようかなとか、もうずっと座禅組んでいようかなとか、この際『サザエさん一家』の替え歌を早口で歌いながら全裸スキップだよなとか、選択肢は無限大で、何を選ぼうが誰も困らない。まあ、全裸スキップは妻子のことを想うに避《さ》けたいところだが、後はもう何でもありで、ほぼ凡《すべ》て死ぬ。黒の責任に於て選択した結果黒が死ぬ。それはまあ当然だ。仕方ない。だが。

黒の頭にはタコタヌキが乗っている。

そして周囲にはそのタヌキに誑《たぶら》かされている数百人がいるのである。

こんなことなら、タヌキと知れたその段階で全てを告白するか、そうでなければ姿を消していれば良かったのである。そうしていれば、少なくともこの罪なき数百人は解散していただろう。その後どうなるのかまでは想像できないし、責任も持てないけれど、まあここで揃って散《さん》華《げ》することなどはなかったはずだ。

頭の痛い――問題である。

黒の胃腸は声なき悲鳴を上げている。

声ではないが、ぐるぐるピーと音はしている。

離れている妻子を想うと、胸が痛む。

お腹《なか》も胸も頭も、心も痛い。

頭のタヌキが恨めしい。

大丈夫ですか黒さんと、ただ一人黒の傍《そば》に残った心優しい水沫流人が声を掛ける。齢上《としうえ》だしおじさんなのだがその仕種《しぐさ》は妙に愛らしい。善い人なのだ。

「全身下痢のようなものですね」

「あの爆音がいけませんねえ。私までお腹毀《こわ》しそうな気がします」

「というか、爆撃音になったら楽になりますよね」

たぶん、ドカーンという音は最後まで聞けない。ド、くらいで終わりだ。

「爆撃しますかねえ。民間人相手に。もうそういう国になってしまいましたか」

「もう誰も国だと思ってないのじゃないですか。みんな国のために何もしないし、国も何もしてくれないじゃないですか。ただ暴力があるだけですから」

「そうですねえ。批判もないですし、弾圧とも思ってないですねえ。憎み合ってるだけですからねえ」

水沫は両手を合わせて首を傾げた。

やはりポーズとアクションだけはチャーミングである。

なのに、くわばらくわばらとただ爺《じじ》むさい呪文《じゅもん》を唱える二人なのであった。

「でも、このまま手を拱《こまね》いていたのでは、このキャラバンは全滅しますね。黒さんはそれを憂《うれ》えていらっしゃるのじゃないですか」

「憂えてるというか——そんな偉そうな感覚じゃないすね」

憂えるって、結構上から感覚だと思う。黒の場合は下から感覚だ。

「怖いのかな。そうでもないなあ。どうなんでしょうね、水沫さん。こういう場合、果敢《かかん》に戦う方が正しいんですかね」

「戦う――ですか？」

「自衛というのは戦わなきゃできないもんすか」

「戦えない人もいますよ」

「戦えない人を護《まも》るためには戦える者が戦わなきゃいかんのですかね。戦えるのに戦わないのは卑怯《ひきょう》者《もの》なんですかね。僕は能《よ》く腰抜けと謂《い》われますが、腰抜けはそんなにいかんことなんですか。チキンは生きている資格ないですかね？」

チキン、いいんじゃないですかねえと水沫は言った。

「いいですか？」

「逃げられるなら逃げればいいんじゃないですか」

「ええ。でも、僕が逃げても、僕以外の人はどうなりますかね。あの人達、戦っても戦わなくても死んじゃうんじゃないですかね？」

黒さんは責任を感じていらっしゃるんですかと水沫は問うた。

「いや、責任とかじゃなくて、知ってる人が死ぬのは厭《いや》じゃないですか。知らない人だって厭ですよ。死ぬというより殺されるんですよ？　避《さ》けられない天災で死ぬのだって厭なのに、人が殺すんですよ？　止《と》められるのに止められないんですよ。いいんですかね」

「良くないですねえ」

「だからといって僕は戦う気にはならんですよ。気持ちだけ戦うつもりになったところで、両手を振り回しながら突っ込むくらいですよ？　即死ですよ」

「即死ですねえ」

即死って、能《よ》く考えると凄《すご》い言葉だ。

「これがただの人相手なら、例えばお尻《しり》出して、四《よつ》ん這《ば》いで尻の方から突撃するとか、まだ手はありますよ。若い頃、実際そういう攻撃をされた僕は戦意を喪失しましたよ」

「そ、そんな攻撃を！」

水沫は両の掌《てのひら》を開いて黒に向けた。

驚きのポーズなのだろう。

「い、意表を突いた攻撃ですねえ」

「意表直撃ですね。恐ろしいですよ、ケツが向かって来るの。恐ろしいですけど、可笑《おか》しいでしょ。馬鹿ですよ。ケツにはほぼ負けますね。でも、今回の相手は軍隊じゃないですか。ケツ出してようが全裸だろうが先方には関係ないですよ。木端微塵《こっぱみじん》ですよ。馬鹿は通じないじゃないですか」

「小さい馬鹿だからじゃないですか？」

「小さい？」

「一人じゃ小さいのじゃないですか。戦闘機からは見えないように思いますねえ」

そもそも戦闘機は個人をやっつけるためにあるのではない。でも。

「いやいやいや。三百人が一斉にお尻出したって爆弾は落とされるでしょうよ。落ちれば破裂です」

ドカーンですねと水沫は言った。

帰国子女である水沫は田村信《たむらしん》の影響下になく、また高橋留美子《たかはしるみこ》もアニメ中心だったようだから、ちゅどーんとはあまり言わない。

「まあ、そしたら尻出した死体が三百ですよ。より一層、悲愴《ひそう》な感じになりますよ。そんなもん。何のレジスタンスにもならんですよ。みんな排便途中でやられちゃったみたいじゃないですか」

笑いものになるだけだ。しかも後世に笑い伝えられそうである。

「どっちにしたって戦うのは厭ですね」

「そうですねえ――」

どっちにしても死にますからねえと水沫は達観したようなことを言った。

「戦って死ぬ方が、無抵抗で殺されるより偉いんでしょうかね」

「偉くないと思います」

「偉くないですよねえ。じゃあ戦って相手を殺すのと無抵抗で殺されるのじゃ、どっちが偉いですか」

「別にどっちも偉くないのじゃないですか」

「偉くないですよねええ」

勝ち負けではないのだ。

勝ち負けという土俵に持ち込むことがそもそも間違いなのだ。現実の世の中には勝ちも負けもない。

勝負はお約束の世界にしかない。勝負ごとはお約束があって初めて成り立つものなのだ。

つまり、必ずルールが必要なのである。ルール無用の悪党も、ルールがなければただの人である。掟破《おきてやぶ》りは、掟あってこそだから。

戦争にだって一応ルールはある。

大量に死ぬことを容認するルールではあるのだから、根本的に良いルールではあり得ない訳だけれども、それでもやっちゃいけないことはある。毒ガスＮＧとか生物兵器ＮＧとか捕虜イジメナイとか、そういう決まりがあるのだろう。戦争犯罪というのもあるくらいだ。そういうのはマナーではなくてルールである。決めごとなのだ。

戦争も、例に漏れずお約束で成り立っているものなのである。磯野《いその》野球やろうぜとか、オセロやりましょとか、ジャンケンしましょとかいうのと同じように、戦争しようぜという誘いがあって、ヨシやろうとなって始まるもんなのである。どこまでも悲惨なのに。

野球やオセロやジャンケンと違うのは、ゲーム参加を決めるのがプレイヤー自身ではないということである。

違うか。

プレイヤーは参加を決める人で、あとはコマになるだけか。

そうしてみると、例えば憎いとか嫌いだとかいう感情めいたものが先んじてあって、その結果戦争になるのではないということが判る。

喧嘩とは違うのだ。

黒はスポーツを全く観ないから詳しくないのだが、蹴鞠《けまり》的なゲームの応援人同士がお互いに罵《ののし》り合って大乱闘——みたいな話はまま耳にする。それというのも、相手側が憎いから起きることなのだろうけれど、試合さえしてなきゃ別に憎くもないだろうと思う。相手が憎いから試合する訳ではないはずだ。試合が先にあって、結果として相手側を憎く思うのだ。

戦争も同じなのだ。憎いから闘う訳ではない。戦争が先なのだ。

何か気に入らないので爆弾落としましょうとか、生意気《なまいき》だからミサイル撃ちましょうとか、そういうことはないのである。ゲームに参加するだけの〝旨味《うまみ》〟が何処かにあるから始める人は始めるのだろうし。コマが大勢死んじゃっても、街が壊れても、勝ちさえすればそれを上回るリターンがあるということなのだろう。人命を上回る利得って何なんだよという話ではあるのだが。そりゃハイリスク過ぎるだろう。でもそのくらいのことはミミズでも判るから戦争はそう簡単には起きない。いや、普通大抵、話せば解るし、解らなくたって妥協もできるし、妥協できなくたって殺し合うことはないだろう別に。戦争の方がうんと損だからだ。でも。
何だか知らないが。それでもした方が得だと、決める人が考えた時に戦争になるのだ。
で。

戦争するから憎くなる。

それ以前に、戦争するために憎く思わせるのかもしれない。

ゲーム開始を決める人達がコマを自在に動かすために、予《あらかじ》め対戦相手に関する憎いよ嫌いだよという感情を掻《か》き立てているのじゃないかという気もする。そうしておけば、戦争始めていいかな？　と尋《き》いた時に、いいとも！　とコマが答えてくれるからである。

死ぬんだが。死んでもいいとも！　だ。そんなバカな話はないだろうよ。

いずれにしたって、どんな場合でも、何があったたって命懸けのルールなんてものはあっちゃいかんのだ。いかんのだけれど、一応、戦争にもルールはある訳である。開始と終了は誰かが決める。全滅まで闘うなんてことはない。いや闘うとほざいてもアホらしくて相手が止《よ》す。

でも。

今のこの国にはそのルールさえないのである。

気に入らないから殺しましょう、なのだ。

感情先にありきなのである。

ちょっと信じられない。

大体、ルールがあっても都合が悪けりゃ変えちゃうというのなら、ないのと同じだろうに。

そこに武力なんか持ち込んだなら、もうどうもこうもないじゃないか。もう誰得《だれとく》なんだか判りゃしない。オールリスク・ノーリターンじゃん。それに、この場合は開始も終了もないのである。殲滅《せんめつ》まで終わらないのだ。負けは、攻められている方が死に絶えた時である。全部死んだら負けなんてルールはお約束でも何でもないだろう。

やっぱり逃げましょうと水沫は言った。

「いいんですかねえ」

「いいと思いますよ。あんまり考えたくはないんですけど、今、ここに爆弾が落ちたとしますね？」

水沫は手振りを添える。雪が降ってるみたいだが。

「どうなります？」

「まあ、死にますねえ」

「私も、黒さんも、死んじゃいます。でも、それはどうなるでしょう」

「それ？」

水沫は黒の頭上を指差している。

「これは——どうでしょうねえ」

もう、黒の頭の上にいる妙なものは、半分くらい狸《たぬき》なのである。蛸《たこ》と狸のハイブリッドなんてものは、気色悪いだけで有り難《がた》くも何ともない。というかこいつ何者なんだ。もう全然邪神じゃないんだが、狸だとしてナニ狸なんだ。

黒は、このタヌキダコをイアイア信者達に見られると拙《まず》い気がしたのでテントに籠《こも》りっきりなのだ。

「それは、爆弾で消滅しますか、その蛸というか狸というか、それです」

「いや——」

死なないだろう。お化けは死なない。

「なら、信者の人達はどうします？」

「うーん、コミュの人が崇《あが》め奉っているのは僕じゃなくてこのタヌキですからね」

「そうですよねえ。なら――」

このタコタヌキは黒がいるから存在している訳ではない。そもそも別の場所に涌《わ》いていたものが移って来たものだし、最初のうちは離れていたのだ。段々馴《な》れ馴れしくなって来て、最終的に頭に乗っただけである。独立してもあるもんなんだろう。で、今はタコタヌキだが、それは黒が牧野や田中の話を聞いてそう思っちゃったからなのであって、こいつを邪神と信じる者の目にはこいつが邪神に見えてしまう可能性はある。というか見えるんだろう。

化けるのだから。

「なら――集まって来ますかねえ」

「爆撃されても無事だったりしたら、より狂信的になりますね。彼らは、こう言っちゃうと失礼な気もするんですけど、黒さんの生き死になんか関係ないですから。それが無事なら崇めます。そして」

「やられますよねえ」

やられますと言って、水沫は両手を胸に当てた。

「黒さんが残ったところで、しかも先にやられてしまってもですね、何も変わりません」

それは水沫の言う通りだと思う。思うが。

「でも、打開策は思い付きませんよ」

「ですから、生きてるうちに逃げましょうよ」

いや死んだら逃げられないから。

「黒さんがやられて邪神が残るよりずっといいです。邪神ごと逃げるんですから」

「そうですけど――逃げていいんですか？　というより囲まれてますからこっそり逃げるのは不可能ですよ。バレちゃいますよ」

ほとんど監視されているようなものである。

「逃げられないということですか？」

「いや、みんな付いて来ますって」

「なら、みんなで逃げればいいんじゃないですか？」

「そんな、大脱走みたいなことできますか？　少なく見積もっても三百人ですよ？」

「散り散りに逃げればいいんですよ。三百人全員が別方向に逃げたら如何《いかが》ですか。そういうお触れを出したらどうでしょうか」

「オフレ？」

「黒さんが責任を感じられているのは、三百人が黒さんを護ろうとしているからじゃないんでしょうか。それなら、その黒さん自身が、自分を護るためにばらばらに逃げろという指示を出したなら、みんな従うのではないでしょうか」

「僕を護ってる訳じゃなくコイツを護ってるんでしょうけど――」

でも。

黒の息があるうちは同じことである。と、いうことは。

それは――名案かもしれない。

黒がそう思いかけた時である。

「正に名案でげすな」

という、芝居がかった声がした。

黒は反射的に腰を浮かせた。

もう逃げたい逃げよう逃げるんだという、スキゾモードに入っていたのだ。

ブルーシートみたいなテントを捲《まく》って横向きに顔を差し入れたのは、妖怪の絵を描いている東雲《しののめ》騎《き》人《じん》だった。いや、顔は一つではなかった。その下に妖怪愛好家の式水下流《しきみずかりゅう》、更にその下に同じく妖怪情報収集家で絵も描く氷厘亭氷泉《こおりんていひょうせん》の顔もあった。

まるでトーテムポールである。

黒はアニメ版の『悪魔くん』に登場する、東獄大帝《とうがくたいてい》の手下のガハハ三人組を連想してしまった。細かいキャラだから知らない人の方が多いだろうが、いずれにしろ登場のし方がアニメ的だ。これで顔が同じなら『魔《ま》法使《ほうつか》いサリー』に出て来るトン吉チン平カン太である。そっちの方が有名だが、そっちの方がうんと古い。

お助けに参りましたぞよと氷泉が言った。まるで講釈師のような喋《しゃべ》り方である。東雲も芝居がかっているし、式水はいつも少しだけ笑っている。

「助け？」

黒の問い掛けに答えず、三人はするっとテント内に入り込むと、おやおやこれが噂のお狸様でござるかなどと言いつつ黒を取り囲んだ。

いいや、タヌキを取り囲んだのか。

「サテ〳〵、式水殿、こちら様はいずれのお狸様なのでござるか？」

「はあ。まあ邪神にお化けになるくらいですからね。かなりご立派なお狸様なんじゃないですかねえ」

式水はやっぱり笑っている。しかも何処を視《み》ているのか判らない。

「そりゃそうでげしょう。阿波《あわ》の金長大明神《きんちょうだいみょうじん》様、屋島《やしま》の禿《はげ》様、佐渡《さど》の団三郎狢《だんざぶろうむじな》様――いやいや、もしかしたら八百八《はっぴゃくや》狸《だぬき》を統《す》べる隠神刑部《いぬがみぎょうぶ》様――いずれ、そのクラスの大物お狸様でげしょうなあ、東雲殿」

「おっと、そんなに偉い！　こりゃあエライことになって来ました。そんな高名なお狸様のお目に掛かれるなんて、妖怪好き冥利《みょうり》に尽きますなあ。あらよっと」

「ちょっとこれ、僕ら頭《ず》が高いんじゃないですかね？　氷泉さん」

「おっとこれは失礼。お狸様、どうぞお赦《ゆる》しくださいませえ」

有り難《がた》い有り難いと三人は手を合わせ黒の頭上を拝んだ。

何なんだ。新手の崇拝者か。なら迷惑この上ない。

帰って欲しい。イアイアと一緒だ。

そこで、水沫がまるでお菓子を食べ溢《こぼ》した幼児に話しかけるお母さんのような声を上げた。

「あらあら黒さん」

水沫は、両手をパーにして顔の両側に翳《かざ》し、掌を見せた。

「何ですか。べろべろバーですか？」

「そうじゃないです。黒さん、頭の上」

「へ？」

視線を上げる。上げたって。

「ああ、見えないですよね、頭の上が——」

三人組が水沫の言葉を遮って騒ぐ。

「いやいやいやいや、こりゃあ凄《すご》い。有り難《がた》くて腰が抜けますねえ。こんな僕らにわざわざお姿を見せてくださってるじゃないですか」

「オッ、これは何とも！　嬉《うれ》しいことでげすなあ。やつがれ、涙が出てまいりましたぞ。ご尊顔を拝し奉り、恐悦至極にござりまする」

「こりゃまたオツな配慮でげすなあ。こんなねえ、私らみたいな下賤《げせん》の者がご拝謁できるなんてね、あらよっと。日ッ本一。ヨイショ」

それはガハハ三人組ではなくこうもり猫のセリフだ東雲と黒は思った。

それ以前に。

「何なんですか。ちょっと」

「いや」

黒の頭の上を口開け気味のかなりな阿呆面《あほ》で眺めていた式水が、腰を屈《かが》め、黒の顔の前にその顔面を寄せて、

「もう少しの辛抱す」

と小声で言った。

やっぱり視線は定まっていない。正面を向いているというだけだ。

式水はそれからまた上を向いて、

「いやあ、嬉しいなあ。法衣《ほうえ》を着ていらっしゃるからかなり偉いお狸様なんだろうなあ」

と、べんちゃらめいたことを言った。

「偉いなんてもんじゃないでげすよ式水殿。高貴なかをりがしますでげしょ」

「しますねえ。や－来て良かったなあ。一生の想い出になるなあ。眼福眼福《がんぷく》」

何なんだこいつらは。というか何を辛抱するんだ。辛抱ならもういい加減沢山してるようにも思うが。

黒は水沫に目を遣《や》った。

憧《あこが》れ。

そんな言葉が浮かぶような顔付きだった。

「余は」

「は？」

聞き覚えのない声が、こともあろうに黒の頭上から聞こえた。

どんな腹話術だよ。誰なんだよそういう芸を仕込んで来たの。

「余は、その方どもの察した通り、貴き狸である！」

へへえと畏《かしこ》まる妖怪好き三人組。

「直《じか》にお言葉をお掛け戴《いただ》けるなど、至上の喜びにございまする」

「しかしお祀《まつ》りせねば、お祀り致さねばならんぞ、これは」

「それは失礼。お祀りするには何方様《どなた》かお尋ね致さねば」

「苦しゅうない。尋ねよ」

「ひゃあ」

三人ほぼ土下座。東雲が上目遣いで見る。

「えー、甚《はなは》だ失礼かとは存じますが、お側《そば》の者が居《お》らぬのに、直接は」

氷泉が面《おもて》を上げる。

「お伺い致しまする。貴方様の御名《みな》は、何と仰せでござりましょう」

「ふむ」

いったい。

黒の頭上で何が起きているのか。

「余は、八百八の霊狸《れいり》を配下に従えたる山口霊神《やまぐちれいしん》、隠神刑部である」

ははあと大袈裟《おおげさ》な態度で三人が平伏した。

序《つい》でに水沫も合掌し低頭している。

「え？」

ふわり、と黒の顔面を、上から下に何かが過《よぎ》った。

何だか——立派な狸が立っていた。

狸ではあるのだが、もう、けだものではない。姿勢からして二足歩行のそれである。徳の高いお坊さんのような恰好《かっこう》をしているが、顔は狸だ。漫画の狸でも信楽焼《しがらきやき》の狸でもなく動物の狸面である。ただ、ハクビシンのように鼻筋に白いラインが入っている。その白線が絶妙なバランスでただの動物をキャラクターに見せ掛けている。

「刑部様、勿体《もったい》ない」

「降臨《こうりん》された。降臨なさった！」

「このようなむさい処はいけません。ささ、刑部様、こちらへ」

氷泉は腰を屈め摺《す》り足で移動すると、テントの入り口を捲り上げて慇懃《いんぎん》に狸を外へ誘《いざな》った。

「お車をばご用意しております」

「うむ。苦しゅうない」

狸は威張ったまま、悠々とテントを出た。

黒は——。

狐に抓《つま》まれたような気持ちだった。狸なのに。

「な、何ですか？」

「ややや、作戦成功ですわ。巧《うま》くいったなあ」

東雲がギョロ眼を剝《む》いた。

「作戦って？」

「黒さん」

是非頭の上を確認してみてくださいと水沫が興奮気味に言った。

そんなこと言われたって鏡も何もないから、触ってみるくらいしかできはしないし、正直あんな毛の生え掛かった軟体動物のようなものには触りたくない。

でも黒は水沫の哀願するような眼差《まなざ》しには弱いのだ。

頭だ。

これは髪の毛だ。

でもって、頭皮だの毛根だの。

「あ」

ない。

ないない。

何にもない。

カボ・マンダラットもしょうけらも邪神もタコもタヌキも――。

「あれ、じゃあ、い、今のタヌキは」

「ええ」

式水がやっぱり半笑いで答えた。

「黒さんの頭の上にいるものは、周囲の期待に応《こた》えて形を変えているようだし、どうやら現在は狸になりかけているっぽいので、いっそ狸にしてしまえばいいのではないかという」

「してしまう？」

「ええ。その方が扱い易いに違いないと」

「どうして？」

東雲が唇を突き出して早口で説明した。

「例えばしょうけらって、個体名なのか種族名なのか解りませんよね？　妖怪って大体そうなんです。生物じゃないからそんなことどうでもいいんですけど、見越《みこ》し入道《にゅうどう》族の中の誰々というのはいない訳ですよ。みんな見越し入道です。まあ見越し入道なのに多少属性が違うとかいうのはあるし、全く同じなのに呼び方が違うというケースはあるんですけども——これ、動物に当て嵌《は》めると、見越し入道というのは種類名なのであって、個体名じゃないということになるでしょ？」

「ネコとかイヌとかということね」

「そうそう。タマとかポチじゃないでしょ。でも能《よ》く考えてみると、妖怪の名前って、ネコとかイヌよりタマとかポチの方に近いのじゃないかという気もしますよね」

「うーん」

そう言われればそうかもしれない。

「京極さんは、それこそが化け物と妖怪の差なんだとか言ってましたけど、どういう意味なのかは能《よ》く解りませんけどね。あの人は説明始めると長いから聞きませんでした私は。でも怪獣なんかはもう、一種類一個体というスタイルにすることでその辺を解消してるんだとか言ってましたけども何のことでしょうね。クトゥルー系に関してはまた別みたいですけどもね。しょうけらの場合は」

「そうだねえ。ネコ的なものかタマ的なものかは曖昧《あいまい》だねえ」

そうでしょうと式水が言う。

「で、そんな妖怪の中でも、確実にネコ的な名称のものというのもある訳です。総称的な扱いの河童《かっぱ》とか天狗《てんぐ》です。後は狸とか狐とか鼬《いたち》とか貂《てん》とか川獺《かわうそ》とか、実際に動物として存在してる連中ですよね」

「ああ」

「狐狸はそのまま犬猫と同じ種類名ですけど、オサン狐とか芝右衛門《しばえもん》狸とか、これはもうタマやポチのレヴェルですよね。そういうのは一匹しかいない。個体名です。ならその一個体にしてしまえばキャラが固定するのじゃないかということで」

「キャラが固定?」

「はあ。ざっくり狸だと、そりゃあもう色々いる訳ですよ」

東雲が継いだ。

「寺院修復のため勧進行脚《かんじんあんぎゃ》している狸から、村人を肥溜《こえだ》めに浸《つ》けることを無上の楽しみとしている狸、浮気の言い訳から婆ちゃんの創り話まで、昔話と伝説で随分とキャラに開きがあるでしょう。でも、例えばナントカ狸となれば、まあ概《おおむ》ね絞り込めますからね。絞り込んでしまえば扱い易いのじゃないかということですね」

「扱い易いって——そんなもの、絞り込めるのかい？」

絞り込めましたと言って、式水は口を開けて笑った。

「そもそも黒さんの頭上の者には自我のようなものはなかった訳ですが、キャラを固定してしまえば自我めいたもんも生まれるだろうと。どうせキャラなんて、周囲にいる者が勝手に創り上げるもんだからと」

「そういう、なんか人道的でない感じの小理屈を言うのは京極さんだろう」

はい、と二人は声を揃えて応えた。

「それで、村上さんが、狸属性があるなら煽《おだ》てるに限るだろと。でもって煽てるなら幇間《ほうかん》体質の人間がいいだろうということで、何故か僕らが」

「私はそんな体質じゃないですけどね」

東雲が唇を尖《とが》らせた。

「そういう——作戦？」

そういう作戦ですと東雲は言う。

「諄《くど》いようですが私は幇間《たいこもち》じゃないですよ」

「それはどっちでもいいです」

東雲は不服そうな顔をした。

「まあでも結局成功しました。あれ、隠神刑部狸になっちゃいました
なったんだ。

「という訳で、頭上スッキリ妖怪ナシ」

うん。

これは爽快《そうかい》だ——と思いたいところだが、実感がない。

そもそも頭上のものは触《さわ》れても質量がない。だから、重くはなかった。何となくウザいという感じだっただけだ。

でも、まあこれで黒も自由に——。

「いや、待ってくださいよ。そうするとあの邪神はいなくなっちゃう訳ですよね？」

もういませんと式水が言った。

「いや、それはですね」

「まあもう一度化けてちょんまげと頼めば、もしかしたら——化けてくれるかもしれませんけど。刑部狸。機嫌良けりゃですけど」

「いやいや待ってよ東雲さん。もしかしたらって。機嫌良けりゃって」

「まあ、そこは狸次第ですからねえ」

「それじゃあ邪神サポーターの人達はどうなるんですか！」

いや。

どうもならんのか。

「ですから、そちらは水沫さんのご提案通り解散して戴きましょう。そうですねえ、太古の邪神は姿をお隠しになった、ついては皆の者、各々四散し、世界中を捜し奉れとか言えばいいんじゃないですか」

「言えません」

黒史郎は嘘が苦手なのだ。

私が触れ回りますよと東雲が言った。

「任せて下さい」

「い、いいんですか？　幇間じゃないんでしょ？」

「幇間関係ないでしょう。大丈夫です。式水君と違って私は弁舌が滑《なめ》らかですから」

「東雲さんが口先の人だということは知ってます」

そこら辺が幇間っぽいのじゃないのか。

東雲はむっとしたが、式水がまあいいじゃないですかと言った。

やっぱり半笑いである。

「うーん。まあいいです。じゃ、黒さんと水沫さんは刑部狸様と一緒に妖怪連合の隠れ里に向かってください」

「どうやって？」

「そこにバンが停めてあります。運転は以前京極さんとこの事務所にいた田嶋《たじま》さんです」

「あ、あのマイケル・ホイに似た？」

「はい。中村梅雀《なかむらばいじゃく》にも似てますね」

どうでもいい情報だ。

「しかし、大丈夫でしょうか」

戦闘機が飛んでいるし戦車も迫っている。

大丈夫ですよと東雲は不敵に笑った。

「いったい何がどう大丈夫なのか僕にはさっぱり解りませんよ。頭のタコダヌキを取ってくれたのは有《あ》り難《がた》いといえば有り難いんですが——」

この作戦、タコ取りは二の次ですねと式水が言った。

「二の次？」

「はあ。いずれにしてもラヴクラフトクラスタの皆さんに被害が出てはいけないから、即時解散させろというのが本来のミッションですね」

「ミッションって、幇間ブラザースの？」

「ですから」

その括《くく》りは心外だなあと東雲が言った。

「いいじゃないかもう幇間で。別に氷泉さんとか厭がってないじゃないですか」

私も別に厭じゃないですと式水が微笑《うすわら》いで言った。目が泳いでいる。

「じゃああいいですけど。あのですね、黒さん。北海道の怪談コミュの方々や、東京の非合理現象対策協議内の内通者、それから京都の日本宗教連絡会などから得た情報によりますとですね、どうも日本全国の軍事部隊がこの富士の裾野《すその》に向かって出発したようなんです」

「に、日本中の？」

「はあ」

「ぼ、僕らを殺すためにですか？」

そうでしょうねえと東雲は答える。

恐ろしいですねえと水沫が手を胸に当てる。

「お、終わりですね」

「終わるつもりはないようですよ」

東雲はつらっと答えた。

何なのだこの意味不明な自信は。

「しかし、そんなもんに勝ち目はないでしょう。僕らなんか、一掃するのに一個中隊も要らんですよ。爆弾一個で全員死にますよ。即死ですよ。逃げたところで絨毯爆撃《じゅうたん》なんかされたら皆殺しです。爆破ですよ。一瞬で蒸発ですよ。粉微塵《こなみじん》ですよ」

「あー」

絨毯爆撃とかはないそうですよと式水が言った。

「何で？」

「はあ。荒俣先生の話だと、この近辺の樹海に敵の本拠地があるんだそうで、そんな訳で辺り構わず攻撃はできないんだとか」

「ほ、本拠地？」

「なので、この一帯を自衛隊フル装備で入念に包囲して出られなくしてですね、YATを始めとしたレンジャーかなんかを大量投入して樹海中心にまめに捜索、見付けたら順次殺害、逃げ出して来た者も悉《ことごと》く殺害という」

「ひゃー」

一撃じゃないのか。

「ほとんどの部隊はまだ移動中ですから、富士山包囲網は完成してないんですよ。で、その情報を摑《つか》んだ妖怪連合はですね、今夜から陽動作戦を開始するようです」

「陽動？」

お化けを出すようですと式水が言った。

「とびきり目立つのをもりもりと出すつもりのようですね。当然、現在到着している部隊はそちらの方に注目することになりますね。その隙に、ラヴクラフトな皆さんを逃がすという手筈《てはず》なんです。だから、ここの人達を逃がすなら今なんです。という訳ですから――」

「じゃあ逃げます」

黒は腰を上げ、それからもう一度東雲の顔を見た。

「ン――今、逃がす、と言いましたね？」

「逃がしますよ」

「あの、僕はその、マイケル・ホイ運転の車で何処に行くと言いました？」

「妖怪連合の隠れ里です。もう少し東の方ですね」

「そこから——逃げますか？」

逃げませんねえと二人は言った。

「って待ってくださいよ。陽動作戦とか言ってませんでしたか東雲さん」

「言ったのは式水君ですけど、まあそうです」

「その、軍隊を引き付けておいて、ここの人達が逃げるのを幇助するということですね？」

「幇助しますよ。私が責任を持って逃がします。幇間じゃなくて幇助」

だから。

「あのですね、その、こっちを逃がすために軍隊を引き付けるんですよね。その場合、僕はその引き付けている処に行く、ということになりゃせんですか？」

「なるでしょうよ、それは。私は行きませんけどね」

こいつ、だから逃がし役を買って出たのじゃないか東雲騎人。

「いや、そんなとこ行ってどうするんですよ。僕は火中の栗を拾うような趣味はないです。虎《こ》穴《けつ》に入るくらいなら虎児《こじ》なんか要らんですよ。子供でも虎がいるなら虎穴からは一センチでも遠くに離れたいですからね。僕も逃げたいですよ」

駄目ですよと東雲は真顔で言った。

「他の人は一般人ですけど、黒さんは妖怪関係者ですから、逃げてもすぐに捕まりますよ。人相書き的なものはテッテ的に出回ってます」

「僕はマスクしてます！」

「前からしてるじゃないですか」

「してますけど」

「マスクした人相書きが出回ってます」

「じゃあ外します」

「外したって素顔のも出てますよ。すぐに判っちゃいますって。黒さんなんかは、マスク外したってバレバレです。手袋を取った京極さんの方がバレないですよ」

　そんなバカな。

「じゃあ尋《き》きますが、行ってどうするんです。死ぬということですか？　まだマスク外して逃げた方が分が良くないですか？」

　そんなことはないみたいですよと式水が答えた。

　やっぱり少し笑っている。どうして笑う式水。

「みたいって」

「村上さんが言ってました」

「村上さんは冗談を言うでしょ。生死の境目みたいな状況だって言うでしょ冗談」

「京極さんが作戦参謀ですから」

「京極さん、もンの凄く諦め早くないですか？　潔過《いさぎよす》ぎてすぐ死にませんか？　というよりですね、それは敵の目を眩《くら》ます陽動作戦なんじゃないんですか？」

「そう——だと思いますけど」

「つうことは、そこに軍隊が集まるんですよ？　戦闘機ですよ。戦車ですよ。レンジャーですよ。そんなものが続々と集まるんですよ。日本中から」

「集まりますね」

「つうことは、当然妖怪連合コミュの人達はそこにいちゃいけない訳でしょ。いたら殺《や》られるでしょ。それはもう陽動作戦じゃなくて自殺行為ですよね。そんな馬鹿なことしないですよね？　いや、妖怪関係者は馬鹿ですけど、だからといって自ら死を望むような愚かなことはしませんよね？」

「しませんね」

「ならみんなもう逃げてる訳ですよね？　だってそこに敵を集める訳ですから。いや、そうでしょ。解るでしょうに。ならどうして僕がそこに行かなくちゃいけないんですか。いちゃ駄目じゃないですか？」

誰一人逃げませんでしたと式水が答えた。

「はあ？」

「郡司さんが、逃げるのも自由、裏切り自由、それが妖怪者の信条だと立派な演説をぶちましたが、結局一人も逃げませんでした」

「それって何ですか？　どういうことですか。戦うですか。玉砕覚悟ですか？　徹底抗戦ですか？　勝ち目なし百パー死ぬでしょ。というか、妖怪関係者って、そんなに戦う人達でしたか？」

「まあ——戦うんですかねえ、あれは」

式水が東雲に問うと、東雲は微妙に戦うんでしょと答えた。

「妖怪大戦争ですよ」

「いやいや、何であっても戦争はいかんというのが頭目である水木大《おお》先生の教えじゃないですか。そこには大先生もいるのでしょうに」

「いらっしゃいますね」

「大先生は止めないんですか」

「うーん。ともかく、行けば解りますよ。荒俣さんも京極さんも、もちろん水木大先生も、戦争なんか絶対にしませんよ。戦争を回避するためなら何でもするでしょうけども」

理解できない。

戦争を回避するために戦争をするというのは論理破綻《はたん》ではないのか。

行きましょう黒さんと水沫が言った。

「ここはこちらの方に任せて。向こうには、東元編集長とか、福澤さんや平山さんなんかもいらっしゃるんでしょう？　その人達も納得しているのですから、何かきっと、策があるのではないですか？」

まあ、平山に関しては何を考え付くか判ったものではないけれども。

「あまり待たせると狸が怒ります」

「あー」

「タヌキが！」

それはまあ、問題かもしれない。

戻って来て頭にまた乗られるのも厭だ。

黒はあれこれ納得のいかぬままバンに乗り込んだ。

念のためにシートには座らず、荷物のフリをすることにした。ただ寝ころんでいたのでは余計に怪しいので、上からシートのようなものを被《かぶ》せられた。まあ、どっちもシートだ。

タヌキは堂々と座っているというのに、である。

まったくこいつらはみんなどういう神経をしているのだろう。公道には戦車や装甲車が行き交っているのだが、いいのか普通に走行して。タヌキ乗りのまま。

横道だの脇道だの山道だの獣道だの道なき道だのをうねうねと通っているらしく、物凄く揺れた。シートが掛かっているから景色は全く見えず、曲がる度に尻だの頭だのがどこかにぶつかった。お腹が緩いのに。

途中で検問のようなものに引っ掛かりはしないのか。いや検問ならまだいいが、銃撃されるとか爆撃されるとかしないのか。検問を強行突破して背後から一斉射撃とか、そういうのは能《よ》くあるじゃないか。あれで上手《うま》く突破できるのはドラマだけでしょうに。

そんなことを思うと、もう肛門括約筋《こうもんかつやくきん》大活躍での強行軍であった。

尤《もっと》もそれは黒にしてみれば——という話なのであって、タヌキにしてみれば単なるドライブだった可能性はある。

いや、タヌキは事情を知らないから間違いなく愉《たの》しい遠乗りだったろう。

やがて、着きましたーというマイケル・ホイさんの声が小さく聞こえて、式水がシートを剝《は》がしてくれた。

降りると見慣れた顔が並んでいた。

何だか——。

長閑《のどか》じゃないか。

造形家の山下昇平《やましたしょうへい》が、お勤めご苦労様でしたと言って、腰を落とし、頭を下げた。少し遅れて並んでいた数名が同じポーズになった。妖怪グッズを作ってイヴェントなんかで販売している人達が多いようだった。黒が教えていた生徒さんなんかも混じっている。

って。

出所——したのか。

「あの、どうなってるんでしょう」

「それに就いては参謀本部でご説明します」

黒木あるじがそう言った。黒木はそう言った後、揉み手になって狸に向き合った。この男は幇間というより、テレビ番組制作プロダクションの三流プロデューサーっぽい。

「ええ、お狸様は——あの、こちらのお狸様、お名前は」

こちらは山口霊神隠神刑部閣下であらせられますと氷泉が答えた。

「あの有名な！　そうでございますか。それはそれはお疲れさまでございます。それでは刑部様はこちらの、妖怪様お控室の方に——VIPルームをご用意致しておりますので」

黒木は狸を恭しくエスコートして去った。

というか黒のアテンドはないのか。

というか妖怪様控室って何だよ。

しかもVIPとか言ってるし。

「出っ放し系のみなさんにお集まり戴いています」

横にいた小松エメルが説明した。

「出っ放し？」

「一度出ると引っ込まない方々がいらっしゃるんですよねー。マンガ系のビジュアルが浸透してる皆さんなんかは特に消え難《にく》くって」

「はあ？」

どうなっているのだろう。

エメルに道順を聞き、黒は一人で参謀本部とやらに向かった。

水沫は妖怪関係というより怪談関係なので、とりあえず別れたのである。

別にただの森だ。ただ、建物が沢山あるのでキャラバンとは違う。妖怪村なのだ。

坂を登って径《こみち》を抜けて、古びた別荘についた。

ノックしてドアを開けると、そこには村上や多田、香川、化野、京極といった妖怪推進委員会の連中が雁首《がんくび》を揃えていた。物凄く久し振りな気がする。

大きなテーブルの真ん中には地図が広げられている。

軍議なのか。作戦会議なのか。戦略練ってるのか。

わー。

厭だよ戦争。

「ああ、黒ちゃんやっと来たかー」

京極が地図から目を離さずに言った。

「お。頭のタコ取れたじゃん」

村上が言うと、化野が見たかったなあと言った。

「リアル邪神」

「さっき、隠神刑部狸になりました」

「刑部狸！」

多田が素《す》っ頓狂《とんきょう》な声を上げた。

「刑部。刑部刑部。ねえ、それ、『妖怪獣《ようかいじゅう》』の刑部狸？　ねえ。あれって元は木像でしょ。あの像メスだよ慥《たし》か。尼さんでしょ。ねえ。明治期の小説なんかだと、お坊さんの恰好してるんだよね、もう。どんなでした？」

「いいから。それより黒ちゃん、最初に一応意志確認をしておくけれども、この作戦に協力して貰《もら》えますか？」

「た」

戦うのは厭ですよと言った。

「戦いません」

「は？」

「まあこれを戦いというなら——そうねえ。一応戦いなんだろうけどねえ。作戦、と呼んでるしなあ。でも」

僕らは何もしませんと京極は言った。

「しませんって、ここに軍隊を誘《おび》き寄せるというような話を聞きましたけど」

「誘き寄せますよ」

「じゃあ殺されませんか」

「うーん。殺されないようにするという作戦ね。ただ失敗すれば死にます」

やっぱ死ぬか。

「成功すれば死にません」

「成功するって——それって、敵を殲滅《せんめつ》するということじゃないんですか？」

「殲滅ゥ？」

京極が顔を上げた。

「何を？　自衛隊を？　政府を？」

「ぼ、僕らを殺そうとしている人達みんなを、ということですよ。そうしなければ生き残れないでしょう。敵というのは、その人達のことでしょ？」

それだと私ら以外の日本人を全部殺さにゃならんゆうことになりますよと久禮が言った。

「私らは国民全てに敵視されとる訳です」

「でも、ここに立て籠っていつまでも応戦し続けることはできないですよね？　いやいや、それ以前に、爆弾ドカンでお終《しま》いですよね？」

だから戦わないのよと京極が言う。

「だって戦わなきゃもう即座に死じゃないですか。爆裂じゃないですか。作戦開始十秒後くらいにもう全員三途《さんず》の川を渡ってますよ」

お腹がぐるぐると鳴った。

「まあ、そうなる可能性もない訳じゃあない。だからこそ、参加不参加はそれぞれの自由なのよ。ただ、ここから逃げたとしても、まあ先行きは暗いですけどもね」

「捕まりますか」

それ以前の問題なのよと郡司が言った。

「まあ我々が死ぬと。そうすると、それを契機にしてこの日本も滅びるかもしらんと。そういう話になってるのだよ。今」

「日本が！」

お腹がピーっと鳴った。

「まあねえ。今の政府は無策だから。ただ腐ってるだけならともかく、国が軍隊で民間人を攻撃したり殺戮《さつりく》したりしたらば、流石《さすが》に他国も黙っていない訳ですよ」

「黙ってないですかね」

そうねえ、と郡司は首を捻《ひね》る。

「妖怪がキモチ悪いというのと、政府のあまりの駄目加減に呆《あき》れたアメリカは、とっくにこの国から軍を撤退させてしまってる訳です。大騒ぎしたけども、結局安全保障なんかは消し飛んでる訳ね。で、ほとんどの国は日本と国交を断ってるに等しい状態な訳ですよ。経済も破綻してるし、加えて国内は無法状態でしょ。だからこそこんな遣りたい放題が罷《まか》り通ってる訳だけど、まあ、我々が殺されれば人権問題に敏感な諸国は黙ってないですよ。日本以外が全部連合して攻撃して来るかも」

「世界が！」

「この世相ですからね。いつの間にか戦争に反対してる人なんか我々くらいになっちゃったのよ。右翼も左翼もないのね。でも、護るったって何の術《すべ》もないですよ。軍備があったって、もう護るべき国がガタガタで、ないに等しい訳ですよ。軍備なんてものはどんだけ増強したって何の役にも立ちゃせんのですよ」

「国を護ろうとするなら、戦争行為を回避するしかないでしょうよ。戦争は論外ですよ。どんな時でも何が何でも、しちゃ駄目なんですよ」

郡司も京極も、水木大先生の物真似をしているのかと思ったが、違った。この手の話をするとどうもそういう口調になるようである。

「国を護るために戦争をするというのは、そもそもおかしい訳ですよ。国が護れなくなったからこそ戦争になるんじゃないですか。外交だって経済だって、文化だって技術だってそのための手段ですよ。戦わないためのカードをどれだけ持っているか、どれだけ作れるかつうのが政治でしょうに。カードは一枚もないと郡司は言った。

「こういうのを自滅というの」

「そうだねえ。国防というのは、戦わないで済ますの一択だね」

「つまり、我々が死ぬということは日本が死ぬということです」

「こんな馬鹿なのに、ですか」

「こんな馬鹿だから、ですよ」

まだ判らない。解ったけど判らない。

「で、参加するにしても皆目要領を得ません」

そうだろうなあと村上が言った。

「まあ平たく言えば。荒俣さん指揮の下《もと》、妖怪連合がついに蜂起《ほうき》する——ってことになるからね。まあ妖怪は蜂起するんだけれども、おいら達は自衛隊と戦うなんてことは、しないんですよね？」

戦うかそんなもんと京極が言った。

「恐ろしい。僕は非暴力以前に、非運動人間だよ。道の段差にすら負けますよ。そんな人達と出会ったら相手が友好的でも降伏しますよ。絶対に戦いませんよ。我々が戦うとするなら、その相手は、太古《いにしえ》の魔物ダイモンと、それを操っている何者かですよ」

「だ、だだダイモン？」

「それに、戦うといっても、説得してお帰り戴くか、懐柔《かいじゅう》するか、まあそういうセコい感じを想定している訳だよ。一番過激な闘いになっても、封じるくらいかねえ。まじないで」

「だ、ダイモンって？」

それはあの、ダイモンなのか。大門《だいもん》や代紋《だいもん》じゃないだろう。

「ダイモンの背後にいる何者かを倒せなくとも、ダイモンさえ何とかできれば、必ず戦いは回避できるはずなんですよ。それならぐっと実現率が上がるでしょう」

まあ——慥《たし》かにそれを戦いとするならば、かなり勝率の高い戦いと言えなくもない。軍隊と素手で遣り合うとか、国民全部を敵に回すとか、あくまでそういう戦いと比較するならば、ということだが。

でも、ダイモンって何だよ。

「だからダイモン退治遂行までの間、自衛隊その他武闘派のお相手を妖怪さん達にお願いしようと思っている訳ですよ。ダイモンさえなんとかすれば、必ず」

このささくれた世界そのものが変わりますよと郡司が続けた。

「前より良くはならんでしょうが、今よりは良くなります。まあ怪談やホラーや特撮や時代劇やミステリやギャグや冗談くらいは許されるようになるだろうね」

「ホントですか」

「ゾンビをぶち殺すゲームもできますかね」

「できるはずです」

協力しますと黒は言った。

「でもって、何を」

「これね」

京極は地図を示した。

「僕らは今、ここ。別荘地はこのエリア。この枠の中が、隠れ里とか妖怪村とか呼ばれている訳。で、黒ちゃん達がいたクトゥルーキャラバンがキャンプしているのは——この辺ね。ここが樹海。この何処かに、ダイモンの本体がある。現在、こちゃ君と平山さんと、レオ平太郎似田貝の五人がダイモン本体の居所を特定するために斥候《せっこう》として出てるんだけど、見付かるまでは戻るなと言ってあるので、戻った段階で作戦開始が望ましいんだが——」

そんなに悠長なことは言ってられんねえと郡司が言った。

「ラヴクラフトサポーターの皆さんは解散しはったんですか？」

久禮が尋く。

東雲が逃がすと言っていたと伝えた。

「それなら、もう始めた方がいいでしょうかね、妖怪大作戦の方は」

「だだだ大作戦？　どどど、どうするんですか」

「それぞれが好きな妖怪を呼び出してですね、大騒ぎをさせるんですよ」

「呼び出す？」

エロイムエッサイムか。

今日は妙に悪魔くんづいている。

京極が説明する。

「信じられないかもしれないけどね――ああ、まあ邪神頭に乗せてたんだから信じるか。香川さんが持っている反剋石を使えば、簡単に妖怪や死人を呼び出せるのね」

「うー」

慥《たし》かに、ひと昔前なら、そんな寝言は黒だって信じちゃいない。それ以前に、京極の口から出る言葉じゃないだろう。何だか隔世《かくせい》の感めいたものを抱《いだ》いてしまう。

「黒ちゃん、僕の正気を疑ってる？」

「やー、この世の正気を疑ってますね」

「そう。呼び出した妖怪は可視化するんだが、物理的には存在しないので、敵に対しては無力なんだけど、同時にやられることもないんだね。当然攻撃力も皆無なんだが、その妖怪の属性に応じた心理的変化を目視している者に齎《もたら》すので、武力攻撃に対するある程度の抑止力にはなる訳だよ。敵の作戦行動を混乱させることは充分に可能、ということね」

「はあ」

「で、まあ出っ放しの連中は」

いるそうですね出っ放しと言うと結構いるんですよと化野が答えた。

「固有名詞がある妖怪——固有名詞というより、何というのかなあ、河童なら九千坊《くせんぼう》とか、天狗なら太郎坊《たろうぼう》とか、そういうのはずっと出てますねー。で、まあそれが何なのかを決定するのはそれを見ている人間であるはずなんですが、どういう訳か連中だけはダブって出ないんですよねー」

「ダブりなし！　ガチャポンなら効率良しですね」

「そうなんですよ。屋島の禿狸も、利根川《とねがわ》の禰禰子《ねねこ》も一人ずつです。一人といっていいのかどうか判りませんけどね。ただ、芝右衛門《しばいもん》狸と芝居者狸は本来は同じ狸であったはずなんですけど、これは別々に出てますねー。まああれは性質も属性もかなり違ってますからね——」

それは劇場版なんかで仮面ライダーBLACKとRXが競演するようなもんやないんですかと、久禮が言った。

「そうなのかなあ。まあ一方でただの河童なんかはぞろぞろ何匹も涌《わ》くんです。器物系も重複アリ。輪入道《わにゅうどう》なんかは複数体が確認されてますしねえ。狐火《きつねび》はなんぼでも出ますが、宗源火《そうげんび》は一体だけ。すると基準は——」

「考察は後回しにしてくださいよ化野さん。とにかく出ずっぱりの連中は割かし大物が多いので、これは対レンジャー部隊要員になって貰うつもりです」

「タイレンジャー？　戦隊ですか？」

うふふ、と木場だけ笑った。

「違うよ。この別荘地一帯の周辺を行進して貰って、時には」

「戦いますか妖怪が？」

「戦いませんが、絶対に負けないから。機関銃でも手榴弾《しゆりゆうだん》でも毒ガスでも倒せないから。存在しないんだからさ。それに、杉並の一件から推察するにだね、敵は極端に妖怪との接触を避《さ》けたがる傾向にあるのね。妖怪専門のYATでさえ、直接接触には抵抗を示してるからね。警察や自衛隊は百鬼夜行で総崩れになったでしょ」

「しかもお化けは化かしますからね」

村上が続けた。

「天狗も狸も、まあ誑《たぶら》かしますよ。天狗倒しと狸惑わしのダブル攻撃とかに遭えば、どうやったって目的地に辿《たど》り着けませんからね。天狗は攫《さら》うし。笑うし」

笑いはどうなんだろう。

「河童は尻子玉《しりこだま》抜きますからね」

「陸で？」

「うーん。抜かれた気になるだけなんだろうけどね」

「そこは未知数だけども、まあ妖怪大行進はかなりのファイヤーウォールになるよ」

大戦争、大作戦、大行進と、どうして妖怪の後には大を付けたくなるのだろう。

「で、だ。この隠れ里にいる多くの難民の皆さんは、このビジターセンターに集まって貰うことにしましょう。入り口には」

「私が」

香川が手を挙げた。

「塗り壁を出して、もしもの時に備えます。水木キャラの方を出せば、あれはホントに壁なので、まあ誰も入れません」

「何となく解りました」

戦車だの戦闘機だのは、変なお化けをいっぱい出して攪乱《かくらん》する。これが妖怪大作戦。レンジャー部隊は出ずっぱりお化けに相手をして貰う。これが妖怪大行進。で——。

「で、まあ我々妖怪推進委員会残党有志一同は、妖怪大行進の誘導役、妖怪大作戦の演出役を割り振ることになります。地図上のポイントは——」

京極が指し示す。

「それからもう一つ。妖怪大戦争の方にも、何人か」

「え？　戦わないんでしょ？　そ、それは」

「それは——」

京極が何かを言う前に、香川が手を挙げた。

「ご提案があるのですが」

「何です？」

「この反剋石ですが、呼び出せるものは妖怪だけではないと考えるんですよ」

「そりゃ何ですか、ＵＭＡとか、霊獣とか、そういうことですか」

問うたのは湯本豪一である。

「まあ、龍やら鳳凰《ほうおう》やらは、出せば有効だと思うが。飛ぶからね」

違うんですと香川は言った。

「これ、幽霊が出せましたね？　今だって出せるでしょう。亡くなった人」

まあねえと郡司が言う。

「名将でも出して、采配《さいはい》して貰います？」

西郷《さいごう》さん！　と多田が言った。何でだよと村上が睨《にら》む。

「どうしてピンポイントで西郷《せご》どんなのさ」

「大人物だよ大人物」

負けますやん、と久禮が言った。

まあ多田の言うのは水木さんの漫画のことだと思うのだが。

「というか、名将っていうなら他にいっぱいおるのと違いますか」

「ナポレオン？　織田《おだ》信長？　乃木希典《のぎまれすけ》？　東条英機《とうじょうひでき》？」

全部負けますやんと久禮は言う。

「負けるねえ」

戦はみーんな負け戦ですよと京極が言う。

「歴史上名将と謂われる人は、大抵運が良かっただけだから。兵法だの軍学だの、まあ理屈に適《かな》ったところもあるんだけどさ、結局、現実には不確定要素や想定外のアクシデントが必ずあるからね。概《おおむ》ねイレギュラーなので、常にセオリー通りにはできないし、臨機応変の対応ってのも、まあ大事ではあるけども、巧《うま》く運んだ場合はほとんどが偶然ですよ」

偶然の神秘ですよと京極は言った。

それも水木さんの漫画だから。

「名将なんかいませんよ。みんな偶然ですよ。勝ったなら偶々《たまたま》勝っただけ」

どっちにしても作戦参謀の言うことじゃないとは思う。

そういう話はしてません、と香川が言った。

「あのですね、この石は、あの絵巻——未來圖ですか、あれに描かれているものだけが出て来る訳じゃあないんですよ。あれは、確定できませんが相当古い時代に成立してますから、そもそも鳥山石燕の描いたお化けなんか描かれてる訳がないんです。況《まし》て、水木キャラなんか絶対に描いてないですよね？」

絵巻が先？　と多田が問う。

「そっちに描かれてたのを、石燕や水木先生がキャッチして描いた？　そんなワケないよね」

ないですと香川は言う。

あっさり否定するなあ。

「その──未來圖ですけどね、たぶん、描いてあるモノが出るのじゃなくて、出たものが記録されるんじゃないでしょうか。だから、何もかも揃っているんですよ」

「狩野《かのう》派も、土佐《とさ》派も？」

「それ以外も。と、いうことはですね、この石の方は、実在しないものなら何でも出せませんかね、と香川は言った。

「何でもって何？」

「喰いものとか武器とか、そういうこと？」

「そんなもん出たって絵に描いた餅ですよ。意味ないでしょう」

「いや、道にアンパンとか落ちてれば敵が拾うかなとか」

「拾ってどうなるの。拾えないでしょ」

「戦意喪失とか」

「待て」

京極が止めた。

「あのさ、レオ、平太郎、似田貝という三馬鹿を死地に送り込んで、及川も別室に寝かしてる訳よ。今ここには妖怪連合の精鋭、頭脳、そういう人が集まっているはずなの。それなのに何だよ。あいつらいなくたって変わらないじゃないか。僕もだけど。僕らは話の腰を折る国から話の腰を折るためにやって来た話の腰折り王子かよ」

香川さんの話聞きなさいよと京極は言った。

「はあ、研究会のクセがついてまして、順序立てて話す習性になってるんですよ。時間もないので結論を言います。というか、やってみます」

香川はポケットから石のようなものを取り出した。

地図の上に、一本脚で蓑帽子《みのぼし》を被った呼ぶ子が現れた。

黒の場合は水木ヴァージョン、眼は二つである。初めて見た。

「そうだな。ええと、丸毛《まるげ》」

「マルゲ」

地図の上に、ころんと馬糞《ばふん》のようなものが転げた。

「まるげ？　そんなもの出してどうしますか。貯金箱ですよ？」

木場が手に取った。

「毛が生えてますねえ。指入れてみようかな」

噛《か》まれますやんと久禮が言う。

「だって実体はないんでしょ」

「手に取ってるでしょうに。ないけど、あるように感じてるやないですか。ならさ」

痛《いて》てててと言って木場はそれを放り出す。

「ほら。噛まれなくたって噛まれた感じはするんですって」

「おい」

京極が怖い顔をしている。

「いや、その」

「そうじゃないよ。香川さん、これ」

「ええ」

香川は顔をくしゃくしゃにして笑った。

「この丸毛は妖怪ですが、完全な創作、百パーセント水木キャラ。つまり、漫画のキャラじゃないですか。伝承もなければ過去の図像もない。漫画やアニメに出て来るだけですね」

「漫画のキャラも出せるのか？」

「実際にはいない、いないもの——でしょ？」

「と、いうことは」

「何でもアリです」

ひゃあ、と黒は声を上げた。

「じゃ、じゃあ、ステカセキングも出せる！」

知らねえよそれと村上が言う。

「悪魔超人です。いや、じゃあ、999《スリーナイン》の車掌《しゃしょう》さんとか、ベムベムハンターこてんぐテン丸のクロとか、ヤットデタマンのささやきレポーターとか」

好い具合に外《はず》してくるなあと木場が感心した。

そんなに外したつもりはないのだけれど。

まあ知りませんけど何でも出るはずですと香川は言った。

「そこで、これからがご提案の本題です。我々は、まあ攪乱陽動のために妖怪を出そうとしています。それは、妖怪しか出ないと思っていたからです。しかし何でも出せるなら」

有名なものの方が良いと思いますと香川は力強く言った。

「今、黒史郎さんが口走ったキャラは、まあ車掌さんくらいしか判りませんでしたが、どっちにしてももっとメジャーなキャラでないと」

「ちゃんと可視化しないということか！」

郡司が言う。

「ええ。我々妖怪者と違って、例えば戦闘機のパイロットの人がですね、通《とお》り者《もの》だの辻神《つじがみ》だのを知っているとは思えません。九尾《きゅうび》の狐《きつね》すら危ない！」

それは知ってるでしょうと多田が言う。

「知ってるよ。だって白面《はくめん》の者《もの》ですよ。有名ですよ」

「パイロットが藤田《ふじた》和日郎《かずひろ》さんのファンかどうかは、これは判りませんよ。アニメも漫画も読まない人だっているし、読む人だとしても、あだち充《みつる》ファンかもしれないでしょう！」

みなみちゃんを出す！　と木場が叫ぶ。

「出してどうするんだよ。いいけどさ。空飛ばないよ浅倉南《あさくらみなみ》は。タッチさせるのかよ。誰にだよ。いたら喜ぶだけじゃんかよ」

村上は木場を横目で睨んでいる。

「いや、まあ。でも何か効果が」

「ねえよ。判んないだろう何が好きか。そんなもん、もしちばてつやファンだったらどうすんだよ。のたり松太郎《まつたろう》かよ。美内《みうち》すずえファンだったら月影《つきかげ》先生に叱って貰うのかよ。大島弓子《おおしまゆみこ》ファンだったらチビ猫《ねこ》出すのか？　チビ猫見て、かばええかばええと悶《もだ》えて墜落すんのか戦闘機。みつはしちかこのファンだったらチッチ出すのか？　あれ、線じゃないかよ手足。どっちにしても喜ぶだけじゃんか。敵を喜ばしてどうすんだよ。せめて飛べるとか、デカイとか、怖いとか、そういうのだろう」

そうです、と香川は言った。

「敵は近代兵器。ならばこっちは」

近未来兵器、と香川は言った。

「出しましょう。ロボット」

「て、鉄人？　て、鉄腕《てつわん》？」

古いッ、と香川は言う。

「パイロットが五十代六十代とは考えられません。もっと最近のものです。実はこのアイディアはこの間の決起集会の時、多田さんの生徒さん達が話していた内容がヒントになっているんです」

「え？　何？　宮家さんとか？　真柴さんとか？　え？」

「サンライズ系のがいいとか、いいや違うとか」

「え？　ライディーンとかボトムズとかいうことですか？　ええッ？」

「まあ、何でもいいんですけど、私は——ガンダム派です」

「じゃあ、エヴァとか？」

いいんじゃないですかと香川は言った。

「物凄い抑止力になりませんか？　幸いこのコミュニティには原作者の方がいらしたりもしますから——例えばマジンガーZとか、ゲッターロボとか、飛びますよね？」

ジェットスクランダー！　と久禮が叫ぶ。

「その辺、作品は古いですが、スパロボなんかもありますし。どうでしょう。エヴァも汎用型《はんよう》は飛びますよね？　地上からガンキャノンが狙ってたらそりゃ警戒するでしょう。エヴァンゲリオン二号機がニードルガンで狙撃です。当たらなくたって大慌てしますよ。これ絶対、有効だと思いませんか！」

うー。

出るのかそんなもんも。

「それ、出せるのですか？」

出るだろうねと京極は言った。

「なら」

「いや、でもそんな夏休みアニメ大会のようなのは、どう？」

郡司が無精髭《ぶしょうひげ》を擦《さす》る。

「俺はさあ、ロボはちょっと薄いんだよ。どっちかというと星人好きだから」

「いや、いいと思いますけどね。ねえ」

「いいのかなあ」

全員、腕を組んだ。まあ、いいような気もするが。

京極は特務機関の司令みたいなポーズで暫《しばら》く考え込んでいたが、結局、イヤそれ駄目ですよ香川さんと言った。

「駄目ですかね」

「メカは駄目ってこと？」

郡司が問う。

「いや、まあ――たぶん、メカでもロボでも出せます。しかしですね、お約束は変えられないんですよ」

「お約束といいますと？」

「今涌いている凡ての妖怪は、お約束通りなんです。べとべとさんは先へお越しと言えば消えるし、河童は皿の水がなくなれば弱る。一方で、天狗は火を吹かないしビームも出さないんですよ。出すとしたら、誰かがそういう設定をして、それが目視している人に徹底されている場合ですよ」

「はあ」

「メカだろうがロボだろうがそれは材質というか質感の問題なのであって、出ろといえば出るでしょう。でもですねえ、例えばマジンガーZはどうやって動きますか」

そりゃパイルダーオンですよと木場が言う。

「どうやってそれをする？」

「いや、ですから、ホバーパイルダーをですね」

「ないだろ？」

「出せば？」

「どうやって乗るんだよ。乗れないって」

「ああ」

「乗ったって飛ばないし飛んだって操縦できんだろうに。できるのか木場、操縦。それでちゃんとオンできるか？　できても動かせんぞマジンガー。計器類の描写はいい加減だぞ。同じようにエヴァを出したって駄目なんだよ。エントリープラグ挿入したって、十四歳のチルドレンはどこにいるんですか。ダミープラグ挿入したって、アンビリカルケーブルはどこに繋《つな》がってるんだね？　最初から暴走した形で出すのか？　そんなもん、どっかへ走って行っちゃうだけじゃないのか？」

搭乗者込みという訳にはいきませんかと香川が喰い下がった。

好きなんだなあ、ロボット。

「マジンガーZ兜　甲児《かぶとこうじ》付き、と言うんですか？　エヴァンゲリオン初号機碇《いかり》シンジ入りって言うんですか？　そりゃどうかなあ」

「學天則は——大丈夫だったじゃないですか」

「あれは、実体があって、しかもその付喪神《つくもがみ》ですよ。要するに妖怪で、動く原理は別にないんですよ。そして操縦者は荒俣さんでしょう。そっちだって実在してるんですよ。乗ったという体《てい》になってるだけで、あれは、要するに歩いている荒俣さんが周囲を化かしていたようなものですからねえ」

いいですか、と京極は諭すように言う。

「ロボと思うからいかんのです。架空の乗物の名を言えば、まあ出るんでしょうよ。でも乗れませんよ。運転手付きで出したって、やっぱり乗れないし動きませんよ。だって運転手は何するのか解ってないんだし。いずれにしても、搭乗型は無理」

「遠隔操作型は？」

「リモコンを別出ししますか？　僕は鉄人28号の簡単なリモコンの操縦方法すら知りませんがね。ジャイアントロボだと、草間大作《くさまだいさく》少年の声を出さないと言うこと聞きませんよ。ロボット系はお約束が複雑で多過ぎるので、クリアするのが大変ですよ。自分で勝手に動くもんならまあいいかもしれませんけど。ジャイアントロボは最終回だけでしょ自発稼働。なら――」

京極は考える。

「駄目だ。アストロガンガーくらいしか思い付かない。あれは生きた金属でしょ。でも誰かと融合するのか。いや、しかも古いよ誰も知らない！　古過ぎる！」

「駄目ですか。やってみる価値もないですかね」

「うーん」

「アナライザーとか、ハックとか、ボロットとかは？」

多田の発言は無視された。まあそんなものは出せたところで何の役にも立つまい。それ以前に『キャプテンウルトラ』とか知らないのじゃないか今の人。黒だってぎりぎりだ。というかロボは正直、あんまり区別がつかない。絵に描くのも大変だ。

ロボはないかと香川は肩を落とした。

「まあ、たしかにガンダムといっても色々ですからねえ。どれを観ていたか、ジェネレーションでまるで違うからなあ。名前だけは有名でも一般的ではないですかねえ」

はい、と次に手を挙げたのは隅の方で成り行きを見守っていた高江洲綾子《たかえすあやこ》だった。妖怪推進委員会のお店なんかを手伝ってくれていた人だ。

「あの、それだったら、まず知名度——ってことですよね？　ならその、海賊的なのはどうですか？　船ごと。クルーごと。アレなら知ってるでしょきっと。あの」

名前もキャッチフレーズも言わんでくださいと久禮が言う。

「主題歌も歌わんでいいです。人気ですから有名かもしれませんけども、あれは海やないですか。ここ山ですやん。飛ばんでしょ、海賊船は。空飛ぶ幽霊船とちゃうんやから」

でも体は伸びますよと高江洲は言う。

「いや、限界あったのと違いますか？　届きますかジェット機に」

「ゴムゴムの銃もあります！　いろんな技があるんです。それに、強い仲間達もいますよ！」

高江洲は眼を綺羅綺羅させている。もンの凄くファンなのだ。

そうは言っても、彼らには戦闘機や戦車と戦う謂われはないだろうと黒は思う。

海賊だし。宝物ないし。麦わらの一味さん達はお化けに恩も義理もなかろうよ。

「それ、いきなり山の中に呼び出したって困るだけじゃないの？　山賊じゃないんだから。どんなに腕が伸びたとしたってさ――」

腕が伸びるなら怪物くんだよねと多田が言う。

「最近実写やってたでしょ。やってたよね。伸びますよ腕」

いや、腕が伸びるかどうかはこの際関係ないでしょう。腕ならフーシギくんだって伸びますよと木場が言うと、なら宇宙忍者ゴームズだって伸びるでしょうと化野が言い、せめてファンタスティック・フォーと言ってくださいよと久禮が止めた。いやいや洋ものは止《よ》そうよと郡司が言った。だから腕伸びは関係ないから。

「マーベルとか出すなら、まだ星人の方がいいよ。異国人より異星人だろ。と、いうか、やっぱり妖怪に寄せない？」

「だからフーシギくん」

誰も知らないよという全員の罵声が木場の言葉を否定した。

「濃い水木ファンだけでしょうに。しかもあれ、妖怪かなあ」

はい、と今度は漫画家のしげおか秀満《ひでみつ》がおずおずと挙手した。

「メカや人間のキャラじゃなくて、どうせならもっと妖怪妖怪した妖怪がいいと思います。そうでなくてはならんでしょう。そこで私は、妖怪の中の妖怪、びろーんを推薦します！」

「ハァ？」

「びろーんです。大きさは不明ですから、こう、巨大なびろーんをですね、こう、びろーんと出せば、戦闘機なんざもう、墜落か不時着ですよ。しかも、びろ、びろ、びろーんという呪文を唱えられても、まず平気です。消す呪文か出す呪文かはっきりしませんから！」

「却下」

ほぼ全員がそう言った。

「な、何故！」

「一般の人は誰も知らないでしょうに。塩かけられちゃうよ」

「そ、そんなこと判りませんよ。もしかしたら有名かもしれないッ。人気です」

喰い下がるしげおかを退けるようにして、三人の男達がしゃしゃり出て来た。

「それなら我々怪作戦《かいさくせん》三兄弟がナイスな提案をさせて——」

戴きます、と声を揃えて言って、三人は妙なポーズを決めた。黒はこの連中を知らない。

「一般人にも知名度抜群、そして昨今ホットな話題を振り撒いているモノ、それは——」

ゴリラ、と三人はユニゾンで言った。

「ゴリラを知らない人はいません。多分だけど。実物は未見でも写真や動画で観ています。象やキリンと並ぶメジャー獣。しかも何頭でも出せます。それはゴリラ！　ゴリラです！」

誰も、何も言わなかった。

「何故無反応！」

「あのなあ、怪作戦よ。まあ、慥《たし》かにゴリラ女房だのゴリラ婿だのゴリラ女王だの、最近能《よ》く話題になるけどさ。そういう民話、あるけどさ」

京極が抑揚なく言った。

あるんだ。民話。

「考えてもみなさいよ。民話というなら鶴の恩返しだって蛤女房《はまぐり》だってあるだろうよ。そっちの方がもっとずっと有名な民話だろうさ。でもな、ツルやハマグリは妖怪なのか？」

「妖怪——的？」

「いやいや恩返した鶴は妖怪・恩返しツルなのか？　蛤女房は妖怪・小便出汁女房かい。そうじゃないだろうに。鶴は鳥類。蛤は二枚貝。ゴリラは類人猿だよ。しかもゴリラは既に保護対象種で、なおかつ非常に繊細でナイーブな非戦闘的な動物じゃないか。こんな訳の判らんとこに出したってノイローゼになるだけだろうに。ま、名前の由来になった伝説上のゴリラは凶暴なイメージなんだが、それは実在のゴリラとは別物だから。むしろＵＭＡだから」

ＵＭＡならツチノコでもいいじゃんと不思議餡《ふしぎあん》がボソッと言った。不思議餡は妖怪推進委員会の古い仲間だ。

「ではそっちモードのゴリラで。強いですよ架空ゴリラ」

「だから。慥かに今でもそういう印象は後を引いてる訳だけどもさあ。それは動物としてのゴリラとは無関係に醸造されたもんでしょ。敵方にしてみればただの動物じゃんゴリラ。おとなしいじゃんゴリラ。しかも戦車より小さいよ。戦闘機みたいに飛ばないよ」

ツチノコはジャンプするけどなと不思議館が呟《つぶや》く。

「では、大きくしましょう。き、キングコング的な——」

「洋ものはやめようって。どこから文句来るか知れたもんじゃないよ。それにキングコングになると、もう妖怪でも動物でもなくて怪物でしょうに。なら星人——」

「じゃあ怪獣」

村上がそう言った。

「怪獣かあ。怪獣は——まあ、ロボットと違って自分で動くなあ」

「しかもでかいし。飛ぶのもいるし。それに怪獣は自衛隊と戦うのが宿命ですよ。怪獣は、もし出たら絶対に戦闘機や戦車に向かっていくですよ。そういうお約束じゃないですか。日本の怪獣。で、通常火力の自衛隊は、まず怪獣には敵わんのですよ」

うーむ。

とまた全員が腕を組んだ。

いけるかなあと京極が言う。マジすか。

結局、こいつらあんまり真面目じゃないなと、黒は——。

安心した。

廿捌

豆腐《とうふ》小僧《こぞう》、いくさを観戦する

「うひゃあ、あれは何でございますか」

そう申しましたのは、襤褸笠《ぼろがさ》を被《かぶ》って玩具柄《おもちゃがら》の単衣《ひとえ》を着ました、頭の大きな小僧でございます。手には丸いお盆を持っておりまして、その上には紅葉《もみじ》の模様がついた豆腐が載っております。まあ、それだけのものでございますが、比率から考えますと人とは思えません。

「何だか強そうなお方でございますねえ」

「あれは漫画だ」

玩具柄の中の達磨《だるま》の絵がぴょんと抜け出しまして地べたに着地致します。もちろん、これがただの達磨でありましたならころころと転がるのでございましょうが、この小達磨には手足が生えております。顔は厳《いか》ついのでございますが仕種《しぐさ》はどことなく戯《おど》けておりましょう。

これも、まあ妖怪でございます。

ご存じ豆腐小僧《とうふこぞう》と、その心の師、滑稽達磨《こっけいだるま》でございます。

まあご存じと申しましても、知らないお方は知らないのでございましょうが、まあそこはお約束でございますから、お赦《ゆる》し戴《いただ》きたく存じまする。

「まんがんでございますか？」

「そんな麻雀《マージャン》も知らぬくせに妙なことを言うなよ。それとも満願成就の方か。万願寺《まんがんじ》唐芥子《とうがらし》なのか。時代が合わないぞお前。違う違う。漫画だマンガ。お前の子孫のようなものだ」

「へえ。手前は小僧でございますから、まだ子供はおりませんよ。それともお父上の隠し子の子供とかでございましょうかねえ」

「それならそれでもいいわい。面倒じゃのう、鳥頭にものを教えるのは。大体お前は、どんなものに出演しても同じじゃないかよ。少しは変化を見せろよ。もう、黄表紙の頃から全く一緒じゃ。何百年そのまんまなんじゃ」

「何百年？　手前はその」

説明は面倒じゃからせんと達磨はきっぱりと申しますな。

「あれはな、藤田和日郎さんという売れっ子の漫画家が創り出した、とらという妖怪だ」

「寅《とら》さんですか？　虎かな？」

「とら。わいらの進化系じゃな。強いぞ」

「あちらのお方は何方《どなた》様でございますか」

「あれは高橋留美子さんという、これまた超売れっ子漫画家が創り出した、犬夜叉《いぬやしゃ》さんだ。その横におるのが、異母兄の殺生丸《せっしょうまる》さんだよ」

「はあ。すんごい刀でございますねえ。重くないのですかねえ。手前の持ち道具があれだったなら、手前は一歩も歩けないと思いますです」

「あのな。その場合お前は鉄砕牙《てっさいが》小僧とかになってしまうのだぞ。そんなもの、まあ刀剣を擬人化するのも後世じゃ流行《はや》るから——いや、お前の訳はないわ。刀剣男子は、ありゃ美男子だみんな。お前は頑張っても錆《さ》びた菜切り包丁だ。乱舞も無理だ」

「先生の言ってることがひとつも判らないですよ」

「お前は何を言ったたって解らないじゃないか。いちいち説明をしていたらば、どんだけ時間があっても終わらんわい。それにしても凄《すご》いことになっとるなあ」

まあ、小僧が見ておりますのは地上ではなく空でございます。戦闘機に立ち向かっておりますのは、まあ漫画のキャラクター達のようでございますな。

達磨はそっくり返って上空を眺めております。頸《くび》がございませんから、こてんと後ろに転《こ》けますな。

「あらま達磨さんが転んだ」

「誰がそんな気の利いたことを言えというたんじゃ」

「はあ。見たまんまですよ。あ、竜だ。あれは竜さんではございませんか？　手前も見たことがございますよ」

「あれも漫画だ」

「えー」

「あれは今市子《いまいちこ》さんという、これまたまた売れっ子の漫画家の作品に出て来る青嵐《あおあらし》という妖怪だ。強いぞ」

お前も喰《く》われるぞと達磨が申しますと、小僧首をば竦《すく》めます。

「お化けがお化けを食べますか」

「食べる設定だからなあ。食べるんじゃないか」

「へえええ。凄いのですねえまんがん。手前なんかこのお豆腐の味も知りませんよ」

「食べる設定じゃないからな。お前はただの馬鹿だ。しかし――」

達磨、転がったまま腕を組んで空を睨《にら》んでおりましたが、そうかなる程と独りごちます。

「何がなるへそですか。先生はヘソないでしょ」

「お前だってあるんだかないんだか判らないじゃないかよ、臍《へそ》。うん――まあ、そうなのだろうな。きっとあの戦闘機のパイロットが知っていそうなキャラクターから戦闘能力の強そうなものを選んだのだろうなあ。慥《たし》かに、パイロットがそんなにお化け妖怪に詳しいとは思えんからなあ。これ、権利関係は平気なのか？　ああ、作者もあそこのコミュニティに避難しておるのか。もしかしたら著者本人が出したのかもしれんなあ。そうしてみると、地上にも鬼灯《ほおずき》とかニャンコ先生とかが出ておるのかもしれんのう。もしかしたらウォッチな連中も出ておるのかな。あれは戦闘能力はいまいちか。ポケットの方は戦うがな。あれはモンスターだしなあ。まあ、一応妖怪に限定したのかもしれん。連中も多少は弁《わきま》えておるのか」

それが妖怪者としての矜持《きょうじ》ということかなと達磨申します。

「まんがんに詳しいですねえ先生」

そう呆《あき》れたように言って、小僧が見下ろしましょう。

「お前に見下ろされると無性に己が卑小に思えてくるなあ。面《つら》がそんなだからかな」

「この顔は生まれつきでございますよ。手前はこれでもこの顔に誇りを持っておりますよ」

「持たいでいいわい。寧《むし》ろ恥に思え。おお、効き目があるのだなあ」

「何の効き目ですか？」

「いま、あの一機が大きく旋回したろうが。あれは犬夜叉の攻撃を避《よ》けたのだ。当たったところで実体がないから被害は出ないが、被害がないことは当たるまで判らんからな。避けてしまうのだろう。でも、あっちの機体はまるで気にしておらん。もしかしたら犬夜叉を読んだり観たりしておらんのかもしらん。年代が違うのか。『めぞん一刻《いっこく》』あたりで離脱した者もおるようだからの」

「先生は、何ですか、その、何といいましたっけ」

「何だよ」

「聞きましたよどっかで。ええと、洗濯《せんたく》とか魚拓《ぎょたく》とかいうものですね？　違いますね。お、お焚《た》き上げ？　お猿？　汚穢《おわい》？」

「何だと？　段々悪くなるな。それ、もしかしてオタクと言いたいのか」

「そのたくでございますよ」

「余計なことを知っておるなあ。まあ、お前も何度かアニメになっておるからなあ。そのくらいのことは知っておってもおかしくはないが――」

違うわい、と、達磨はいきなり真っ赤になって怒ります。

「愚僧は知識があるだけだ。時空を超え、達磨の図像あるところのものごとは何でも識《し》っておるのだ！　あの戦闘機の型式だって知っておるわい。言うたって判らんだろうから言わんだけだわ」

「おたくの人は結構、自分は違うおたくじゃないと言うって聞きましたですよ？」

「あのなあ」

「ワア凄い」

「聞けよ」

「あれ、フンドシでございますよ。やや、凄いフンドシですねえ速い速い」

「褌《ふんどし》？　莫迦《ばか》、あれは褌なんかじゃないわい。何ちゅう失礼な小僧じゃ。ありゃ一反木綿じゃないか。乗っておるだろう子供が」

「え？」

小僧、盆から左手を離しまして、眼の上に翳《かざ》しましょう。

それで見え易くなるものではございませんが、そこはお約束でございます。

「ああ。なんか、あの派手な袖無《そでな》しを着ている子供でございますか。ひゃあ。あんな高い処をば、あんなフンドシに乗っかって、怖くないのですかねえ」

「怖いものか。あれが、お前ら小僧妖怪を出自とする妖怪漫画界隈《かいわい》の雄、ゲゲゲの鬼太郎さんじゃないか」

「はあ。存じません」

「いや、そんなことないですね。存じておりますよ、その名前は。下駄屋《げたや》の源太郎《げんたろう》さんでございましょう」

「ホントか？」

「誰なんだよそれ。会ってみたいわ。そうじゃないよ。ゲゲゲ」

「蛙《かわず》の唄《うた》でございますね。けろけろけろ」

「そうじゃないって。お前も一回対戦しておるじゃないか。漫画で。なんだ、その豆腐を喰わせて人に黴《かび》を生《は》やかすとかいう役回りで」

「こっ、このお豆腐を！」

小僧、慌てて豆腐を後ろに隠します。

「た、食べる！　そんなご無体な」

「自分で喰わす役だったじゃないかよ。本気で物を覚えない奴だな。しかもお前、アニメにも出てただろうよ。三期と五期に。五期はちょい役というか、モブシーンの一人だったけどな」

「もふ？」

「いいよ。どうせ覚えてないんだろ」

「手前は、その、記憶がねえ」

うーん、と達磨太い眉毛《まゆげ》を捩《よじ》ります。

「お前はなーんにも記憶できないからなあ。いや、流石《さすが》に鬼太郎は強いのう。一定以上の年齢層には抜群の知名度だからな。それにしても、こりゃ凄い空中戦だな」

まあ、それはスペクタクルな大空中戦が繰り広げられている訳でございますが、ここは小僧と達磨の会話から想像して戴くよりないのでございます。あんまり詳しい情景描写は、色々と憚《はばか》るような気も致しますな。

「それにしても、手前はどうしてここに涌《わ》いたのでございましょうねえ」

「さあなあ。お前のようなものを呼び出したところで、何の役にも立たんしな。過去に何度か喧嘩《けんか》の仲裁はしておるが、此度《こたび》はそういう役回りじゃないようだしな。何かの間違いじゃないのか？」

「間違いましたか。手前は、まんがんでもないですしねえ」

「いや、漫画といやあ漫画だって。お前の場合、伝統的なのか斬新《ざんしん》なのか、保守なのか革新なのか判らん奴だからなあ。出したところでこんなだ。ひとっつも役に立たんしなあ。他の小僧と間違えたのかなあ。しかし小僧は大抵、戦闘能力皆無だけどな」

「カイムですかねえ」

「皆無だろ。お茶出すとか提燈《ちょうちん》で照らすとか、ベロ出すとか、大技でも精々海が荒れるくらいだからな。海ないしな、ここ。もしかしたら、猫目小僧《ねこめこぞう》と間違えたかのう」

「その小僧さんは強いですか」

「まあ強いさ。孤独だけどな」

手前と一緒でございますと小僧、申します。

「何で。どうして。どの辺が」

「手前のお友達の袖引《そでひ》きちゃんも孤独でしたよ。小僧というのは、孤独なものなのじゃないですかねえ」

「どういうざっくりした纏《まと》め方だよ」

お化けは皆孤独だよと達磨は申します。

「あそこで戦っているお方達はな、妖怪だ。お化けが妖怪になってからできた方々だ。だから愚僧らとは違うのだ。鬼太郎は鬼太郎、とらはとら、犬夜叉は犬夜叉で、それ以外のものを表してはおらん。だから、まあ仲間もいるし恋もするわ」

「こ、鯉《こい》」

「きっと違うなお前の言うのは。だが、本来のお化けは、まあお前も知っておるだろうよ。後《あと》講釈《こうしゃく》だの言い訳だの、勘違いだの、濡《ぬ》れ衣《ぎぬ》だの、そんなんばっかりじゃ。だから、自我なんぞ持ちようがない。出たら消えるだけ。出もせんのまでおるわ。覚えておるだろう。お前が勝手に友達だと思い込んでおる袖引き小僧。あれは、袖を引かれたと思った誰かが想起するものだからな。だから、袖を引いたことがないのだぞ」

「はあ」

「出オチどころか、オチが先だ。後から出たことにされるんだ。出てないのに、出た記憶だけあるんだぞ。でもって、消えてしまうんだ。儚《はかな》いものじゃないか。口利くどころか姿もないんだ。こんな孤独なことはないぞ」

「ですから手前も」

「お前は出たら出っ放《ぱな》しだろうが。その上、こうして愚僧と会話しておるじゃないか。格段に孤独度低いじゃないかよ。何処が孤独なんだよ。肚《はら》が立ってくるわい」

達磨、器用に身を起こします。

手足はあるものの短《みじこ》うございますし、体軀《たいく》は丸うございますから、どう考えましても起き上がり難《にく》いものと思われまするが、まあ、そこは達磨さんだけに起き上がるのが得意なようでございます。

達磨、多少不機嫌な感じでちょこまかと進みます。

小僧は何か悪いことでも言ったかしらんなどと思いますが、そこは鳥頭、すぐに忘れましょうな。何といっても珍しい光景の目白押しでございます。

「あ、あ、あっちにも凄いのがお出ましになりましたよ。うひゃあ、大きいですねえ。あれもまんがんでございますか？」

「ん──」

富士の裾《すその》野に巨大なものが立ちはだかっております。

「カメ──でございますか」

「ありゃりゃ」

達磨も思わず止まります。

「亀さんですねえ。しかし、亀は万年と申しますが、あれは万年ものですか。あんなに大きく育つもんなのでございますね」

「莫迦。あれは亀――に似ておるが亀ではないわ。その上、漫画でもないわい。しっかしあんなものまで出しおって、連中、妖怪者の矜恃を捨ておったかな。それとも余程窮しておるのか？　もしかしたら趣味なのか？　いや、趣味だな。村上とか京極とか天野とか、みんな怪獣が好きじゃからな。郡司はカドカワだし、いいのかなあ。この調子だと東雅夫が翼竜とか出し兼ね――」

もう出ておるなあと達磨落胆致します。

「あれはトリですか先生」

「あれはな、ラドンというお方だ。なら、もうすぐあのキング・オブ・モンスターもお出ましになるかもしれぬなあ」

「きんこんかんでございますか。あれですか」

「あれは――」

ガッパだと言って達磨頭を抱えます。

「ただのマニアか。ギララでないだけましか。それとも飛べるからというチョイスか？　しかも雄雌子付きかよ。子供は役に立たないだろうよ。ああ、どっちにしろこんな滅茶苦茶《めちゃくちゃ》なもんに参加したくないわい」

「滅茶苦茶なんでございますか？」

「ヤケクソに近いわ。同じ大物を出すにしたって、だ。例えば怨霊《おんりょう》系とか魔縁《まえん》とか祟《たた》り神とか、魔神だとか、何かあるだろうよ。崇徳院《すとくいん》でも白峰《しらみね》でも、菅公《かんこう》でもいいだろうに」

「はあ。あれは？」

大魔神《だいまじん》だと達磨申します。

「魔神じゃないですか」

「そうだけど、そうじゃないのだ。まったく、けしからんな。これじゃあ妖怪推進委員会だか漫画同好会だか特撮愛好会だか判らんじゃないか」

ああ亀さんが火を吹きましたと小僧申します。

「凄いですよ。両国《りょうごく》の花火より綺麗《きれい》でございますよ。まんがんだかとくさつだか知りませんけども、立派なものでございますねえ」

「妖怪に漫画に特撮なあ」

それは——同じなのかと達磨は呟《つぶや》きます。

それから小僧の顔をば見上げます。

「同じ——なのかもしれんのう」

「どうでもいいですけど、あれは面白いのでございますかねえ。偶《たま》に遠くから雷《いかずち》のような大きな音が聞こえますけれど、あれは何でございますか。あれもお祝いの花火か何かでございますか？」

「ありゃ砲撃か手榴弾《しゅりゅうだん》だ。犠牲が出てなきゃ良いのだがなあ」

「まったく何のことだか判りませんですよ。しかしあんなに凄いものが戦っているのに、邪魅《じゃみ》の人がいないのは不思議ですねえ」

邪魅と申しますのは、簡単に申しますと悪念や殺意など、人間の宜《よろ》しくない想念をば形にしたものでございますな。

そういえばそうじゃなと達磨四方を見渡します。

「まあ、妖怪連合の連中はともかく、自衛隊やら機動隊やらの方は充分悪念も殺意もあるはずだがなあ。いや、ないのかな」

「ないのですか」

「ないというか――あるんだが、それに感応《かんのう》するもんがこの自然界にないのだな。邪魅というのは、魑《すだま》が人の悪念に感応して成るものであるが、その魑が圧倒的に不足しておる」

「はあ。何故」

「魑は全《すべ》て今涌いておるお化けだの怪獣だのになっておるのだ。で、お化けだの怪獣だのを出しておる連中には、そういう悪念がまるで――」

ないのだろうなあと達磨は情けない顔を作ります。

「まあ一応、戦っておるような雰囲気にはしておるが、戦う気が全然ないのであろうよ。そうでなければこんな巫山戯《ふざけ》た状況にする訳もないわ。あいつらは、まあ莫迦だからな。戦闘意欲なんか毛程もないわ。そもそもどんなに強いお化けを出そうと、現実の武器には敵《かな》わんのだからなあ。これ、全部やらせというか、お芝居というか、時間稼ぎじゃないのか」

「お芝居！」

道理で面白うございますと、豆腐小僧はご満悦でございます。

「先生、先生、今度は何か、恐ろしく大きな四角が出ましたよう」

「四角？　四角って何だ」

「やあ、大きいなあ。火の見櫓《やぐら》よりも高いし、吉原《よしわら》の大門《おおもん》より大きいですよ。あれ、何でしょうねえ。何かの枠《わく》ですか。障子の桟《さん》ですか」

「あんなデカい桟があるか。百メートルくらいあるじゃないか」

「百雌鶏《めんどり》ですか。鶏《にわとり》には見えません」

「違うよ。高さだよ。一町《ちよう》くらいあるだろ――って、あれはテレビじゃないか？」

「てれみんて何です？　まんがんの仲間ですか」

「ああもう説明したくない。しかし何だってあんな巨大なモニタを」

「下仁田《しもにた》ですか。上州《じようしゆう》ですね」

「少し黙っておられんのか。いや、あれは――」

まあ、達磨が驚くのも無理はございません。富士の裾野に、ガメラと同じくらいの高さのテレビジョンが突如出現したのでございます。

その大画面が、突如発光致しました。そしてざらざらと乱れた、画質の悪い風景が映し出されたのでございます。ただでさえ画素数が少なげなのに、その大きさでありますから、もう何が映されておりますものか、ちょっと見には判らないのでございますが――。

「あれ。あれは」

井戸だなと達磨申します。

「いやあ、そう来るかなあ。まあ怪獣よりは仲間感があるけどなあ」

はい。

まあ、お察しの良い方はもうお判りでございましょうが、まあ井戸からは人が這《は》い出て参りましょうな。もちろん出て来るのはオヤジやお子様ではございません。白いワンピースを着た長髪の——かなり長髪の女性でございます。長い髪は顔を覆い隠しておりまして、何でもって動きはまあ、かなりぎくしゃくとしておりましょう。

女性は徐々に映しているカメラの方に近付いて参ります。

「出すのか。あれを。まあ、今だとゴジラよりは出し易いのか」

達磨、何処となく落胆したような表情になりましょう。

画面は頭頂部のアップになっております。

そりゃあもうでっかい頭で。

それが、にゅうっと。

「生えました。生えましたですよ達磨先生！」

「ああ、もっと出るよ。見てろ黙って」

出ました。

超巨大——貞子３Ｄでございます。

もう、空中の戦闘機は完全に任務放棄という感じになっております。そりゃ、怖いでしょうな。妖怪巨大女、しかもそれは超祟《たた》る、あの、貞子さんなのでございます。

「あれー。あの人は見たことがあります。でも、あんな大きかったですかねえ。大入道のおじさんよりずっと大きいですよ」

「お前が見たことあるのは毛倡妓だよきっと。あれはな、山村《やまむら》貞子さんという、近年稀《まれ》に見る化け物スターだ。まあ、昔のお前くらい人気があるんだ、今は」

「はあ。山村さんでしたか。大きいですねえ」

貞子、青白い腕を伸ばして戦闘機に摑《つか》み掛かります。

戦闘機の方は――もう、何か発射するどころの騒ぎではない模様。

髪の毛もするすると四方に伸びましょう。

「あー。立体になったり増殖したり対決したりしてからこっち、すっかりバトルモードだからなあ。もしかしたら今出ておるものの中で一番強くないかこれ」

敵機、総崩《そうくず》れでございます。

ガメラがひと際大きく咆哮《ほうこう》致しました。

地上の方も豪《えら》いことになっておりますようで。

もう、怪獣は何匹も出ておりまして、啼いたり何かを吐いたりの大騒ぎ。漫画のキャラもあちこち飛び回っておりまして、戦車だの何だのも、もうどうなっておりますことやら。その真ん中で、もう富士山くらいあるように見えます貞子が、髪の毛でもって敵だろうが味方だろうが攻撃し捲《まく》っております。合間合間に大きめの妖怪もちらほら見えまするが、全く存在感がございませんな。

「行こう。見ておれん」

達磨が申します。

見晴らしの宜しい処から少し進みますと、もう森の中の一本道でございますな。小僧、怪獣化け物の大芝居に未練を残しつつ、達磨に置いて行かれてはちょいと心細いのか、のこのこ後を追いまする。

すると。

「あら先生、お仲間がやって参りましたよ」

ひゃあという悲鳴が聞こえますな。

迷彩服の兵士が数名、道の左右で腰を抜かしております。どうやら道の方にはお化けの行列が練り歩いているようでございます。

先頭は、首のない馬に乗った独眼の鬼、夜行《やぎょう》さんでございます。

その後に烏帽子《えぼし》を被った猿やら、直垂《ひたたれ》を着た蛙やらが続き、それから道具のお化け、大根やら蕪《かぶら》のお化けなんかがぞろぞろと連なっております。

その後ろには威張った天狗、妖艶《ようえん》な狐などがおりましょう。

最後尾には妖怪だか人間だか判らぬものが地図帳のようなものを片手に歩いて参ります。その横には、背に籠《かご》のようなものを背負った、もうもうと強《こわ》い髭《ひげ》の男がおりましょう。地図を手にした男が悩ましげな顔を致します。

小柄で、どことなく泥棒を思わせる顔付きでございます。

それもこれも口の周りの髭の剃《そ》り跡が妙に青々としている所為《せい》なのでございましょうや。どことなく怯《おび》えたような目付きの所為でございましょうや。男は申します。

「派手に出しちまったなあ、貞子」

「あれ、誰が出したんです？　いいんですか？」

毛の濃い男が申します。地図を持った男はいいんだよと申しました。

「あれはさ、作者が自分で出したの」

「え？　鈴木光司《すずきこうじ》さんいるんですか？　妖怪関係ないですよね？」

「面白そうなところには関係なくても現れるのだあ、とか言って、突然現れて、でもって出したんだよ。出したら帰っちゃった。どっかで見てるんじゃないか」

「はー。でも、あれ映画の貞子ですよね？　原作と違いますよ」

「いいんだよ。大本は鈴木光司さんなんだから」

「おやマ」

そこで、男は小僧に気付きます。

「ありゃ。これ――豆腐小僧じゃないか？　何だこんなところにぽつんと。迷子になったのかな？」

地図を手にした男はそう申しました。

「にににににに」

「何？」

「ににに人間に見えていますよ先生」

小僧、盆を左右に動かします。

豆腐がふるふると揺れましょう。

そうなんだよと達磨は無感動に申しましような。

「ここじゃ見えるんだ」

「てててて手前の声も聞こえてましょうか」

「そりゃそうだろ。どういう仕組みなのか愚僧は知らないが、聞こえるみたいだな。物理的作用はないのだから空気は振動していない。だから、まあ、どうあれ脳内の現象ではあるのだろうがなあ」

「あれ。達磨もいるなあ。どの組にいたのかなあ。門賀《もんが》さん達の組？　それとも、多田さんご一行だった？」

「誰です？　この人は」

「青木《あおき》大輔《だいすけ》という元編集者——いや、絵草紙の版元の手代のようなもんだな。それと、その仲間の、大庭《おおば》大作《だいさく》という毛の濃い男だよ」

毛が濃いというのが説明の一番目に来ますかと大庭残念そうに申します。

この男、身振り手振りが大きゅうございますが、口から出る言葉と振りが合わないという奇癖がございます。今も、どういう訳か電話を掛けるようなジェスチャーを致しております。その動作は意思表示と全く関係ございません。

「まあこの青木はその昔、『妖怪馬鹿』という本を作ったくらいだからな。それなりに造詣《ぞうけい》が深いのだろう。ある程度知ってなくちゃ、お化けの行列のツアコンはできぬからのう」

何で俺の説明してんのと青木は申します。

「ほら、行くよ。お前ら怖くないからなあ。あんまり防壁にならないからさ」

武器奪いましたーと大庭が申します。

どうやらこの大庭、腰を抜かした兵士どもから武器を取り上げては背中の籠に入れているようでございます。籠には拳銃《けんじゅう》やら何やらが結構入っている模様。

まるで弁慶でございますな。

「お前、やっぱ妖怪に見えるんだわ、大庭」

「青木さんには言われたくないすよとか、言ってもいいすか」

「言ってるじゃん。だって、そこまで素直に武器渡さないだろ。撃てるんだよ？　普通に。バン、だろ。お前人間なんだし、撃てない理由がないじゃん。なら普通奪えないだろ」

「いやいやいや。気絶してたりしますからね。よっぽど妖怪が怖いんすね。これなら豆腐小僧でも怖がるんじゃないすか」

「え！」

手前も怖いですかと小僧、大庭の前に回ります。

「と、豆腐」

豆腐を差し出しましょう。

「うーん。怖く」

ない、と大庭は申します。

大庭の方が怖いじゃねえかと青木が申しましょう。

「なまはげ的な怖さがあるからな大庭。それより、そろそろ暗くなるじゃん。大丈夫かな決死隊は。全然連絡来ないし――」

青木は心配そうにそう申します。

「やっぱり危険が伴ってますか。敵の本拠地捜しには」

大庭はものを食べる仕草をしております。本気で関係ありませんな。脳のボディランゲージを司る部分と言語野とが乖離《かいり》しているのでありましょうや。青木はそれに馴《な》れているのでございましょうか、全くスルーでございます。

「いや。平山さんが遁《に》げちゃったとか、ないか？」

「あー」

それはないでしょうと大庭は言った。

「するなら何か、もっと酷《むご》いことですよ」

「そうだなあ。まあ似田貝とかは死んでるかもなあ」

「下仁田ですか？　上州ですよ」

「何言ってるんだこの小僧は」

気にせんでくれと達磨が申します。

「あ。そうだ。達磨さんはさ、慥《たし》か時空を超えて色々識《し》ってるとか観《み》てるとか、そんなことを京極さんの小説で読んだ気がするんだけどなあ」

「左様。人間に指摘されるとは思わなんだが、愚僧は愚僧の絵姿玩具ある処、現在過去未来の凡《すべ》てに存在しておるによって、何でも識っておる。お主のことも能《よ》く知っておるぞ」

俺のことはいいと青木はやさぐれて申します。

「あのさ、この樹海に、バビロニアの魔物が潜んでいるらしいんだけど、何処にいるか知らないか。ダイモンとかいう」

「それは知らん」

「速いな返事」

「阿呆《あほ》かおのれは。どうして樹海に達磨があるんだ。誰か捨てて行くのか。愚僧は菩提達磨《ぼだいだるま》として壁観《へきかん》の境地を感得してより千五百年近く、いまだ樹海に捨てられたことなどないわ。この先もない」

ないのかよと青木は一層にやさぐれまする。

「ダルマ模様の服着て樹海に迷い込んだ人とかいないの」

「おらんわ。そんな模様の服があるか。あっても誰が着るか」

手前の衣装には描いてありますよと小僧は申します。

「手前が着ます」

「迷惑だわ。それよりそのダイモンというのは何者じゃ」

「それも知らないのォ？　意外ともの知らないなあ」

お前よりは識っておるわいと達磨はむくれます。

「何ならお前の秘密を語ってやろうか」

「ヤなお化けだなあ。いいよ。でも」

本当に解決するのかねえと、青木大輔は暮れ行く空を見上げたのでございます。

廿玖

世界妖怪協会、遂に敵と対峙す

レオ☆若葉と榎木津平太郎、似田貝大介の三人がその穴の中心に至った時——。

そこには誰もいなかったそうである。

もちろん、何もなかったのだという。

平山に蹴《け》り落とされた三人は、有機物で構成された斜面をかなりの距離転がり落ちた。傾斜角は三十度から四十度である。角度をいうとそれ程急ではないように思えるが、実際に穴の縁に立つと、直角に近いくらいの印象になる。決して命綱なしに降りようとは思わない。

三人は底に至る前に気絶したようだった。

ただ、あちこち擦り剝《む》いたりぶつけたりはしたものの大きな怪我もなく、やがて目覚めた。

最初に気がついたのはレオだったそうだ。

レオは、迂闊《うかつ》で軽率で短慮《たんりよ》で浅はかなお調子者であるから、助かったのは自分一人と勝手に思い込み、他の二人を捜すこともなく、先《ま》ず号泣したそうである。

おいおいと。

馬鹿だ。

馬鹿だが、他人ごとではない。

及川は、その話を聞かされた時、たぶん生まれて初めて己の我が儘《まま》な椎間板《ついかんばん》に感謝したものである。もし、もし腰が痛くなかったら。

確実に及川は穴の底にいたことだろう。

三人の愚かな従者《じゅうしゃ》の中の一人は及川だったに違いない。

まあ、迂闊で軽率で短慮で浅はかなお調子者のレオは当選確実だ。後の二人は微妙である。

似田貝か、平太郎の代わりに及川。

――ある。

充分にあり得る。及川はホモ・サピエンスの前で分岐しているのかもしれないが、たぶんレオはホモ・サピエンス界では最低の、ギリギリサピエンスである。学年成績最下位の高校一年生より、学年トップの中学三年生の方が学力が高いように、まあ及川もレオには勝てる。

他の二人は微妙だ。

平太郎はオタクだが、及川もオタクだ。若いかオヤジか、その程度の差しかない。この場合若い方が有利なのか不利なのか不明だ。利用価値が低いのは半端に齢《とし》を喰《く》った及川の方かもしれないではないか。

似田貝は、たぶん人としてはかなりいい線で及川と競《きそ》っているのだけれど、天性の人、い、人たらしであるから、結構な確率で優遇される。へらへらと人を小馬鹿にしたような物腰は、常態が武《ぶ》骨《こつ》で無《ぶ》愛想《あいそ》な及川よりも、何故だかウケるのである。不公平だよな。

いずれにしてもかなり低いところの競い合いになるのだが。

ま、レオが確実なことだけは万人の認めるところだと思う。

で——まあそのレオは穴の底でおんおんと泣いた。べそべそと泣きじゃくった。

その哀切、且《か》つ低能な感じの響きは、広大ともいえる穴の内部に深々と沁《し》みた。

その憐《あわ》れっぽい声で似田貝が気付いた。

似田貝という野郎は小心者ではあるのだが、妙に人生を見切っているところがあり、状況をナメることで乗り切るという巫山戯《ふざけ》た底力を持っている。その辺が人たらしたる所以《ゆえん》でもあるのだが、また及川の決して及ばないところでもある。及川も状況をナメて掛かることは能《よ》くあるのだが、ナメると大抵酷《ひど》い目に遭う。及川の場合、要は分析が甘く一知半解《いっちはんかい》で、早合点も多いというだけで、ほぼ失敗する。同じ一知半解でも似田貝はへらへらと遣《や》り過ごす。

嫉妬《しっと》を感じる。

そんなだから似田貝は慌てもせず半分寝惚《ねぼ》けたような心持ちで、声を頼りにレオの傍《そば》まで近寄って、何してるんですかと月並みな感じで声を掛けたのだという。

レオは飛び上がって驚いたらしい。

既に夜の帳《とばり》が降りており、視界はゼロに近い状態だったのだそうだ。そりゃ驚くだろう。レオ☆若葉は、死んだ吉良と双璧をなす程のヘタレ王なのである。ともかく出会ったとはいうものの、レオと似田貝は穴の底で為す術《すべ》もなく立ち竦《すく》んだのだった。

平太郎はその段階では見付かっていない。

一方、平山夢明と東亮太の報告を受けた荒俣宏は、戦況を分析して大英断を下した。分散巡回している妖怪ツアー――妖怪大行進の皆さん――を全て集め、推進委員会総勢で敵陣に乗り込むという判断である。

荒俣はその際、反剋石も持って行くと決めた。

ビジターセンターの護《まも》りは偏《ひとえ》に石に懸かっているのであるから、これは大きな賭《か》けとなる。

荒俣が決断した理由は二つあった。

先《ま》ず、呼び出した漫画のキャラクター達、そして怪獣達、更に貞子が、思いの外《ほか》有能に戦ってくれているということ――である。妖怪大作戦も功を奏していたのである。

キャラクター達は一度呼び出すと何の指示もしていないのに自分の意思で活躍した。

それは、それぞれがそれぞれに主役を張る超豪華なメンバーなのだから当然といえば当然なのだが――ただ、どんなに強くても攻撃力はゼロなのだ。しかしそれでもなお、問題なく防御できているという点が大きかっただろう。

及川は、最初に鬼太郎を呼び出すと京極が言い出した時は、冗談だと思った。そして本当に呼び出せたのを見た時はこの世界そのものが冗談だと思い直した。鬼太郎はウエンツ瑛士ではなく、リアルなのだが原作版の鬼太郎だった。及川は、どうせ呼び出すならアニメの第三期とか第五期のほうが戦闘能力が高いだろうと進言したのだけれど、それは却下された。そういう問題ではないのだということを、及川は後から知った。限定しない方が汎用《はんよう》性があるのだ。

空中の決戦はかなりの迫力だった。

キャラ達の決め技は、いちいちカッコいいのだが一切効かない。しかしキャラ自身は疲れ知らずの負け知らずである。だが、戦闘機の方はそうもいかない。どれだけ撃ってもキャラはダメージなしである。そして弾は切れる。燃料も切れる。

後で聞いたところでは、香川は最初スーパーロボットで応戦することを提案したのだそうである。及川が俯《うつぶ》せで腰の養生をしている間のことである。何故その提案が呑《の》まれなかったのかは解らないのだが、できれば見てみたかったリアルスーパーロボット大戦。一緒に叫びたかった必殺技の名前。

で。

怪獣を呼び出すと村上が言い出した時は、こいつ調子に乗っていい加減にしろと思った。でも、本当にガメラが出現した時はちょっと感動した。いや、本物はデカイです。

当然続けてゴジラも出すんだろうと及川は思ったのだが、そこで悶着《もんちゃく》が起きた。

村上はキンゴジ——『キングコング対ゴジラ』に登場するゴジラを推《お》した。一方多田はモスゴジ——『モスラ対ゴジラ』版ゴジラを推薦した。モスゴジの方が顔が凶悪だというのである。だが、凶悪に見えるというなら『ゴジラ・モスラ・キングギドラ大怪獣総攻撃《だいかいじゅうそうこうげき》』の白目ゴジラの方がうんと凶悪だろうとか、作品の出来不出来はともかくとして、背ビレの尖《とん》がり具合は『ゴジラ2000ミレニアム』版だろうとか、いっそ初代が良いとか、いいや初代は身長低過ぎだとか、意見は紛糾した。どうでもいいことだ。こっちも限定しなきゃいいんじゃん。

結局、空飛ぶからということだけでラドンが選ばれ、翼竜《よくりゅう》好きの東雅夫だけが喜んだ。

しかし怪獣は、慥《たし》かに有効だった。何たって奴らは自衛隊馴《な》れしている。一方の自衛隊の方は、実は怪獣馴れなんかしていない。当たり前である。ホントに出たとしたって出動はしないと思う。メーサー砲もないし。

と、いう訳で、村上もちゃんと戦局を考えて出してはいるのだなあと及川は感心もしたのだが、バランとかクモンガとかモスラ幼虫とか、出しても仕様がないんじゃないかというものまで出すので、やっぱり調子に乗っているのだと思い直したのだった。因《ちな》みにウルトラ怪獣は何故か一頭も出されていない。円谷プロに遠慮したのか。いや、それが人としての歯止めというものですよと京極は言った。

まあ富士の裾野《すその》だし。相手は自衛隊だし。結局『怪獣《かいじゅう》総進撃《そうしんげき》』になっちゃったのだが。

怪獣も、まあ攻撃力はないのだけれど、威圧感はあり、そこにいる以上は攻撃対象となる訳で、戦車などを引き付けておくには恰好《かっこう》のフェイクとなった。

で、貞子だ。

一体いつやって来たのか、どうやって入り込んだのか判らないのだが、突然現れた鈴木光司さんは、両手を広げ、新興宗教の教祖のような話し方で、オペラ歌手のように声高らかに、

――ワタシにお任せください！

と言ったかと思うと、出しちゃったのだった。貞子さんを。

超デカイ。いや、貞子ちゃんは元々は可憐《かれん》で不憫《ふびん》な超能力美少女で、あんな化け物じゃないだろうに。いいのかなあと皆思ったのだが、原作者がいいと言ってるのだからいいのだろう。

だが——これは予想外に破壊力抜群だった。なんせ、怖いのだ。『リング』を知っている者は、そりゃ怖いだろう。みんな呪いのビデオ観ちゃったことになるんだし、実際貞子が出ているのだし。敵はもうビビり捲《まく》りなのであった。無事に作戦が終了したとしても、何日か後には死んじゃうかもしれない訳で。まあ、死なないのだろうが。昨今、呪い系は強いです。

黒史郎は、ならば『呪怨《じゅおん》』の伽椰子《かやこ》と俊雄《としお》も出したいと懇願したが却下された。小さいからだ。森の中に白塗りでブリーフ一張のお子さんが体育座りしていたとして、まあ変だけど、怖いといえば怖いけど、あまり攻撃力はないかもしれない。伽椰子さんも降りる階段がないから普通に怪我した人のように見えなくもない。大勢出せばかなりヤバいが。

いずれにしても。

戦車と戦闘機は、漫画と怪獣と貞子に任せておけば良い。

荒俣はそう判断した。

後は、森の中に派遣されたレンジャー部隊である。

相当数は妖怪大行進で骨抜きにしている。武器も奪った。

しかしどんな部隊が、どれだけの数投入されているのかは不明なのであった。自衛隊だけではなく、警察やYATも来ているはずである。特殊部隊やら狙撃隊やら、何が投入されているのかは全く判らない。危険である。ビジターセンターの妖怪難民のみなさんは、ノーガードになってしまう訳だから、踏み込まれたりしたらひと溜《た》まりもないことになる。

凡《すべ》ての敵兵を自分達特攻隊が引き付ければ良い——そう、荒俣は決めた。

プランBで行きましょうと荒俣が京極に指示し、京極は無言で頷《うなず》いて、それから香川の許《もと》に行った。

やがて、参謀本部に残っていた全員に出動の命令が下された。

及川は、自分は行かずに済むかな腰痛いしなどという淡い期待を抱いてもいたのだが。まあそんなに人生は甘くない。

期待、それは常に淡いものさ。幸せ、それはいつも儚《はかな》いものなのよ。

一行は参謀本部やビジターセンターからかなり離れた場所に一旦《いったん》移動し、そこで香川は反剋石を取り出した。呼ぶ子が現れる。

そして香川は——鼬《いたち》の火柱《ひばしら》を呼び出した。

輝く火柱は天に向けて伸びた。アニメで能《よ》く見るような光景だった。

それが集合の合図なのであった。

やがて四方八方からわらわらと妖怪どもが集まって来た。妖怪大行進を遂行していた各隊が集結したのである。妖怪推進委員会と妖怪が一体となり、そして——。

本当の百鬼夜行が始まった。

「なるべく派手に行きましょう！」

荒俣は、何故か弾《はず》んだ声でそう言った。虚元気《から》ではない。本気で愉《たの》しむゾという感じであった。いつ用意したものか、旧佐異学会の人達は鉦《かね》や太鼓なんかを手にしており、チンどんしゃんと鳴らし始めた。松野くらなんかはにゃーにゃーと意味不明の唄《うた》を歌い出した。

香川は思い付く限りの発光妖怪を呼び出した。

ケチ火《び》じゃんじゃん火《び》姥ケ火《うばがび》化《ば》け火《び》狐火《きつねび》宗源火二恨坊《にこんぼう》の火《ひ》小右衛門火《こえもんび》鬼火人魂《ひとだま》油坊《あぶらぼう》、及川はそれくらいしか知らないのだが、多分知っている光り物全てを呼び出したのだ。本来、釣瓶《つるべ》火《び》なんかは木の上から下ってくるだけなのだが、香川はわざわざ、

「ゲゲゲの鬼太郎に出て来るつるべ火」

と呼び出した。

用意周到というべきか、流石《さすが》専門家というべきか、ただのオタクというべきか。

行列は昼間のように明るくなった。

先頭は荒俣宏である。

多田と村上がその左右を固める。案内役として東亮太が、そして黒史郎が続く。怪異学会の人達や命知らずの妖怪馬鹿、元編集者や学者、作家の有志が連なる。

しんがりは京極である。

これは単に体力がなく歩くのが遅いからそうなったのであった。

でもって、その行列の周りには妖怪どもが跳んだり跳ねたり転げたり浮いたりしている。

見越し入道もぬらりひょんもいる。狂骨《きょうこつ》も魍魎《もうりょう》もうわんもひょうすべもいる。でかいのもいるし細かいのもいる。傘も下駄も鍋釜《なべかま》もいる。立派な狸《たぬき》や高貴な狐《きつね》、威張った天狗《てんぐ》に下品な河童《かっぱ》。小僧に坊主に爺《じじい》に婆《ばばあ》。まあ、坊主というのは現在一種の差別語で、爺や婆も礼節を欠く呼称ではあるのだろうが、こいつらの場合は固有名詞なので仕方がないのである。

京極の横には豆腐小僧がちょこちょこと歩いている。

豆腐小僧は誰が出したのか判らなかった。及川は挿し絵を描いたりしている石黒亜矢子が出したのかと思ったが、石黒さんに尋《き》いたところ違うと言われた。石黒は大判錦絵《にしきえ》『相馬《そうま》の古《ふる》内裏《だいり》』に描かれた巨大な骸骨《がいこつ》——一般にはがしゃどくろという名で知られるアレ——を出したらしい。がしゃどくろは六〇年代に斎藤守弘《さいとうもりひろ》という人が創作したお化けのようだが、あの絵を当てたのは水木大先生らしい。どうやって呼び出したのか尋いたところ、石黒はただ、

「あの大きい骸骨」

と言ったそうである。融通が利くんだ反剋石。

いずれにしたってインパクトは大である。

それにしたって、陰気ではあるが悲壮ではない。昭和中期の商店街の大売り出しのような雰囲気である。豆腐小僧なんかはもう、愉しくって仕様がない感じで、偶《たま》にスキップしたりもしている。及川はそんな小僧本人にもどうやって涌《わ》いたのか尋いてみたのだが、判らないということだった。達磨にも知るかそんなものと叱られた。オモチャの達磨にまで叱られた、自分。

豆腐小僧は、どうやら勝手に涌いたようなのだった。

それにしたって、自分が書いた小説のキャラクターと一緒に歩くってのはどんな気分なのだろう。京極は別に普段と変わらず、歩くのが面倒そうだった。

「遠いよ」

京極はそれだけ言った。まだそんなに歩いていないうちに。

「これ、大丈夫なんすか京極さん」

「何が」

「いや、戦闘に行くんですよね。妖怪大戦争モードでしょ？　プランB」

「いいじゃん」

「そうすか？　ただのお祭りっぽいですよ？　浮かれてませんか」

「お祭りだよ。あのね、百鬼夜行とかいうからさ、何かこう、おっかなげな感じがするんだけども、本来百鬼夜行ってのは見えないもんの行進だ。可視化したお化けのパレードは、お祭りパレードのパロディなんだよ。だから、こっちが正しいの。もっと浮かれるべきだ」

京極さん浮かれてないですよと言うと足腰が弱いのだと言われた。

「及川こそもっと騒げよ。大声で歌い踊るとかしろ。腰振って舞えよ」

いや、腰は。

「こういう運びになるんなら、鳴り物の人達にも参加してもらえば良かったよ。三味線太鼓に笛に鉦——あそこ、結構ミュージシャンもいたんだけどなあ。佐異学会、演奏下手《へた》だなあ」

スットコどっこいな演奏ではあった。しかし調子外れの馬鹿囃子《ばやし》と陰火《いんか》鬼火に照らされたエレクトリカルパレードは、いずれにしてもかなり目立ったことは間違いない。

荒俣の思惑通り、樹海や近隣に潜んでいたレンジャー達はこの行列を目指して続々と集結し始めた。まあ妖怪に骨抜きにされてしまった連中を除いて——ということになるのだろうが。

それが、深夜を回った頃のことであった。

多分、その頃——。

穴の底にいた似田貝とレオは、意識のない平太郎を見つけ出し、何とか蘇生《そせい》に成功、やっと穴の中心部に至ったのであった。

しかし彼らには穴の真ん中という認識はなかったらしい。

真っ暗なのだから、そもそもどのくらいの広さなのかも判らなかったのだろう。

ただ、そこがぼんやりと明るかったから、三人はそこに向かったのだということだ。

穴の上方は、周囲の地表から伸びた樹々や蔦《つた》、蔓《つる》でドーム状に覆われている訳だが、丁度真ん中の部分だけが開いているのである。

そこから、月明かりが差し込むのだ。

それが中央部分をスポットライトのように照らしていたのだろう。

そこには、石舞台のようなものがあったという。

三人はその上に乗っかって、休んだのだそうだ。

恰《あたか》も、比熊山《ひぐまやま》の巓《いただき》、祟《たた》り岩《いわ》の上で朋友《ほうゆう》と百物語をした稲生平太郎《いのうへいたろう》のようであったと、これは後に似田貝が語ったことである。

本当かどうか及川は知らない。

これも似田貝の談に依《よ》れば、何かあるはずだから捜そうと言い出したのは自分——なのだそうである。レオは死ななかったことにただ喜びを見出《みいだ》し、平太郎は岩に登ったことで満足感を得てしまっていた——らしい。二人は何も考えていなかった、というのである。

似田貝の言うことであるから、話半分に聞くべきだろう。しかし、レオや平太郎の反応に関してはほぼ正確なものと考えていいと思う。盛っているとするなら。それは似田貝自身のことであるはずだ。思うに、似田貝も二人と同様、何も考えていなかったに違いない。そこは断言していい。もし及川がその場にいたならば、やはり何も考えていなかったと断言できるからである。

岩の上には何もなく、周りにも別に何もなかったという。

地面を掘ろうと言い出したのも自分だと似田貝は述懐している。

それこそ嘘じゃないかと及川は思っている。手柄を独り占めしたいだけだろう。

掘るか、普通。朝までじっとしていて救助を待つ——それが普通じゃないのか。

地面を掘るなんて運びになるとするなら、それはそこに何かが埋まっていると考えたのではなく、もっと別な、くッだらない理由だったのではなかろうか。馬鹿と間抜けと阿呆《あほ》が揃っているのだから、くだらない展開など容易に想像できるではないか。便所にすべく掘った——というのが及川の推理である。似田貝が便意を催《もよお》し、他の二人がするなら遠くでしろと言い、似田貝がそれを拒《こば》んで、せめて穴でも掘れよ——という展開だったのじゃなかろうか。

試しに尋いてみたところ、似田貝は笑って誤魔化《ごまか》した。核心を突いていたか。

で、まあ掘り始めると、何かがあったのだそうだ。しかし中々掘り出せない。大きい訳でもないのに、どうにも掘りづらい。まあ、下は土ではなく、何だか判らないものでできていたようだし、道具も何もない訳で、素手掘りなのだから掘り難《にく》くて当然だとも思うが。

荒俣宏率いる妖怪連合の大パレードが、その穴の縁近辺に到着したのは、丁度その頃のことであった。

及川の記憶では、午前二時。

隊列を組んでから二時間くらいの行軍であった。

「ほら。あそこだよ。多分だけどな」

わりと後ろの方をのろのろ歩いていた平山がそう言った。福澤徹三がない眉《まゆ》を顰《ひそ》める。

「全然案内してないだろ平山さん。あんた、道なんか覚えてないでしょうに。ほとんど惰性で付いて来て、何となく止まったから言ってるだけじゃないですか」

「そんなことないですよ。徹はよ、すぐそうやって人を貶《おとし》めるようなことを言うね。でも違います。さっき何だっけ、あの都知事の死骸《しがい》があったじゃん」

「え？　あったかそんなもの」

「まあ足許《あしもと》悪いし下は暗《くれ》えからなあ。徹、お前踏んでたじゃねえかよ。踏み躙《にじ》ってたぞ」

「えっ」

福澤は軽く飛び上がった。意外と繊細なのだ。

そこに漸《ようや》く京極が追い付いた。

「あら京ちゃん。遅《おせ》えなあ歩くの」

若い頃は速かったんですよと京極は答えた。

「にょろにょろヒラヒラ邪魔《じゃま》臭《くせ》えしなあ。何だよこれ？」

平山は飛んでいる幟旗《のぼりばた》と鶏を掛け合わせたみたいなお化けをひっ摑《つか》んで、前方にポイと放り投げた。それから地べたをこそこそ歩いていた徳利《とつくり》のお化けを蹴った。徳利は割れた。

「お。割れちまった。割れんだね、これ」

酷《ひど》いなあと福澤が言う。本当にヒドいと及川も思う。

「あっちは能《よ》く飛びましたよ。うん、飛んだねえ。それよりよ、あのよ、京ちゃんよ」

「何ですよ煩瑣《うるさ》いなあ」

「こんな世の中になる前によ、小野《おの》の主上《しゆじよう》様がさ」

「小野不由美《ふゆみ》さんですか？」

「そうそう。小野さん、なんか、小説書いたでしょ」

「小説家ですから書くでしょうよ。小説家なのに書かないのあなたくらいですよ」

そうじゃねえよと言って平山は横にいた油《あぶら》すましの頭を叩《たた》いた。何すんねンこいつゥと油すましは関西弁で言った。油すましは天草《あまくさ》地方のお化けなのだが、形も含めて、きっと大映映画のキャラ設定なのだ。

「だからあれだって。残尿」

京極が大声で『残穢《ざんえ》』と言って遮《さえぎ》った。

「それですよ。それ。あれによ、俺出てんだよ」

「出てましたね。あなた、読んだんですか」

さらっとねと平山は言った。ちゃんと読んでないなと京極は睨《にら》む。

「読んだって。あれよ、シリアスだね。シビアだね。ダンディですね」

「まあ、ホラーですからね。そうでしょう。大傑作ですよ。怪談実話の構造的な弱点をそれは見事に逆手に取り、のみならず怖さのポイントをシフトさせることで構造自体を補強することにも成功しているという、実に考え抜かれた怪談小説ですよ。怪談専門の書き手は大勢いるというのに、誰ひとりあのようなスタイルの作品を書き得なかったということは、こりゃ羞《は》じるべきことですよ」

そうなの？　と平山は笑った。

「いやいや。あれさ、あれが真実のワタシですね」

「何が」

「だから。小野さん程の名人が書くんですよ。あれに出てる平山は、まさにこの俺でしょ」

あれはフィクションですよと京極は言った。

「小説なんだから。あなたが真実の平山夢明でしょうに。あなた、本人でしょ」

「だからさ」

「あなたなんかをそのまんま小説に出したら、小説が成立しないでしょうよ。そんな顎《あご》の外《はず》れたサッコファリンクスが集団で書き初《ぞ》めしてるような巫山戯《ふざけ》た小説は誰も読まないですよ。小野さんの描いたあなたは、あなたではあるけれど、小説の部材としてのあなたです」

まあ、そうなんだろうけどその比喩《ひゆ》はどうなんだと及川は思った。

そこで京極は立ち止まった。

「何だよ疲れたかい？　もうダメか？」

「いや——どうやら囲まれたようですよ」

「何に？」

「武装した兵隊さんだと思いますけどね」

「それ、マズいんじゃやね？」

「まあ想定内でしょうね。及川さ、先頭の荒俣さんに伝えておいでよ。肉体年齢八十五歳オーバーの僕は、先頭に行くまでかなり時間掛かるのよ。まあもう遅いかもだけど」

「えー」

腰が。

「ほらサササッと行けよ。誰だか覚えてねえけど」

平山さんまで。

「行け。この腰抜けめ。愚僧が付いて行こうか」

だ、達磨まで。

「手前も行きましょうかあ、腰抜けのおじさん」

こ、小僧でさえ。

行きますよ行けばいいんでしょう的に、及川が妖怪とか学者さんとか作家さんとか馬鹿の人を掻《か》き分けて先頭に至った時——。

及川は、荒俣の前に立ちはだかる何となく見覚えのある顔の男を確認した。

あれは――。

「またお会いしましたね、荒俣先生」

アイパッチ。

大館伊一郎である。

荒俣は――。

「ああ、大館さん。こんばんは」

何じゃその挨拶《あいさつ》は。

大館の背後――多分穴の縁には、いつだったか、あのゴージャスハイソルームにいた連中がずらりと並んでいた。

軍服みたいなコスチュームに身を包んだ武装集団・YATSSである。

「こんな時間に、こんな場所まで、こんなに大勢を引き連れて、能《よ》くぞお越しになられましたねえ、荒俣先生」

「ええ。こちらこそ。こんな大勢さんでのお出迎え、ご苦労さまでございます大館幹事長」

だからそれは牽制《けんせい》しあってるのかい。

「さて、折角お出《い》で戴《いただ》いたのですが、ここから先へは行けないんですよ。残念でしたねえ。ご存じでしょう、この後ろに並んでいる連中。YATSS。そういえば、この間は随分と酷《ひど》い目に遭わせてくれましたねえ」

「むーらあかーみいい」

YATの一人がもんの凄《すご》い険悪な顔付きで村上を見据《みす》えている。瞳《ひとみ》に恨みが籠《こも》っている。あの時、村上がポケットに何かを仕込んだ隊長さんだか何だかだろう。

村上は、うっひゃっひゃームラカミで悪いかばーか、と返した。

こっちはこっちで何ちゅう言い様か。

「そんなおちゃらけた態度が取れるのも今だけだぞ村上よ。この背中のタンクに何が入ってると思う？　ご存じ対妖怪完全滅菌除染ガスだぞ」

「んなもんで妖怪は消えねーから」

いいんだよとYATは笑う。

「お前らが死滅すりゃいいんだよ。もう、富士の裾野全域の動植物が完全死滅する程に撒《ま》いてやるッ！　盛大に噴霧だ噴霧！」

「そんなことしたら同士打ちになるじゃないかよ。自衛隊や警察はガス防護してねーだろ」

「いいんだよ。俺達だけ生き残れば」

YATはヘルメットに附属したやたらと頑丈そうなガスマスクを装着した。

悪だ。

悪の組織の戦闘員だ。及川はそう思った。

大館は何の装備もなく、素のままで笑っている。

すっと右手を挙げる。

YATが噴霧器のノズルを構える。

と。

まあその時のことなのだ。

穴の底の馬鹿三人組である。

馬鹿は馬鹿なりに苦労した挙げ句、何かを掘り出しつつあったのである。

まあ掘り進めている途中で穴の上の方が明るくなったような気はしていたらしいし、何だか話し声も聞こえているような気もしていたようなのだが——そこにみんなが到着していて、しかも危機一髪だなんてことは想像だにしていなかったらしい。

馬鹿だからである。

掘り出されたものは、何だか知らないが壺っぽい、いいものであったという。

レオ☆若葉は『ゲゲゲの鬼太郎』のふくろさげの甕《かめ》を思い出したという。だが平太郎は『レイダース　失われたアーク』の聖櫃《せいひつ》を思い出したらしいし、似田貝に至っては『ハクション大魔王《だいまおう》』が出て来る壺《つぼ》を思い出したそうである。って、どれもかなり形が違うから。

信用できる度合いは三人とも大差ない。なら折衷で想像するよりない。そんな奇態なもの及川にはまるで想像ができないのだが、まあ入れ物っぽいものではあったのだろう。

で。

その時どうも錯乱気味だったというレオは、まあレオは平素から概《おおむ》ね錯乱しているようにも思うのだけれど、何の考えもナシに、その壺っぽいものに手を突っ込んだのだそうである。

お菓子が欲しい飢えた猿か。

右手を挙げた大館は、まあそのまま振り下ろすのだとみんな思っていただろう。

及川はコンマ何秒でも死ぬのを遅くするために息を止めた。まあ苦しくなって大きく吸い込んだ方が早く死ぬかもしれないのだが、まあそんな先のことまで考えはしなかったのだ。とはいえ傍《そば》にいた多田が、両手の短い指をピンと伸ばして鼻と口に行儀良く当てているのを横目で見て、それがまた妙に可愛らしかったものだから、結局少し噴き出してしまったのだが。

どうしてもこいつらには、というか及川自身にも、緊迫感がないのだろう。

生きるか死ぬかじゃないのか。

大館が手を振り下ろせば、ここにいる全員が、そして木も草も虫も獣も黴《かび》も細菌《さいきん》も、自衛隊の人も機動隊の人も、まあみんな綺麗《きれい》さっぱり駆除されてしまうのである。大量殺戮である。

ジェノサイドまで残りコンマ数秒じゃないか。後に残るのは妖怪どもとガスマスクを着けた悪の組織の戦闘員と、大館だけである。

もう、駄目だ。及川は覚悟を決めた。

だが。

挙げられた右手は、そのまま右横に振られた。

右に立って構えていた隊長風の男——村上に悪態を吐《つ》いた男である——は、丁度裏拳《うらけん》で顔を打たれたような恰好になった。しかもかなり強く、である。予期せぬ攻撃を受けた男はバランスを崩し、そのまま後ろに倒れ込んで——。

落下した。

で。

穴の中である。

当然、上から落ちた男は、下まで落ちた訳で。

底の方から見れば、まあ降って来たということになる。

悲鳴の一つも上げただろう。ガサガサどすんと音もしただろう。

それなのに。

男が降って来てもなお、穴の中の馬鹿三人は気付かなかったらしい。

まあ連中がいたのは穴の中心部で男が落下したのは縁の方なのであるから、それなりに離れてはいたのだが、だから気付かなかったとかいうことではない。そもそも大館と行き遭うまで妖怪パレードはブンチャカブンチャカ騒々しくしていたのだし、それからして気付いていないのだから何をか謂《い》わんやである。深夜の樹海は静かなのだからどんなに離れていたって判るだろうに。

連中が何故に気付かなかったかといえば、レオの手が壺から抜けなくなったから——なのだそうである。中で何かを摑《つか》んだのじゃないか。現金摑み取りかい。何かの教訓話か。

そんな訳で三馬鹿は、壺を引っぱったり叩いたり振り回したりしていたようなのだが——。

それに呼応するように。

大館幹事長は暴れ、苦しみ、更に煽《あお》りを喰《く》った数名のYATが穴に叩き落とされた。幹事長はそして、その場に崩れ落ちた。倒れたのではない。崩れ落ちたのだ。

まるで、操り人形の糸が一斉に切れちゃった——という崩れ方だった。関節とか外れてるのじゃないか。毒ガス噴射どころではなくなってしまった残りのYAT達は、幹事長を助けようと慌てて駆け寄った訳だが。

屈《かが》んだ一人の背後から、村上がおんぶお化けのように乗り掛かった。

「おぼさりてー」

村上は首というか頭にしがみ付いて離れない。多田がそれ、オイガカリだよどっちかというと言った。それは、まあどっちでもいいことだと思う。

村上はYATの顎《あご》に素早く手を掛けて、ヘルメットのロックを外した。

当然ガスマスクも外れた。

「ハイ、こんにちはー」

村上は大山《おおやま》のぶ代《よ》っぽくそう言うと、ヘルメットを穴に放り込んだ。他のYATが透《す》かさずガスのノズルを向けたが、マスクを外された男はヤメロヤメロと悲鳴を上げた。

まあ、そりゃそうだろう。死ぬる。

仲間の悲鳴に怯《ひる》んだのが命取りだった。

ノズルを構えた数名はすぐに視界から消えた。

後ろから、人を掻き分けて全力で駆けて来た——。

平山夢明が蹴り落としたのだ。

平山は、破顔していた。

「おほほほほほ。やっつけたぜえ。お前らもやりな」

「せ、先生、それ殺人やないですか？」

松村進吉が引き気味に言った。

「死なねえよ。俺さ、夕方にも三人蹴り落としたから」

「じゃ、じゃあ同行した三人は——」

黒木あるじが能面のような無表情で言う。細けえことはいいんだよと平山は答える。

「正当な防衛ですよ。ほれ」

破顔した平山が、もう一人落とそうとした時である。

牛馬が千頭くらい一度に嘶《いなな》いた——ような、咆哮《ほうこう》とも地鳴りともつかぬ音がした。

音がしたというよりも、地盤全部が鳴ったというか、樹海全体が震動したというか、そういう感じだった。地震のように揺れはしなかったが、何だか空気は振動していた。

その場にいた妖怪以外の者は、全員腰を抜かすか、硬直するかした。

穴の中から饐《す》えた、澱《よど》んだ空気が噴き出し、細かい屑《くず》のようなものが舞い上がった。

枯れた植物や死んだ動物の残骸だろう。それは壮大な粉塵《ふんじん》だった。

そして、穴から巨大なものがせり上がって来た。

それは暗い緑色だった。苔生《こけむ》した山のようだった。でもそれは山ではなく、頭だった。そうと知れたのは顔が現れてからだった。それには大きな眼がついていたのだ。見開かれた右眼は充血し、白目は赤く濁っており、左眼は——潰《つぶ》れていた。

「ダイモン――」

荒俣宏は静かにそう――言った。

って、これ、ダイモンですか。でかくないですか。ガメラより貞子よりでかいですよ。

やがて。

尖《とが》った鼻と裂けた口が、顎が、首らしきものが現れ、肩が覗《のぞ》いた。腕はなく、代わりに触手のようなものが何本も、何本も窺《うかが》えた。

触手というよりも木の根のようなものであるらしかった。軟体動物のような動きはせず、どこかパキパキとした動きであったのだ。

その根の一部が、扇のように左右に開いた。

まるで、背中に羽が生えたかのように見えた。

エヴァンゲリオンのOPというか。イリス覚醒《かくせい》というか。判る人にしか判らないと思うが及川の語彙《ごい》では的確に説明できないのだからしょうがない。こういう、細かいネタを引き合いに出してアレみたいだコレみたいだと説明するのは、まあ小説やなんかだと三流ということになるんだろうなと、及川は思ったものである。

平山が娯《たの》しそうに叫んだ。

「こ、小林《こばやし》幸子《さちこ》かよオイッ」

うー。まあ天辺《てっぺん》に彼女が装着されていれば、紅白歌合戦と思えなくもない。いずれにしてもラスボス感は充分である。

どうやら。

すったもんだの挙げ句。

穴の底で馬鹿三人は壺を壊してしまったらしいのである。

途端に、まあ、中のものが巨大化したということらしい。

レオは驚き慌てふためき平太郎は呆然《ぼうぜん》と自失し似田貝は失禁した。失禁だけなのかどうなのかは、まあ定かでない。まあ、それは無理もないだろう。ここ数年、起きるべくもないことばかり起きている。常識だの良識だのは完膚なきまでに破壊され、科学知識も経験的知識もまるで信用できず、道徳倫理は地に堕《お》ちた。石が流れて木の葉が沈むような、それでももう驚けない程に日常はぶっ壊れてしまっている。それでも。

これは、ねえ。

こりゃもう、YATも自衛隊もありゃしない。

荒俣は穴の縁で果敢に立ちはだかっていたが、残りの者は後退した。最後尾の連中は逆に前進したから、穴から少し離れたところに妖怪連合特攻隊は団子のようになって固まった。

しかし。

如実に反応したのは、寧《むし》ろ妖怪どもだった。

妖怪どもは次々に、まるで磁石に吸い寄せられる砂鉄のように巨大怪物に取り付いたのである。傘も、鍋釜も、天狗も河童も、何だか判らないものも、火も――。

マジ、妖怪大戦争すか。

「あらー」

呆然とするしかなかった。

「おいおい、これでいいのかよ」

村上が呟《つぶや》く。

「ってかさ、何でお化けはあれに向かって行くんだ？」

「天敵《てんてき》のようなものなんじゃないすかー」

化野が言う。

お芋《いも》に群がる蟻《あり》のようだった。

牛鬼《うしおに》がひっ付く。濡女《ぬれおんな》が這う。わいらが爪を立てる。烏天狗《からすてんぐ》が突《つつ》く。巨大な蟹《かに》が挟《はさ》む。大きな歯を剝《む》いた口が嚙《か》む。虎のような化け猫が引っ掻《か》く。猿の経立《ふったち》が齧《かじ》る。槍《やり》を持ったものは突き、棒を持ったものは叩き、剣を持ったものは切りつける。お釜のお化け——鳴釜《なりがま》は頭突《ずつ》きを喰《く》らわせ、卸金《おろしがね》のお化け——山颪《やまおろし》はぞりぞりと敵をおろし始めた。

「す、すげえな」

郡司が口を半開きにしている。

「あんな好戦的なんだ、妖怪」

まあ、凄いことは凄いのだが、相手にダメージがあるかというとやや怪しい。象に虫が集《たか》っているようなものである。

「妖怪大戦争って、こういうことなんですか？」

と、高い声で尋いたのは、額の辺りにかなり輝きのある男、元角川の上野《うえの》秀晃《ひであき》である。上野は社会がこんなことにさえならなければ、及川に代わって『怪』の編集を手伝っていただろう男である。つまり、社会がこんなになっていなければ、及川は左遷されていたということになるのだが、及川は上野を見る度、子供の頃にテレビで観かけた、若い頃のキッシンジャー米国務長官——当時——を思い出す。

「私は妖怪詳しくないんですけどね、これは、ちょっと違うような気がしますがネエ」

「そうですねえ。私も、ちょっと印象が違いますけど——戦ってはいますね」

岡田が答える。

僕も感心しないなあと言ったのは、元恠異《かいい》学会の榎村寛之だった。

「これね、まあ勝てる見込みがあるというのならまあいいんですけど、これでは勝てませんよね。精々がところ膠着《こうちゃく》状態でしょ。まあこのまま朝になって、『妖婆《ようば》　死棺《しかん》の呪《のろ》い』というか水木さんの『死人《しびと》つき』というか、あんな風に日光に当たって妖怪がミイラになってしまうとか、そういうことであるならば構わないと思うんですけど、そんなことはない訳でしょう」

でも結構強いですよと木場が言う。

「ピラニア的に攻めてる感じで」

本物のピラニアはあんな風に攻撃しないからと郡司が言う。

「揚《あ》げると喰えるし」

全く関係ない。

「これならもっと妖怪出した方が良くないですか？」

上野が心配そうに言う。実際に『怪』に関わっていた訳ではないというのに、将来的に関わる予定だったというだけでこんな目に遭っているのだから、何とも憐れな男である。

「でかいですよね。三百メートルくらいないですか？」

東亮太が言う。松野くらが尋いた。

「あ、あれが日本人から余裕を吸い取ってはる本体さんなんですか？」

本体さんなんだよと郡司が答えた。

あれダイモンだよねえ、少し似てるよねえと多田が騒いだ。

「偶然かなあ。ねえ」

やや判り難《にく》いのだが、要するに大映映画の『妖怪大戦争』に出て来る吸血ダイモンのデザインにやや似ている、ということだろう。

あれも他とおんなじなんじゃないのと、ぼそっと言ったのは不思議餡という男だ。俺ではなく餡である。及川は何をしている男なのか知らないが、多田や村上の古い友人で、所謂《いわゆる》妖怪仲間である。

「俺達はあの映画知ってるから、だから似て見えるんじゃないの？　ダイモンだし」

「え？　そうかな。だってアレ、違うんでしょ」

やはり言葉足らずだが、他の可視化している妖怪とは違う存在なのではないか、という意味だろう。しかし、可視化してしまった以上は同じようなものだと及川も思う。

吸ってはるのかなあと松野が言う。

吸われてる感じはしませんけどねと木場が答える。吸ってるよちゅうちゅうと、多田は荒俣の真似をした。

「いや、吸われてる気がするなあ」

上野が不機嫌そうに言う。

「正直、段々ムカムカというか、苛々《いらいら》して来ました。ちょっとだけ多田さんを殴りたい気分ですよ。申し訳ないんですけど」

止《や》めてようと多田は怒った。

「上野はさ、まだ馬鹿度が低いんだよ。だからすぐそうやって余裕なくなるんじゃね？」

郡司は余裕ありそうだ。及川は——まあ自分はほとんど変わりない気がする。

木場がじゃあ吸ってるんだと言う。

「あの、根っこというか触手から吸ってるんですかね」

「えーと」

久禮が、それあかんのと違いますかと言った。

「あれ、あれがホントに馬鹿を吸い取るモノだとしたらですよ。やっぱり私らは恰好の餌《えさ》ってことになるのと違いますか？　みんな、汲《く》めども尽きぬ大馬鹿なんですから。だったら私らが居《お》るここは、餌場ですよ。私ら、敵にエネルギー供給してるだけやないですか？」

いや、そうじゃないと京極が言う。

「人間は生きて行くために塩分を必要とするし、塩は調味料としても欠かせないものだよ。しかし荒俣さんが言っていた通り、僕らは岩塩なんだよ。人間はどれだけ必要だとしても岩塩は喰わないし、喰ったって塩辛くて喰えやしないから。塩分過多は健康被害を齎《もたら》すし、過剰摂取すれば——死ぬんだよ」

と、いうことは——と京極は顎を擦《さす》った。

その間にも、妖怪達は戦闘を続けている。

アホな連中はかぶり付きで観戦している。

ホントに緊張感がない。

「凄いですよ。愛宕山《あたごやま》太郎坊、相模大山伯耆坊《さがみだいせんほうきぼう》、飯綱三郎《いづなさぶろう》の天狗三弾攻撃だッ。まるで黒い三連星！　これは効いたのではありませんか！」

「富士陀羅尼坊《ふじだらにぼう》も負けてないす。錫杖《しゃくじょう》による三段突きッ」

「九尾の狐は咬み付きか？　九千坊は、おっと得意の張り手ですよ！」

「大百足《おおむかで》が出ました。毒がきッつそうですね。あれは何だ？　猿神《さるがみ》か？　それとも狒狒《ひひ》か？」

「狂暴だねえ。おっと飛び道具です。野鉄砲《のでっぽう》の野衾《のぶすま》発射だッ！　バオーンッ」

「おおっと、あれは！　あれは何だァ。無闇にでっかいぞう」

むくむくと巨大化したのは、隠神刑部狸だった。

百メートル以上ある。組み付く。

「狸、かっけー」

まあ、本気で少しカッコ好《よ》かった。顔なんか狼みたいになっている。闘志剝き出しだ。

「駄目だよ」

京極が小声で言う。

「ダメすね」

村上も言う。

「だめ――ですよね」

黒も言った。

「駄目だ駄目だ」

京極が珍しく大声を出した。

「駄目だ駄目だッ！　そんな攻撃はいけないッ。てか、攻撃すんじゃやねえ！」

村上も叫んだ。

「何マジになってんだよ。お前らは妖怪だろうがッ」

「妖怪のくせにカッコつけんなよ。百年早いよ」

「そうでございますよう。狸のおじさーん」

横で――豆腐小僧も言っている。

「喧嘩《けんか》は止《よ》しましょうよう」

「そうだッ。おーい。もっと」

もっと馬鹿になれええと黒史郎が絶叫した。

「馬鹿だ。馬鹿だ。お前らは馬鹿であるべきだ。頭の上にいた時のことを忘れたのかーッ」

そう叫んだ後、だから何だって話ですよね、と黒は小声で言った。

「その通りデスッ」

荒俣宏が吼《ほ》えた。

荒俣は片手を高く挙げ、魔導士《まどうし》のように声高らかに続けた。

「妖怪は、みっともない。妖怪は、恥ずかしい。妖怪は、貧乏だ。妖怪は、見窄《みすぼ》らしい。妖怪は、頭も悪い。妖怪は、懐かしい。妖怪は、恰好悪い。妖怪は、弱い。妖怪は」

馬鹿だッ。

すたすたと豆腐小僧が穴の縁に進んだ。

盆に載った豆腐を差し出す。

「あの、お豆腐ですよ」

株伐《かぶき》り小僧《こぞう》が続く。

「お茶もどうぞ」

袖引き小僧が現れる。

「えーと、えーと」

一つ目小僧が並ぶ。

「黙っていよ」

柿入道《かきにゅうどう》がのそのそと前に出た。

入道はダイモンに向けて尻《しり》を突き出し、びちびちと腐った柿の実をひり出した。

「お・あ・が・り」

ぶはッ——と。

組み付いていた刑部狸が噴き出した。途端に身体が萎《しぼ》む。

狸はげらげらと笑った。

「何じゃそれは」

にっこり笑った柿入道の頭が急にぶくぶくでかくなり、熟《う》れてぼたっと落ちる。

「たんころりーん」

駄目だ。いや、好《い》い意味で駄目だ。くだらない。

天狗どもが一斉に噴き出した。ナマ天狗笑いである。

「はっはっは、そうです。それでこそ妖怪！　さあ、皆さんもご一緒に」

荒俣はそう言うと香川に向け、さあ狸に助っ人をと命じた。

香川は石を出し、八百八狸ッと怒鳴った。

呼ぶ子が反復する。

「ハッピャクヤダヌキ」

「しかも馬鹿モードだッ」

京極が続けた。

途端に。

昨今よく見かける集団女子アイドルのような揃いのコスチュームに身を包んだ、それなのに狸面《づら》の一団が穴の縁にずらりと並んだ。狸は愛らしげに首を曲げ、一斉にすッポン、と腹鼓を打った。

「なんじゃこりゃ」

「狸御殿《ごてん》にようこそ！　私達、TNK《たぬき》808でーす」

く——。

くだらない。

狸は調子っ外れな馬鹿囃子に合わせてヘンテコな踊りを始めた。

狐も負けじと変化《へんげ》する。野狐《やこ》が気狐《きこ》が空狐《くうこ》が、何か妙なものに化けて踊り出す。もしかしたらEXILEとかももいろクローバーZのつもりなのかもしれないが、全くひとつもそうは見えない。何かズレている。芸者とか歌舞伎なんかが混じっていて、外国映画のニッポンみたいだ。巫山戯《ふざけ》るという点に於《お》ては、まあ狸の方が上なのかもしれないが、真面目にやっててスベるというのもまた滑稽《こっけい》なものなのである。天狐《てんこ》が何故かせり上がって来て花吹雪が舞った段階で、馬鹿さ加減はマックスになった。今度こそ小林幸子だなと平山は手を叩いて喜んだ。

それに釣られたのか、妖怪どもも踊り出した。

それはもうこっ恥ずかしいお下劣パフォーマンスと言えよう。

河童がわらわらと穴の縁に集まり、物凄く下品なポーズを取っては、拍子に合わせて放屁《ほうひ》した。下品極まりない。天狗どもは天高く舞い上がり、ドヤ顔で天狗大爆笑を始めた。

「それ、みな混じるのですッ」

荒俣はそういうと、率先して狸や河童に混じり、レゲエっぽい舞踏を始めた。舞妓《まいこ》さんの恰好をした猫がじゃかじゃか三味線を掻き鳴らし、綺麗《きれい》どころに化け損《そこ》ねた川獺《かわうそ》が日本舞踊を舞い踊り、鼬《いたち》は梯子《はしご》を作って禁止された組み体操を始め、小豆洗いが安来節《やすぎぶし》を踊り始め、天空に浮かんだ大首《おおくび》は思いっ切り変顔をして、婆が砂を撒き雪爺《ゆきじじい》が雪ダルマを作り赤ん坊どもは泣き声コーラスを始めて鬼火はケミカルライトのように色を変え、小鬼どもがヲタ芸を始めた。スペクタクルな景観である。って。

何じゃいこりゃあ。

「さあみなさんご一緒に！」

鳴り物を手にした者はそれを打ち鳴らし、ある者は妙な唄を歌い、またヘッポコなダンスを始めた。徳利が転がり槌《つち》が転がり首が転がり馬の首は下がり薬罐《やかん》が下がり袋《ふくろ》が下がり琵琶《びわ》が鳴り釜が鳴り見越し入道が伸びろくろ首が伸び一本ダタラは跳ね回り倩兮女《けらけらおんな》や高女《たかおんな》や山女《やまおんな》が笑い転げ姑獲鳥《うぶめ》や磯女《いそおんな》や雪女は子供を抱いたまま激しい感じのママさんコーラスを始めた。

「た、愉しいッ」

誰かが叫んだ。

まあ、笑いというのは伝染するものなのである。隣の人が笑っていると、つられてしまうことはある。バラエティ番組で笑い声をわざわざ挿入するのはその所為《せい》だろう。及川も、多少は乗り遅れの感はあったが、少しずつ盛り上がって来た——気がした。

いや。いいんだよな、サピエンスでなくてもな。

動物やら道具やらがこんなに楽しそうにしているのに、霊長類が娯しまないのは損じゃないかよ。無機物が笑ってるんだぞ。類人猿だったとしても愉しめるじゃないか。

むはははは。

何だか楽しくなって来たぞう。

いや、及川だけではない。黒も郡司も村上も、多田も、みんな盛り上がっている。荒俣なんかはもう、人か妖怪か判らない感じで踊り狂っている。

——おや。

穴の縁に残ったYATが、軽くリズムを取り始めている。武装して、踊るか？　辛抱堪《たま》らなくなったか。そうして見渡してみると、結構自衛隊の人も混じって踊っている。いや、何か警察官的な人もいる。特殊警棒でリズムを取ったりしているじゃないか。

そう、馬鹿も学者も作家も研究家も自衛隊も警察も、何だか知らないが楽しいのかもしれないと思い始めていた。馬鹿だ。馬鹿が充満している。凄いスケールだ。

いや、そんなものだよ人間は。

真ん中のダイモンは——。

まあ、及川が見たところ、一人だけ田舎の宴会のノリに付いて行けない他国者《フォリナー》みたいな顔をしていたと思う。

そのうち、ダイモンの皮膚の色が変わって来た。

長い頭が徐々に膨れて、濃い緑が徐々に薄くなり始めた。

風船が膨らむみたいだった。

で。

そこで及川は、ダイモンの肩の辺りに必死でしがみ付いている、平太郎とレオ、そして似田貝の姿を確認した。三人はとても面白そうだから宴会に混じりたいのだけれど、手を放すと落ちるので困ったなあという顔をしていた。

「うはああ。及川さあん。何のお祭りい？」

似田貝が裏返った声で言った。

「ぼぼぼぼボクも混ぜて欲しいですよぉぉ。そういうのこそがレオ☆若葉の本領発揮ぢゃないですかあ」

レオはそこで滑稽《こっけい》な仕草をしようとして。

滑落《かつらく》した。

妖怪はそれを見て大喜びした。お化けどもはもう、ダイモンなんか無関係に盛り上がっているのだ。ろくろ首が伸ばした頸《くび》を新体操のリボンのように振り回し、どういう訳かその横で梅沢が土俵《どひょうい》入りの真似をしている。雲竜《うんりゅうがた》型だ。どすこーいの声に合わせ、きゃっほうと叫んでぬっぺっぽうが穴にダイブした。ひょうすべやももんじいがそれに続き、唐傘も続いた。傘は途中で開いてしまい、ダイブしたというよりも落下傘《らっかさん》みたいになって、風に煽られふわふわと舞い上がった。

見ていたお化けがどっと沸いた。狂騒は極まった。

その浮遊する傘の一本足を、平太郎が摑んだ。

摑めるもんなのか。まあどういう具合になっているのか判らないのだが、平太郎は傘とともに下からの気流を受けて高く高く舞い上がった。物理的作用があるのかよ傘。飛んじゃってるよ平太郎。宙に浮いた平太郎は、火事場の煤《すす》みたいに翻弄されつつふわふわと上昇した。

そして、ダイモンの残った方の眼の真ん前に至った。

及川史朗が覚えているのは、そこまでである。

卅

魔人、黄泉路《よみじ》へと還《かえ》る

全てが白い閃光《せんこう》に包まれた——ような気がする。

気がするけれど、でもってその後も意識はあったはずなのだけれども、どうにも判らない。

何故なら——いや、何故ならというか、何でだよというか、結局平太郎は温泉に浸《つ》かっていたからだ。

何て佳《い》い湯だろうか。

好《い》い具合に発汗している。頭の芯《しん》がぽわっとして、あんまりものを考えられない。

平太郎は大きな欠伸《あくび》をして、うんと手足を伸ばした。

どれだけ伸ばしても何にも当たらない。

広い。天井も壁もない。

露天風呂《ろてんぶろ》である。野天温泉、というべきなのか。

いやまあ、湯加減も泉質も最高だこれは。空気も良い。うんと吸い込む。肺に清々《すがすが》しさが満ちる。これはもう好い具合の気温である。寒くもないし、暑くもない。湿度も低いからいつまででも浸かっていられる。心地好いことこの上ない。

空は——青い。どこまでも青く澄んでいる。

明るい。陽射しも優しい。まだ午前中だろうか。

白い雲がぷかぷかと浮いていて、自分も浮いているようだ。

遠くには緑が繁茂している。深い緑、浅い緑。森かな。周り全部が。

尻《しり》の下は岩だが、凸凹《でこぼこ》もなく、ざらついてもおらず、かといってツルツルでもない。

丁度いい具合に座れて、凭《もた》れ掛かれて、もういうことはないですね。

何だろうなあ、ま、こういうのを極楽というんですか。

横を見ると手拭《てぬぐ》いが置いてある。

気が利いてるねえ。

汗を拭《ふ》いて頭に乗せる。

湯は透き通っている。まあ、濁ったのや色の付いたのや臭う湯もいいけど、こういうサラサラした湯もまた格別ですよ。しかも、こんな広いなんてねえ。もう、解放感丸出しです。

「あー」

いい湯だと、平太郎は声に出した。

って、何？

ここは何処。

ここは。

そこは樹海の中には違いなかった。

「え？」

平太郎は少しだけ我に返った。でも、少しだけだった。

まあ昨夜はエライ目に遭ったからなあ。転げ落ちたりしたし。

でも、この温泉で打撲も擦り傷も全部治るんじゃないか。湯治ですよ湯治。

って。

だから。転げ落ちたよな。平山夢明に蹴《け》り落とされたよな。何処から。何処へ。いや、だから樹海のですね、ええと。

「穴？」

穴だよ穴。

あの穴――は、なくなっていた。

――ここ、穴？　いや。

というか穴の縁の方がなくなってしまったのかもしれない。

地表を覆っていた有機物の層が悉《ことごと》く吹き飛んでしまったようだった。上方を蔽《おお》う樹木もなくなっているのだ。三百六十度青空が広がっている。

吹き飛んだって。

何があったっけ。ええと。

ああ何て良い湯加減なのだこれは。

そうかあ、色々吹き飛んで、そこにどうやら温泉が涌《わ》いてしまったのだなあ。

「ぷはーっ」

湯で顔を拭う。

巨大露天風呂である。

こりゃええわい。もう、何もかも終わったんだよ。

ってだから。

どうしたんだっけ。

――飛んだな。

飛んだよ。唐傘《からかさ》の脚を摑《つか》んだじゃん。唐傘って、傘に何で脚があるか。あれは柄だろ。

そうじゃないよ。下駄履《げたは》いてたじゃん。一本歯のさあ。で、付け根に赤い褌《ふんどし》みたいの巻いていてだな、で、下からは見えなかったけどでっかい一つ目で、ベロを出してさ。

――それお化けじゃん。『妖怪百物語』とかの。そんなの。

「妖怪ッ！」

平太郎が声を上げると、何ブツブツ言ってんだよと言われた。

隣に及川がいた。平太郎以上に弛緩《しかん》している。

「お、おおお。及川さん、よよ妖怪」

「何だよさっきから。まあ、色々ロウタ君から聞いたよ」

「に、似田貝さんは」

その辺で寝てるんじゃないと及川は言った。

「あーこの湯は腰に効く。もうフラダンスでもランバダでも踊れる」

「な、何言ってるんですか、ええとその、僕は唐傘を」

「そうそう。摑んだろ。飛んだよな。で、あれはあの後どうしたの？」

「どうしたって、何がです？」

「いや、何かさ、その辺からどうも記憶がねえ」

「及川さんも？」

「まあねえ。ワタシはまあ、平素より概《おおむ》ねこんなもんですけどね。思うに、平太郎君はあのダイモンの残った目を突っついたんじゃないの？」

——ダイモン。

「あ、あれがダイモン？　って、どうなったんです」

及川はマウンテンゴリラが芋《いも》を喰《く》ったような顔で平太郎を見た。

「平太郎君がやっつけたんでしょ？」

「へ？」

「あれはね、ワタシが思うに、馬鹿を吸い過ぎ。あそこ、もうこの世の馬鹿が全部集まったような馬鹿だったからさあ。見てたでしょうに」

「はあ。何となく」

そういえば、平太郎は何かに必死で摑まっていて、でもって、何だか愉《たの》しそうな雰囲気だけは伝わって来ていたのだが。平太郎自身はそんなに余裕がなくて。

滑《すべ》って。落ちそうになったから慌《あわ》てて掴んだら。

それがあいつの脚だった訳で。で、飛んで、それで。

「まあ馬鹿を吸い過ぎたダイモンがさ、こうぷうっと膨れてだねえ。いや、実際に膨れてたんだってば風船みたいに。それでほら、あるでしょ、鬼太郎なんかに。『土ころび』とか『ふくろさげ』とか。鬼太郎の超能力？　妖力？　そういうのをを吸い取るんだけど、どんどんどんどん膨れて、キャパシティを超えちゃって、どっかーんと破裂」

「ああ、『ゴジラ2000ミレニアム』のオルガみたいに」

そんな話だったっけと及川は下唇を突き出した。

「あれえ？　まあいいや。そういうことですよ。で、平太郎君が、一番弱い眼のところをですね、ざくッ、ドカーンですよ。そうでしょ？」

あの白い閃光は、その爆発というか、引火してはいないだろうから破裂——だったのか。

そうなのか。

——そうかなあ。

まあお蔭《かげ》でこうして昼から温泉ですよと言って、及川は肩まで湯に浸かった。

及川だけではない。岡田も浸かっている。

少し離れたところには黒木や松村、水沫なんかが湯に浸かりながら談笑している。平山は泳いでいた。福澤は腰に手拭いを巻き、岩に腰掛けて喫煙していた。

長閑《のどか》だ。

何か、山鳥が啼《な》いている。

あーもうホントに何も考えたくないよ。お腹は空いてるっぽいけど、そんなこともどうでも良くなるわ。ぷはーっ。このまま死んでも本望ですよ。

――いやいや。

よ。

「妖怪はみんな消えたんですか?」

何言ってるのよと及川は指差す。

油すましがぷかぷか浮いていた。

「ああ?」

「今でも出るぞ」

油すましはそう言った。で。及川の陰になって見えなかったが、そこには小振りな小僧が浸かっていた。

「これさ、算盤坊主《そろばんぼうず》君。計算速いよ。ちょっと仲良くなった」

「はあ?」

「こっちにはあんまりいないけど、向こうの方にはお化けいっぱい入ってるよ。何かさ、自衛隊の人とかと結構ウマが合うみたいよ」

「へえ?」

平太郎は身を起こして、岩の向こうを見た。

「あんまり伸び上がるとマズいですよ平太郎君。そっち側は女湯ゾーンだから。覗《のぞ》きはいけません。まあ、一応ね、混浴はいけないかなということで、自然に分かれました。でも、妖怪はねえ。性別が判らんのも多いからねえ。それに、寧《むし》ろ混浴したい系のお化けもいてさ」

及川の示す方を見る。

岩の上には武器らしきものや外された装備が堆《うずたか》く、ぞんざいに積まれている。

その向こうには半裸や全裸になった兵士達が、化け猫遊女に酌をされたり、狸と肩を組んで唄《うた》ったりしている。

実に楽しそうに。

「あの辺のお化けはさあ、オープンというかねえ。目の遣《や》り場に困るけど」

「って――猫ですしね」

「姑獲鳥さんとかは女湯にいます。河童が覗いて困るようよ」

「河童――温泉入りますか?」

「入るんじゃないの」

どうでもいいよねえ、と及川は言った。

ビジターセンターに籠《こも》っていたはずの妖怪難民達の姿も見える。

どこから調達して来たものか、酒やら食い物やらもあるらしい。

妖怪も、自衛隊も、学者も馬鹿も作家も、警察もYATも、男も女も老いも若きも――みんな温泉に浸かっているのだ。

愉しそうに。

そして、何も考えずに。

「ど──どうなってんですこれ？」

及川はもう呆《ほう》けている。

平太郎は湯の中をアヒルのように歩いて、岡田の処まで移動した。

岡田も裸で湯に浸かっていた。色白だ。及川が黒過ぎるのか。

いやあ、温泉はいいですねえ、という話ではなく。

「ええと、岡田さん」

突如ざんぶと湯が盛り上がり、飛沫《しぶき》が平太郎の顔に降りかかった。

象だ。象がいる──と思ったら、梅沢だった。

「オウ。何か知らねえけど、解決したんだろ？」

「いや、それを尋《き》きたいのは僕ですよ。あの岡田さん」

平太郎は梅沢越しに尋いた。何だか山越しに話すようで、話が届き難《にく》い。

「どうなったんでしょう」

「それはですね」

「終わったんじゃねえの？」

いや、梅沢に尋いているのではなく。

「岡田さん、あの」

「私も判りません。最初は——死んじゃったのかと思いましたけど、そんなこともないようです。ダイモンは破裂したみたいですけど——」

「やっぱり破裂したんですか」

それで中に溜《た》まってた馬鹿が全国に行き渡ったんじゃねえのと梅沢が言った。

「正常に——戻ったということですか？」

「知らねえけどさ。ああいい湯だねえ」

どうしても梅沢で止まってしまう。

「じゃあもう、ホントに、いいんですね？」

つうっと似田貝が近寄って来た。ちょっと白豚っぽく見えるのは、梅沢が象だからかもしれない。

「生きてましたねえ、平太郎君」

「はあ」

「唯一の犠牲者かと思っちゃいましたよ。ああ良かった良かった」

まるで心が籠っていない。いいんですかと問うと、まーいいんじゃないんですかと似田貝は答えた。

「実に娯しいですよ。天国ですよ。うひい」

「何がうひいか」

声のする方を見ると、京極が立っていた。

相変わらず凶悪な顔である。もちろん服も着ている。というか、もう和服が襤褸襤褸《ぼろぼろ》になっている。蝦蟇仙人《がませんにん》というか、晩年の果心居士《かしんこじ》というか、眉間《みけん》に深く皺《しわ》を刻み、口をへの字にして、もう交通事故に遭った横丁の頑固爺《がんこじじい》みたいになっている。

「まったく解決してない。寧《むし》ろ悪化してる」

京極はそう言って、更に顔を歪《ゆが》めた。

ああン、と全員が適当な返事をした。

「何でもいいから湯から出ろよ」

「どうして京極さん入らないんですか。温泉好きじゃないですか京極さん。仕事以外でするのは入湯くらいじゃないですか。唯一の愉しみじゃないですかー」

「ウルサいな。じゃあ尋くが、何でお前ら温泉入ってるんだよ」

「それは」

似田貝と岡田が顔を見合わせ、梅沢は首を傾げた。

「さあ？」

「京極さんは何でそのまんまなんです？」

「あのな、僕はあの馬鹿騒ぎには参加してなかったんだよ」

えー、と寄って来た及川が言った。算盤坊主を連れている。

「馬鹿になれえとか鼓舞《こぶ》してたじゃないすかあ」

「したよ。大いにしたよ」

「じゃあ何で」

「僕は馬鹿だし、馬鹿が好きだがね、人に馬鹿なことをさせたり、馬鹿な人を立派な馬鹿に育てたり、馬鹿なことをしている人を観たり、馬鹿なことを記憶して反芻《はんすう》したりするのが好きなんだよ。僕はそういう種類の馬鹿なの」

「ああ」

馬鹿ブリーダーかと及川が言った。

「だからいい具合に馬鹿が頂点に達した時、僕はかなり離れていてだな、全体を見渡していた訳だよ。まー正直僕だって馬鹿なをどりとかしてみたいという誘惑に駆られたけどさ」

じゃあ踊ればいいじゃないですかと似田貝が言う。

「踊るんですよ。そういう時は踊りましょうよ」

「あのな、作戦が遂行できるかどうか、誰かが見届けなくちゃいかんだろう。失敗する可能性だってあったんだからさ。で、まあダイモンが膨張《ぼうちょう》し始めてヤバい感じになったから、平太郎が飛んだ段階で」

木の洞《うろ》に隠れたと京極は言った。

「ウロ！　ウロありましたか」

「ちゃんと確認しといたんだよ来る時に。僕はゆっくり歩いたからさ。そしたら」

じょかーんと言う声がした。村上である。何処にいたのか。

「破裂――ですね」

それは判らないと京極は言った。

「どうして」

「だから洞に入ってたの。何も見てないよ。音もしなかったよ。一瞬、辺りが白くなったけどそれだけだって」

京極も肝心なところは見ていないのだ。

いったいどうなったんでしょうと平太郎が尋くと、破裂に近い何かはあったんだろうなあと京極は言った。

「まあ、ダイモンを粉砕するにはあの手しかなかったと思うから、あれはまあ作戦としては間違ってなかったと思うし、その結果そういうことがあったのなら――仕方がなかったんだと思うけどね。でも、敵は一枚上手だった訳だよ」

京極の後ろから今度は郡司が現れた。印度三百円のアロハを着ている。郡司は京極の顔を見てから平太郎達を見回して、がっかりした。

「拙《まず》いねえ。こりゃあ」

郡司は酸っぱい顔をしている。何か美味《おい》しくないんですかと及川が言う。いいから上れよと郡司は言った。

「もうすぐ上野と黒さんがビジターセンターから戻るから。その前にお前らだけでも風呂から出ろよ」

「何で」

気持ちいいよと梅沢が言う。

知ってるよと郡司と村上と京極は声を揃えて言った。

「そりゃ気持ちいいだろうさ。温泉は気持ちいいんだよッ」

京極がもう年老いて死にかけたデビルマンのような顔をしたので、その辺にいた連中はぶつぶつ言いながら湯から出た。服は、何故かきちんと畳んで近くに置いてあった。バスタオルはなかったので、手拭いで拭いた。

これはこれで気持ちが良い。

もう、風が心地好い。

ビールでも飲んでこのまま——。

「そうはいかねえよ」

村上が言う。その横では香川が睨《にら》んでいる。いつの間に現れたのか。

「村上さん、入ってねえの？」

梅沢が絞り切れてない手拭いをぶらぶらさせて尋いた。雫《しずく》垂れまくりである。

「おいらも最初は入ってたんすよ。すげー気持ちよかったですからね。もう二度と出たくないと思いましたよ。思いましたけどね」

「思ったけど何。いいじゃん」

良くないんですよと香川が言った。

「良くねえの？　有料？　無料だろ」

そこで。

遠くの方からみなさーんという甲高い声が聞こえた。

「あ。上野さんですよ。うはあ、何かエロい顔してますよ」

「黙れよ似田貝。上野君はね、お前らがそうやってふやけている間に、片道二時間以上の道程を行って、戻って来たんじゃないかよ。お前こそ頭がふやけてんじゃないのか」

「え？　そうすると、僕らはもう四時間以上温泉入ってるんですか？」

「入ってたじゃん」

――そんなに？

「あのな、ダイモンが消滅したのが朝の四時前。今はもう九時」

「五時間！　そんなに入ってたかなあ」

梅沢が両手を確認する。

「ああ。ふやけてるわ」

「当たり前ですよ。その間、散らばっていたレンジャー部隊だとか様子を見に来たビジターセンター組が次々に入湯して、まるで場末の健康ランドみたいになっちゃったんだから」

「おいらは一時間で出されたんだよ」

村上は不満そうに言った。

「つうか、湯中《ゆあ》たりすんぞ、普通。逆上《のぼ》せるだろ。どうして平気なんだよ」

「さあ」

「洞から出たら、もう入ってたよみんな」

京極はそう言った。

「まだ夜明け前だったよ。夜明け前から温泉だよ。全員ビバノンノンだよ」

それがおかしいですよと香川が言う。

「京極さん、一体どのくらい洞に入ってらしたんです？」

「平太郎が傘に掴まってすぐに入って、凡《およ》そ十五分」

京極の体内時計は妙に正確らしい。誤差三十秒くらいだと聞いたことがある。

「すると、十五分で我々は服を脱ぎ、きちんと畳んで、温泉に浸かったことになりますね。全く無意識のまま」

そうなるねと郡司が言った。

「京極さんに棒で突《つつ》かれるまで、全く意識がなかったから。記憶もない」

郡司さんは頻繁《ひんぱん》に記憶なくしてたでしょう昔と京極が言った。

「まあそうね。酒飲んだ後――程度だな」

「郡司さんを見付けて、それから村上君を見付けたの」

「おいらも記憶ないんですよ。河童と一緒にオナラ合戦してたはずなんだけど、気が付いたら温泉に浸かってましたからね。声掛けられて暫《しばら》くは状況が全く判らなかったですよ。十分以上ぼーっとしてて、それでやっと上ったんだよ」

京極さん怖かったからなあと村上は言った。

「それからみんな捜したんだけど、広くてさ。真ん中の方なんか行けないし。多田ちゃんなんか何処にいるか判らないんだよ。あっちこっち上っちゃ入り入っちゃ上りしてるからさ。香川さんと黒ちゃん見付けるのがやっとだったよ」

そこに、上野と黒が到着した。

「いやー、郡司さんの推理通りでした」

上野がぜいぜいしながら言った。広々とした額に汗が浮かんで光っている。

「やっぱりな」

「どんな推理ですか」

平太郎が問うと、ここだけじゃないですねと黒が答えた。

「何がです？」

「ですから、このノンビリ平和ムードです」

「いや、ちょっと解りません」

京極が険悪な眼で睨む。

「あのな、今まで何年もかけてじわじわと吸収した日本中のゆとりや余裕や馬鹿がだな、どうやら今朝、一度に放出されてしまったようなんだよ。ダムが決壊したみたいに、今、日本列島はゆとりと余裕と馬鹿の大洪水なんだよ」

あの閃光は——ゆとり放出？

国民全員が呆けてますねと黒は言った。

上野が困ったような顔で、でも口調だけは事務的に続けた。

「もう、みんな仲好《なかよ》し。喧嘩《けんか》諍《いさか》い一切ナシ。微笑みと慈《いつく》しみに満ちてます。町中が肩組んで身体《からだ》揺すって童謡歌ってますよ。みんなにっこにこ。テレビで観ました」

いいじゃねえかと梅沢が言った。

「平和じゃん」

「ええ。平和です」

「こないだまでのあのギスギスはないんだろ？」

「嘘のように」

何がいけないんだか解らねえと梅沢は言った。慥《たし》かにそうである。

ミッションクリアじゃないすかあと似田貝が言った。

「もう、誰も僕らの命を狙ってないすよね？　ここそこ隠れて生きることないですよね？　僕はさっき、YATだった人にチューハイ貰《もら》っちゃいました。結構いい人ですよ。みんな」

まあ誰も狙ってないよと郡司が言う。

「そうなんでしょ？」

狙ってないすねえと黒が言う。

「狙いようがないです」

じゃあイイじゃないすかと及川が言った。

「ねえ？　そうなんでしょ。違うの？　上野さん」

解体です」

「そうですね。ええと、今朝、六時の段階で発表があったようです。ええと、警察と自衛隊は

「か？」

「組織自体がなくなっちゃいました。そんな恐ろしいもんは要らんと。で、国民は大喜びですね。ニュースでやってました。みんな、公園で踊りながら東京音頭と六甲おろし同時に歌ってましたけど。妙に優しい感じで」

待ってくださいと岡田が止めた。

「上野さん、今、解体と言いました？」

「解体ですね。防衛省も警察庁も警視庁も、やーめた、だそうです」

「はあ？　解体ぃィ？」

やっぱりな、と郡司が言った。

「政府は？」

「はい。その一時間半後になりますが、全ての省庁廃止が発表されました。で、政府も解散」

「総選挙？」

違いますよと黒は否定した。

「政府が解散ですよ。日本国はナシ。ナッシングですね。パジャマ姿の芦屋首相は満面に笑みを浮かべて、もう止《や》めましょうねえ、辞めていいよね、と言いましたよ。一応、その後に陛下《へいか》のお言葉があるとかいう話してましたけど、テレビが終わっちゃいました」

「終わったって？　番組が？」

「放送を止めちゃったんです。送信終了。もう、何も映りませんよ。『しばらくお待ちください』も公共広告機構《や》のCMもカラーバーすらないですね」

電波そのものがないですからねと黒は言った。

砂嵐復活かよと梅沢がいうとそれも終わりますと上野が言った。

「もうすぐ電気も水道も止まります。もう止まってるかもしれませんね。もちろん、電話も通じないし電車も動いていません。あらゆる公共サービスは終了しました。保《も》って今日一日ですかね。県庁も市役所も区役所も村役場も学校も病院も閉まってます」

「休み？」

「閉店ですって。廃止。あのですねえ、今はですね、日本中、誰も働いていないんですよ」

全部ナマケ！　と似田貝が叫んだ。

「もう完全麻痺《まひ》です。この国は終わりました。みんな仲好しにはなりましたが、労働意欲もなくなりました。誰も何もする気ナシ。何もかも、全部終了です」

「つったって――困らないですか？」

みんな楽観してるようですよと黒が言った。

「楽観？」

「ビジターセンターに残ってる人達も、その辺のもの喰《く》って笑いながらごろごろしてます。みんな、シヤワセだーとか言ってましたけどね」

「だって、病人とか怪我人とかもいるだろうよ」

「治るような気がしてるみたいですよ、みんな。幸福感があるから。明日になれば何とかなるとか、みんな仲好しで親切だから誰か何とかしてくれるだろうとか、絆《きずな》があるから生きて行けるとか思ってますね。で、取《と》り敢《あ》えず明日できることは明日にしようと、みんなボケっとしてますよ。機嫌はいいですけど」

死んじゃいますね死ぬでしょうねと黒は結んだ。

どうだよ、と村上が言った。

「また温泉浸かるか？　浸かったまま浸かり死ぬか？　まあ気分幸せでそのまま死ぬならそれはそれでいいけどさ」

ひゃあ、と似田貝はあんまり緊張感のない悲鳴を上げた。

「それ、まずいですかね。でもホントに餓死するまで働きませんかね。だってお腹空くでしょうに。便所だって流れないでしょうに。それ困りますよ。二三日はいいとして、いざとなったらまた何とかしませんか？」

五時間温泉に浸かっていた奴らが何を言うと京極が言った。

「声掛けなきゃまだ入ってたろうよ。いいや、ずっと入ってるだろ。死ぬまでな」

そういう――ことか。

リバウンドみたいなもんだなと郡司が言う。

「今までの極端な緊張生活が一気に弛緩したんだろ」

いや、ちょちょっと待ってくださいよと平太郎が前に出る。

「それってどうするんです。この間まではその、ダイモンがいて、それが原因だった訳ですよね？　あの、恐怖な感じの緊張暴力社会」

「そうね」

「でも、これって、もう——どうしようもないじゃないですか。手の打ちようがないでしょうよ。またダイモンに復活して貰うんですか？」

「そんなことはできないな」

「じゃあ」

みんな、空を見上げた。

ひとまずみんな温泉から出しますかと及川が言う。

「出してどうする？」

「出せばその」

「あのねえ及川さ。温泉が原因って訳じゃないんだよ。もう、日本中、全国津々浦々にボケ光線が照射されちゃったんだから、ボケなんだよみんな。僕らだって既にボケてるんだよ。そのボケが温泉なんか入っちゃったら、もう出られないってだけだよ」

ボケてませんよと及川は不貞腐《ふてくさ》れたように言う。

「さっきまではボケてましたけど、もう治りましたよ？　温泉出たら。今は普通ですよ」

俺達はずっとボケで馬鹿が普通だろうよと郡司は言った。

「あッ!」

「あじゃないよ。元からなんであんまり変わらないってだけだよ。だから元々馬鹿度が低かった岡ちゃんとか上野は、寧《むし》ろ少し馬鹿になってるかもしらん」

郡司に言われて見てみると、岡田も上野も、まあ慥《たし》かにやや緩んでいるかもしれないという気はする。多少ばかになった気はしますと岡田は言った。

「まだ——かなり楽観的というか、緊迫感が持てないというか」

何十万年か遡《さかのぼ》ったねえと及川が意味不明のことを言った。上野は、僕は不本意ですよと言った。でも見た目がエロいですよと似田貝が言う。どうしてそうなるんですかと上野は激しく抵抗した。それに関しては似田貝がおかしいと平太郎も思う。

「まあ馬鹿は日本に充満してるから、そのうち段々馬鹿になるよ上野も。でも、馬鹿馴《な》れしてない人が急に馬鹿になると、こうなっちゃうのよ」

郡司は温泉を示す。

全裸のレンジャー部隊は河童とお尻を見せ合って爆笑している。色っぽい化け猫に抱き付いて呆けているのもいる。人間だとセクハラで完全にアウトだが猫なので微妙である。道具のお化け達と鬼ごっこをしている者もいる。簞笥《たんす》とかは浮くので面白いのだろう。

まあ、ここにいる連中はいつもそんなだが。

「な。我々は長年の苦労と努力で一般社会と馬鹿の折り合いをつける修練をしてるから。でも馬鹿ビギナーは限界も見極めもできないから、延々《えんえん》とあんな風にし続ける訳だよ」

そうか、と及川は手を打った。

「あの、昨日《きのう》までと同じことですね？　昨日までは国中に極端に馬鹿が足りなくて、でもって普段から馬鹿であるワタシ達だけが通常モードだったけども、一転して国中に馬鹿が過剰に行き渡って、リバウンドでみんな大変な馬鹿になってしまったんだけども、やっぱり普段から馬鹿のワタシ達だけが通常モードと」

及川にしては上手《じょうず》な説明だと梅沢が感心した。

「納得行った」

「だから、あそこに浸かっている連中を風呂から出したってどうもならんよ。元々馬鹿は出ても馬鹿。俄《にわか》の馬鹿はもっと馬鹿。まあ、何かしようとするなら元々馬鹿をピックアップするしかないけども――」

人数増えたって何もできないでしょと郡司が言う。

「寧ろ浸けといた方がいいでしょ。二三日は死なないし」

「佐異学会の人くらいは出しますか」

「出してもなあ」

することないねと郡司は言った。

「まあ、街に出たって店は閉まってる車は一台も動いてない水道も出なけりゃ便所も流れないんだから。ここにいるのと変わりないから。それに、学者の人なんかは俺達程馬鹿じゃなかったんだから、影響受けて馬鹿になってるんじゃないか、多少」

木場や久禮はともかく、避難してきた人達はまあ、そんなに馬鹿度は高くなかった。見れば酔っぱらった天狗と有名なクリエイターがあっち向いてホイを始めていた。女湯の方も変わらないのだろう。嬌声《きょうせい》と歌声が響いて来る。

「な。みんなレオみたいになっちゃう訳だよ」

それは国が滅ぶなあと全員が納得した。

——そう言えば。

「レオさんどうしたんでしょう」

「レオ？　まああれは多分、何の影響もないよ。馬鹿の中の馬鹿だし。どっかで楽しくやってるんじゃないのか？　今まで通りに」

為《す》す術《べ》がない。

どうすると京極が言う。

「僕はそもそもそんなに生き長らえるつもりもないから、温泉に浸かって湯治死しろというならまあそれでもいいかと思うけども——ただ何日かするとここに死骸《しがい》がプカプカ浮き始めることになるし、それも腐敗し始めるだろうし、そういうのはちょっと厭《いや》だね」

厭ですと村上も言う。

「ビギナーの人達は、きっとそれでも何もしないと思うよ。何もできないしね。で、一人ずつ死んで行くんだよ。しかし僕らはなあ。ある意味で通常モードだからなあ」

森へ行きましょうと香川が言った。

「ここは、何か切ないです。別荘地に戻れば、空き家もあるでしょうし」

「勝負したつもりはないけど敗北感だけがあるね」

郡司の言葉を受け、全員が項垂《うなだ》れた感じで温泉を後にした。

幾分明るくなっていたが、森は森だった。動植物には何の影響もないのだ。人間以外にとっては死滅ガスを散布されるよりずっとマシだったのかもしれない。一時間くらい移動した。

まだ別荘地ではない。道なき道を進むと、ちらっと何かが動いた。

「アッ！」

村上が叫んだ。

「何」

「あの形は、か、克己！　多田克己！」

「え？」

蟻じゃないですかと似田貝が意味不明なことをほざいた。ホントに馬鹿が増量しているのではないか。それにしても村上の動体視力は大したものだと思う。それは蟻なんかではなく、本物の多田克己だったのだ。不思議館と東亮太も一緒だった。

「多田ちゃん、無事かよ」

梅沢がちょっと感動的な再会の言葉を吐くと、多田は無感動に無事ですよと答えた。

「何してるんだよ。温泉に入ってたんじゃないのか？」

「入ってませんよ」

入ってただろうよと村上が言った。

「見たよおいらは」

「入ってませんよ?」

「いやいや、いたって」

様子を見に行った時にちょっと入りましたね多田さんと東が言った。

「ちょっとね。ちょっとだよ。ちょっとですよ」

様子見って何と及川が問う。我々は吹き飛ばされ組なんですと東は言った。

「は?」

飛ばされたんでありますッと言って。

不思議議餡の後ろからレオ☆若葉が登場した。こいつ鬱陶《うっとう》しいねと不思議議餡は頬だけで微《かす》かに笑った。目は笑っていない。

「村上先輩、レオは健在であります。新建材不燃耐震構造でありますよ。いやーついにボクの時代がやって来ましたねえ。ばかによる莫迦《ばか》のための馬鹿な時代」

「鬱陶しいでしょ」

「死ね」

村上が言うと、それを待っていたんですとレオは言った。

「多田センセも不思議さんもこちゃさんも言ってくれません!」

僕は何度か破裂しろと言いましたと東亮太は言った。

「その、飛ばされ組って何なのよ」

「ええ。気が付いてないと思いますけど、あの穴の底にいた者は、随時排出されてたんですよね。ポンポンと」

「底？　底にいたの？」

僕は突然生《は》えてきた古山茶霊《ふるつばきのれい》に押されて落ちましたと東は言った。俺はぬっぺっぽうのダイブの煽《あお》りを喰って落ちたと不思議議餡は言った。

「ボクわ」

お前が落ちたとこは見たと村上はレオの口を封じた。

「多田ちゃんも？」

そうですよと多田は威張った。

「落ちた？」

多田は答えなかった。ただプリプリしている。

ダイブしたんだろと郡司が言ったが、多田はやっぱり答えなかった。

「それ、どのくらい飛ぶの？」

「はい、結構飛びますよ。四方八方に。あの、仙石原ミイラも同じように飛ばされたんだと思うんですけども――」

じゃあ死ぬでしょうにと黒が言った。

「そんなん、普通死にますよね？　ぺしゃんこですよね？」

「それが死ななかったですね。僕は相当怖くて、気を失ってしまいましたけど」

「ボクは楽しかったであります！　木だの何だのが何層にもなっていて、クッションというかくっさめというかですね」

判った判ったと村上が止めた。

「お前だけは死ぬべきだったよレオ。今からでも死んで欲しいよレオ。まあ、遠からずみんな死ぬみたいだけどな――」

「皆さん！」

森の方からまた声がした。

荒俣宏だった。山田老人他数人を従えている。

「皆さんはまだ正気ですか！」

荒俣さんと呼びながら郡司と岡田が駆け寄った。

「荒俣さんこそ無事なんですか！」

「私は無事です」

「だって、一等前で踊ってたじゃないですか。モロに浴びたんじゃないんですか、その馬鹿エキスみたいなの」

「浴びませんヨそんなものは。私はちょっと張り切り過ぎて、ダイブしてしまいましたヨ」

「落ちてた！」

僕も一緒ですよと言って多田はキキキと笑った。やっぱり。

調子に乗ってダイブしたんだ。しかしここでカミングアウトするか。

穴の底にいたYATの皆さんですと、荒俣は背後の男達を紹介した。

平山さんが蹴り落とした！　と似田貝が言い、大館さんに裏拳《うらけん》で落とされた隊長、と及川が言った。そういえば平太郎も見覚えがある顔だ。隊長じゃなくてチーフだよと男は言って、一歩前に出た。

「村上よ。てめえ、中々やるじゃねえか」

男は笑った。そして、握手を求めた。映画やアニメで能《よ》くあるパターンだ。この人はこの後力強い味方になって、村上を護《まも》るために命を落としたりするんだ――と、平太郎がワクワクして見ていると、村上は握手を受け付けず、代わりにブッと一発屁《へ》をかまして、

「はいよろしくー」

と言っただけだった。真後ろにいた不思議館が臭《くせ》えよと言った。

荒俣はそれから、ぬっぺっぽうさんとひょうすべさんを紹介したが、それは紹介するまでもないものである。まあダイブしていたし。ももんじいは見付からないらしい。

「荒俣さん、実は――」

大体のところは承知してイマスと荒俣は言った。

「政府の動きも知ってます。私は気が付いてすぐ、水木大《おお》先生の安否を確認に戻ったんで、まあ報道なんかは見てます」

「水木さん！」

忘れていた訳ではない。誰も口にしなかっただけである。口にするのが——恐ろしかったのだ。もし、何かあったなら——。

大先生はご無事じゃと山田老人が言った。

「儂《わし》はこの齢《とし》じゃから、行軍からは外れるよう荒俣先生に言われておったのだ。それで、防御が手薄になるビジターセンターから隠密裏《おんみつり》に水木大先生様を別の場所にお移しして、お護《まも》りせよという密命を戴いたのじゃ。陽動作戦が成功しても、敵の総数が判らんからな、万が一にでも、襲われる可能性はあったからの」

「じゃあ大先生は」

「すぐそこの東屋じゃ。目立たぬ処《ところ》よ」

何だか知らないけど水木先生が近くにいるというだけで格別の安堵《あんど》感が広がった。別に何の進展もしていないのだが。

ご一同、ご苦労だったのうと山田老人は労《ねぎら》いの言葉をくれた。

「いや——結果的には負け戦ですよ」

郡司が言う。

「こんな裏があろうとは。日本は終了しました」

荒俣は——郡司に不満の視線を向けた。

憤懣《ふんまん》やる方ないという顔である。荒俣と付き合いの長い郡司はすぐに察して畏《かしこ》まった。序《つい》でに及川と岡田も気を付けをした。上野が倣った。

「終了って、何を言ってるんですか郡司クン。確乎《しっか》りしなさい。勝ちも負けもない、まだ何も終わってないヨ！」

「いや、そうですか？」

これを覽《み》てくれと言って山田老人は手にしていた巻物を少し広げた。

「まだ——何もない。白紙だ」

それはそうだろう。本来そこに描かれているべきぬっぺっぽうやひょうすべが一緒になって覗き込んでいるのだし。京極はその様子をやけに怪訝《けげん》そうに眺め、それから視線を平太郎に寄越した。

怖い。何かヘマをしただろうか。

「つまり、だ。未《ま》だこの世界は反剋の相のまま——ということじゃ。そのバビロニアの魔物は滅んだのだろうが、それを操っておった大本の何者かは今もどこかで北叟笑《ほくそえ》んでおるのだ。香川先生、石の方はまだあるのかね」

香川はありますと言って胸ポケットを叩《たた》いた。

京極はまだ平太郎を睨《ね》め付けている。

何だどうしたんだ。

「石も発動したままなんだろう。まだ呼ぶ子は出るだろうしな」

京極は腕を組み、やがて老いた土佐犬《とさいぬ》が腸閉塞《ちょうへいそく》で苦しんでいるような顔になった。どうも一人だけ違うことを考えているようだった。

平太郎は不安になる。

郡司や香川、村上や黒が、侃々諤々《かんかんがくがく》協議を始めている。

「反剋石も未來圖もあるんですから、まだ多少の勝機はあるのじゃないですか」

「だってこれ、出すだけでしょう。吸わないでしょ」

「吸うって何？」

「お化けをですよ。ラッパみたいに」

「ラッパは吹くんだろうが。でもなあ。慥《たし》かに消し方は知らないなあ」

「出しっぱだねえ。前は消えてたけど、あれも勝手に消えてたんだよね」

「いっそ、ダイモンを呼び出すというのはどうですか」

「はあ？」

「退治したじゃん」

「だからこそ出せるんでしょうに。これはないものを出す石なんだし」

うーむ。

「で？ダイモンに蔓延《まんえん》した馬鹿を吸って貰うのか？　ラッパみたいに」

「だからラッパは吹くんだってば。でも、有効かなあ。ちょっとそんな気もするなあ」

「敵だよ？　元通りになるよ？」

「こっちで呼び出せば味方になるんじゃないのか？」

「でも、適度なところで摂取を止めて貰わないと、それこそ元の木阿弥《もくあみ》ですよ」

「ハイ止《や》め、で止めてくれますか？　あのダイモンが」

「消せば」

「だから消し方が判らないんだって」

うーむ。

「我々はやはり戦闘向きではないねえ」

「まあ、馬鹿ですからね」

「過去の賢人でも呼び出して意見でも尋きますか」

「それは意味がないんじゃないか」

「でも——」

「これもフェイクだ」

突然、それまで黙っていた京極が大声で言った。

どういうことです京極さんと、荒俣が問うた。

郡司が言う。

「余裕のない世界の者は憎み合い殺し合って滅ぶ——それこそが、まあ一種のフェイクだった訳でしょ。結局、余裕しかない馬鹿世界の方が早く滅ぶ訳で、実際そうなってから数時間でこの国は終末を迎えてますよ。もうカウントダウンで、復旧のしようもない。我々は敵の策略に乗っかって、手を貸しただけという——」

だからそれもフェイクなんですよと京極は言った。

「何がです？」

「おかしいと思ったんですよ。僕はね、理屈が通れば信じてしまうというタイプの馬鹿なんです。余裕を吸い取る魔物がいて、それで世の中おかしくなった——慥《たし》かに筋は通りますよ。原理は解らないけども、理屈は成り立つ。だから騙《だま》された」

「は？」

そんなものはいないと京極は言った。

「いたじゃないすか。見たでしょうよ」

「見たけどいない。この世に不思議なことなどないッ」

まだ言いますかと全員が呆《あき》れた。

京極は無視して続けた。

「鬼が妖怪を殺す——」

それは水木しげるの予言だ。

「過去が攻撃して来るならそれは最大の危機となる——」

それは夢枕獏が報《しら》せた未來記の一節だ。

「鬼とは何です？　幽霊？　角《つの》のある化け物？　甚だしいこと？　違いますよ。それは皆、現世の相です。鬼とは、ない、ないもの。非存在です。じゃあ妖怪とは何ですか。それもないものですね。ないものだけれども、ある。つまり、妖怪はないものをあると仮定することで立ち現れる現世の相です。幽霊や角のある鬼と同じですよ。言い換えるとこうなります」

非存在そのものが、非存在の現世での相を消す――。

「過去もまた、ないものです。縦横高さに時間を乗《か》けた世界で生きる我々にとって、時間というのは量として捉《とら》えることが不可能なものなんですよ。経過という形に変換し数量化しなければ理解できない。概念としての過去、概念としての未来、それを前後にくっつけることで何とか理解したような気になっているけれど、そんなものは妖怪と同じで、仮定の相に過ぎないんだ。三次元的存在には、刹那《せつな》的な今しか本当はないんですよ。つまりですね」

いや、話が難しいと郡司が言った。

「簡単ですよ。そうだね、平太郎君」

「は？」

京極は平太郎を指差した。

「ななな、何です？」

全員が、一斉に平太郎を見た。

「君に気付かなかった僕が迂闊《うかつ》だった。君こそが、反剋の相が齎《もたら》した歪《ひず》みそのものだ」

何を言っているのでしょうこの指抜きグローブの人は。

「君は東京の出身ではないそうだが、何処の生まれだね？」

「え？」

それは。

「ご両親の名前は？　お父さんの職業は？　小学校の担任の名前は？　血液型は？」

「いや、そんな個人情報をですね」

「君は、それを知らないのじゃないか？」

「え？」

いや、両親は——。

父親の職業は——。それ以前に、両親はどんな顔だったっけ。

血液型は、小学校の担任は——小学校は、それは行ってるだろう。だって大学に行ってるんだし。そのお蔭《かげ》で角川書店にバイトが決まって——斡旋してくれた教授の名前は——。

それは設定されていないんだろうなと京極は言った。意味が解らない。

「必要のない瑣末な情報だからさ。一方で、聞けば君の大叔父《おじ》はその昔、神保町《じんぼうちょう》にビルを持っていたそうじゃないか。その大叔父さんというのは、職業は何だったのだ？」

「は？　いや、関係ないと思いますよ。僕も会ったことないですし」

「何をしていた人だと訊《き》いている」

「し、私立探偵だったと——」

へえッ、と及川が声を上げた。そんな驚くことなのか。

「その人の名前は礼二《れいじ》郎《ろう》。違うか」

「そうらしいですけど——」

嘘ォおおという声が複数上がった。

「ちょ、ちょっと。何なんですよ。全然話が飛んでますよ」

「これはね、核心を突いた話なんだよ平太郎君」

京極はかなり草臥《くたび》れた革の指抜きグローブを嵌《は》め直すように引っぱった。

「榎木津礼二郎というのは、僕の小説に出て来る探偵だ。つまり架空の人物であって、存在はしない」

「へ？」

「君はミステリも好きなようだが、僕のあのシリーズだけは読んでいないね？」

「あ、厚くて」

「いや。それは読んではならない設定だからだよ」

「設定？　いや、設定って何のですか」

君の設定だとまた京極は平太郎を指差した。

「架空の人物に係累がいる訳ないんだよ。君はね」

存在しないと、京極は言い切った。

「な、何言い出すんですか。いや、ちょっと待って下さいよ。そんなの偶然でしょう」

「いいや。そんな偶然はない」

「だって、そうだ。京極さん、大体世の中は偶然なんだとか言ってたじゃないですか」

「これは偶然じゃない。君は非存在だ。この」

ぬっぺっぽうと同じさと言って、京極は肉の塊を叩いた。

「そんな」

「まあ、これが君の好きな〝フィクションだと能《よ》くあるパターン〟だったなら、ここに可憐《かれん》な美少女か何かがいてだな、君に淡い恋心を抱いていたりして、それが果敢《はか》なく消える喪失感満載の胸キュン型ストーリーになるんだろうけど、残念ながら見た通り穢《きたな》いオヤジと化け物ばかりだからそれはない。温泉を男女に分けた所為《せい》で、ここには女性さえいないからね。自覚はないんだろうから多少可哀想な気もするのだが、君は、君自身が——」

フィクションなんだよと、京極は言った。

僕が？

「荒俣さん。今回の一件、ダイモンも何もかも全部フェイクです。乗っかったら乗っかったただけ敵の思う壺《つぼ》なんです。敵の敷いたレールの上では右へ行こうが左へ行こうが敵の思うままです。事実そうなっている。どっちに向かおうが終着駅は滅亡です。ならレールから降りるよりないですよ」

レールから降りると何が見えますと黒が尋いた。

「見えるよ。能く見える。過去も鬼も、ないものだ。実際には存在しない。現実ではない。脳内にしかない。つまり——フィクションなんだよ」

非存在そのものが非存在の現世での相を消す。

非存在が攻撃してくるなら、それは最大の危機となる。

「これは、要するに、フィクションがリアルに侵攻して来るという筋書きなんだ」

京極はそう言った後、哀れむような視線をくれた。

「平太郎君。君はね、この現実を物語化するためにポコンと生み出された架空のキャラだ。だから物語化に必要な情報しか持っていない。そして架空であることを証明する情報だけは確実に持たされている。君は、この反剋の相――相侮《そうぶ》を安定させるために最初に現世に現れた、語り手だったのだ。君こそが反剋の相を顕現させる元凶――否、反剋そのものなんだよ」

いや。そんな。

それじゃあ僕は。

僕って、じゃあ僕は、誰だ。

「反剋石と未來圖――これは、ダイモンの余裕吸い取り攻撃を察知して発動したんじゃないですよ。先《ま》ずそっちに反応したんです。だから敵は、執拗にこのアイテムを捜していたんだ。目論見《もくろみ》がバレてしまいますから。しかし、僕らは思ったより馬鹿で、気付かなかったんです」

「うん。そうか」

大変能く理解しましたと荒俣は言った。

「そうなると、答えは一つですね、京極サン」

そうなりますかねえと京極は答えた。

「香川君、石を」

荒俣は香川から反剋石を受け取り、二三歩離れ、石ではなく空に向け、大声で言った。

「もう解った。敵はやっぱり君だったんだな。出て来なさいッ」

加藤保憲ッ――。

カトウヤスノリ。

カトウヤスノリ。

荒俣の声が富士の裾野《すその》に谺《こだま》した。

青天の霹靂《へきれき》。一天俄《にわか》に掻曇《かきくも》り。常套句《じょうとうく》で表されるだけの、お約束の情景。

黒雲が涌き、幾筋もの稲妻《いなずま》が走る。

轟音《ごうおん》と共にひと際高い樹に雷が落ちる。

樹は焔《ほのお》を噴き、真っ二つに割れて左右に倒れた。

その真ん中に朦朧《もうろう》と浮かび上がる長身痩軀《そうく》の人影。

旧日本軍の軍服に身を包み、マントを翻《ひるがえ》した――異相の男。

それは古き怨念《おんねん》深き憎悪が凝《こ》り固まり、人の形をとったものである。

魔人・加藤保憲。

「加藤――」

魔人と対峙《たいじ》するのは、荒俣宏である。

「君と向き合うとは――思っていませんでしたね」

「能《よ》くぞ吾《われ》と見抜いたな荒俣、褒めてやろう」

「君は私の創作物だよ。どうにでもできる」

「果たしてそうかな」

加藤は不敵に笑った。

「荒俣よ。貴様は吾に、不死と万能の能力《ちから》を与えた。古今東西の呪術《じゆじゆつ》と魔術、人の邪念妄念が生み出した永く昏《くら》い歴史の闇を、悉《ことごと》く吾に与えたではないか。吾は、無敵ぞ」

吾を崇《あが》めよ——。

加藤は五芒星《ペンタグラム》が記された白手袋を嵌めた手を、高く掲げた。

稲妻が走る。

「貴様は吾には勝てぬぞ荒俣」

「そうですか。しかし過去、君の目論見は普《あまね》く失敗しているでしょう。大願は一度も成就していないよ。それは何故か解るだろう。作者の私が。そうさせなかったからですよ、君が勝つ小説を私は書かなかったんだからね」

「そう」

加藤の眼に、忌まわしくも邪悪な炎が点《とも》った。

「吾の一番の敵は——貴様だ荒俣。吾が悲願たる帝都破壊を、日本壊滅を阻《はば》んで来たのは、いつもいつも邪魔して来たのは、吾を創った貴様なのだ。吾の一番の仇敵《きゆうてき》は、吾の創造主たる貴様であったのだ、アラマタッ！」

「作者ですからね」

黙れと加藤は怒号を発した。

「だが、今回はそうはいかぬのだ」

貴様は作者ではないと加藤は言った。

「これは現実だ荒俣。現実は貴様の思い通りになどならぬ！」

「それは――そうです」

「吾は、鬼《フィクション》なり。鬼《フィクション》が現実《リアル》を喰うのだ。どうだ、手も足も出まい。この国は今、虚構に侵《しん》蝕《しょく》されておるのだ。じわじわと、もう穴だらけだ。貴様などに為す術はない。手遅れなのだ荒俣。吾の勝ちだ。この国は滅ぶ。帝都も、日本も、消滅する！」

荒俣は加藤を睨み付けた。

その後ろに、京極と村上、郡司、多田、黒と香川。東。不思議館。

それから似田貝に及川に岡田に上野。梅沢。山田老人。元YAT。みんな――。

実在なのか。しかし。

馬鹿面のひょうすべと、無表情のぬっぺっぽう。

にゅ、と平太郎の肩を掴む者がいる。見るとレオだった。

「れ、レオさん」

「やー。ヘイタロウ君。ヘイ、太郎君。あなたはヒクション？　ヒクションなの？」

「って――」

解らない。人としての記憶は。

――あるんだろうか。

色々な情報は束のようにある。自分はそれだけでできているような気もする。

でも。

過去もまた、ないものなのだという。それは記憶や記録としてあるだけのものなのだ。

それならば。虚構と現実の間に一体どれ程の差異があるというのだろう。

生者と死者に、虚と実に、どんな違いがあるというのだろう。

平太郎は戸惑う。何かが込み上げて来る。

貴様達の負けだと加藤は嗤《わら》った。

「さあどうだ。荒俣よ。貴様は博識だそうだが、何か手はあるか。後ろに控えた妖怪馬鹿どもに何ができよう。いずれ、他の連中と一緒に遊び呆けていた方が、性に合っているのではないのか」

合ってますと黒が言った。合ってるよと村上も言った。

「お前達のことを考えて、一番楽で緩《ゆる》い死に方を選んでやったのだ。死はゆっくりと、滅びはのろのろと訪れる。頭が蕩《とろ》け気持ちが緩《ゆる》み、そしてこの国は亡くなる。記録と記憶の彼方《かなた》へと消え去るのだ。お前達諸共《もろとも》、この国は——鬼籍に入る。鬼《フィクション》となるのだ。どうだ、嬉《うれ》しかろうぞ。感謝するが良い」

流石《さすが》の荒俣宏も何も言えないようだった。

つまり。この人達もみんな、この国に暮らす人達全部が。

平太郎と同じになるのか。

それは——。

「ナニしてるンですかッ！」

柔らかく、しかし厳しい声がした。

「あんた達、ヴァカじゃないですかッ。何をボヤボヤしてるですか。こんな処で遊んでばかりいて、働かにゃあんた、餓死ですよ餓死！」

とぼとぼと、森の中から人影が現れた。

「まったくねえ、戦争なんてヴァカなこと仕出かしたかと思えば、今度は怠けるワケです。水木サンは、怠け者になれと言うけどねえ、そりゃ怠けられるくらい働けということデスよ。働いても餓死するような世の中は間違ってるけどねえ。でも、まともな世の中ならアンタ、働けば金塊は手に入るですよ。金塊を手にしたら怠ければいいんです。それが何ですか」

水木──しげる──大先生だ。

水木先生が来たのだ。

「お、大先生」

「アラマタ！　あーんたまで遊んでるんじゃ、世も末じゃないデスか。水木サンはこんな歳になっても働かされるンだ。こりゃエラいですよ。若い頃はあんた、人生に幸福と呼ばれるものはナイと、そう思ったけどねえ」

そう言いながら水木先生はとぼとぼと近付いて来て、多田克己の腹をぽんぽんと叩いた。

「あんた幾つになった」

多田はまだですよと訳の解らない答え方をした。

「まだ！　ほう」

何か通じたのかもしれない。

「まだなら仕方がないデスよ。でもねえ」

水木さんは次に村上の顔の前に顔面を突き出し、思いきり変顔をした。

「あんたは取材？」

「いやー。ならいいんですけど」

「まあ、フツウのことをフツウに書いてたら仕事にならんからねえ。色々考えにゃならんのだろうけども、考えてるうちは、幸福は遠いなあ」

「と、遠いですか」

「遠いねえ。それは、幸福の甘き香りを嗅いでるだけだねえ。考える間もなく働くんだな。働かされるンです。そうするとあんた、ハッと気付いた時にはねえ」

幸福がありますよと大先生は優しく笑った。

それから水木先生は梅沢の前に立ってハア、と見上げ、あんたは一日何食、と尋ねた。

「ご、五食ですかね」

「五食！　じゃあ人の倍働かにゃ安眠はできんねえ。仕事はない？　ダメ？」

「仕事といいますかね。あの――」

「キョウゴクさん！　あんた、寝ないと死ですよ。仕事してないなら寝た方がいいねえ。こんな処で何してるの」

「はあ、少々困っています」

「困ってる！　そりゃああんた、イカンなあ。やっぱりちょっとスイミンが足りないのじゃあないかねえ。睡眠は大事ですよ。睡眠生活がシアワセの鍵だねえ。まあ、だから睡眠のために働くワケですよ」

水木さんは続いて上野の額をぺたぺた叩き、及川の顔を覗き込んで怖い顔をした。そして郡司の前で驚きのポーズを取り、やっぱり出版はこう、と言って手で下の方を示した。

「売れない？　いかんですか。カドカワはもうダメ？」

「はあ。もう駄目かもしれませんねえ」

はっはっはと水木さんは嬉しそうに笑った。

それから加藤保憲の前に立った。

「それにしてもあんた、戦争はいかんねえ」

加藤は——たじろいだ。

「あんなものは腹が空くだけですよ。殴られるしねえ、しかも死だ。死です。周りの連中がまるで小便でもするように死んで行くワケだ。ばったばた死にますよ。オカシイですよッ」

水木さんは何かを殴る真似をした。

「そんなのは、間違いですよ。戦争はアヤマチじゃないですか。大いなるアヤマチですよ。だからあんた、戦争を想い出にしちゃイカンのですよ。あれは、フィクションと違いマスよ。現実ですよ現実。作りごとじゃないんです！」

「お、大先生ッ」

荒俣は水木翁を護るように加藤との間に入った。

水木大先生は荒俣が握り締めていた反剋石に目を遣った。

それから、無言で手を差し伸べた。荒俣は素直に石を差し出した。水木翁は人差し指と親指で石を抓《つま》むと、他の指は全部ピンと伸ばして、右眼に当てた。

左眼は瞑《つむ》っている。

「先生、その、それは」

「あんた、これは霊界《れいかい》テレビと違いますか」

「ハ？」

水木しげるは荒俣宏を押し退けるようにして前に出た。

「輪が見えるじゃないデスか！」

「輪？　輪ですか」

「丸い輪ですヨ！」

マルイワ。

呼ぶ子の声が聞こえた。

そして。

榎木津平太郎は――。

消滅した。

夢だった訳じゃあないですよねと黒史郎は言った。

夢オチはちょっとあり得ませんなあと香川雅信が答える。

楽屋オチという訳でもないんですよねえと似田貝大介が言う。

まあフィクション側から見ればそうなるかなあと郡司聡《さとし》が応《こた》える。

でも近くないですかと及川史朗が言う。

似てても違うよと京極が言う。

「これは現実だ。個人にとって現実というのは個人体験でしかない。その体験をフィクションに不用意に持ち込んで決着をつけるのが楽屋オチだろ。知らない人には解らないという。これは逆じゃないかよ。フィクションの方が混じって来たんだよ。そもそも現実なんだから、オチも何もないんだよ。これからもダラダラ続くんだよ。つまらん現実が」

「まあ。夢じゃないですね」

村上は山田老人の絵巻物を覧《み》ている。

多田も興奮して見入っている。魅入られている。

絵巻には――ちゃんと絵が描かれていた。

「絵が戻ってるし」

「まあ、たぶん吉良とかは死んだままだろうなあ」

郡司は懐かしそうに言った。

「木原さんとか中山さんも生き返りませんかね」

似田貝がいつもの調子で問う。死んだら死んだままだろうなと京極は言う。

「それこそ夢オチじゃないからさ」

「あ、戻りました」

岡田が言った。

「何が。死人が？」

「死んだ人は戻りませんよ。電波です電波」

「え？　じゃあ」

「復旧したようです。あ、ネットニュース出てます。突如退陣した芦屋内閣に代わって、有識者による臨時行政機関が組織されたようです。省庁や各自治体も元通り公務再開ですね」

「元通りってのはどの時点？」

それはホントの元通りだヨと荒俣が言った。

「世の中がおかしくなる前の――あんまり面白くない普通の世の中ですヨ」

元から結構おかしかったからなあと郡司が言った。

「温泉の連中も流石《さすが》に出たようですよ」

みんな湯中たりしてるみてえだなあと梅沢が言う。

森の中をほやほやと湯気を出した大勢が歩いている。みんな少しフラついている。ビジターセンターに戻るのだろう。平山なんかの姿は見えたが、妖怪はいなかった。

全部消えたのだ。いや、未來圖の中に戻ったのである。

「数えてねえよ。まあ慥《たし》かに凄いんだけどさ、でもこれ——拙《まず》くないか？」

ずらりと並んだ妖怪達。最初に描かれているのは呼ぶ子のようだった。ただ、数種類に分裂している。それから、見越し入道、ろくろ首といった定番が続く。その途中。

黒があーと声を上げた。

ハダカデバネズミみたいなしょうけら。石燕の精螻蛄《しょうけら》。水木画のカボ・マンダラット。で。

クトゥルーと、アザトース。

「カウントされましたねえ。あれー」

その次に。

學天則ジャイアント。

西村真琴博士。

柳田國男。

「まあ、ちょっとなあ」

「柳田さんは——この場合、本意なのか不本意なのか判らんね」

で。

人気漫画のキャラクター達。

怪獣達。

貞子。

「凄いよねえ。これ、何体描いてある？」

「うーん。こりゃ権利関係が複雑で面倒になるな」

「そういう問題か？　これ、絶対に公開できないだろうに。だって」

あ、これ、平太郎だなあと郡司が言った。

「ああ。平太郎だー」

「いなくなっちまったなあ」

「いい奴でしたよ。オタクで。小心者で」

「ここにいるから。これが――彼だから」

京極は指差す。

「いや、いるというか、最初からいなかった、と言うべきなのかなあ」

そう。平太郎は存在しない。今語っているのは、誰でもない。ただの地の文である。

問題はその次ですねえと村上が顔を歪《ゆが》めた。平太郎の絵の隣。珍妙なポーズの――。

「あの、これ、もしかすると、レオ――じゃないすかね？」

「うーん。いや、レオ☆若葉と書いてあるね。名前も」

「レオって、あいつ、実在の人物――でしたよね？」

馬鹿過ぎたんだろうなあと京極が言った。レオ君もう妖怪だよと多田が言った。

「平太郎はいなくなって淋《さみ》しい気がするが、レオはなあ」

あんまり淋しくないと、みんな異口同音に言った。

そんなどうでもいいレオの横には、加藤保憲が描かれている。

「これ——封じられた、ということすか？」

「封じるも何も、これも最初からいなかったんですヨ」

荒俣は少しだけ淋しそうに、そう言った。

そして。

絵巻の最後に、まるで著者近影のように、翁《おきな》の姿が描かれていた。

それは、水木しげる大先生に能《よ》く似ていた。

丸い輪の中で、にっこり笑っている。

手には丸い石を持っている。

「大——先生」

はっはっはっは、と先生の笑い声が聞こえたような気がして。

妖怪馬鹿達は一斉に空の上を見た。

そこには、まあなんにもなかった。

世は、何もなしである。

虚実妖怪百物語　了

解説

杉《すぎ》江《え》松《まつ》恋《こい》

あるんだから仕方がない。

丹波《たんば》哲郎《てつろう》『大霊界』みたいな書き出しになった。いや、「あるんだから仕方がない」は京極《きょうごく》作品の重要なキーワードなのである。

京極夏彦《なつひこ》は、この世に不思議なことなど「ないんだから仕方がない」の人でしょうって。

うん、その通りではあるんだけど。

説明の前に書誌情報を。本書は作者が二〇一六年に上梓《じょうし》した『虚実《うそまこと》妖怪百物語』の第三巻〈急〉である。本作品の初出はＫＡＤＯＫＡＷＡから刊行されている世界で唯一の妖怪マガジン「怪」であり、二〇一一年三月刊のVol.0032から二〇一六年三月刊のvol.0047まで連載され、加筆修正の上で単行本化された。〈急〉に収録されたのはそのうち、二〇一四年十二月刊vol.0043以降の連載分である。奥付表記に沿えば、単行本版は〈序〉が十月二十二日、〈破〉が同二十九日、〈急〉が十一月五日とＫＡＤＯＫＡＷＡの〈怪ＢＯＯＫＳ〉レーベルから三週間連続で刊行された。さらに三巻の合本版（京極作品なのでここは合巻と書きたいところ）が十一月十二日より電子版で配信開始されている。四週間連続という滅多にない趣向であった。今回の文庫化にあたっては〈序〉〈破〉〈急〉、それに合巻版の〈序／破／急〉が同時刊行される。各巻にはそれぞれ解説が付されるが、〈序／破／急〉は省かれるそうなので、百パーセント京極夏彦で混じりけなしの本が欲しい方はそちらをどうぞ。

さて、「あるんだから仕方がない」の話である。京極夏彦は一九九四年に『姑獲鳥《うぶめ》の夏』（現・講談社文庫）で作家としてデビューした。同作に始まる〈百鬼夜行〉シリーズが世間に及ぼした影響については、すでに言い尽くされた感があるので省略する。ごく乱暴に言えばデビュー第一期の京極夏彦はこの〈百鬼夜行〉の作家であった。その後、「この世に不思議なことなど何もない」の人ではなくなっていくのだが、進路切り換えがはっきりした形で読者に示された最初の年は、短篇集まで合わせればシリーズの十一冊目となる『陰摩羅鬼《おんもらき》の瑕《きず》』（現・講談社文庫）が刊行された二〇〇三年ではないか。作家業十年の節目に当たる年である。『陰摩羅鬼の瑕』刊行は二〇〇三年八月、三ヶ月後には〈巷説《こうせつ》百物語〉シリーズの第三集『後《のち》巷説百物語』（現・角川文庫）が世に出る。『後巷説百物語』は明治前期に時代が設定された作品集だが、そのうちの一篇、「五位の光」に京極は、『陰摩羅鬼の瑕』で重要な役回りを担う由《ゆ》良《ら》昂允《こういん》の四代前の先祖、由良胤房《たねふさ》を登場させた。それによって〈百鬼夜行〉と〈巷説百物語〉の両シリーズは接続された。正確な言い方をすれば、二つのシリーズが一つの歴史上で起きているという事実が、登場人物の家系図重複によって確認されたのである。

これはごく当然のことで、たとえば十二世紀から十九世紀の鹿児島を舞台にした物語が書かれたとしたら島津《しまづ》氏が登場しないことはまずありえない。島津氏が彼の地の最高権力者であるという事実が歴然としてあるからだ。あるんだから仕方ない。京極夏彦の作中に登場する由良氏は架空の登場人物ではあるが、明治前期に中央と信州という地方の双方に関わりを持ち、かつ爵位を与えられる家柄の人物として造形されている。氏姓こそ架空だが、その階層に必ずいた華族の象徴として由良氏はいるのである。いるんだから仕方がない。

つまり京極の場合、個々の作品のために新たな事象や登場人物が配置されるのではなく、そこにある事象や、いる登場人物が作品ごとに呼び出されてくるのだ。京極夏彦は何も新しいものを作らない。ある中から条件に合ったものを選び、適切な箇所に配置するだけ。

これを言い換えると稗史《はいし》小説である、ということになる。稗史とは正史に記載されなかった野史、民間の歴史のことで、過去に記された歴史書などの典籍から部品を選択して組み合わせ、偽史ともいえる長大な物語として成立させたものを稗史小説と呼ぶ。代表例が曲亭馬琴《きよくていばきん》『南総里見八犬伝』だ。京極夏彦はその系譜に連なる作家なのである。推理小説は欧米に起源があり、教養小説や諷刺《ふうし》小説、怪奇小説など複数の源流を持っている。推理小説について考える場合はそちらの流れを遡《さかのぼ》るのが普通なので、京極作品についても当初はいわゆる〈本格ミステリー〉の文脈に拠《よ》る解釈が試みられていた。それでは収まりきらない、別の尺度が必要であるということが、作家業十年目にしてようやく周知されるようになったのだ。

この人は西洋的な近代小説じゃなくて、日本近世、さらにいえば古典・漢籍からの流れを汲《く》む稗史小説の作家だから、という目で見てみると、たしかに腑《ふ》に落ちることがある。たとえば京極作品の場合、小説の中で個々の登場人物が持つ比重が極めて少ないという特徴がある。なぜ個人が重視されないかといえば、彼らは時代意識の反映にすぎないからである。

わかりやすいのが〈巷説百物語〉シリーズだ。同作の前半では御行《おんぎょう》の又市《またいち》という小悪党が奸計《かんけい》を企み、妖怪という現象を逆手にとって人を騙《だま》すさまが描かれた。しかし又市は時代が明治に入った『後巷説百物語』にはほぼ登場しない。明治の近代精神の下では、妖怪という現象が普遍性を持たなくなったからだ。また、シリーズ第五集の『西《にし》巷説百物語』（二〇一〇年。現・角川文庫）では、又市の一味ではない別の集団が彼と同じような役回りで登場する。物語の舞台が上方なので、江戸を根城とする又市の出る幕ではないのである。又市という人物が必要とされるのはその出来事が起きる場所、存在に説得力がある時期のみであって、そこから外れてまでは出番を与えられない。

京極作品においては、登場人物は時代に縛られた存在であり、どんなに個性が強いように見えても、存立基盤を超えてまで活躍することはできない。自分の存在する時代の産物として、時代の許す枠組の中でのみ動きうる人間を、あったであろう可能性の中で描く。それが京極夏彦の小説だ。一口で言えば、身も蓋《ふた》もないリアリストということである。世の中には不思議なことなど「ないんだから仕方ない」と言い切れるのは、あって当然のことのみで構成された世界だからだ。「あるんだから仕方ない」のだ。

というわけで『虚実妖怪百物語』である。なにしろ本書はその「あるんだから仕方ない」の小説作法が徹底された、最も京極夏彦らしい作品である。登場人物の九割九分は、作者をはじめとした実在の人間である。妖怪に関する創作物についても夥《おびただ》しい言及があり、京極夏彦の網羅瘁が如何《いかん》なく発揮されている。本解説を読んでいる人はすでに〈序〉と〈破〉にも目を通されていると思うので詳述は避けるが、突如二十一世紀の日本に現代版「妖怪百物語」としか言いようのない妖怪大出現事件が起き、それが元で世の妖怪愛好家が諸悪の根源として迫害されるようになる、という物語である。となれば京極夏彦他の実在する妖怪馬鹿たちが登場人物として召喚されるのは理の当然であろう。そこにいるんだから仕方ない。中に一部、京極作品の読者ならすぐ架空とわかる者が交じっているのは一見作者のお茶目に思えるが、これまた「あるべきものは初めからあるべき場所に配置されている」という大原則を忠実に守った結果であることが後に判明する。無駄な部品はないのである。

妖怪には現実を反映するという性質がある。妖怪が「いる」とされるのは、そこに妖怪がいなければ説明がつかない現実が「ある」からで、在非在の議論をすることは不毛である、というような前提もこの解説に辿《たど》り着いた読者には不要だろう。

現実を映した鏡としての妖怪は、他と識別可能な概念を当てはめられることで形を与えられる。京極はその原理を小説化することを思いついて実行に移した最初の近代日本人であり、鳥《とり》山石燕《やませきえん》『画図百鬼夜行』から〈百鬼夜行〉を、竹原春泉《たけはらしゅんせん》『絵本百物語』から〈巷説百物語〉をそれぞれ生み出した。本作にもその概念、各シリーズにおける妖怪図にあたるものが存在する。水木《みずき》しげる御大である。

『妖怪の理《ことわり》 妖怪の檻《おり》』（二〇〇七年。現・角川文庫）で京極が詳述したように、現代日本における妖怪嗜好《しこう》は水木絵によってほぼ形作られたものである。乱暴な言い方をすれば、妖怪というものを巡って起きる出来事が描かれる本作は、妖怪をめぐる現実を写し取った胎蔵界曼荼羅《たいぞうかいまんだら》のようなものだ。悲嘆にくれざるをえないような事件があれこれ起きることによって世の中は一時大混乱に陥る。〈破〉で描かれる全体主義体制が、現在の世情だとあながち冗談にも見えないところがオソロチイ。しかし世界は水木しげる原理が当てはめられることによって再び論理の整合を得て金剛界《こんごうかい》曼荼羅として安定する。水木しげるが中心にいる世界の形が、そうした形で小説化されたのである。

その水木原理を妖怪者たちに思い出させる、重い役割を作者が担うのは、別に本人がいい格好をしたいからではなく、京極夏彦が全集の編纂《へんさん》を含めて、漫画制作に携わったスタッフを除けば最も水木しげるのために働いた弟子だからだろう。何しろ水木原理を世に広めるために創刊された「怪」では、京極夏彦がなぜ作家がそんな、というような諸役をこなしているのである。世人に対して代弁者となるのにこれほどふさわしい人間も他にはいるまい。

その中心となる水木原理とは何か。改めて書くのも野暮だがこれは「喧嘩《けんか》はよせ、腹がへるぞ」であることは言を俟《ま》たない。本書はこの偉大な教えを世に知らしめるために、原稿用紙換算にして約千九百枚という作者最長の枚数をもって書かれた作品なのだ。世界は強靭《きょうじん》であり、余計なことを人間が仕出かさなければ自己修復できるほどの逞《たくま》しさを持っている。妖怪はそのために生み出された概念装置であり、本来とてもふくよかな感触で人間を包み込んでくれる。その居心地の良さを長い長い回り道をしながら書いた小説である。私はわりと本気で、これをヒューマニズムの小説と呼びたい。みんな読めよ、楽になるぞ。

本書は、二〇一六年十一月に小社より刊行された単行本『虚実妖怪百物語　急』を加筆修正し文庫化したものです。

口絵造形製作／「クトゥルー」山下昇平
口絵・目次・扉デザイン／坂野公一（welle design）

虚《うそ》実《まこと》妖《よう》怪《かい》百《ひや》物《く》語《ものがたり》　急《きゅう》

京《きょう》極《ごく》夏《なつ》彦《ひこ》

平成30年 12月25日　初版発行
令和７年 ２月５日　７版発行

発行者●山下直久

発行●株式会社KADOKAWA
〒102-8177　東京都千代田区富士見2-13-3
電話　0570-002-301（ナビダイヤル）

角川文庫 21341

印刷所●株式会社KADOKAWA
製本所●株式会社KADOKAWA

表紙画●和田三造

●お問い合わせ
https://www.kadokawa.co.jp/（「お問い合わせ」へお進みください）
※内容によっては、お答えできない場合があります。
※サポートは日本国内のみとさせていただきます。
※Japanese text only

ISBN 978-4-04-107433-6　C0193

JASRAC 出 1812281-507

角川文庫発刊に際して

角川源義

第二次世界大戦の敗北は、軍事力の敗北であった以上に、私たちの若い文化力の敗退であった。私たちの文化が戦争に対して如何に無力であり、単なるあだ花に過ぎなかったかを、私たちは身を以て体験し痛感した。西洋近代文化の摂取にとって、明治以後八十年の歳月は決して短かすぎたとは言えない。にもかかわらず、近代文化の伝統を確立し、自由な批判と柔軟な良識に富む文化層として自らを形成することに私たちは失敗して来た。そしてこれは、各層への文化の普及滲透を任務とする出版人の責任でもあった。

一九四五年以来、私たちは再び振出しに戻り、第一歩から踏み出すことを余儀なくされた。これは大きな不幸ではあるが、反面、これまでの混沌・未熟・歪曲の中にあった我が国の文化に秩序と確たる基礎を齎らすためには絶好の機会でもある。角川書店は、このような祖国の文化的危機にあたり、微力をも顧みず再建の礎石たるべき抱負と決意とをもって出発したが、ここに創立以来の念願を果すべく角川文庫を発刊する。これまで刊行されたあらゆる全集叢書文庫類の長所と短所とを検討し、古今東西の不朽の典籍を、良心的編集のもとに、廉価に、そして書架にふさわしい美本として、多くのひとびとに提供しようとする。しかし私たちは徒らに百科全書的な知識のジレッタントを作ることを目的とせず、あくまで祖国の文化に秩序と再建への道を示し、この文庫を角川書店の栄ある事業として、今後永久に継続発展せしめ、学芸と教養との殿堂として大成せんことを期したい。多くの読書子の愛情ある忠言と支持とによって、この希望と抱負とを完遂せしめられんことを願う。

一九四九年五月三日

角川文庫ベストセラー

嗤う伊右衛門　京極夏彦

鶴屋南北「東海道四谷怪談」と実録小説「四谷雑談集」を下敷きに、伊右衛門とお岩夫婦の物語を怪しく美しく、新たによみがえらせる。愛憎、美と醜、正気と狂気……全ての境界をゆるがせる著者渾身の傑作怪談。

覘き小平次　京極夏彦

幽霊役者の木幡小平次、女房お塚、そして二人の周りでうごめく者たちの、愛憎、欲望、悲嘆、執着……人間たちの哀しい愛の華が咲き誇る、これぞ文芸の極み。第16回山本周五郎賞受賞作!!

数えずの井戸　京極夏彦

数えるから、足りなくなる——。冷たく暗い井戸の縁で、「菊」は何を見たのか。それは、はかなくも美しい、もうひとつの「皿屋敷」。怪談となった江戸の「事件」を独自の解釈で語り直す、大人気シリーズ!

巷説百物語　京極夏彦

江戸時代。曲者ぞろいの悪党一味が、公に裁けぬ事件を金で請け負う。そこここに滲む闇の中に立ち上るあやかしの姿を使い、毎度仕掛ける幻術、目眩、からくりの数々。幻惑に彩られた、巧緻な傑作妖怪時代小説。

続巷説百物語　京極夏彦

不思議話好きの山岡百介は、処刑されるたびによみがえるという極悪人の噂を聞く。殺しても殺しても死なない魔物を相手に、又市はどんな仕掛けを繰り出すのか……奇想と哀切のあやかし絵巻。

角川文庫ベストセラー

後巷説百物語　京極夏彦

文明開化の音がする明治十年。一等巡査の矢作らは、ある伝説の真偽を確かめるべく隠居老人・一白翁を訪ねた。翁は静かに、今は亡き者どもの話を語り始める。第130回直木賞受賞作。妖怪時代小説の金字塔！

前巷説百物語　京極夏彦

江戸末期。双六売りの又市は損料屋「ゑんま屋」にひょんな事から流れ着く。この店、表はれっきとした物貸業、だが「損を埋める」裏の仕事も請け負っていた。若き又市が江戸に仕掛ける、百物語はじまりの物語。

西巷説百物語　京極夏彦

人が生きていくには痛みが伴う。そして、人の数だけ痛みがあり、傷むところも傷み方もそれぞれ違う。様々に生きづらさを背負う人間たちの業を、林蔵があざやかな仕掛けで解き放つ。第24回柴田錬三郎賞受賞作。

文庫版 豆腐小僧双六道中 ふりだし　京極夏彦

豆腐を載せた盆を持ち、ただ立ちつくすだけの妖怪「豆腐小僧」。豆腐を落としたとき、ただの小僧になるのか、はたまた消えてしまうのか。「消えたくない」という強い思いを胸に旅に出た小僧が出会ったのは!?

文庫版 豆腐小僧双六道中 おやすみ　京極夏彦

妖怪総大将の父に恥じぬ立派なお化けになるため、豆腐小僧は達磨先生と武者修行の旅に出る。芝居者狸《しばいもんだぬき》らによる〈妖怪総狸化計画〉。信玄の隠し金を狙う人間の悪党たち。騒動に巻き込まれた小僧の運命は!?

角川文庫ベストセラー

鬼談　京極夏彦

藩の剣術指南役の家に生まれた作之進には右腕がない。その腕を斬ったのは、父だ。一方、現代で暮らす「私」は見てしまう。幼い弟の右腕を掴み、無表情で見下ろす父を。過去と現在が交錯する「鬼縁」他全9篇。

対談集　妖怪大談義　京極夏彦

学者、小説家、漫画家などなどと妖しいことにまつわる様々を、いろんな視点で語り合う。間口は広く、敷居は低く、奥が深い、怪異と妖怪の世界に対するあふれんばかりの思いが込められた、充実の一冊！

文庫版　妖怪の理　妖怪の檻　京極夏彦

知っているようで、何だかよくわからない存在、妖怪。それはいつ、どうやってこの世に現れたのだろう。妖怪について深く愉しく考察し、ついに辿り着いた答えとは。全ての妖怪好きに贈る、画期的妖怪解体新書。

遠野物語 remix　京極夏彦　柳田國男

山で高笑いする女、赤い顔の河童、天井にぴたりと張り付く人……岩手県遠野の郷にいにしえより伝えられし怪異の数々。柳田國男の『遠野物語』を京極夏彦が深く読み解き、新たに結ぶ。新釈〝遠野物語〟。

遠野物語拾遺 retold　京極夏彦　柳田國男

『遠野物語』が世に出てから二十余年の後――。柳田國男のもとには多くの説話が届けられた。明治から大正、昭和へ、近代化の波の狭間で集められた二九九の物語を京極夏彦がその感性を生かして語り直す。

角川文庫ベストセラー

帝都物語　全六巻　荒俣　宏

関東最大の怨霊・平将門を喚び覚まし帝都を破滅させる怖るべき秘術とは!? 帝都壊滅を企む魔人加藤保憲の野望をつぶせるか!! 科学、都市計画、風水まで、あらゆる叡知が結晶した大崩壊小説。

新帝都物語（上）（下）　維新国生み篇　荒俣　宏

幕末の会津。ある寺にイザナミ・イザナギ両神が日本を生み出した時に使ったとされる伝説の神器・瑠璃尺が隠されていた。瑠璃尺を奪い取った魔人・加藤は、日本を滅ぼし、新たな国を造り出すため動き始める！

妖怪大戦争　荒俣　宏

「妖怪を見ることができる」という特殊な能力を持った弱虫の少年・タダシ。日本中の妖怪たちと力を合わせ、魔人・加藤保憲と戦うことに――！　愛と勇気の冒険ファンタジー！

水木版　妖怪大戦争　水木しげる　原案／荒俣　宏

2005年に劇場公開され、平成妖怪ブームの起爆剤となった映画『妖怪大戦争』を水木しげるが完全コミック化。妖怪戦争に巻き込まれた少年が活躍する夏休み大冒険譚！

陰陽師鬼談　安倍晴明物語　荒俣　宏

天地の理をしなやかにあやつったひとりの男――安倍晴明。芦屋道満との確執、伴侶・息長姫との竜宮での出会い、そして宿命的な橋姫との契り。知られざる姿が、今、明かされる！

角川文庫ベストセラー

想像力の地球旅行
荒俣宏の博物学入門

荒俣　宏

博物学は、観察して目玉を楽しませる行為であり、観察したことを記述する楽しみである。言ってしまえば、科学と観光の幸福な合体なのだ。顕学・荒俣宏が案内する、博物学入門の決定版！

知識人99人の死に方

監修／荒俣　宏

手塚治虫、三島由紀夫、有吉佐和子、寺山修司、永井荷風、森茉莉、折口信夫……誰もが避けられない死ぬということ。大往生していった先人たち99人の死に様を見て、死に備えよ。

改訂・携帯版 日本妖怪大事典

画／水木しげる
編著／村上健司

古から現代まで、全国津々浦々に跳梁跋扈し、語り継がれてきた妖怪たちを、この1冊に収めた〝究極の妖怪事典〟。総項目数1602、水木しげるの妖怪画を357点収録。待望のハンディ版の登場！

あやし

宮部みゆき

木綿問屋の大黒屋の跡取り、藤一郎に縁談が持ち上がったが、女中のおはるのお腹にその子供がいることが判明する。店を出されたおはるを、藤一郎の遣いで訪ねた小僧が見たものは……江戸のふしぎ噺9編。

お文《ふみ》の影

宮部みゆき

月光の下、影踏みをして遊ぶ子どもたちのなかにぽつんと女の子の影が現れる。影の正体と、その因縁とは。「ぼんくら」シリーズの政五郎親分とおでこの活躍する表題作をはじめとする、全6編のあやしの世界。

角川文庫ベストセラー

おそろし
三島屋変調百物語事始

宮部みゆき

17歳のおちかは、実家で起きたある事件をきっかけに心を閉ざした。今は江戸で袋物屋・三島屋を営む叔父夫婦の元で暮らしている。三島屋を訪れる人々の不思議話が、おちかの心を溶かし始める。百物語、開幕！

あんじゅう
三島屋変調百物語事続

宮部みゆき

ある日おちかは、空き屋敷にまつわる不思議な話を聞く。人を恋いながら、人のそばでは生きられない暗獣〈くろすけ〉とは……宮部みゆきの江戸怪奇譚連作集「三島屋変調百物語」第2弾。

泣き童子
三島屋変調百物語参之続

宮部みゆき

おちか1人が聞いては聞き捨てる、変わり百物語が始まって1年。三島屋の黒白の間にやってきたのは、死人のような顔色をしている奇妙な客だった。彼は虫の息の状態で、おちかにある童子の話を語るのだが……。

過ぎ去りし王国の城

宮部みゆき

早々に進学先も決まった中学三年の二月、ひょんなことから中世ヨーロッパの古城のデッサンを拾った尾垣真。やがて絵の中にアバター（分身）を描き込むことで、自分もその世界に入り込めることを突き止める。

ずっと、そばにいる
競作集〈怪談実話系〉

京極夏彦、福澤徹三、加門七海、平山夢明、岩井志麻子 他編／幽編集部 監修／東 雅夫

怪談専門誌「幽」で活躍する10人の名手を結集した競作集。どこまでが実話でどこから物語か。虚実のあわいを楽しむ〝実話系〟文学。豪華執筆陣が挑んだ極上の恐怖と戦慄を、あなたに！

角川文庫ベストセラー

眼球綺譚　綾辻行人

大学の後輩から郵便が届いた。「読んでください。夜中に、一人で」という手紙とともに。その中にはある地方都市での奇怪な事件を題材にした小説の原稿がおさめられていて……珠玉のホラー短編集。

殺人鬼　――覚醒篇　綾辻行人

90年代のある夏、双葉山に集った〈TCメンバーズ〉の一行は、突如出現した殺人鬼により、一人、また一人と惨殺されてゆく……いつ果てるとも知れない地獄の饗宴。その奥底に仕込まれた驚愕の仕掛けとは？

殺人鬼　――逆襲篇　綾辻行人

伝説の『殺人鬼』ふたたび！……蘇った殺戮の化身は山を降り、麓の街へ。いっそう凄惨さを増した地獄の饗宴にただ一人立ち向かうのは、ある「能力」を持った少年・真実哉！……はたして対決の行方は?!

Another　(上)(下)　綾辻行人

1998年春、夜見山北中学に転校してきた榊原恒一は、何かに怯えているようなクラスの空気に違和感を覚える。そして起こり始める、恐るべき死の連鎖！名手・綾辻行人の新たな代表作となった本格ホラー。

Another　エピソードS　綾辻行人

一九九八年、夏休み。両親とともに別荘へやってきた見崎鳴が遭遇したのは、死の前後の記憶を失い、みずからの死体を探す青年の幽霊、だった。謎めいた屋敷を舞台に、幽霊と鳴の、秘密の冒険が始まる――。

角川文庫ベストセラー

深泥丘奇談《みどろがおかきだん》　綾辻行人

ミステリ作家の「私」が住む〝もうひとつの京都〟。その裏側に潜む秘密めいたものたち。古い病室の壁に、長びく雨の日に、送り火の夜に……魅惑的な怪異の数々が日常を侵蝕し、見慣れた風景を一変させる。

深泥丘奇談《みどろがおかきだん》・続《ぞく》　綾辻行人

激しい眩暈が古都に蠢くモノたちとの邂逅へ作家を誘う。廃神社に響く〝鈴〟、閏年に狂い咲く〝桜〟、神社で起きた〝死体切断事件〟。ミステリ作家の「私」が遭遇する怪異は、読む者の現実を揺さぶる――。

鬼談百景　小野不由美

旧校舎の増える階段、開かずの放送室、塀の上の透明猫……日常が非日常に変わる瞬間を描いた99話。恐ろしくも不思議で悲しく優しい。小野不由美が初めて手掛けた百物語。読み終えたとき怪異が発動する――。

営繕《えいぜん》かるかや怪異譚《かいいたん》　小野不由美

古い家には障りがある――。古色蒼然とした武家屋敷、町屋に神社に猫の通り道に現れ、住居にまつわる様々な怪異を修繕する営繕屋・尾端。じわじわくる恐怖。美しさと悲しみと優しさに満ちた感動の物語。

ユージニア　恩田　陸

あの夏、白い百日紅の記憶。死の使いは、静かに街を滅ぼした。旧家で起きた、大量毒殺事件。未解決となったあの事件、真相はいったいどこにあったのだろうか。数々の証言で浮かび上がる、犯人の像は――。

角川文庫ベストセラー

夢違
恩田陸

「何かが教室に侵入してきた」。小学校で頻発する、集団白昼夢。夢が記録されデータ化される時代、「夢判断」を手がける浩章のもとに、夢の解析依頼が入る。子供たちの悪夢は現実化するのか？

すじぼり
福澤徹三

ひょんなことからやくざ事務所に出入りすることになった亮。時代に取り残され、生きる道を失っていく昔ながらの組の運命を、人生からドロップアウトしかけた青年の目を通して描く、瑞々しい青春極道小説。

真夜中の金魚
福澤徹三

ツケを払わん奴は盗人や。ばんばん追い込みかけんかい！ 社長が吠えたその日から、バーの名ばかりチーフのおれの災難は始まった。北九州のネオン街に生きる男達の疾走する生き様を描く異色の青春物語！

妖怪文化入門
小松和彦

河童・鬼・天狗・山姥――。妖怪はなぜ絵巻や物語に描かれ、どのように再生産され続けたのか。豊かな妖怪文化を築いてきた日本人の想像力と精神性を明らかにする、妖怪・怪異研究の第一人者初めての入門書。

新訂 妖怪談義
柳田国男
校注／小松和彦

柳田国男が、日本の各地を渡り歩き見聞した怪異伝承を集め、編纂した妖怪入門書。現代の妖怪研究の第一人者が最新の研究成果を活かし、引用文の原典に当たり、詳細な注と解説を入れた決定版。